绮楼重梦

【中国古典名著·红楼梦续书集成】

【清】兰皋主人 著

敖堃点校

内蒙古出版集团 内蒙古人民出版社

图书在版编目(CIP)数据

绮楼重梦/[清]兰皋主人著. –呼和浩特:内蒙古人民出版社,2014.11

ISBN 978 –7 –204 –13227 –0

Ⅰ.①绮… Ⅱ.①兰… Ⅲ.①章回小说–中国–清代 Ⅳ.①I242.4

中国版本图书馆 CIP 数据核字(2014)第 273398 号

绮楼重梦

作　　者	[清]兰皋主人
点　　校	敖　堃
选题策划	田建群
责任编辑	石　红
责任校对	李月琪
封面设计	马东源
责任监印	王丽燕
出版发行	内蒙古人民出版社
地　　址	呼和浩特市新城区中山东路 8 号波士名人国际 B 座 5 楼
印　　刷	武汉安捷印刷有限公司
开　　本	710 × 1000　1/16
印　　张	19.75
字　　数	260 千
版　　次	2016 年 1 月第 1 版
印　　次	2016 年 3 月第 1 次印刷
书　　号	ISBN 978 –7 –204 –13227 –0/I · 2589
定　　价	50.00 元

图书营销部联系电话:(0471)3946298　3946267

如发现印装质量问题,请与我社联系,联系电话:(0471)3946120　3946169

出版前言

自从两百年前曹雪芹在一个凛冽的寒冬离开人世，他的巨著《红楼梦》没有终稿，而《红楼梦》的最后结局一直为人所猜测。在乾嘉时代，《红楼梦》因为有了程伟元的木刻本而广为流传，迎来了《红楼梦》的第一个传播高峰。而程伟元本八十回正文后所附之高鹗所续之四十回结局，虽给了《红楼梦》人物一个全面的交代，但在许多人看来，这个结局是差强人意，甚至是不合理的。于是，不少文人骚客拿起他们手中的笔，为这部未完成的巨著添上他们自己认为最理想的结局。这就在乾隆时代后期和嘉庆时代形成了《红楼梦》续书的第一个高潮。

这些续书作者，通过续写《红楼梦》，或是希望按自己的理想，赋予《红楼梦》故事一个更完美的结局，或是发挥自己的写作才能，把这个故事讲得更圆满。于是诸如《红楼圆梦》《补红楼梦》纷纷出版，为《红楼梦》再添一份光彩。遗憾的是，这些续作者们艺术水平、写作才能、思想深度均远不及曹雪芹，且深陷曹雪芹预设的窠臼无法自拔，不仅无法与《红楼梦》相企及，且大多不及高鹗续书，在当时就有“狗尾续貂”之讥。但是这些作者所希望的《红楼梦》人物都有圆满理想的结局，却是符合当时大众审美的，因而有不小的读者群，使得这些续书得以在漫长的岁月里不断再版，不断为读者接受，不断有人评价，且不断有人加入为《红楼梦》写续作的行列中。

到了近代，随着中西文化交流的发展，西方文化不断传入中国。近代出现的《红楼梦》续书和拟作,比乾嘉之时则显得更加多样化。续书作者除了按自己的理解续写《红楼梦》的故事外,有的则是借《红楼梦》的故事框架,抒发自己的社会理想;借《红楼梦》故事,浇自己块垒,如吴趼人的《新石头记》。还有的更是光怪陆离,把西方小说写作技巧运用到中国小说创作中来,如喻血轮的《林黛玉日记》。当代作家亦有续《红楼梦》者,他们把现代小说技巧与现代人对古代社会的理解融入《红楼梦》世界中,别有一番风采。

据统计,《红楼梦》续书大约有近百种,但其大部已经淹没在历史长河中。我们从中选择有可读性者约三十种,逐一点校出版,以飨读者。点校中,得到洛阳白河书斋晁氏藏书楼主晁会元先生大力支持,特此致谢!

敖　堃

2015 年 12 月于南开大学

序

由来词客，雅爱传奇；不是痴人，偏工说梦。卖不去一肚皮诗云子曰，何妨别显神通；听将来满耳朵俚谚村谣，只和合同鬼诨。何况悠悠碧落，蚁自聚于槐柯；浩浩黄舆，鹿且埋于蕉下。

将“廿一史”掀翻，细数芝麻账目；直把“十三经”搁起，寻思橄榄甜头。颠倒着即色即空之公案，描摩就忽啼忽笑之情形。

且也，证明因果，石自能言；打破横关，草堪蠲怨。去年人面，休烦崔护题诗；再世婚姻，仍遣韦皋作婿。飞枕边之蝴蝶，创开百代勋猷；携篮内之樱桃，幻作一场富贵。胡天胡帝，要须在无何有之乡；如云如荼，不过比将毋同之例。贾原是假，甄亦非真。曾参何处杀人，问去不声冤屈；郑綮今朝作相，算来好像应该。彻犀角之七层，弯弓妙手；贯明珠之九曲，穿缕精心。悲欢离合，通呼吸于鼻孔之间；将相王侯，看安排于手掌之上。纵使爱眠宰我，会心处不觉伸腰；便令不笑包公，得意时也劳捧腹。

嗟乎，一枝斑管，谱成金玉良缘；百幅芸笺，写出绮罗艳事。三千界苍茫银海，原属寓言；十二重缥缈红楼，仙客重记。

嘉庆乙丑年季夏重编。

目　录

第一回　警幻仙追述红楼梦
月下老重结金锁缘

《红楼梦》一书不知谁氏所作，其事则琐屑家常，其文则俚俗小说，其义则空诸一切。大略规仿吾家凤洲先生所撰《金瓶梅》而较有含蓄，不甚着迹，足餍观者之目。

丁巳夏，闲居无事，偶览是书，因戏续之，袭其文而不袭其义，事亦少异焉。盖原书由盛而衰，所欲多不遂，梦之妖者也；此则由衰而盛，所造无不适，梦之祥者也。循环倚伏，想当然耳。

夫人生一大梦也，梦中有荣悴，有悲欢，有离合。及至钟鸣漏尽，蘧然以觉，则惘惘焉同归一梦而已。上之游华胥，锡九龄，帝王之梦也；燕钧天，搏楚子，侯伯之梦也。下而化蝴蝶，争蕉鹿，宦南柯，熟黄粱，纷纷扰扰，离离奇奇。当其境者，自忘其为梦，而亦不知其为梦也。

兰皋居士，旷达人也。犹忆梦为孩提，梦作嬉戏，梦肄业，梦游庠，梦授室，梦色养，梦居忧，梦续娶，梦远游，梦入成均，梦登科第，梦作宰官，临民断狱，梦集义勇，杀贼守城。既而梦休官，梦复职，梦居林下。迢迢长梦，历一花甲于兹矣，犹复梦梦然。梦中说梦，则真自忘其为梦而并不知其为梦者也。

世有爱听梦呓者，请以《红楼续梦》告之，其书曰：

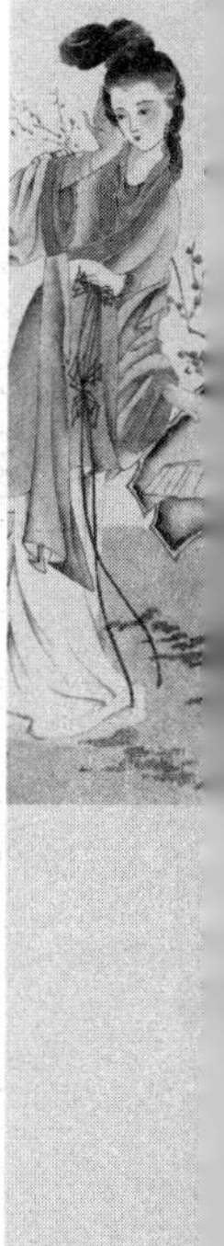

话说那贾宝玉一时被僧道勾引了去，游荡多日，觉得冷冷落落，不像在家同姐妹们玩耍快活。因瞒了僧道，一径到青埂峰下，探望那枝绛珠草。绛珠见了便说："宝爷，你不要再来缠人了！活活教你治死了，难道还气不过么？"宝玉道："不与我相干，这都是警幻仙弄的鬼，如今我们同去和他算账。"绛珠道："使得，我正要问问他呢。"两人就寻到太虚幻境来。警幻一见，便知来意，向他两个赔着笑道："你们不要抱怨我，连我也做不得主。"宝玉道："你明明把册子给我瞧，册子既在你处，如何说做不得主？"警幻道："我这里专司的是离恨天，你们原不该入在我的册子上。这叫自讨苦吃。"宝玉道："依你说，这好姻缘又是谁管的呢？"警幻道："自有月下老人掌管的。"绛珠道："既是这么，就烦你同到月下老人处求求他，结个来世缘罢。"警幻点点头道："也使得，看你们可怜得慌。"宝玉见仙子允了，连忙拉了绛珠，跟了仙子便走。

不多一时，到了一所洞天。警幻道："这就是他的住处。"却好凑巧，那福禄寿三星都在这里。宝玉看时，见二人对坐下棋，二人旁坐观局。月下老人见了警幻便问："仙子何事降临？"警幻笑道："被这两个厌物缠扰不清，特来求你成全成全他们罢。"老人道："你且说来我听，可成全便成全。"警幻指着宝玉道："他原是女娲氏炼来补天的石头，余剩下来放在青埂峰下，年深月久通了灵，投胎到贾家为子，取名宝玉，却被僧道诱他出了家。如今又生尘念，要想了完前世情缘。"又指绛珠道："他是一株绛珠仙草，生在这石旁。石头怕他枯槁了，时时用水浇灌他，他感激此石，也投胎林家为女，取名黛玉。和那宝玉是表亲，同居一室，两心相爱，满望成婚。谁知无姻缘之分，别娶薛氏宝钗为妻，黛玉便悲恨而死。如今两个又想结来世婚姻，为此特来求你。"月下老人尚未答话，寿星在旁边笑道："这也可厌得很，一石一草，却有这些唠叨，不用理他。"宝玉听了生起气来，便嚷道："老弟台，不要你多管闲事。我虽是一石，比你年纪还大几岁呢。你不要倚老卖老，安静些罢。"寿星骂道："到底是块顽石，枉投人身，全不懂事。你直到了女娲的手里才炼出来。我们三光，自从盘古开辟之初便有了，可知星宿是与天地日月同寿，如何反比你小呢？”宝玉道：“有地便有石，难道不是开辟时就有的？”

两个正在争论，老人道：“闲话少说，我看仙子分上，成就了你两人罢。”就在胸前袋内取出一条鲜红的绳子来，说：“你两个各在脚下拴一头。”两个忙忙拜谢，紧紧拴在脚上，并肩立着。老人笑道：“笨块！拴一拴就是了，何必缚鸡似的，尽着捆个不了？”二人听了，才解下来，跪着送还老人。

老人又向袋内取出一本簿子来，面上写着“天下姻缘簿”，提起笔来问：“你们投了生，可姓什么，叫什么名字？我好注簿。”宝玉呆了一呆道：“这却不知道，要问阎罗王的。”警幻道：“阎罗王管查察善恶，用刑发放。那生死的事，仍听南北斗做主的。”宝玉忙问：“南北斗在那里？快去央求他去。”警幻道：“南斗掌生。北斗掌死。这不就是南极星君么？偏你刚才不该得罪了他，如今怎么好？”

宝玉听了，连忙跪下，叫道：“少侄年幼无知，一时冒犯，还求老伯开恩恕罪！”绛珠也跪下道：“我年纪还轻，叫声太老伯罢。”寿星哈哈大笑道：“这会子不叫老弟了。真真两个孽障，便这样情急得很。我把你们投两只哈叭狗儿，打打雄也算是夫妇了。”说着，就在袖中取出一本册子，揭开一看，道：“你原是贾家的儿子，那贾家祖父替朝廷出力，有些功德；儿孙又相沿长厚，不肯倚势欺人，将来家运大昌，要生个极贵的孙子。现在你的妻子宝钗遗腹将产，你就去做他的儿子，大有好处。”宝玉道：“好极！旧游熟地，又且往宝钗肚里去钻钻，也是旧游，越发有趣。”接连磕了几个头。寿星又向绛珠道：“贾家还要生两个大贵的女儿，你可愿去？”绛珠道：“这使不得！若同生贾家，那里还做得夫妻？”寿星笑道：“也是，我倒忘了。”绛珠道：“自古说‘夫荣妻贵’，既是宝玉贵了，我还愁什么？只要投个寻常良善人家就好。我记得前生与那史侯的侄女儿湘云十分亲爱，情愿投做他的女儿。”寿星将册一看，说：“可巧，他也有遗腹，该生一女，就把你去投生罢。”一面就提起笔来注明姓名、寿数、福分，收入袖内。二人又叩谢了，立起身来便走。

寿星骂道：“冒失鬼，连人身都不曾讨完全，就想走了？凡世人贫富贵贱，是福禄二星掌管的，须得他两个注明册子才中用呢。”宝玉听了，便扯了绛珠去跪求二星。二星全局已完，为算一个劫，翻来翻去叨腾不清，那里来听他们的话？二人没法，只得跪着静候。停了一会，局毕。数一数子，福星输了半子。月下老人道：“该我来打赢家了，快些注注册，好叫他们投生去。”二星道：“刚才听得你们咭咭咯咯说了许多话，到底为着什么事，又叫我们注什么册？”警幻仙便接上口，将适才讲过的话重述一遍。二星道：“寿星注册了没有？”寿星道：“早注了！”又问月下老人“赤绳系过了没有？”老人笑道：“你两个真个着棋出了神了。才刚他们捆茄秸似的绑了这半天，难道就看不见了？”二星笑了一笑，各在袖中取出册子注个明白。

寿星道：“如今好去了。”宝玉道：“我又想起一件事来了。”向老人道：“还要相求老伯伯，我难道止有一妻没有妾的吗？须得多拴几个才好。”老人笑道：“这叫做‘得陇望蜀’，也罢，我竟做个整情。”便向袋中取了赤绳，又在靴中抽了几根红色的筹儿，将绳拴了，把那一头抛与宝玉。宝玉喜喜欢欢忙在脚上拴了一拴，且不送还。又跪下道：“还要相求老祖宗、老太爷、老伯伯赏个全脸。”老人道：“又要什么？”宝玉道：“有了家花，也要有些野草助兴，方是十全。”老人道：“放屁！到底是糊涂石头，贪求无厌，有了大的又要小的，有了家的又要野的，世上的女人都叫你占尽了，不好。”宝玉道：“也不必占尽，只捡几个好的给我拴一拴罢。”老人只是不许，宝玉只是哀求。缠了多久，禄星急等下棋，便道：“你老人家也太小家子气，就再赏他几个何妨？”老人听说就向靴中抽了几十根绿筹，照先拴缚。那宝玉早将那空头拴在脚上，待老人拴过就解下送还。磕了十多个响头，说道：“咱们这会子好去了。”

绛珠道：“且慢着，我倒有些信不及。拴了若干的筹子，恐怕又是什么‘金玉姻缘’硬硬的占了去，可不白瞧热闹？”月下老人道：“孽障，你便要怎么样呢？”绛珠道：“我只要一把金锁就够了。”老人说：“这不是我管的事，你去求寿星罢。”寿星道：“他前世吃了亏，如今格外要老到些，这叫做‘惩沸羹者吹冷齑’。”说着，一面提笔在他胸前画了几笔；又叫过宝玉，在他背上也画了几笔。说道：“快去，让我们好静静的下棋。”宝玉绛珠心满意足，又磕了无数的头。才走出来，又叩谢了警幻仙，再三嘱咐：“如今切不可再将我们造上册去。”仙子道：“如今你们美满姻缘，荣华富贵，我这离恨册上自然是无名的，不必过虑。”说毕，殷勤作别而去。

宝玉向绛珠道：“今日已是正月十四日了，我们快去投生，赶着十五元宵团圆的佳节才好。”绛珠道：“不错，不错。快去，快去！”两个正在高兴，只见一个老婆婆托了一个盘，放着两杯儿香馥馥的茶，请他们吃。二人说了半日的话，正是唇干舌燥，便也不问青红皂白，接过来，一口一杯吃完了，道声“多谢”，忙忙的投生去了。谁知这是孟婆汤，吃了下去便记不得前世了。

第二回　连理同生
樗蒲淫赌

荣府里自从多事之后，家道日渐艰难，只茶饭菜蔬是公中的，其余各房零用，是各人做些针凿卖钱添有。在王夫人身边有一个老妈一个丫头，李纨、宝钗止各一老妈伺候。

这夜宝钗在灯下刺绣，想起丈夫，心中酸苦，就懒得做花，怔怔的自去安歇。才朦胧睡去，见宝玉走进房来，二人抱头大哭一场，又诉了许多别后相思，才解衣同睡。只见宝玉越缩越小，跳起身来竟往宝钗肚里一钻，爬了进去。

宝钗惊骇，大叫一声，便跳醒了。觉得腹内阵阵疼痛，知是将产，连忙叫起老妈来，告知王夫人。王夫人就叫人去唤收生婆，自己同了小丫头来看宝钗。李纨也赶来了。宝钗把梦见宝玉说了一遍，只不好说出钻进肚子里去的话。王夫人点点头道："想是他来保佑你，自然易生快养的了。"话未说完，收生婆到了，先向太太和大奶奶打了个千，又向宝钗道："二奶奶，不为德了。"伸手往被里便把宝钗扶起一摸，说："快去热起水来，就要生了。"一句未了，只听哇的一声，早已落地。

收生婆抱起来道："恭喜是位哥儿。"就替他洗浴，见背上有一块绿色的隐在肉内，又像有字的，便向王夫人道："太太，瞧瞧这是什么？"王夫人正要看时，只听得外面乱嚷道："不好了，上房火起了。"贾政、贾兰都跑进来喊道:"邻舍都瞧见了,怎么自己家里全不觉得?"王夫人同李纨也走出院子,仰头一看,却不是火,只见红光绕屋,连大明的月色都瞧不见了。贾政瞧罢,便问:"孩子生下了没有?"王夫人道:"刚刚落地,倒是个男孩子。"贾政把洋表一看,却是寅初二刻,已交十五的日子。贾兰道:"大喜大喜,这是极贵的吉兆。"说毕,忙出厅来谢了众邻,说:"并不是火,却是些红光,如今也渐渐淡下去了。"众人听了,方各散去。

王夫人同李纨复身进房,把孩子的背上细细一看:宛似一块碧玉嵌在肉里,还有"通灵宝玉"四个金字,像写的一般,各人啧啧称奇。宝钗看了道:"想必他舍不得老爷太太,又投回家来了。"那边周姨娘听见说宝钗生产,也走过来向太太并二位奶奶道喜。王夫人向周姨娘道:"我在这里陪他,你和大奶奶都回房去罢。明日好早些起来帮着办事。"

原来贾兰对了甄应嘉的侄孙女,名唤掌珠,择了正月十五日迎娶过门。虽则家计淡薄,诸事从省,也得张灯结彩,鼓乐执事,备办酒席各种事情。此时贾府止有三个家人两个小厮,其余旧仆,也有另跟外官去的,也有带了妻子回原籍去的。只剩了周瑞是王夫人陪嫁的人,虽则也自去过活,不在府了,逢着府中有事,便来帮忙。

这日因贾兰完姻,看见天色明了,便走到荣府。听得添了小哥儿,连忙向老爷太太磕头,道了喜,便出来相帮办理。停了一会,邢夫人过来了。又一会,李纹、李绮和宝琴一同来赴喜席,尚未坐定,只见邢岫烟也过来了,都向王夫人、李纨道了喜。李纨问:"巧姐为什么不来玩耍玩耍?"邢夫人说:"病了,躺着呢。"李纹便问:"为什么宝妹妹不出来?"王夫人道:"他昨儿晚上生产了,倒是个男孩子。"大家又向王夫人、李纨行礼,道:"双喜,双喜!"宝琴就要去看姐姐,李纨道:"坐一坐,吃了茶大家同去。"

茶还不曾吃得,只见湘云的丫头忙忙的跑进来,向王夫人磕了头说道:"昨晚寅时,我家姑娘生了一个遗腹的小姑娘,却也奇怪,胸前一块肉是金黄色的，好像一把锁。上面还有四个蓝色的字，什么‘统领金酥’。”王夫人笑道：“想必是‘通灵金琐’四字。”丫头道：“不错，不错，太太说的不差，我讲不上来。”又说：“我家太太本要来道喜的，因为要守着产妇走不开，叫我先来说声。”王夫人道：“你回去替我说声道喜。我家二奶奶昨晚也生产了，也算是今日寅时，是个哥儿。”丫头应了，随说：“我要去陪姑娘，就回去了，改日再来请安。”说罢就走了。

李纹、李绮问李纨道：“姐姐，我们几时去瞧湘妹妹？”宝琴、岫烟齐道：“我们都要去的，竟是后儿三朝，都在这里会齐同去。”李纨道：“后儿亲家要上门，不得闲，倒是个明儿罢。”一面说，一面到了宝钗房里，见宝钗坐在炕上吃粥，大家道了喜坐下。宝钗问宝琴：“为什么不带了外甥女来？”宝琴道：“恐怕受了风，交给老妈子领着呢。”房中闲话不提。

且说王夫人正在中堂吩咐婆子、丫头们安排椅桌，只见环哥的媳妇摇摇摆摆来了。原来贾环对了史侯远族的侄孙女儿，上年腊月完了姻，不想相貌既平常，情性又泼悍，王夫人很不喜欢他。这日见他来了，耐不过就发话道：“你如今做了媳妇，比不得做女孩儿，一味娇养，也要达些世情。昨儿二婶婶生产，家里人那一个不来探望，你就夜里懒得起来，今儿个也该早些过来望望。你瞧亲眷们尚且远远的赶了来，偏你一家子的人，这时候才出房！况且兰哥儿的好日子，也该来帮帮忙才是道理。”那史氏听了，把脸一放，说：“我那懂得世情，何曾晓得道理？人家生孩子，人家讨老婆，与我的腿相干？太太要气不过，我依旧回家去做女孩儿也使得的，有什么难得倒人？”王夫人听了，待要发作几句，想着今儿是兰哥喜日，又是宝钗新产，况且又有客人，家反宅乱不像模样，只得憋着气，也往宝钗这边来了。

刚到窗下，听得里面宝琴说道：“姐姐，你可晓得，这新添的外甥已经对了亲了。”宝钗道：“那里来的瞎话，才落地得几个时辰，就对了亲?”王夫人走进房便接口道:“这倒不是瞎话,和你一个样儿的金玉姻缘呢。”宝钗才会过意来,笑道:“和湘云妹妹做亲家却也很好,只不知他肯不肯?”王夫人向李纨道:“我在这里伴他,你同众姐妹去喝酒去,喝完酒正好发轿了。”宝钗接着道:“太太,我不要伴得的,一点也没什么。就是起先疼了一阵,孩子下了地,就不疼了,同平常往日一个样的。刚才我还想吃饭,是那老妈劝我吃粥,才吃粥的。我是好好的,太太尽管去。”王夫人道:“既这么,我去让杯酒再来瞧你。”说罢一同出了房。

王夫人叫小丫头道:“你再去请声姨太太,说我们大家等着呢。”岫烟道:“别去请了,今儿在上很不舒服,我不然原想伴着叔婆,也不过来的。倒是叔婆说:‘两个都不去,使不得。’催着我来,才来的。”王夫人道:“想来也不做客气的。既这么,我们坐罢!”中堂也只有两席酒,让岫烟、李纹坐了大首席面,邢夫人在上,王夫人在下相陪;李绮、宝琴坐了小首席面,李纨在上,史民在下相陪。李纹道:“我们竟把桌围解了,并拢来吃,热闹些。”王夫人因为厌恶史氏,不肯同席,就随口说:“今儿喜事,该要用个红桌围的,别解罢!”众人也不知道才刚绊嘴的事,认是真话,也就罢了。

喝得几杯酒,才上了二道菜,只听得前厅大哭大叫大喊大骂,沸反起来,不知什么事。仔细一听,却是贾政打骂环哥。王夫人皱着眉道:“要教训儿子,闲的日子多着呢,偏趁着今儿个赶热闹,哭哭啼啼像什么?”李纨道:“必得太太自己出去劝一劝才开交呢。”王夫人真个忙忙赶出厅来,只见贾环帽子也脱掉了,打得满脸的血,乱哭乱跳。贾政还拿了门闩赶着乱打。王夫人只看着他们两个,不提防旁边还有几个生客,便赶将过去拦住贾政。那些讨债的见有堂眷出来,只得退到外厅去了。王夫人一面扯住贾政,一面骂环儿道:“你这逆畜,还不快进你的媳妇房里去!”环儿听了,竟不进内,一直往外跑了出去。

史氏听说打他丈夫,便拍台敲凳嗥天大哭起来。贾兰坐在新房里，离大厅很远，起先听不见。待到内堂哭起来，才听见了。连忙赶出来，见是史氏在中堂撒泼，就叫声："婶娘，为什么事？别气坏了身子。"史氏哭着骂道："王八小崽子，不用你管。大家气不过咱们两个，治死了，让你们快活罢。"兰哥儿摸不着头脑，便问李纨道："到底为什么？"李纨道："连我也不知道，你到前厅去打听打听，太太也在那里。"

贾兰就跑到厅上，见贾政坐在椅上，浑身发战，气也喘不过来。王夫人立着，替他揉胸膛，口里说着，道："这畜生，向来不长进的，你就担贷些罢，何苦生这大气？"贾政喘着道："我告诉你，连你也要气个半死呢。刚才夏太监领了许多无赖光棍问我讨欠债，我问是什么债？他说：'你儿子赌输的借债。'我问输了多少？他说：'原是三万八千两，有衣饰抵过了一千六百，还有三万六千四百两，现有他的亲笔借票为据。'我就问这畜生，那畜生倒也不赖，竟回我说：'有的'。你想想，咱们如今的光景，还经得这样大花浪用？将来我和你连饭也没得吃了！"王夫人听了，止不住眼中流下泪来。又想："现今老爷气得这个模样，如何又助他烦恼？"连忙把手在眼上擦了一擦，正要解劝，忽听得外面嚷道："咱是个老公公，便是太太夫人都见得的，怎么把咱们债主撇在前厅，理也不理？你家老子等得不耐烦了。不要扯你妈的公府体罢，快收拾起，乖乖的拿出银子来兑，难道打一会儿子就算得数吗？那个瘟狗捣出来的小囚崽子，输了银子想要赖。若赢了怕不捧了就走，谁又赖得他的！"一路喊骂，一直竟往里面来了。

王夫人急得竟往后乱退，又听见里面还是正哭得高兴呢。李纨看见太太包了两眶眼泪，哭着进来，死命的劝他道："太太来了，快别哭罢。"史氏嚷道："太太来把咱吃了去罢，咱也总不要命的了。"李纨只在没法，便招呼两个娃子，推的推，扯的扯，三个人把他硬硬的送到了房里，他还要奔出来。李纨就把房门反扣了，又慌忙出来解劝婆婆。王夫人就把环儿赌输三万八千的话告诉他，李纨也吃了一大惊，说："怎么这样大赌?"王夫人说："若小可的你公公也不这样生气了。况且这夏太监是总辖六宫的都太监，比不得元春在日，他还忌惮些。如今没靠山了，那里和他闹得清!"这是内堂的话，且慢提起。

单说那前厅上众光棍一拥进来，叫道："善讨不还，须得恶讨，别管他的娘，先打一阵再说。"贾琏久不管二房的事，立着不做声。兰哥儿只得陪着笑脸，深深作揖，央求再三。夏太监才许了十日内一并清交。就同众光棍回去了。

贾兰送到大门，复身进来，贾政还坐在椅上发怔。只见薛蝌走将进来，向贾政请了安，瞧见光景，便道："莫非也知道了吗?"贾政道："你可知道些什么?"薛蝌红着眼眶说："我哥哥输了八万九千银子，把典当铺、绸缎店尽数抵交还不够，又把现银并衣饰搜个净尽方才足数，不知以后怎么过日子。妈妈哭得晕了去，灌了一大碗姜汤才醒转来。听见说宁府蓉哥输了六万多两，已经把衣饰田产抵偿清楚。便是这里环兄弟也有三万多两，只怕也得归还才落个清净呢。"贾政道："已经来吵过了，就为这个气得要死。怪道东府里今儿没一个人过来，连薛姨妈也不来。他们早早闹破了，我还睡在鼓里呢。"薛蝌道："如今且撩开，明儿再讲。现今天色将晚，好发花轿了。"贾政道："正是，我气昏了，竟忘记了。"连忙叫周瑞快快料理起轿。那外边赴席的亲友族房也陆续来了，不一时发了轿。

那边甄家也晓得这府里六角七乱，更不排场，忙忙发付新娘上轿。到了贾府，参过天地，就烦薛蝌和贾蔷两个执掌花烛，送入洞房。

还未到新房门口，只见薛家小厮一口气跑来，布了薛蝌耳朵说了几句，薛蝌道："你先去，我就来。"一边进得新房，薛蝌更不说话，放了花烛，往外飞跑的去了。内厅也有个老妈和岫烟悄悄的说了两句话，岫烟便扯扯宝琴说："咱们去去就来。"两个飞也似走了。李纨觉得有些蹊跷，忙叫老妈快去姨太太那边瞧瞧，有什么事?老妈答应去了，要知后事，且看下回。

第三回　晴雯婢借尸还魂 鸳鸯姐投胎作女

老妈去不多时，回来说："姨太太归天去了！"李纨向王夫人道："薛蝌在那里，我不便去，只好打发个老妈送送纸锭儿去罢。"王夫人道："我过去拜拜他。"说着就走，也不带个人跟，独自一个赶到园里，黑魆魆的倒有些害怕，只得硬着胆子走到门口。只听得里面哭声号咷，好不凄惨，也就一路哭进门去。薛蝌、岫烟、宝琴都来磕头，王夫人就在炕前拜了几拜。

薛蝌又跪着道："我这里一两银子也搜净的了，要求姨妈暂借几百两银，将来回去设法弄来归还罢。"王夫人道："什么归还，你约要用得多少？"薛蝌道："如今那里还讲得体面、好看，有得二百两就将就着用过去了。"王夫人道："现银实在没有，倒有一两人参，原用五百两纹银买的，预备宝钗产里用，因为产得很快，竟不曾用。我去取来，你拿去变了价，赶着好办事。"就拉着香菱说："你跟我去拿。"又向岫烟道："我心口痛闷，心又晕，要去躺躺，不再过来了。你们好好守着，待等落材的时候，我挣扎得起，一定过来送的。"说着就走。

不一会，香菱拿了人参回来，说："姨太太走进房门，一个头晕，跌了一跤，把额角也磕破了。"众人听了十分过意不去。那边薛家料理丧事，不必细讲。

且说贾府的喜筵只上过了三四道菜，各人心照，便托故散了席。贾政送出大门，回到房中见王夫人躺在炕上，额角也跌破了，浑身发热，像火烧的一般，只叫心痛得很。贾政就坐在炕沿上把话安慰他。只见贾兰也走了进来，问："太太怎么样？"贾政说："他心痛呢！"兰哥儿就扒在炕上，双手替着揉。

王夫人道："你回房去罢，不必在这里了。"兰哥儿道："今夜总不睡的，坐在房里也闷得慌，不如在这里说说话好。"王夫人问贾政道："这宗赌债到底怎么开发？不要再受这些小人的气，不犯着……"贾政道："说不得，只有废产了，还有什么别法。咱们祖遗田地本不很多，东西两府各置得一万亩田。我在元春面上花得大了，又造这座花园，又且别人做官有钱赚的，我做官是赔钱的，陆续卖去了六千亩，只剩着四千亩。每年租息算来已是不够动用，如今只得再去掉两千亩了。"贾兰道："这田值得多少一亩？"贾政道："原价二十两一亩。"贾兰道："卖也费气，不如抵给他罢。"贾政道："使得，你明儿叫了夏太监来，我捡出一千八百亩的田契抵给他。我也不犯见这太监了。还有零数四百两，他肯让让了，不肯让，向太太这里捡些衣饰抵清了罢。"兰哥儿应道："是。我明儿就办。"王夫人叹口气道："四千亩租息还不够使，如今剩了二千二百亩的租息，怎么度日子？"贾兰道："太太现今身子不好，不要再想着这些懊恼的事。难道这些一亩田也没有的人家不吃饭了？且宽心混过去再处罢。"三人说了一会，听见远远鸡叫，贾政便往周姨娘那边去了。

贾兰直坐到天亮，见王夫人病势越重，忙去请了王太医诊脉开方，准准病了二十多天，才得起来。

那边甄家自从应嘉死了，早要扶柩回南，只为掌珠姻事延了半年。这日三朝上门，就算辞行。说只留宝玉、李绮在京，余人都定于本月二十外就要长行，不再来辞了。宝琴听了这话，就和薛蝌、岫烟商量，待过了头七，薛蝌便扶了妈妈的灵柩，搭帮儿同行去了。

王夫人病得昏天黑地，一些事情也不知道。如今好了，李纨一一告知,才得知道,不免又伤感了一回。又向李纨说:"你的媳妇十分孝顺。我病的时候他还是个新妇,不曾满月的,却顷刻不离的陪着我。只可笑那环儿媳妇,连影儿也没有来现一现,可是个人!"李纨道:"这糊涂人,太太只不理他就是了。"那晓得这二十多天不知闹了多少饥荒,李纨只是瞒着,免得王夫人生气。

过了几日,宝钗满了月,便出房来。才知道婆婆病了多时,妈妈已经死了,灵柩也回去了。就像脑瓜上浇了一盆冷水,哭了一场,连忙来请婆婆的安。王夫人道:"你如今可大好了,这小孩子可好?"宝钗道:"我早可以出得房的,一向不见太太,问了几回,想要出来请请安。大姆姆怕我产后忧愁、辛苦,又怕知道了妈妈的事,悲伤成病,只说太太为了兰哥儿完姻的事忙得很,连姨太太都在那里帮忙,不得来瞧我,吩咐我不曾满月不许出房。我竟信真了,谁知有这许多颠颠倒倒的事!"说着,掉下泪来。王夫人也含着泪道:"我病得七死八活,人事不懂,连送也没去送送他。如今你过去灵前拜拜去。"

宝钗应了,出来先到李纨房里,谢了他一向的照管,便往花园走,到家里一见灵座,一跤跌倒在地下,号天的哭起来。岫烟、香菱忙拢来扶起了,宝钗又跪下去磕了许多头,哀哀的哭个不住。岫烟再三劝解,又说:"你住了哭,我有要事和你商量。"宝钗听说,才住了哭,问:"什么要事?"岫烟说:"你蝌兄弟扶柩回南去了,蟠伯伯在家也不管我是个小婶子,胡言乱语,不成腔派。我想要搬到我家婶娘那边暂住几个月,他又推说大老爷不时要进来不方便。我向纨大姐姐商量,他倒肯的。只是不曾禀过太太,不敢就做主。如今太太好了,原想要去求求他,不知可使得么?"宝钗道:"我的哥哥是一只禽兽,你在这里自然不便的。那邢太太只晓得算小省事,那有什么亲情面目的!我家太太最好,一说必定肯的。就同我一房住更好。"二人别了香菱,一径同来。见了李纨,说起这事,李纨道:"很好,我们同去见了太太商量。"三人就往王夫人房里来,闲话了一会，宝钗就禀明这事。王夫人道："这有什么使不得？粗茶淡饭，别嫌待慢就是了。"岫烟起身道了个谢，王夫人便翻翻宪书，说道："今日大好日子，就搬了来罢。"宝钗答应了，三个人就同到那边收拾一番，抱着小女儿搬了过来。不提。

且说薛蟠和贾环，在赌场上会见，就各告诉说些穷苦光景。贾环道："我倒替你想了一个方法儿，只不知你愿不愿？你房里有两个通房丫头，不如卖了一个，倒有几百两银子做赌本呢。"薛蟠道："夏家那个赠嫁丫头，自从他姑娘死后就回夏家去了。只剩了一个香菱。如今也说不得了，卖了他罢。"说毕回家，也不提起，各自睡了。

第二日正是端阳佳节，王夫人知道薛家十分穷苦，一早就送了一大瓶烧酒、一盘粽子、一块肉、一个鱼，给他们过节。

香菱忙忙收拾起来。薛蟠等不得，先拿了几个粽子，配着冷烧酒吃得已经半醉，待到鱼肉煮好，又吃完了这半瓶酒。醺醺大醉，便跑到赌场上，正值他们吃酒过午，就逊薛蟠又吃了一大壶，越发醉到十分。又见众人吃完了就拢起场来掷色子，心里怪痒痒的。但恨没有本钱，没人肯和他赌。想起贾环昨日的话，就回到家里，天已傍晚了，坐下便对香菱道："我想你跟着我也没什么好处，况且我也养活你不起，不如卖到个富贵人家做小去。你也受用，我也得几两身价使使，这叫做两便。"香菱回道："大爷，你真正人贫志短了！别说扶过正的小老婆不忍得卖；就忍得卖，你脸上可过得去吗?"薛蟠睁着眼道："什么小老婆，臭丫头罢了。"香菱接口说道："便是丫头好卖得的！你瞧瞧这点女孩子，难道丢了他去，还是带了他去呢?"薛蟠听了，也不开口，走近身，在香菱手里把孩子接过来，使力往阶外一甩，哇的一声就不响了。香菱惊得魂也飞掉，连忙赶去抱起来，已经呜呼的了。抱到房里，停在炕上，放声大哭起来。薛蟠赶来接连几个嘴巴，打得香菱吞着声，不敢哭了。薛蟠就灯也不拿，黑古影里摸出门去了。

香菱晚饭也不吃，哀哀的哭了一夜。到得天明，肚子饿了，煮了些小米子稀饭吃了两碗。此时他家里向日那些家人婆子都散尽的了，只有一个十二岁的小小厮伺候香菱。就叫他看守女尸，自己走过贾府这边来。进得园内，只见邢岫烟坐在池边石上洗衣服。香菱挂着眼泪，叫声："二奶奶，救救我罢。"岫烟抬头一看，倒吃了一大惊，问："为什么事妆这模样？"香菱便细细的告诉了一遍。岫烟听了，跺着脚道："真是奇闻少见的事，偏是他做得出来。"忙便领了他来见王夫人，又从头告说了一遍。那时李纨、宝钗、甄氏都在太太房里，听了这话，个个叫说"怪事！怪事！"王夫人道："这畜生问了军倒干净，姨妈不该花了钱弄他回来，闹这许多故事。"香菱又说："要求太太的恩典，赏借一吊大钱，好去收拾孩子。"王夫人就叫李纨给了他四吊小钱，说道："天已晌午，热得很，快去收拾罢。"香菱磕头谢了。正要走，只见老妈跑来说："你家小厮吓得鬼也似的，说小姑娘坐起来了，叫你快过去呢。"王夫人道："想是猫儿跳过了，走了尸了。快去把苕帚打倒他！"

香菱听说，便跑过去，只看见女儿果然坐在炕上。一见香菱，便叫："香菱姐姐，一向不见你，如今我来做你的女儿了。"香菱说："你是什么鬼？不要来吓唬人罢。"女孩子答道："我是晴雯，因为气死了，去见阎王，阎王说我阳寿未尽，不肯收留。我出来碰见了尤二姐，他说宝玉又投到贾家去了。我想到琴姑娘那边去投胎，做他的女儿，将来好对亲。谁知到了梅家，他屋上红光闪闪，不敢进去，又到贾家，那红光越发利害，只得顺路到你这里来，恰好你的女儿尸首躺着，我就附在他的身上活了，你别害怕。"香菱听了半信半疑，只得抱他起来喂喂乳，一面打发小厮过去通知王夫人。王夫人就叫家人寻了薛蟠来，狠狠的骂了一顿，说："你若卖了香菱，我叫你活不成，你提防着罢。"薛蟠只得答应说："不敢了。"说着，跑了出去。从此略得安静。只有史氏哭闹了几回，没人去理他，也就罢了。

倏忽又是次年二月十四日了，这夜贾兰在灯下做文章，甄氏坐在旁边绣花。贾兰说："你已是足十个月了，不要太辛苦了，先去睡罢。"甄氏听说，就和衣去躺在炕上。梦见一个女子手中拿了两朵花儿，说道："这是菩萨赐你的。"甄氏接来看时，一朵像是莲花，青颜色又略带些淡红色，香得可爱；一朵像是牡丹，又像芙蓉，五色花瓣，另是一种幽香。甄氏喜欢问道："姑娘，你是谁？"那女子道："我就是这府里的鸳鸯丫头。"甄氏道："你回去替我谢谢菩萨。"鸳鸯说："菩萨叫我就在府里住着，不用回去了。"甄氏便跪下道："多谢菩萨赏赐。"贾兰听见就问道："你怎么说起梦话来了？那有什么菩萨？"一声叫，把甄氏叫醒了。甄氏就把刚才的梦说了一遍。贾兰道："菩萨赐的自然是好的了，只是这丫头是吊死的，在府里做什么？恐怕有些不祥。"话未说完，只听得乌鸦在庭外呱呱的叫，贾兰道："奇怪，才得四更，怎么老鸦就出窠了？"甄氏坐起来一看，说："那里是四更，天明了，你瞧太阳照得窗子红红的。"贾兰便开出门去，看时，只见红光缭绕，满屋乌鸦对了乱飞乱叫。甄氏也走出来看了一看，两人复身进房。甄氏道："这会子果然肚疼起来，想必这两朵花儿要出世了！"贾兰听说，忙到外间叫起老妈来陪伴着。自己走到母亲房前，隔窗叫道："奶奶，媳妇要生产了！"李纨听见，应说："我就来，你打发人叫稳婆去。"贾兰出到前厅来，只见众家人指着屋上说说笑笑，便吩咐道："你们快去唤了收生婆来。"众人道："何如？咱们正说红光发了，只怕又要生哥儿了。"贾兰道："别说闲话，快快去叫。"说罢，回身进内，不敢去惊动王夫人，仍回自己房来。那知王夫人已经听见开门响，便起来了，那边玉钗、岫烟也过来了，就叫老妈端正汤水。收生婆已经唤到，进房来一一打千，请了安。看了甄氏一看，说道："还有一会子呢，肚子高得很，好像是双生模样。"究竟不知生的是男是女，且待下回再说。

第四回　荡妇怀春调俊仆
孽儿被逐返家门

大家坐了一会,天渐明了。那边邢夫人、平儿也过来了,甄氏道:"这会子疼得阵阵的紧了,扶我起来罢。"收生婆道:"少奶奶不用起来,就是躺着生罢。"忙替他脱了小衣,只见并不啼哭,早已出了胎了。收生婆道:"恭喜是位小姐。"李纨是个寡妇,满望早些生个孙子才好。听说是女儿,把眉头皱了一皱。王夫人道:"女儿倒也好,只是为什么不哭的?"收生婆道:"不妨,有福的人是不哭的。"王夫人便拿时辰表一看,道:"正交卯初一刻。"收生婆道:"肚里还有一个呢!"忙忙的洗了浴,就要穿衣。李纨道:"既是双生,须要记认明白。"就捡了一件鹅黄的袄儿先给他穿上。果然不多时,收生婆又接了一个出来,说道:"又添上一千金。"却也是不声不响的。李纨又捡了一件大红袄儿给他穿了。看看表,还是卯时交到正三刻了。甄氏道:"老妈妈你慢些回去,就像肚里还有呢。"收生婆笑道:"我的少奶奶,只有双生儿,那里有连三接四的生个不了的?"王夫人见都是不则声的,倒疑心起来。走过去逐个抱来细细一瞧,却是鲜龙活跳的孩子,并没什么别的缘故。便出了房门,要去告知贾政。只听得房里呱呱的哭起来了,还认是先前的两个哭,谁知收生婆叫道:"好奇怪,真个又有一个出来了。"王夫人听见,便复身进来看时,见收生婆又在盆里洗他。李纨又捡了一件绿袄儿,给他穿着。邢夫人笑道:“亏了预备的多,不然连衣服也不够穿了。如今倒要再瞧瞧还有没有?”甄氏应道:“这会子是空的了。”王夫人又把洋表一看,道:“辰初三刻了。”便往书房里来。

贾政正和兰哥儿坐着说话,见了便问:“生了没有?”王夫人说:“一边生了三个女孩子,倒像庙会上卖的泥人儿,红红绿绿摆了一炕。更有奇处,先两个连哭也不哭,响也不叫。只是屋上的老鸦叫得翻江,我家树窠里的没这许多,不知那里又飞了来的,直待临了的一个,才会哭着,这老鸦也不叫了。不知道好不好的?”贾政道:“这是祥瑞,别说破他。”便向兰哥儿说:“你去瞧瞧去。”兰哥儿答应去了。

王夫人趁着空儿就支使开了跟班的小厮,向贾政道:“这环畜生呢,固然不好,但到底是老爷的儿子。如今赶在外面,东飘西荡,花子一般,像个什么?我劝你收了他回来罢!”贾政道:“我一见他便生气,收回来就添我的烦恼。”王夫人道:“既这么,便连媳妇也分了出去,叫他们夫妻自去过活。”贾政说:“我也想过,只是上无片瓦,下无立锥,难道叫他露地里过日子?也得买几间屋,分几亩田,才好出去。现今手头不济,且迟迟罢。况且叫这畜生多吃些苦也好。”王夫人道:“这史氏又泼悍又轻狂。我虽则耽着心,时刻防闲他,到底不放心,别弄些缘故出来,不成事体。”贾政道:“不如送他回娘家去罢。”王夫人道:“越发使不得,他的爹妈糊涂得很着呢。那里肯去觉察他。”说着,只听见内堂又闹得碌乱起来。

王夫人正立起身要进去看,只见贾兰走出来说:“太太别去管他,白生气。我母亲和婶娘已是在那里调排呢。”王夫人也怕生气,就坐下了。里边李纨、宝钗、岫烟同到中堂,只见史氏把脚在地下蹬,手在桌上拍,口里骂道:“这一群畜生,把我欺得不上台盘。怪不得连奴才都不理我了,何见得我是个淫妇娼根,就这么提防得紧,连话也不许说了。既这么,我往后倒偏要偷个汉子给他瞧瞧。”三人听了这些话,全然不懂。

宝钗道："到底那个欺了你，那个不理你，又是那个提防了你，也要说个明白，我们好替你出出气。"史氏道："一班恶淫妇浪蹄子，那一个不来欺我？如今得我自己上街坊买东西了。"岫烟带着笑道："你且说明了，再骂也不迟。大长的日子，有什么骂不及的，就这样慌。"史氏把手里一百钱往地下一撩，说："我今儿要买些香粉，交给那长兴的狗杂种，叫他买，他理也不理，跑了出去。你想想，可要生气不生气？"李纨道："这又什么难事？"叫老妈道："你去对门上说，把这小子扎实打他二十棍，撵了出去！"

老妈应了，出去不多一会，长兴跟了老妈赶进内堂，跪在阶下说道："小的有个下情，回明了大奶奶，就挨着打一百棍也是甘愿的。"那史氏听了叫道："你不要讨死，什么下情上情，快滚出去。"宝钗道："婶婶也太性急了，听他说完了再打，也尽赶得及。"李纨道："你且说来。"长兴道："小的昨夜四更天就起来看屋上的红光，又为叫收生婆，忙了半夜。早上口渴得很，拿了一只碗到灶下来，要泡碗茶喝。不想该晦气，碰着了……"一句未了，史氏急得跳起来嚷道："你这狗杂种，臭兔子，撒你娘的谎。"宝钗道："泡茶也不算什么谎话，且听他说完了再骂罢。"李纨便问："你碰着些什么？"长兴道："碰见了三奶奶手里拿了一百个大钱，叫我买香粉。"李纨道："你就该去买哎。"长兴道："小的伸手去接那钱，谁知三奶奶不递钱，倒把我手掌心搔了几搔。小的就说：'太太吩咐过的，府里的家人小子，有那个敢和三奶奶搭嘴拌舌的，便打个半死，立刻撵出去。三奶奶不要害我受罪罢！'说了这话，往外就跑，连茶也不泡了。三奶奶又在那里叫说：'转来，转来。'小的便不应他出去了。这是怕太太知道要打骂，并不是小的不肯买粉。"史氏听了，就跑到阶下向他脸上啐了一口唾沫，道："你搔了我的手，倒说我搔你？嚼你妈的屄舌。"宝钗看这小子约有十八九岁，生得也还清白。听他这些话，倒害起臊来，忙站起身退进屏后。岫烟也走了进去。

李纨就在地下拾起那一百钱来，照着长兴身旁撩过去，骂道：

“贱奴才，少说些话，且饶了你。快去买粉罢。”长兴拾了钱，立起身正要走，史氏赶过来，兜脸打了他七八个巴掌，鼻血也打了出来，就抢了他手里的钱，道：“我不要你这狗鸡巴造的买了。”长兴掩着鼻子，飞跑的出去了。李纨向史氏道：“婶婶，不是我欺你、说你，你房里有老妈有丫头，要买什么东西叫他们拿出去，谁敢不买？何犯着自己跑到灶前闹这些不清不洁的饥荒？”说着便往里去了。史氏又喊骂了一会，见没人理他，自觉没趣，也进房去了。

那王夫人在书房里，就把甄氏梦见鸳鸯送花的话告知贾政，又要替他们取个闺名。贾政道：“大的就叫优昙，次的就叫曼殊，这都是佛花的名色；第三个就叫了文鸳罢。”王夫人道：“很好，又新鲜又确切，又不落那些‘香’字‘秀’字的陈套。如今钗儿的儿子已是周岁过了，也得取个名儿。照着宝玉的样，叫那些丫头、老妈、小厮们都唤他的名，免免灾晦。”贾政道：“他娘老子是什么金玉姻缘，如今他又是什么金玉，竟合成了一个字，叫了‘小钰’罢。”王夫人道：“更好，就是这么叫起来罢。”又听见内厅已经寂静，就说：“老爷你同我进去瞧瞧，倒是个好玩意儿，接二连三的一大堆子，真正有些瞧头。”

贾政听了，就同着进内，立在房门外。王夫人一手一个抱了两个，又叫老妈也抱了一个，出来给贾政看。果然个个眉清目秀，十分可爱。贾政看了，心里很喜欢，就叫依旧抱了进去。回身出来，经过宝钗那边门外，只听得小孩子叫道：“爷爷不大往这边来的，想是去瞧新侄女么？”贾政见了就提他起来，抱在手里，告知他道：“我如今替你取了个名儿，叫做小钰，你记着，叫你好应。”孩子道：“‘小’字我认得，也写得上来。这‘钰’字，母亲不曾教我，不会写。”贾政道：“金边加个‘玉’字。”他应道：“‘金玉’两字，都认得，也写得来，倒不知道两个字好配得做一个的。”就把右手指头在左掌心写了一写，快活得很，说：“爷爷，快放我下去，我好去告诉母亲。”贾政就放了下来。小钰跑进房去叫道：“妈妈，我如今有名字了！爷爷取的，叫小钰，是'金玉'二字配成的。"宝钗听了，便知取名的意思，点点头道："很好。"李纨也在这房里，便道："你去写写去，别忘了。"正说着，见王夫人走进房来，小钰忙又告诉了，王夫人道："我早知道的了。"便向李纨、宝钗问："刚才史氏又闹些什么？"李纨只是含糊，宝钗道："二姆姆这事，倒要回明了太太，好商量个善策。"李纨想了一想，道："也是，不要养痈遗患。"两个就一五一十说了出来，只瞒过了这些伤触太太的话。王夫人听了道："我早防着的，适才也劝过老爷，叫了环儿回来。老爷要迟迟，如今待晚间我再劝他。"

果然到了天晚，用过晚饭，打发老妈往周姨妈房里，请了贾政过来。遣开众人，竟把日间的话一一从实告知，并说："老爷若厌见这畜生，我只叫他在书房门外磕了头，断过，只在他老婆房里坐，不许东跑西走就是了。"贾政道："也罢，由你去办罢。"

到了次日，王夫人打发家人往赌场上叫了贾环回来，骂了一个难，又断定了只许在房里躲着，不许往外跑。贾环磕了头，一一应承了。才取了些旧衣帽，叫他把身上花子样的衣服换了下来，带了他到书房门口磕了许多响头。自己走进去叫声："老爷，这畜生情愿改过自新。不敢进来见你，现在门外磕过头了，求老爷暂恕这初次罢。"贾政冷笑道："还禁得二次吗？"向长兴道："你出去狠狠的打一百个嘴巴子，才许他进房去。"长兴答应着走出门来，把两手乱拍，报道："一、二、三、四、五。"贾环倒也懂得，怪声叫痛。拍了一百拍，王夫人喝声"去罢！"贾环就像漏网的鱼儿，飞奔的溜进老婆房来。史氏一见，就像半天里掉下只凤凰似的，也不及说话，一把搂定，接连先亲了几个嘴，忙叫丫头婆儿快出房去，自己就关上门。足足挨了两顿饭时，才开了房门，叫丫头去舀热水来洗手。从此，贾环躲在房里不敢出外，史氏也不很出来寻闹了。

暂且撇开贾府的话。单说薛蟠，起初在各处赌场混饭吃，渐渐日久生厌，都不肯理他。身上衣穿比花子还不如。粥饭都不周全。还仗着香菱做些针黹，苦苦一餐度日。几次要卖香菱，因为王夫人叫家人把京城的男媒女妁一一吩咐过：“如若有人做中保，把香菱卖了，一定送官重究，连那娶的人家有官司吃。”又说：“香菱立过誓，倘或人家买了他去，不是悬梁，便是服卤，决不肯另从人的。”因此便出了名，再也卖不成。薛蟠也只得死了这条念头。那贾政府里是不敢来的，有几次在路上遇见贾琏，向他借贷。那知自从贾赦死后，贾琏当家，诸事从刻。况且见他这样光景，越发眼里瞧他不起，分厘也不肯相助。没奈何，又到宁府求借，贾珍、贾蓉也是一毛不拔。薛蟠心里虽则十分怀恨，却也没个方法可以扼得他住，只好罢了。

却好这日香菱过荣府来，到了王夫人房里，说起苦楚，又说两天没吃饭了，眼中不住的掉下泪来。王夫人看了不忍，给了他一千大钱，五斗白米，叫老妈送他过去。刚走出来，劈头碰见巧姐，也来请安。瞧见了钱米，便顺口说道：“二太太天天说家道艰难，偏又会做教化孟尝君，这些瞎钱尽好省他的。”

香菱听了，并不答话，一径回家，见了薛蟠，一一的告诉了，薛蟠也不做声。

过了多时，贾政坐在书房，见小钰笑嬉嬉拿了一卷纸走进来，道：“爷爷，我写了许多字，母亲叫送来，爷爷瞧好不好?”贾政接来一看，不但间架整齐，那笔法很有些劲道，正待开口评点，忽见门上家人慌慌张张跑来道：“回老爷的话，府外有许多番子手同着许多营兵，把府前后门都围住了。还有许多官儿跟了北靖王进宁府去了。”小钰听了嚷道：“这也可恶得很，无缘无故，为什么闹到我家里来，还不撵他出去?”贾政喝道：“小孩子知道什么？快进去罢！”小钰看见贾政生气，连忙往里就跑。到底不知为着甚事，且看下回。

第五回　宁荣府二次抄家
珍琏儿三番听审

那贾兰同着贾琏赶到贾政这里来，说道："不知为着什么，又要抄了！"贾政道："我是问心无愧。"向着贾兰道："你却我信得过，不会闹事的。大模是阿环了。"又向着贾琏道："不然是你也保不定。"正说着，见尤氏一脸眼泪，同着惜春并两个妾，带了好些丫头婆子走进书房，向贾政道："有许多官员来抄我们的家，把我们赶了出来，珍侄儿、蓉侄孙都管押起来了。"贾政道："谅来我们这里也不免的，你们且到你叔婆那边去坐着听信罢。"尤氏听了就往王夫人房里来，大家聚在一处猜疑不定。

停了三四个时辰，一群官儿都进荣府来了，喧喧哗哗坐了满厅。贾政跑出厅来，见是九门提督领着本衙门的属员并巡城御史司坊各官，共有十七八个人，阶前站的番子手，约有百把个。见了贾政也不站起来。贾政见这光景，便立住了脚。贾兰走上去拱一拱道："诸位大人到舍，不知有什么事？"众人身也不抬，手也不举，佯佯的说道："自然有些事的……"话未说完，北靖王的轿子进来了。贾政带了琏、兰迎到轿前等着，北靖王出了轿，各人打个跧，王爷拉着贾政的手，说道："老世长，没有你的事，令侄是有分的。"走进厅来坐下，叫贾政也坐着。贾政见各官都挂着手立在两边，不便坐，只得也立在下面。

忽见小钰忙忙的从里面跑出来，向着王爷打跧请安。王爷问：“这孩子是谁？”贾政忙答道：“是世职的小孙儿。”便喝道：“你出来做什么？该打！还不快进去！”小钰道：“我要回王爷的话。”北靖王就问：“有什么话？”小钰道：“我家祖父和哥子都是安分守己的人，王爷为什么来抄起家来？况且我家祖宗是有功劳的，这宅第还是御赐的，那花园是奉旨省亲盖造的，只怕都抄不得呢。”贾政大声喝道：“畜生，不许胡说，快进去！”北靖王笑道：“说得很有道理。”便站起身来说：“现奉圣旨，这宅子是功臣赐第，花园是贵妃娘娘归省的园，都不必封。这贾政不在案内，所有赀财都不用查，只抄贾珍、贾琏的家私就是了。”贾政和琏、兰并那小钰都跪着听他口传旨意，直待传毕，贾政磕了九个头，谢了恩，才站起来。

王爷依旧坐下向众官道：“你们听见了吗”众官说：“听见了。”王爷就叫押了贾琏去，“把他的赀财什物尽数搬出厅来，逐细造册。那政老这边别去惊动。”又说：“你们只进去五六个人查，交番子手搬出来，其余的就在外面检查登记，便不耽延工夫了。”众人应声“是”。九门提督带了五员官儿八十名番子手，押着贾琏进内去了。

王爷又唤过小钰问道：“哥儿，你几岁了？取有名字没有？”小钰道：“今年二岁零六个月了，名叫小钰，是金玉二字合成的。”王爷说：“你认得字么？”答说“略认得些”。又问：“谁教你的？难道已经上学了么？”小钰道：“没有上学，是母亲教的，我每日的工课要认二百个字，写一张字，对一个对。”王爷笑道：“这也实在聪明得很。对的几字对？”小钰道：“不过一个两个字，多的对不上来。”王爷说：“我封的是北靖王，就把这‘北’字对对瞧瞧。”小钰道：“东、西、南都好对得。”又问道：“加上个‘靖’字呢？”小钰想了想道：“可就是‘温清’的‘清’字么？”王爷说：“不是，是立边加个‘青’字的。”小钰道：“是什么讲解？”王爷道：“是平定的意思。”小钰道：“对个‘南安’可使得？”王爷说：“好，你再把‘抄家’二字对一对。”钰道：“‘家’字该对个‘国’字，竟对了‘定国’罢。”王爷回转头来向贾政道：“这是个英物，未足三岁便这般倜傥，论不定竟要做个甘罗呢。”贾政道：“他是遗腹的孤子，不忍十分拘束他，纵得胆大了，竟敢在王爷跟前放肆，那里当得起王爷的褒奖！”小钰道：“甘罗十二为丞相，倒听见母亲说过。只是他寡仗着些舌辩，实在也不曾有什么战功政绩，还算不得上等的人物。”北靖王把舌头一伸，道：“甘罗还不是他的意思呢。”贾政道：“你孩子家，别仗着王爷的恩待，尽管胡说起来。进去罢！”小钰只得又向王爷打了个跧，往内去了。王爷道：“尊府的祖功宗德厚，才有这样的好儿孙，可贺可贺。”贾政打了一跧，连称几个“不敢”。

这说话的工夫，贾琏那边的箱笼什物已经摆了满厅满院，连两廊都放满了。有几个官儿在照厅上查点登记，只见一员官从里面走出厅来，回王爷道：“据贾琏说，衣赀什物，两房各自分开，这田房契券是贾政收藏的，须得叫他取出来分作两股，一股入官，一股给还才是。”王爷点点头道：“该是这么办。”

贾政道：“田产契券原是大房收着的，因前番抄了家，一概入官。后来蒙圣上的天恩，念世职无罪，把这些田产赐给的。如今也只剩得二千多亩了，市房越发不多。”就向贾兰道：“你去拿了出来。”北靖王道：“既是皇上恩赐，便不是公产，不必拿了，我替你转奏罢。”贾政忙又谢了王爷的恩。这官儿就进去回覆了九门提督。一会子里面的官都出来了，派了一员官，带了四个番子手，把贾琏上了刑具，押解刑部收禁去了。

北靖王道：“这些登册过的，加了封条陆续送交户部去罢。我等不得，先走了。失陪，失陪。”又向贾政道：“改日我还要请你家小令孙去谈谈。”回头向九门说：“可惜，刚才大人没有听见这位小哥儿对对，真正出人头地，将来是不可限量的。”九门道：“听他这番说话，也就不凡。”说罢，王爷起身便走，贾政送上了轿，贾兰直送出大门才转回厅来。那些官儿，直弄到起更过后才得完毕，各各散去。

贾政进到王夫人房里，见全家的亲人都挤在一房，见了慌忙站起，贾政坐下，贾兰也进来了。邢夫人哭道："琏儿自凤姐死后就把平儿扶正，怎奈一无所出，只剩了一个巧姐，并没孙男，如今犯的不知什么罪，是死是活都不可定，将来我们大房是要绝了。我这未亡的人靠着谁过活？"尤氏也哭着道："我那边只有一个蓉儿，两娶媳妇都病没了，连孙女都没一个，如今抄得精光，怎么过得日子？"贾政道："且宽心，明儿打发兰儿去打听打听，到底为什么事？刚才琏哥儿竟上了镣铐收监，谅来不是个轻罪，至轻也只怕是个军流。幸喜我不曾抄，还好费些钱上下打点打点，又好帮帮你们两处，将来好度日子。"

兰哥儿道："今儿得免抄封，我倒没什么喜欢得很，倒喜得钰弟弟这样有胆有识，将来比我不知要高几百倍呢。"贾政就向着宝钗道："这个孩子实在出色，不比那宝玉，只管夹在姐妹们伴里，一些世事也不懂。也亏了你肯派定工课教导他，我竟不知道。今儿才见他写的字，还不曾瞧得完，就闹起事故来了。以后越发要当心的教他，只别放他出去。恐怕太精灵了肯会闹事。"宝钗站起身连应了几个"是"。王夫人接口说："小钰，爷爷吩咐你可听见了没有？"小钰道："闹事是不敢的，我只想要习习武呢。"王夫人道："放屁！文不习，倒习武？"小钰道："文也要习，武也要习，才叫做全才。若是寡捧着几个书本儿，到底有些腐气。"邢岫烟道："这也说得是，你们府上原是个将门，不要专攻文事，反失了祖风。"小钰听得入港，拍着手道："是哎，我前儿听见奶奶讲什么班超说的大丈夫万里封侯，我便一夜睡不着。"王夫人问："为什么睡不着？"小钰说："我只想快些大起来，好学武艺。"贾政道："这又胡说了，是人总要一年一年慢慢的大起来，那里快得来的？"

这时候，邢夫人和尤氏听见你一句我一句说得热闹，也都不哭了。邢夫人便向贾政说道："瞧他这点子小人儿，志气倒大着呢。小钰越发得了意，便忘其所以，叫道："大太太，待我立了功，封了侯，上一本，便是伯伯、哥哥充了军去，也会赦回来的。"宝钗见他越说越狂妄了，只是公婆在面前不好喝骂，只得哼了一声。小钰听了，也自觉太大言了，便低着头不敢做声。静了一静，听见远远的更楼上打四鼓了，贾政道："夜深了，各人都去睡睡罢。"又向兰哥儿说："明儿早些吃了饭，到刑部去探听探听，回来禀我。"兰哥儿应了个"是"，就散了。

到了次日，贾兰一早就走到刑部衙门前细细打听。才知是薛蟠挑唆尤二姐的原夫张姓，在提督府里告贾琏匿着国丧家孝，强娶他已聘的妻子尤二姐为妾。贾珍先已通奸，又硬做主婚。贾蓉也有奸情，主谋强娶。贾珍、贾琏又想强奸尤三姐，以致自刎身亡。又称贾王氏怀妒，阴谋药死尤二姐，并添上许多贾家恃势横行欺凌平民的话。九门提督转奏了，奉旨抄家拿问的。连忙花了些钱，进至监内。只见他三个都上了鬼次箫，像猴儿捧桃的一般蹲在地下，连一条板凳也没有，十分凄惨。

贾兰便向牢头禁卒道："烦你好好照应照应，少不得有个薄意送来的。"禁卒道："这里的规矩是人钱同到的，如今已是迟了一日了。再若延挨，请他们到押床上去受用受用。"贾兰道："自然就送来的。"走出来去见司狱厅，再三嘱托。司狱道："我自然会关照的。只是旧规向例也须趁早送来，才免得叨腾。"贾兰连忙回到家中，把那些话一一回明贾政。贾政道："没有别法，只好再卖田了。"就唤了周瑞来，叫他去卖了三百亩田，收了六千价银。把四千两交兰儿去上下打点，又叫家人们到花园里搬了些床桌什物，到邢夫人这边去。那东府里也搬了些去。正在忙忙碌碌，又见王夫人出来说："昨夜他两处的人都挤在珠儿媳妇那边，直啼哭到天明。今日两个都病了，扰得珠儿媳妇也头疼发热起来，怎么样好？"贾政忙交了六百两银子给王夫人，道："你分给他两个去使用，就送他们仍归原处去罢。王夫人拿了进去，各人给了三百。用轿抬了他们回去。不提。

且说贾珍等三个，先在刑部审了两堂，次日又到提督府听审。虽则夹打了几次，幸喜先有使费嘱托，受刑还不很重；又亏了北靖王各处讲情，才得从轻问了个边远充军。

贾兰天天出去打听，这一日去了，到二鼓时候还不回来。家中个个着急，差了家人各处去找寻，都找不着。贾政只得坐在王夫人房里呆呆的等，直等到五更。只听得老妈说：“外面敲门了。”贾政就自己提着灯赶出来看，却不是兰儿，是宁府里两个老妈。不知老妈来做什么？待看下回便知。

第六回　获重谴囚徒发配
感旧游美妇联诗

贾政便问："这时候来做什么？"老妈道："我家奶奶要不好了，四姑娘叫来请这边的太太、奶奶们去瞧瞧，迟些恐怕见不着了。"话未说完，又有家人来报："奶奶已经断气了！"

贾政说："你们且先回去，我家太太、奶奶们也都害着病，只怕一时不得过来。待我商量了派个人来料理罢。"说罢，来见王夫人，告知这话。王夫人道："我因为兰儿不见了，恐怕像了宝玉一样，心也剜去了，那有心情去管他们的事。大媳妇现病着，二媳妇是要管小钰的，孙媳妇一则要伺候婆婆的汤药，二则已经愁得落了魂似的。那边平儿倒还懂事，只是又要伺候着大太太，估量也早晚要升天的了。如何使得他开去。只有环儿媳妇倒是闲着的，叫他也未必肯去；就去，也无益。"贾政道："我有道理。"便取了二百两银子交给周瑞，叫他同着妻子过东府去相帮料理。

渐渐天已大明，那甄氏心头就像小鹿儿乱撞，不知不觉眼里掉下泪来，又不敢叫婆婆看见，恐怕知道了要急坏身子，真真是个热锅上的蚂蚁。连贾政、王夫人也是乱箭攒心，不住差人去寻，那有影响？交到巳时光景，只听得邢夫人那边忽然沸反的哭起来了，也不知是什么缘故，忙叫老妈去探听。不一会，平儿就过来，说："太太归天了！昨儿还好好的。我知道兰哥儿不见了，自然老爷太太心烦，不敢过来通知，再不想这样快的一瞪眼就去了！”贾政就同着王夫人到床前拜了四拜。交给平儿三百两银子，就叫他赶着料理。又烦了邢岫烟过去相帮相帮，各人也都去拜了拜，便回来了。只有李纨下不得床，不曾去。

甄氏拜了回来，包着眼泪走到王夫人房里，说道：“太太，我想只好悬了赏，多多贴些招子探他下落。”话不曾说完，胸前像铁锥一戳，哇的一声，一口鲜血喷了满地，身子就慢慢的往地躺下来了。王夫人一把抱他起来，面色也变了，喘个不住。正在没法，只听得婆子、丫头们碌乱叫道：“好了，好了，兰哥儿回来了。”王夫人抱着甄氏，放不得手，忙嚷道：“快叫他进来！”丫头道：“在书房里和老爷说话呢。”

且说贾兰回到家里，众家人说道：“怎么一去不回来？把老爷、太太的肠子都急断了，快进去见见罢！”贾兰听了就飞跑的到书房里来。

贾政一见，就像拾着了一颗夜明珠，连忙问道：“为什么这时候才来？”兰哥儿道：“前儿到提督府门上兑了二千两银子，等着要亲见一面好放心。谁知他出门去了，直候到了掌灯后才回来。见过了面，回来家里已是起更时候，赶不及到刑部去。昨儿个起来又有好些家务，逐一调排调排，出得门已是晌午了。到得刑部，才知道珍伯伯发配云南，琏伯伯配往贵州，蓉大哥配往四川，不许归家。就是前儿下午，起解去了。我想不送倒也还可，只是三个人身边并没分文，这样远路怎么得去？要回家告知，恐怕迟了，越发赶不上。喜得身边带有三百两银子，要给司狱官的，还不曾交付。我就骑上马，放圆的跑了半天一夜。谁知赶过头了，今儿天明了，问问饭店里的人，他们都说并没有看见过去，只得又掉转马头迎回来。路上碰见了，才得说了几句话，一人一百，把路费交代了。又怕家里记挂，依旧放圆了马跑回来，连茶饭也不曾吃。”贾政道：“很吃苦了，快些进去。里头那一个不惊得落魂！”

兰哥儿连忙跑到王夫人房里，叫道：“太太，我回来了！”太太也不答应他，只是捧住了甄氏，口布着口叫："心肝儿子快醒醒！"兰哥儿只见他满身是血，太太衣袖上也是血，便问："怎么是这个样儿了？"太太也不开口，把手往地下一指，兰哥儿回头看，瞧见地板上流的都是血，只得走近身。一看，见他面色就像纸灰一个样，不住的喘气，只得低着声叫道："太太，他到底为什么？"太太含泪说道："为什么？就为你这有心没肝的混账东西。要出门，回个明白，便去一年也由着你，怎么不声不响，三不知的去了！我认是像了宝玉不回来的，怪不得他着了急。"兰哥儿忙把刚才的话说了一遍，王夫人道："这还罢了，但也不犯着替这些混账人这样出力。"贾兰道："我去奶奶房里瞧瞧，就着人去请太医。"王夫人道："他倒不知道的，不是早已急死了，还等得及你回来！倒是请太医要紧。"

兰哥儿飞忙到李纨房里问了病，李纨道："今日觉道好些，那邢太太和尤奶奶的棺木衣衾，你替他们料理明白了没有？"兰哥儿打头不应脑，只得胡乱应道："明白了。"便疾忙掉转身出外，叫："快快去请王太医来！"

家人答应请去，不一时太医到了。就在王夫人房里，隔着帘诊了脉，说道："症候虽危，还可医治。《内经》说的，血生于心，统于脾，藏于肝，宣布于肺。此症乃是悲惧忧愁忿恨一时猝集，以致郁火妄行，营失其位。宜用四物汤加黄连、条芩、枯芩三味，连服七八剂就渐渐会平下去了。只是要宽心安神为要，再着不得气苦的了。"开方毕，又去诊了李纨的脉，说："这个病已经清理的了，再服几帖便好起床了。"贾兰也没心情去管邢、尤二人的丧事，只伴着甄氏。那甄氏见丈夫已经回家，心就放宽了。过了五六日，李纨也起来了。甄氏吃了几十帖药，也渐渐的强健起来，一个月后竟也起床了。从此安静无事。不过环儿夫妇两个，时常闹些小饥荒，也不必细述。

到了九月间，兰哥儿考取了内阁中书第一名。引见后就补了缺，天天去上衙门办事。添用了几个跟班的人，家中比先前略热闹了些。

且说史湘云嫁在林主事家，丈夫死了，跟着公婆度日。宝琴嫁到梅翰林家，公公已死，丈夫只中了个副榜，还没有做官。两家俱是清苦，生了女儿，无力去雇奶妈，各是自己乳养。为此，不很出门，久不到贾府里来。如今都已断了乳，听见兰哥儿补了中书，便相约要来向王夫人请安道喜，并望望李纨、宝钗诸人，又去约会了李纹、李绮两个。那李纹嫁的丈夫姓朱，是个举人，考的国子监学正。李绮嫁了甄宝玉，公公死后，全家都回南去，唯他夫妇二人住在京中，等待会试。

这日同来到荣府，李纨、邢岫烟、宝钗带了甄氏、小钰到前厅迎接。进来先到王夫人房里请过安，又道了喜，再和姐妹们一一的见了礼。多时不会，益发亲热得很，就坐下说了几句寒温的话。湘云带了女儿同来，有心要比对金玉，便性急要看小钰的玉。宝钗就叫他解开来看了一会。王夫人也要瞧瞧他女儿的锁，那小姑娘再也不肯，拉拉扯扯了一会。甄氏会意，就撵了小钰出房去才解开衣来。胸前看了一会，刚穿好了衣服，小钰在窗外笑道："偏我也瞧见了。"说罢，就走进房来。大家看时，真个窗纸上挖了一个洞。那小姑娘脸都涨得飞红，宝钗便把小钰骂了几句。湘云道："他生得极容易，我梦里听见有人叫道：'史妹妹，我来了'。声音熟得很。一时想不起来。醒来不多一会，便落地了。"各人又讲了些闲话。坐了一会，就在房里吃了饭。

湘云要到园里去看看，王夫人道："如今不比先前了，一派荒凉的景况呢。"就向李纨道："我懒得走，你们陪了逛逛去罢。"大家就一群的往园子里来。只见那些亭台景致七七八八，都有坍损；池中的水也半干了，一支船漏了，歪在岸边；那些禽鸟花卉，也是十不存二三了。大家各处走了一回，十分感叹。

湘云又高起兴来，道："这地方我们会过了多回的诗社，如今感念旧游，必定要联首诗才好呢。"李纨道："不要算上我。"众人道："不算你，只剩了七个人，难道做七韵不成？"

李纨说："我替你们找个人来罢。"就叫老妈过去叫了香菱来，众人道："不错，不错，倒忘了他。"略停一会，香菱就过来了。大家告知他要联句的话，便高兴得很。岫烟道："大家别逊让，先有句的便先写。我就讨个便宜，做了起结两句罢，省了对。"便提起笔来写了一句，李纹也接着写了两句，宝钗随也写了两句，接着就是甄氏、李绮、湘云、宝琴、香菱各写了两句，岫烟又结了一句。诗已完了，李纨道："我不做诗，且代你们誊出来罢。"便端端楷楷另写在一张纸上，注明各人的名字。众人同看了念道：

落寞园亭景，烟凄凉叫候虫。
池荒莲在 ，纹梁圮燕巢空。
卧竹委残绿，钗敧花零断红。
寒烟生薜荔，掌冷露湿梧桐。
蛛丝牵莓壁，绮蜗涎蚀绮栊。
潇潇虚院雨，云飒飒破窗风。
断粉妆台畔，琴残纨绣闼中。
眼前小尘劫，菱怀旧感何穷。

看完了，各人又评论赞赏了一番。

湘云看着香菱道："你为什么瘦了许多？"香菱红着眼睛回说："史姑娘，你那里知道我近来的苦处，一日一晨都是不周全的。这仗着这边二太太和宝姑娘的恩典，时时赏恤些，不然，竟是要饿死了。"宝琴道："我也想要帮帮你，只是公公没了，一无出息，苦苦的哝着过日子，还只愁不够。实在是有心无力，说来不怕姐姐妹妹们笑。"李纹和湘云都说道："京官穷苦，是一样的，那个笑得那个？"李绮道："我们也是闲居寓所，苦哝着，何曾宽裕了！"李纨道："我家也张罗不过来呢。"

宝钗道："家道艰难，我也还不愁；倒愁的是小钰恐怕要懒学。我虽则教教他，到底有些舐犊的痴心，未免宽纵了些。所以古来说'易子而教'，真正有道理的。心里几番想要屈邢妹妹做个西席训教他，又怕束脩菲薄，不好开口。”岫烟道：“什么话呢？我正为无事素餐，心里很过不去。若有些事做做，倒也心安。况且我这个女儿也好附着读书，那里还讲起束脩来？”甄氏道：“我也帮几两脩金，把三个女儿附学何如？”湘云、宝琴和二李都说：“我们都有一个女儿，齐来附馆。你们本家妯娌两位，只管了供给；我们四家公凑些束脩罢。”李纨道：“这件事总要回明了太太才好商量呢。”众人道：“这个自然要回的，同去讲罢。”

大家同着正往里走，宝钗一路只是笑。李纨便问：“你笑什么？”宝钗道：“我笑的是众姐妹都有了行业，还只是这样愁穷。”众人道：“我们那里有什么行业？”宝钗道：“我瞧见《笑林广记》上载一首诗，说是：‘弄瓦前年庆五朝，今年弄瓦又承招。弄来弄去无非瓦，令正原来是瓦窑！’如今各位都开了一座窑，怕不是行业？”李纨道：“稀罕你生了一个拳大的男孩子，就来骂人！”湘云道：“他的行业更贵重呢，竟是个古董玉器客。”李纹笑道：“你可不做了个细花金银匠吗？”李绮也笑道：“到底要让甄家窑行里热闹，一弄就弄成了三个。”甄氏道：“姨妈，你叫婶娘取笑了，怎么拿我来点景玩儿，何苦来呢？”

众人一路笑一路说，早已到了上房。王夫人站起身来问道：“你们游园游得这么乐吗？”众人坐下便把园中商量的话回明了，请太太示下。王夫人道：“这是很好的事，也不用你们各人操心。我虽然穷，这点子小费还做得起东。这供给呢，在公账里开销了。九个学生，我竟每年送九十两薄脩罢。”岫烟赌咒立誓，不要束脩。王夫人道：“你这样执意，倒不便奉屈了。”岫烟也只得应允。王夫人说：“如今已是九月将尽，竟是十月小阳开馆。初二日是上好的日子，又是奎宿，又是成日。大家带了孩子，初一取齐，初二早晨就好拜先生了。”众人各个喜欢，次日都回家去替女儿收拾铺盖箱笼。

到了十月初一，饭后果然都到齐了。上房里挤得满满的，一个个如花似玉，落雁沉鱼，比那五色的罂粟花儿还要鲜明好看呢。正在碌乱的聚谈，只听得房外一片响声。不知什么缘故，下回说明。

第七回　燕语莺声创兴家塾
红香绿艳齐起闺名

话说众女孩儿各个跟着母亲，在王夫人房里说话，只听得老妈们嚷道："小钰怎么闹到这个样，怎得下来呢？"宝钗连忙出来一看，只见小钰高高站在墙头瓦上，还在那里麻雀儿似的乱跳。宝钗只喊了一声："不好了，还了得！"王夫人忙赶出来，看见便问："这样二丈多高的墙，怎么的上去了？"老妈们回说："他身子又轻，力气又大，先在地下跳了几跳，就跳上墙去了。"王夫人道："快叫家人们拿梯子来，抱他下来才好呢。"小钰道："不用梯子。"只听见扑的一声，便跳下来。王夫人就问他："怎么这样胡闹起来？"他回道："我看见各位姐姐妹妹都是天仙一个样，集了这一大群，实在乐得很，不知不觉的雀跃起来。"宝钗恨得很，就接连打了他几个脑搭儿，拉了他回到自己房去。李纨笑着道："小钰这叫做'乐极生悲'了。"王夫人也就笑起来，依然同进房坐了一回。大家吃了晚饭，就在上房后轩安歇。

到了次早，各人梳洗打扮已完，王夫人带领着往大观园来。半路碰见李纨、宝钗、岫烟、甄氏，也都带了孩子们来。李纨道："怡红院的正厅宽敞明亮，就摆了椅桌在那里读书。里面的房间也多，现今分在四处安了床帐，作为卧房。又派个老妈在下房伺候着，太太去瞧瞧。"王夫人点点头，到了怡红院各处看了一回，回到前厅，铺下红毯。

先是王夫人拜托一番，再是史湘云、李家三姐妹、薛家两姐妹又拜托一番，甄氏也跟在后面行礼。然后叫了众姐妹，先叙一叙齿：邢岫烟的女儿名唤碧霞，四岁了，是辛丑年正月十八日生的，最长；宝琴的女儿碧箫，也是四岁，七月初七生的，为次；小钰和湘云的女儿都是三岁，年月日时皆同，只小钰先了几刻，就算第三；林姑娘第四；以下都只有二岁，李纹的女儿是癸卯正月初三生的，李绮的女儿是二月廿二生的，排了第五、第六。优昙三姐妹本晚了一辈，又都是二月十五花朝日生的，算来最小，便站在下一层毯上。一齐拜了先生，各就书案坐下。

王夫人便问岫烟道："四书是他们念过的了，也都会解说。如今叫他们念那一经好？"岫烟道："《易》理深微，怕他们不很懂；《尚书》字句聱牙，且帝王的道统治法，与女孩子们不甚相关；《春秋》三传专讲的会盟杀伐，也不与闺阁相关；《诗经》化起房中，恰与他们相宜，只是郑、卫诗篇不好讲些，只好依了《小序》讲解罢；《礼记》最好，《曲礼》、《内则》诸篇尤为合宜得很。"李纨道："依我想来，竟叫两个四岁的读《易》，两个三岁的读《礼》，三个最小的读《诗》。讲一经时，大家打伙儿同听何如？"王夫人道："很好，就是这么罢。"小钰道："我最爱的是行兵征伐，我单读《春秋》罢。"碧箫道："我也爱这个，就和你同习《春秋》。"优昙道："《书经》既是讲帝王治法，最有大关系的了，为什么倒不读呢？我习《书经》。"曼殊道："我也这么想，就跟了姐姐同习罢。"宝钗点点头，向着王夫人合岫烟道："各从其志也使得，只是五经并讲，难为先生辛苦些。"岫烟道："这倒不妨，只要每经少讲几页，是一个样的。"王夫人便道："替他们上首书，写幅字应应好日，便到那边喝酒去。我们暂时失陪，别在这里妨工。"说罢，就同李纨诸人走了。

岫烟送到门口，回来给各人上了生书。大家咿咿唔唔读将起来，真是娇婉清脆，好听得很。小钰侧着耳听一回，又东瞧西瞧瞧一回，又嘻嘻笑一回，像似傻了的一般。岫烟喝道："小钰，你为什么不读？"小钰说道："我听出神了，活像许多黄莺儿、画眉儿、百灵儿在树上赌叫，乐得我的心花都开了，那有闲情读书哎！"岫烟就沉下脸来吆喝道："放屁，你拜了我做先生，我就打得你。你敢在书馆里胡说乱道，我请了太太来，把你这小手掌打烂了，即刻撵出去，不要你做学生了。"小钰听见着了忙，便站起来道："不敢了，不敢了，先生恕我初次罢。"岫烟又哼了一声，道："快读！"小钰把两个指头塞了耳朵，低着头就念起书来。碧箫把一个指头在脸上挠着羞他，碧霞抿了嘴笑他，他也不来看，只是低了头发狠的念。不一会，大家都来背了书，各人拿出仿本来写字。没多时，也都完了。岫烟批了一回字，又将上的新书都讲过了。

这边，王夫人打发老妈来请坐席，岫烟同了学生们出来，见大观楼底下设了五席。王夫人送了中间一席正面的酒，让岫烟坐。便说："我坐不住，少陪了。你们各自散荡些。"说罢，就进去了。

李纨又叫老妈去请了香菱母女来同饮。大家便挨次的坐下：湘云、李纨、李纹、李绮、宝钗、宝琴、香菱坐了四桌正面。其余小辈子，自甄氏以下，各人依齿镶横坐下，香菱的女儿也是四岁，端午生的，坐在碧霞的下首、碧箫的上首。

酒过几巡，湘云开口道："我这女儿还未起名，今日就求先生取个名罢。"岫烟道："也得大家商量，要不雅不俗才好。我这女儿叫做'碧霞'。"李纨道："这个不该。现在泰山娘娘封碧霞元君，天后娘娘也称碧霞元君，应该避讳才是。"香菱便接口道："'余霞散成绮'，何不改了'绮霞'呢？"岫烟道："不好，不好，犯了李婶娘的讳。"宝琴道："我说'彤霞'倒还文雅。"岫烟点头道："很好。"宝钗道："众小姐妹中，这林姑娘尤为出色，我想着《诗经》上这句'颜如舜华'倒也还切贴。"湘云道："好极！只是太夸了他些。"宝琴笑道："可惜史姐姐寡居不再生了，不然第二个就叫'舜英'了。"大家笑起来。李纹、李绮同说，也要替女儿起个名。岫烟道："'心清闻妙香'，竟是'妙香'二字罢。"李纹道："好。"岫烟道："二姑娘就叫'幽香'何如？"宝钗摇摇头道："'幽'字的字义不很好。"李纹道："温香何如？"李纨道："越发不好，声音难听。"小钰就嚷道："不好了，我们大家要病了！"宝钗喝道："胡说，为什么好端端的都要病呢？"小钰道："瘟鬼都跑出来，还不病？"众人都笑起来。岫烟就哼了几句，小钰不敢响了。宝琴道："'含香、瑞香'都使得。"岫烟道："'瑞'字好，竟定了叫'瑞香'罢。"香菱道："我家的菊儿太俗得很，也烦各位替他改个。"宝钗道："他是五月五生的，怎么叫起菊儿来？"香菱道："生下来的时候，房中瓶里供了些野菊花，薛大爷就取了这个名儿。"宝琴道："人淡如菊，竟改做'淡如'二字，又雅致，又不失菊字原名的意思。"众人都说："好极，好极。"李纨指着甄氏道："他本名'掌珠'，犯了公公的讳，我还没有改得，就烦各位想想，替他改个名儿。"宝钗："甄姑娘又婉娩又淑慎，竟叫了'婉淑'罢。"

李纨说："很好。如今说了多时的话，到底也行个令，喝杯酒，才好呢。"岫烟道："旧令行厌了，要翻得新样些才有趣。只不知他们小姐妹肚里也读些诗了没有？"众人说："先读《千家诗》，余外七簸八杂也还念过些。"岫烟道："既这么，各人念一句《千家诗》，下接一句俗语，定要有个虚字的。念一句，合席顺数，数着实字眼便喝一杯；只数着虚字的别喝。"便吃了一杯令杯，先念道："'清风明月无人管'，下接俗语是'听其自然'。"通席都饮，只彤霞数着"其"字，碧箫数着"然"字，二人免喝。接着湘云念了个"'添得黄鹂四五声'，'极其好听'。"数到淡如是"其"字，免喝。大家逊李纨念，李纨道："'春风送暖入屠苏'，'自然而来'。"数着"然而"两个虚字的免喝。李纹道："'乡村四月闲人少'，'其忙无比'。"只"其"字一个虚的，免了一家，各家都喝。李绮道："'十扣柴扉九不开'，'大失所望'。"李纨摇了一摇头，也不说什么。依旧数了喝酒，只免一家。宝钗笑道："我要套云妹妹的墨卷了，'万紫千红总是春'，'极其好看'。"宝琴说："'无边光景一时新'，'热闹之至'。"轮该香菱了。

香菱把眉头一蹙,说道:"'杜鹃枝上月三更','凄凉之极'。"李纨道:"怎么说这样"。便住了口,不住下说了。湘云忙把话岔开,道:"'热闹之至','凄凉之极',倒对得很工呢。往下就该小辈子念了。"婉淑道:"'胜日寻芳泗水滨','其乐无穷'。"彤霞说:"'思大风云变态中','想之不已'。"众人道:"只'之'字是虚字,'已'字要作'止'字解,算不得虚字。只免了一家。"淡如道:"'颠狂柳絮随风舞','无所不至'。"李纨又摇摇头,小钰嚷道:"不好,不好,都念完了。让我先念罢:'大将南征胆气豪','毅然且任'。"碧箫笑笑,接着说:"'穴中蝼蚁岂能逃','有何难哉'。"众人道:"'岂何哉'三字,都算得虚字。"免了三家,舜华道:"'一曲升平人尽乐','坐享其福'。"妙香道:"'赤日行天午不知','忘其所以'。"大家说道:"倒有三个虚字,便宜了三家不喝酒。"瑞香说:"'门外无人问落花','岂不可惜'。"李纨"哎"了一声,也不说什么。优昙说道:"'一朵红云捧玉皇','其尊无对'。"宝钗点头道:"好!"曼殊说:"'欲把杭州作汴州','差也不多'。"宝钗说:"也好!"香菱会错了意,便道:"'也'字自然算得虚字的。"众人都不则声。文鸳便说:"'出门俱是看花人','不约而同'。"喝过了酒,令就完了。李纨、宝钗道:"时候还早,再行个令儿玩玩。"岫烟道:"这个令倒替主人消了好些酒。此刻也不早了,酒也够了,用饭罢。"李纨又叫小丫头斟了两回酒。用了饭,喝过茶,香菱带了淡如先回去了。

大家又到怡红院,只见厅后第一进三间屋子中间,放了十六把交椅,下面放些杌凳,作为坐起闲谈及吃饭的地方。东间两个炕,李纨道:"这是伺候先生的。"岫烟道:"很好。"就和彤霞在这个房里安了铺盖箱笼。西间是空的,安了梳头奁镜。走进第二进,一排三间,房中间两炕,妙香姐妹就占了。小钰拉着舜华、碧箫,同在左边间里三个炕上开了铺。优昙姐妹在右边房里三炕安铺。分派已定,一众上辈姐妹同甄氏都出园进里边安歇去了。

次日各人要回去,王夫人又留下住了一两天。湘云等辞了王夫人，同到园中嘱托岫烟："不要姑息，须得排定工课。只是孩子们年纪还轻，饮食寒暖要求照应。"岫烟道："尽管放心！学生和儿女一个样，自然会当心照应的。"说了一会，便出了园，各自回家去了。

从此众学生各各埋头读书。岫烟的教法也勤，各人的资质也好，又肯当心。真是日长月进。

忽忽过了一年，又是第二年的三月了。这日王夫人怄了史氏的气，叫了环儿来，狠狠的骂上一顿。环儿便拱着嘴，气忿忿的回房去了。王夫人余怒未息，因想起园里花卉，虽没人葺理，但当此深春，自然也还有些开放的。看看也好遣闷。便同了两媳并孙妇来到园中，就便看看岫烟。

岫烟迎着请了安，一齐坐下。问起学生工课。岫烟道："说也奇事，他们的资质竟是天生成的。每日念四五十页书，只消五六遍，便背上来了。内中这舜丫头更作怪，自己的书三遍就背上来了。坐着听别人念，待到别人背了，他也会背。如今独有他是五经都烂熟的了，余人也有四经的、三经的。新书都不用讲得，各人自会看注解。晚上灯下的工夫，也读了古赋、时赋几百篇，晋魏以下历朝的古今体诗，也念有几千首，对也会对，诗赋也会做，只不曾学得八股时文，其余杂作都也涉猎些了。"

李纨道："这都是先生的时雨之化，可感可感。"宝钗道："恐怕独有小钰淘气些，不肯用功。"岫烟笑道："我跟前，他是不敢淘气的。回了房去我也防他，谁知他最怕的是舜姑娘，说一依一，再不敢倔强，因此倒也安静。"王夫人笑道："这也应该怕的。"李纨抿着嘴瞧着：小钰嘻嘻的笑，舜华臊得通红了脸。王夫人便向宝钗道："既这么，你就出个对儿试试他们。"

宝钗站起身应了个"是"。不知出的什么对？谁对得好，且看下回。

第八回　学中属对舜华为魁
园里吟诗优昙独异

那宝钗原想要考考小钰，听见太太吩咐，便顺着说道："当年有人扶乩，把一个对儿求仙人对，那出句是'三塔寺前三座塔'，仙人对了个'五台山上五层台'，如今就把这个对儿对对瞧。"舜华听了就抢着道："我对个'六桥堤畔六条桥'。"宝钗说："很好。并且敏捷得很。"岫烟道："他事事要争个先的。"优昙便说："我也对就了，'百花洲上百丛花'。"宝钗道："也可以。只是百花洲上未必恰恰的果是百丛花，不比那六条桥自然。"曼殊道："五溪峒口五条溪。"宝钗道："也还好。"彤霞说："九江府外九支江。"妙香说："九峰山上九层峰。"瑞香说："九仙山上九尊仙。"宝钗道："'尊'字勉强些。"碧箫道："五湖堤外五重湖。"宝钗道："'堤外'二字是凑上去的，'重'字也不很稳。"小钰连忙替他辩道："有湖自然定有堤的。"宝钗道："别管人的！自己的对在那里？"小钰道："就有，就有。"文鸳看见壁上挂着一张琴，便说："七弦琴上七条弦。"宝钗尚未说话，小钰赶着道："我也有了，'七星剑上七颗星'。"李纨笑道："末了儿两个对，倒也自然。只是用物件对地方，不很工些。"

宝钗道："乩仙的原只有七个字，后人添上个'西水驿西'，'北京城北'以为工极。谁知五台山在山西代州五台县境内，并不在北京城北，倒添得讹错了。如今我添上'檇李城边'四个字在上头，你们也得加上四字。”舜华便道：“金牛湖上，六桥堤畔六条桥。”曼殊说：“我加个‘沅陵境外’。”优昙说：“我加个‘金阊门内’。”彤霞说：“豫章界内。”妙香加了“松陵江外”，瑞香加了“金崎江畔”。碧箫说：“五湖都在太湖之中，便加‘姑苏界外’罢。”宝钗摇摇头道：“不确，五湖岂止姑苏？宽得很呢！冤着也算加了。你们两个对什物的怎么样加？”文鸳道：“我加个‘怡红院内’罢。”王夫人笑道：“倒也不错，原是这屋子里挂的呢。”李纨笑向小钰道：“你加什么？”小钰道：“我因文姑娘对了琴，就想到了剑，何曾知道在那个地方？造也造不出来。”李纨笑道：“我替你加个‘钰儿腰里’，就算是你挂的罢。”大家都笑起来。

王夫人道：“天色还早，再出个叫小钰好生的对。”宝钗见一本《礼记》在桌上，随手一翻，却是《月令》，便道：“《月令》七十二候。”岫烟道：“这个倒比前的难对些，连我也一时想不上来。”舜华便道：“《诗经》三百六篇。”宝钗说：“到底要让他是学中的魁首了。”小钰道：“我慢慢的想，也会想到。总是舜妹妹先抢了去！”王夫人道：“如今快想，还有呢，别再叫人抢了去。”优昙说：“韶光一百五天。”宝钗道：“也好。”碧萧说：“晨钟一百八声。”宝钗道：“‘晨’对‘月’很好，只‘钟’字略实了些，也算好的了。”小钰叫道：“我也有了，‘朝珠一百八颗’。”李纨道：“‘珠’字同‘钟’字差不多，这会子小钰可以免得殿榜了。”曼殊说：“秦关一百廿重。”宝钗道：“秦得百二河山之首，倒没有说百二重关的话。”曼殊说：“骆宾王《帝京篇》云：‘秦帝重关一百二’。”妙香忙说：“有了，我对个‘离宫三百六区’。”岫烟笑道：“好悟心，现现成成的就用了，上句也巧得很。”宝钗道：“他改了廿字便完全，你这‘六’字底下还短个‘十’字呢。”李纨道：“‘汉家离宫三百六’，便不添‘十’字也可。倒是那‘区’字牵强些。”彤霞道：“我对个‘金容一丈八身’。”宝钗道：“‘金身一丈八尺’就自然了，偏又不调平仄。如今挪了‘身’字下来，添个‘容’字，究竟‘身容’二字有些犯复。”岫烟看着瑞香、文鸳两个，说：“他们好歹总都对个，怎么你们两个竟像要缴白卷的样儿了！”

话未说完，只见香菱走来，笑嘻嘻向岫烟道：“大喜，大喜，千喜，万喜。二爷归家了，请你呢。”岫烟听了，立起身来道：“太太，我明儿告一天假，后儿早上来罢。”李纨笑道：“一天太少，须得给十天假才好。”香菱也笑道：“日里放假，荒了馆课。倒是早来晚去，告了长假罢。”王夫人说：“很是。”岫烟红了脸说道：“太太别理他，这狭促鬼使刁话呢！”说罢，反坐下了。宝钗见他害臊，便道：“人家葬亲回来，自然有话谈谈，到你们口里说得不成腔了。”一面拉着手说：“我也要去见见，就同走罢。”彤霞也要去，王夫人道：“很该。你们叫他后儿早上过来，我也要问问他的话。”宝钗催着他母女同过去了。王夫人就向众学生说：“今儿晚了，明儿饭后，我来同你们逛了，就便考考你们的诗。”大家都答应了。王夫人和李纨、婉淑回进上房。没一会，宝钗同了彤霞回到园里，便伴着他住在岫烟房里了。

第二日早饭后，果然太太、大奶奶出来，宝钗领了众姐妹迎上去见了，就跟随着各处闲逛。暮春天气，风日和暖，众花开得也还好。闲逛了一会，回到怡红院坐下，王夫人道：“我也不出题，也不限韵，也不拘体，各人咏一样花儿，要有身分才好。”各人听了便各认定了花。小钰道：“我不跟着你们姑娘们咏这些秾桃郁李，我只看中了山半这颗樟树，根从山后伸来，树身平卧在屋子里，梢枝复又挺出阁外，蟠屈上向，直透山巅，真有蛟虬天峤之势，做他一篇长歌，包管争个头名。”王夫人说：“由你，只要做得好。”大家就伸纸磨墨写将起来。

先是舜华交了两张笺纸，上写着两首诗。王夫人道：“又是他来得快，你们两个评评他的。”李纨同宝钗看时，一首是《咏夹竹桃》：

秾姿劲节两堪夸，占尽人门清与华。
之子自然能免俗，此君何可竟无花。
武陵源古森苍玉，湘浦春深簇绛霞。
寄语王猷应命驾，相逢一笑熟胡麻。

又一首是《素心兰》：

国香品第复谁先，露下幽芬月下妍。
冷淡心肠无俗韵，清真臭味本天然。
弹来白雪琴中调，隔断红尘物外缘。
犹记永和三月禊，亭前觞咏启言诠。

李纨道：“‘清华’二字分帖竹桃，又巧又确。”宝钗道：“莫说，等各卷交齐再评论不迟。”只见曼殊也交上来，是《咏五色罂粟花》的：

丛丛高亚斗芬芳，一样丰神各样妆。
曲径栽成珠万斛，暖风吹透来千囊。
石家锦障如云灿，稀国金车满路香。
同是春深好光景，输他鹿韭号花王。

随后妙香、优昙同交来了。先看那妙香的，是《咏荼毗》：

翠叶银苞迥绝伦，沈香密友记名真。
无穷色味宜同酒，别样风流恰殿春。
十二瑶台晴景遍，三千粉面晓妆新。
枕囊贮向深闺里，索句应惭拟雪人。

再看优昙的是《咏牡丹》：

第一秾华第一香，天然富贵冠群芳。
汉家宫里金为屋，唐苑亭前玉作堂。
种占人间数姚魏，族居天上拟金张。
瑶台月下分明见，好谱清平入乐章。

这个看诗的空儿，众卷交齐。王夫人笑道：“倒也都还快当。”二人便挨着年齿看去，那碧箫的是《咏荷包牡丹》：

嬴得佳名共洛阳，天生巧样类荷囊。
日烘嫩蕊红鲜灿，风动纤须绿线长。
玉案供宜兰作佩，瓷瓶对雪别为裳。
人间莫漫夸姚魏，也擅花中第一芳。

彤霞的是《咏蔷薇》：

竹架藤篱迥绝尘，长条狂蔓斗横陈。
盈盈浥露如含笑，脉脉临风别有神。
惭愧诗翁称野客，分明少府当夫人。
不知何事偏多刺，惹带钩衣作态频。

小钰的是《凸碧峰古樟歌》：

雷公击橐冯夷鼓，六丁六甲运神斧。
凿开怪石山之幽，怒挺虬枝势飞舞。
冰霜饱历几百年，上干云霄下蟠土。
阴阴古黛凝青霞，柯叶葰楙根杈丫。
沐日浴月盥雨露，鳞甲齿齿惊蛟蛇。
曾　闻：
樟之为木至芳烈，气能辟蠹坚耐湿。
恬淡不逐春华秾，朴茂不矜岁晚节。
就中往往神鬼护，天地菁英入呼吸。
当年选胜洗林麓，直踞霄汉凌云屋。
背临峭壁百丈强，面俯清流一泓渌。
循株缘干缭深垣，横界山椒倚飞阁。
恍然如见：
北溟风静九渊底，蜿蜒郁律龙蛰伏。

又看瑞香的是《咏杜鹃花》：

望帝魂消出蜀都，花间血泪半模糊。
笙歌可醉红帬否，罗绮曾烧绛蜡无。
十里春风山踯躅，一堂夜身锦氍毹。
鹤林寺里留佳种，谁遣仙人顷刻呼。

文鸳的是《紫荆花》：

开到荆花月已三，也知春事拟江南。
数枝婀娜风初飐，一树参差雨乍含。
良友藉英班座坐，贫娃和蕊剪钗簪。

田家宅里如还在，棣萼相望作美谈。

看毕了，还未开口，小钰猴急的嚷道："自然两首的第一，长篇的第二，余外的我不管，凭着二位奶奶定去罢。依我看起来，文姑娘这首《紫荆花》也就巧极了。"说罢，李纨道："你莫忙，太太说要有些身分的呢。"宝钗道："若讲身分，第一要算优昙的《牡丹》了，看他口气阔大得很。第二就算曼殊的《罂粟》，却也可怪，他单单让了姐姐的牡丹为王。"小钰道："他没有说牡丹哎。"宝钗说："小钰，你明儿别叫他侄女儿，叫他姐姐先生罢。难道你肚子里连个鹿韭鼠姑通没知道么？"小钰道："我大略一瞧，就忘怀了。何尝不知道呢？"

李纨道："这第三名倒要算这猴急鬼了。这一起，起得突兀峥嵘，收也收得飘忽，中间也还拿些身分。"小钰道："舜妹妹的'占尽清华'，'品第谁先'，难道没有身分吗？"李纨道："你那里知道，总要通首的气势阔大才算呢。如今第四自然要算舜华了。"宝钗道："碧箫的结句也还大方，可算第五。"李纨笑道："'也擅'二字，便有些气怯词馁的光景了。"

王夫人道："我虽不很懂得，听来瑞香的最不好。什么花咏不得？却写了一个杜鹃花，说得血泪模糊，何苦来？"宝钗回道："太太说得是极，他下半首也还唐皇。最是彤霞的《蔷薇》不好，结句什么，'惹带钩衣'，不像闺秀的口角。"便向着他道："以后须得留心，总要冠冕端重才受得福泽。所以古来晴雪梅花知为名相，二宋《落花》分出个词林宰相来，诸如此类甚多，倒也不在乎工拙。"王夫人听了，点头称是。

正在谈论，只见香菱带了女儿过来，请了安，问了好，便说："我闻得太太考诗，特地同淡如来应试呢。"王夫人说："很好。他们已是完了，正在评论。你们两个也各咏一花罢，只别犯重复了。"香菱便把各人诗看了一回，说道："这首古风不像闺女的口吻，谅来是小钰的。我说这首《蔷薇》第一好，又新又巧，只是像个取笑我和平姑娘呢。"李纨说："所以诗中不宜含讽，这叫做作者无心，观者便有意了。”香菱又问:“这首《荼毗》是谁的?博雅得很。把他的别名也搬出来了,把那些囊枕酿酒的故事也搬出来了,只嫌结句倒有些像柳花。”宝钗道:“他只想着是白的,便做到雪上去。原也泛些,况且与上句也不很接。通首是很好的。”香菱道:“这首《素心兰》中二联却也不离不即,熨贴细静。你们两位奶奶怎么个定的名次?”李纨说:“我们是遵了太太的意思,只取口气唐皇,不在工拙上分先后呢。”王夫人道:“菱姑娘,你且去瞧瞧花儿,找个题目做首给他们做个楷模。”不知香菱咏的是什么花?下回便见。

第九回　获丑擒渠略施武艺
怜香惜玉曲效殷勤

香菱同淡如走了一会，回来就写出来，给李纨等看。二人看是《咏优钵罗花》：

群芳谱上谢纷华，宝藏经中识此花。
色相似真还似幻，灵岩非迩亦非遐。
润含甘露分天竺，清绝纤尘供释迦。
任是画图容仿佛，托根宜在梵王家。

二人看了齐声道："这有什么讲得，自然是老手不同。"

李纨又笑道："诗固然好极了，只嫌有些像尼姑的口角。"香菱叹口气道："我常想出家，只恨没这个清福，刚才看了这花，不觉的心融意洽，便自然流露出来了。"王夫人便问："淡如是几时学的？"香菱说："他早也学过，近来很爱弄这个呢。"

李纨、宝钗便看他的诗，是《咏桃花》：

风流雅似武陵溪，勾引游人迹满蹊。
洞口妖娆迎远近，水边轻薄逐东西。
丹砂私向雕栏吐，红雾偷从竹径低。
纵使无言情万缕，刘郎别后梦魂迷。

两人看罢，沉吟了一回，便道："桃花本是个妖邪的东西，况此时早已落的了，何苦找来咏他。刚才太太还说杜鹃的题目不好呢。"香菱接来看了一看，问："说不通吗？"李纨道："诗是极好的，有什么不通？不过字句欠雅些。别说'勾引游人'、'洞口妖娆'、'水边轻悲'，不很妥贴，便是'私'字'偷'字也欠检点。舜华的夹竹桃何尝不用天台故事？却有含蓄。这首的结句便太着相了。"香菱点点头，其意似乎不以为然。二人就不说，另说些闲话。天已傍晚，各自散了。

宝钗仍旧在书馆伴着学生们住，到吃晚饭的时候，只见碧箫闷闷昏昏，话也懒说，酒也不喝，粥饭都不吃。宝钗疑是小孩子们好强，不很夸他的诗，心里不输服了。对众人说道："今日取诗原是迎合太太的意思，只要说得好看些就算好。其实碧姑娘这首倒算得第一呢。"小钰道："我总不服，怎么舜妹妹反不如了？我瞧这之子一联真是仙笔。"宝钗道："舜华这两首诗就最早，常该背榜的。"气得小钰脸也青了，反是舜华眯眯的笑。

宝钗又看看碧萧面色也各样了。原来他们姐妹都是天生成粉妆玉琢的脸儿，从不搽粉。这会碧箫的脸儿偏黄起来。宝钗便问他："你到底怎么？"他说："头晕得很，口里发燥，浑身发软，心头乱跳。"宝钗说："你先去睡睡罢。"碧箫站起来不住的发战，一步也走不动，依旧坐下了。宝钗就叫老妈："你抱他过去！"这老婆子姓许，最懒最强的，便冷笑道："这样大姑娘，还要人抱？我也没力气，抱你不动，扶了走罢。"

小钰听了生气，便起身过去，把老妈的手一推，说："不用你了，我会送他。"谁知推得劲儿大了，老妈就坐了一个臀庄。叫道："小爷。何苦把我的屁股都震碎了！"小钰也不理他，双手搀了碧箫就走出了门，竟抱了他往房里去。碧箫道："你别抱，把人瞧见了不好意思。"小钰道："这会子天也晚了，有那个瞧见？"竟一直抱进了房，放在炕上，要替他解去裙子。

凡是大户人家女孩子，到了两岁便穿上裙子，不比那小家子，六七岁的女孩还穿着衩裤满街的跑。况且贾园里的姐妹们，各各生得长成，无论大一岁小一岁的，都差不多高，看去倒像七八岁的光景。所以早早都穿上裙了。这时候小钰欲待替他解了好睡，碧箫不肯解，说："我躺一躺还要起来的，解他做什么？"便和衣睡下了，只说："口燥得很，烦你叫许妈倒碗茶来。"

小钰道："何必叫他，我伺候你。"便忙忙的在炉子上泡了茶，又用个空碗倾了几个过儿。先喝一口试试冷热，才送过去。一手抱他起来，一手把茶送到口边。碧箫一口的喝完了，小钰知道还不够，便问："还要不要？"碧箫点点头，小钰又照前送了一碗，才扶他睡下。舜华也过来了，问："小钰，你晚饭吃饱了没有？"小钰说："饱了。"便关上门。

正要睡觉，碧箫又说："快叫许妈来。"小钰道："要什么？告诉我，别去叫这老厌物罢。"碧箫道："这个不好烦你的。"小钰逼着问他，他只不肯说。舜华会意，就下炕来，走到跟前问道："碧姐姐，想是要小解么？"碧箫点头道："是。"舜华就伸手去抱他，那里抱得起！小钰道："让开，待我抱下了炕，妹妹扶他过去罢。"舜华说："使得。"小钰便硬硬的抱他下来，交给舜华扶着，自己忙去揭开桶盖等候着。因贾家是照南边乡风，一切女眷通用便桶，不设内茅房的。这时舜华挽了碧箫走不到三步，一个头晕跌倒在地，连舜华也带倒了。小钰连忙赶过去，一手一个抱了起来，问："跌痛了那里没有？"两个都说："没有。"小钰就放了舜华，抱着碧箫，到了桶边，一手扶着，一手要去解这裙带，碧箫着急道："不要你动！"舜华上去替他脱去了裙子，又把裤带解开。小钰就轻轻扶他坐下，解完了，又抱起来，仍是舜华替他系裤带。小钰抱到炕上，安顿他睡下。碧箫道："好兄弟，好妹妹，亵渎你们。明儿别告诉人，省了你个笑话。"舜华道："我两个又不傻，为什么告诉人？人生了病，没奈何，谁爱是这么呢，如今睡罢。"

小钰坐在炕上不肯睡。恐防他还要茶水，谁知舜华耳尖，叫道："不好了，屋上有人轻轻的说话呢。"小钰正听着，只听得扑的一声，像有个人跳了下来。碧箫也说："有贼。快向窗缝里张张瞧。"

小钰靠窗一张,见一个黑大汉子,手里拿着一枝长香一个火煤筒儿。小钰叫声:“有贼!”便提了一条枣木包铜的长棍,拔开门闩。舜华带抖带哭的叫道:“去不得的,别开门。”碧箫倒还胆大,便说:“贼多了出去不得,若只一个也不妨。”小钰不及答话,赶忙的跳出去,那贼听见房内开门,便将火香撩在地下,反手往腰里拔出一把雪亮的刀来等着。及见是个小孩子,心里想着:“且慢杀他,正好拿住了问他这下棋的姑娘在那个屋里?”不妨小钰眼快手快,便把棍头在他右脚孤拐上使劲儿一戳,“哎哟”一声,便跌倒了。小钰正要用绳子捆他,忽见一块瓦从檐上飞下来,小钰把头一侧,打不着,反打着了这贼的左腿膝上,又“哎啾”了一声。小钰抬头一看,屋檐上立着一个长人,手里也拿把刀。小钰便把身子一纵,跳上了屋,顺手把棍子在他两小腿上用力一扫,扑通的一声,栽下檐来,碰在阶沿石上,把一只眼珠子砸瞎了,淌了满脸的血。这边还有一个贼,坐在屋脊上,见这孩子手段厉害,站起身往屋后就走。小钰赶过去照着脊梁骨把棍头一点,便咯咙咙滚下后院子去了。

又四下一望,没有贼了,小钰跳下来,走进房叫道:“姐姐,妹妹,别怕,贼都打倒了。我去叫人来捆绑他。”碧箫道:“我倒不怕,把个舜妹妹吓坏了,快抱他到我这边来。”小钰看时,只见舜华把被蒙着头,抖得翠花儿似的。忙说:“好妹妹,别怕。”便连被抱到碧箫炕上,往里边放下。自己往外,一路的开门出去。

到门房口叫道:“快拿几条麻绳来绑贼!”包勇在里头应道:“贼在那里?”小钰道:“打倒在花园里了。”包勇跳起身,光着脊梁,裰了一条裤,拖了鞋,拿了两条绳,开出房门,跟着小钰就走。后面长兴焙茗都拿着绳子沸反。一路叫一路跑,管门的老李也起来了。小钰领着他们进到怡红院里,众人忙把两个贼的手反绑起来。小钰道:“后院子里还有一个呢。”众人也去捆绑了,抬过来撩在一堆儿。里头贾政、贾兰都出来了,贾政就叫家人们一齐拖到大观楼下,自己坐在炕上,问小钰怎么拿的?小钰告诉了一遍。

贾政便喝问："你是那里来的强盗？姓什么？前年到这府里来偷盗金银可就是你们么？"内中一个打断了背骨，不会说话的了。这两个打的是腿脚，还硬朗，只跪着不开口。贾政道："把那先下屋来的黑贼先打起来！"包勇应了一声，提起钵盂大的拳头，在他脸上狠狠的捶了几十下。那贼受不得，便嚷道："谅来总要死的了，别打咱，咱招罢。"包勇住了手，贼便说道："上回来偷金银这夜，咱也在内，却不是为头。那为头儿的姓何。后来劫这尼姑，是咱一人来的。"贾政问："这尼姑怎么样了？"贼道："咱怕捕快查拿，就带他上了山东海盗的船。谁知这尼姑一心想要寻死。亏了船中同伙共有三十个人，便分作五班，每日派六个人轮流守着他。又把他上下衣服通剥去了，连裹脚布子也抽掉了，簪环首饰尽数除下。只用一床被盖着他。他就寻不来死，只是不吃。渐渐饿了七八天，身上只剩了一片皮一包骨，实在饿不过，也略吃些粥饭。过了三个多月，不想竟受了胎了。就肯要东西吃，又要什么酸的吃，话也肯说起来了。"贾政究竟是个正经诚实人，只猜强盗也是一夫一妇作配的，便问："谁和他有的胎？可是你吗？"贼道："同船三十个人，没日没夜和他闹玩儿，那里知是谁有的？"

贾政哼了一声，又问："如今这个人在那里？"贼说："咱们瞧他的光景，只说他有了孩子在肚里，想必顺过来了，就不很防他。这日拢了海岸，岸上有个村子，大家齐打伙儿上去打劫，只留一个人看船。谁知他光着身子滚下床来，慢慢爬到船沿，滚下海去了。可惜这孩子还没生得出来。"贾政道："你既在海盗船上，为什么又大远的到这京城里来呢？"贼道："尼姑死了，众伙伴都没得取乐。虽在别处也抢了几个女人来玩玩，总嫌不很俊，咱想着你府里这晚和尼姑下棋的这个姑娘长得很俊，为此带了他二人特找来的。"包勇道："怪道现有一枝闷香撩在地下呢。"贾政大怒，叫再打。包勇提拳在那边脸上又是几十下，涨得像紫光桃一般，连嘴都张不开了。兰哥说："别尽着打了，拉去交给卡子上的营兵看守，明儿送官治罪

便了。”数天内自然审明正法，不必细提。

单说那小钰，送了老爷哥哥进去，回身就到母亲那边问问。宝钗道：“我和彤姐姐都没听见，倒免了害怕。又问妙香姐妹并三个侄女，都说：‘睡着了’，不听见。后来绑了拖出去的时候，才知道并不曾惊着。”

小钰放了心。回进房去，把舜华抱起来，偎在怀里脸贴脸叫道：“亲妹妹，好妹妹，别惊出病来。”见他额角上都是汗，伸手进小袄子里一摸，胸口也是汗，心里还是突突的跳，连忙把帕子替他揩干了汗，放他到炕上睡下。盖好了被，代他揉胸膛。舜华喘着说：“别揉了，去睡罢。”只听见那边碧萧哎的一声，小钰连忙过去看时，只见他张着口说不出话来，忙问：“要茶喝么？”他挣着说声：“要。”小钰就去筛了一大碗茶，抱他坐起来，喝完了。又说：“还要呢！”小钰又送了一大碗茶，听他肚子里就硌碌碌的响起来了。忙扶他睡下，用手在他肚子上轻轻的拓。碧箫把眉头一皱，挣着说：“不好了，又要解手了。”小钰说：“不妨。”就抱到桶边替他解开下衣，扶着坐在桶上。听他大小便都下来了，便说：“解了手该会好些呢。”也不嫌腌臜，就用草纸替他前后都揩抹干净了。拴好裤带，依旧抱到炕上睡下。停不一会，碧箫怪叫道：“不好了，要死了！神魂只往头顶上要出去呢。快告知太太，请我的奶奶来见一面罢！”小钰挂着眼泪向舜华道：“妹妹，你陪着他，我告诉去。”舜华道：“走不动，你抱我过去。”小钰便把舜华抱来，放在碧箫的炕上。舜华还抖着，说：“你添上件衣服出去。”小钰也不答应，跑到宝钗窗前叫道：“奶奶和彤姐姐，快起来，碧姐姐要不好了。”宝钗在睡梦中惊醒，忙应道：“我起来了。”不知碧箫性命如何，下回分解。

第十回　梅碧箫病谈前世
贾小钰梦读天书

且说小钰见碧箫病重，忙去各处报知。宝钗先同彤霞过来，只见舜华抱住碧箫不住的发抖，满眼掉泪，把碧箫的衣服都沾湿了。宝钗就把舜华抱往他自己炕上，看了一看，说："你怎么也是这个样了？"舜华答道："吓坏了！"宝钗便叫彤霞伴着他，自己去瞧瞧碧箫，真个有些不好。正在着急，那里边王夫人连夜着人一面报知宝琴，一面去请太医。自己又带了李纨、婉淑同着小钰出到园里。一进房便问："怎么样了？"宝钗摇摇头道："不中用了。"王夫人走近一瞧，只见满头冷汗，眼也闭了，口也合了，只有微微的鼻息未断。小钰满眼流泪，乱跳乱嚷。宝钗怕他又上了屋，要拉他进上房去，那里扯得动？小钰喊道："姐姐要不好了，难道不容我在这里送送吗？"宝钗道："你要在这里，不许跳，才容你。"小钰点点头，跑进跳出，发了疯的一般。

原来梅家离贾府不远，宝琴得了信，即便坐上车连忙的来。

进了府，老妈扶着直到怡红院来，只听得哭声嚎啕，心知不好了。赶到他女儿炕前，用手一摸，额角脸面都是冷的，还有些鼻息。又往心头一摸，突突的跳，有些微温，便叫道："太太别哭，他还有救呢。心头是温的，快去请大夫瞧瞧。"王夫人说："早去请了。他住得远，一时未得到呢。"说话未完，只听见炕上"唉"的一声，翻身向外问道："奶奶来了么？"宝琴飞风赶过去，叫声："乖儿子，我来了，你怎么样？"他说："奶奶你知我是谁？"宝琴道："你是碧箫哎！"他笑一笑道："我本名可卿，是警幻仙子的妹妹。前世在秦家做女儿，嫁在这东府里，短命死了。死后我想：我姐姐管的都是些离恨天、薄命司、断肠册，算来总没有好处的。因此不愿回到太虚幻境去，也不找阎王去。记起当年有个极相好的结拜姐姐，叫做萼绿华，就去找他商量，要投个好人身。他便领着我去寻掌生的南极星君。星君说：'现在没有好男身，倒是女身罢。'便把我注明投到梅府做女孩儿，又亏萼姐姐向福、禄两星君说明，也替我注了册。萼姐姐又传了我个飞刀法儿，叫我今晚五更演起。如今快去预备刀要紧。"说罢，把眼一闭，回身向里面睡着了。

王夫人道："他才回过来，精神恍惚。别惊扰他，由他睡罢。"宝琴略放了些心，才向王夫人请安道谢，又和众人行礼。小钰也上来请了安，李纨笑道："如今碧姐姐好了，小钰不用哭着跳了。"宝琴道："倒难为他这样关切。"王夫人忙叫老妈取了抱龙丸来，用钩藤汤调了，给舜华吃；又取一丸八宝安神丸，放着等待碧箫醒来吃。外面报说："太医来了。"王夫人说："叫兰哥儿陪着坐坐，待他醒来再请。"停了一会，碧箫醒了，口里含含糊糊，还念些什么，把手往上一撩，叫声"去"。连着又撩了十多撩，笑道："会了，会了。"翻身向外，说："我怎么死了去，就像做梦的一般。"宝琴说："你如今好了，定定神，好叫大夫诊脉。"碧箫说："奶奶，你什么时候来的？"宝琴道："我来久了，你还和我讲话，可记得吗？"碧箫摇摇头道："不知道，记不得。只记有个美貌的仙女，教我使飞刀的咒诀儿，说今晚五更是神仙传道的上好日子，百年难遇的，莫错过了。"

说罢，就坐起身走下炕来，到妆台边取了纸笔，画了一把刀的样式。上写着："刀长二尺，阔二寸，厚六分，两面出锋，本身铁打圆作；柄长五寸，如大拇指粗；共十二把；须用百炼纯钢，依式制造，今晚准要用的。"写罢，便催着宝琴即刻叫人去办。宝琴那里信他的话，王夫人道："到底还是神魂不定，快请太医来诊脉！"碧箫着了急，嚷道："我好好的诊什么脉？奶奶你不肯替我制刀，我就不要活了，碰死了罢。"一面说，一面真个要把头向柱子上碰，吓得宝琴使劲的抱住他。小钰忙过来说："碧姐姐，别慌，我替你办去。我家祖传有条铁鞭，真是百炼精钢。就交给包勇拿到铁匠铺里，传二十四个匠人，叫包勇守着，瞧他们分手打造。包勇这些事他极在行，不消傍晚便制齐了。"碧箫喜得什么似的，笑说道："钰兄弟，你真个肯这么着，真是我的大恩人了。"接连福了几福，便要跪下去。小钰扯住道："好姐姐，别这么！我就办去。"说罢，往外飞跑的去了。

众人也若疑若信，由他两个人鬼鬼祟祟的闹去。王夫人说："如今放心了，好诊脉了。"便请了王太医进来，隔帘诊了一回，诧异道："好好的和平六脉，怎么会死了去？"贾兰说："实在死了好一会才回转来的。"太医道："不用开方，喝碗生姜泡的茶就是了。"说罢，就同兰哥儿往外去了。

碧箫便梳起头来，换上衣服，向众人道："仙子说的，要独自一个人习练的。这园子里人多不便，我要同奶奶回去。"王夫人说："还早呢，忙什么？吃了饭再商量。"碧箫道："停了一会儿，吃了饭回去倒使得，商量是不用商量的了。"

宝琴只是不依，宝钗说："就依他罢，或者真个有些古怪也未可知。"正在议论，小钰笑嘻嘻跑来说："包勇赶紧的办去了，应定傍晚准有。"碧箫感谢不尽，便道："好兄弟，我今儿个暂时别了你们回去，待等习练成了，依旧来馆里读书。"小钰道："你就在这园子里习练，待我也好学学。"碧箫说："仙人再三叮嘱，别叫人瞧见。若传了别人，不但那个人习不会，连我自己也不中用了。这是各人各自的仙缘，强不来的。不是我舍不得传你。"小钰点点头道："很是。"便怔怔的坐在椅上出神。

那边邢岫烟也过来了，众人告知他。他说："什么？我去得两晚就闹这许多故事！怪道听见说府里拿住几个贼。再不想是小钰拿的。"又问碧箫："果然就要回家去吗？"碧箫道："回去定了。"岫烟问:“几时来呢?”他说:“习成便来。”

岫烟又问:“要得多少时候才成?”他说:“我也不知道,谅来不过几个月,也不到很久的。”

大家吃了早饭,碧箫就要回去,王夫人又留着吃午饭。宝琴知他着急,先叫把他的衣箱书籍等物用车赶了回家,然后慢慢的吃过午饭,领了他辞别众人。

碧箫又告求小钰道:“好兄弟,有了刀即刻着人送到我家来,千万别误了。”遂福了几福。小钰应声:“知道了,不得误的。”说着不住的淌下泪来。碧箫认是他不忍分离,便道:“好兄弟,我去去就来的,别这么。”宝琴道:“小钰真是个傻孩子,这有什么悲的? 近得很,要来就来了。”小钰含着泪摇头道:“不为这个。”宝钗问:“不为这个,为什么?”他回道:“我想碧姐姐是个女姑娘,偏有仙子传他使飞刀,自然将来有一番事业做出来的。我白做了个男子汉,偏没个仙人传授。那仙子还不许碧姐姐转传呢,想着了可恨得很。”李纨笑道:“小钰莫慌,你可听见仙子说的:‘今儿是神仙传道的大好日子’,恐怕五更天,也有个仙人来教你呢!”小钰也不答话,只是闷闷的呆着。

众人送了宝琴母女去后,各自散开。彤霞悄悄向小钰道:“碧姐姐的炕是空的,我搬来和你们作伴罢。”小钰道:“很好。”便来见岫烟。只听得宝钗正和岫烟在那里推逊,一个说:“今儿还该回去。”一个说:“你要上房管事,搬进去才是。”小钰趁势说道:“碧姐姐去了,炕是空的,不如把彤姐姐搬到咱们房去,三个人作伴热闹些。先生要去便去,要住便住,奶奶又省了搬进搬出。”宝钗说:“很是。”岫烟也说:“使得。”彤霞便欢欢喜喜叫老妈把铺盖梳妆搬了过去。宝钗也就移出园中,进内屋去了。

晚饭后,岫烟归了家,小钰同着彤霞回到房里,看看舜华也好些了,三人就说了一会子闲话,便各自睡了。到得天明,舜华叫道:“彤姐姐,醒了没有?”彤霞道:“醒了。”也叫道:“小钰醒罢!”小钰没应。舜华道:“别叫他,他接连着两晚没好睡觉,让他多睡睡,我们梳头完了再叫他罢。”两人妆毕，又去推他叫他，那里叫得醒？二人着了忙，走到前屋，见岫烟也刚过来，就告知了这话。岫烟道：“那有这事？待我去瞧瞧。”便忙着进来，也是乱推乱叫了一回，全然不醒。舜华道：“这不是睡，别有缘故呢。向日我和他二人最惺忪的，有个耗子走过也会醒的，那有这么样的睡法？”岫烟着了急，忙叫老妈往上房通报去。

那李纨正同婉淑在那里调排家事，不得闲。王夫人先带同宝钗飞风的进园来，一看时，吃惊不小。宝钗把手挽他起来，拍着背大声的叫，总是个不应。王夫人就哭着叫请大夫。李纨、婉淑也来了，又一会子，周姨娘、平儿、巧姐、香菱、淡如、惜春、紫鹃通到齐了。同馆姐妹个个发急，舜华倒在炕上哭个半死。

那贾政、贾兰也都同了王太医进来。女眷们退避，独有舜华哭坏了，起不来，便替他放下幔子遮着。太医静静的诊着脉，贾政叹口气道：“家运不好，天天闹些花色儿。”太医诊完了脉，说：“这不是病，谅是在那里做什么奇梦，梦完了自会醒的。”贾政说：“那有这样大梦？”太医道：“老先生是念书人，难道忘了秦穆公一梦三日夜才醒的故事么？”贾政、贾兰也只得陪他出去，他也不开方，竟自去了。

众人依先的团团围住着守他。渐渐到午正了，宝钗没法，只得抹着泪上炕去抱住了，把口布着他耳朵死命的叫：“小钰醒来，你不醒，我就碰头死了。”王夫人也去布了他一只耳朵，带哭带叫，乱闹了一会。只听得小钰嚷道：“不妨的。”又停了一停，说道：“何苦来？这样闹害人家，书也没念完，如今莫作声，让我理一遍瞧。”翻身就向着里面，不知念些什么。念了一回，笑着坐起来道：“还好，还好，都记得的。只可惜了，第三卷没有念得。真真的何苦来？我又不死，在那里念天书呢！”

王夫人说：“那位仙人教你读的？”小钰道：“我梦里见一个蓝袍纱帽的官儿，向我说：‘东岳帝君召你。’我便随着他走到个宫门前，进了门内。沿着东边廊房走去，见有许多官儿，瞧着许多书办在那里碌乱的造册子。我一眼望去，却是些花名册子，一个册上就有周琼的姓名，连三姑夫的名字也在上边。我问那引我的官儿：‘是什么册，这样多得很？’他说：‘是阵亡的名册。’我说：‘现在是太平天下，那有这许多阵亡的人？’他未及答应，已走到了殿门边了。他叫我略站着，自己却走进去跪奏道：‘召到了。’我偷眼一瞧，当中案上坐的就是岳帝，东案坐的是关圣帝君，西案坐的是纯阳祖师。”

王夫人道：“你怎么认得？”小钰道：“合画的塑的神像一式一样的，所以认得。只听得上面说声：‘传进殿来！’见那官儿立起身来把头向我点点，我就进去跑下拜了四拜。岳帝便道：‘小钰，我替你求了关圣，借你神将三百员，神兵三千，已蒙圣帝允了。又求请祖师授你三册天书，快去读来。’说罢，见西边有位紫袍官员走近案去，捧了三本书来交给我。我就朝上又拜了四拜，那蓝袍官儿引我出殿，往西廊下进了一间空房，里面摆着一椅一桌，桌上点一枝红蜡。我坐下瞧时，一本的面签是写着‘第一卷’，旁注一行，是‘召请天将神兵顷刻立至’。又一本签上写着‘第二卷’，下注‘呼风唤雨飞沙走石’。又一本是‘第三卷’下注‘医治疾病起死回生’。我就把第一卷念起来，召将遣兵之外还附载些舞枪使刀、射箭抛石、安营列阵，并饲养仙马的药方。这时候静静的读完了，蜡烛也熄了，天也大明了。又把第二卷来读，读不多时，就听得耳边不住的叫唤。我只不理，忙忙的读，那知越忙越慢，闹得好心烦。赶着把第二卷的正文读完。还附载些占验天文、审察地理，并奇门遁甲、卜筮的方法，我还不曾读得，只听见太太、奶奶叫着，哭得可怜。我怕苦坏了二位老人家，只得应了一声，‘不妨的’，便跳醒了，真真的可惜！”王夫人道：“既这么，你再睡去读罢。”小钰道：“这会子那里去找这蓝袍仙官呢？”李纨道：“咱们都出去，待他再睡睡，或者接着读完了更好。”宝钗说：“很是。”王夫人就领着众人出了房，随手把门拉上了。

一面告知贾政、贾兰，一面又想起舜华不知怎么样了？欲知后事，再看下回。

第十一回　镇东伯初平海寇
明心师新整庵规

那王夫人想起舜华，便向宝钗说："舜丫头倒在炕上不知怎样了？我想要去瞧瞧他，又怕惊醒了小钰，读不完全。"宝钗道："断乎去不得，只好由他罢。"大家停了一回，陆续散了。

这里小钰翻来覆去总睡不着，又听见舜华在炕上哼哼的，便问："舜妹妹，你怎么样了？"舜华说："你做梦不醒，把我吓也吓死了！"小钰起身过去一看，眼珠都哭肿了。只叫"浑身骨头都抖散了，疼得很。"小钰便坐下，要替他捶腿。他忙叫"不要，不要。你这大力气，恐防腿骨也敲折了！"小钰答道："说得我这样卤莽！妹妹的身上，我那里敢使劲捶的？"说罢，果然轻轻的捶将起来。舜华本闹乏了，此时心里一宽，不觉沉沉的睡着了。

小钰照旧把幔放下，轻轻开门出来。宝钗一见，便问："补读了没有？"小钰道："何曾睡着了？"王夫人就叫他去见见老爷。贾政细问了一回，又嘱咐他别招摇开去。正说着，只见包勇走来，向小钰说："铁棍倒有一条，是个什么和尚使的。如今他死了，徒弟拿在小市上卖，真是好纯钢，只是重些，大约有三十多斤呢！"小钰道："三十多斤，那里算重？我掇的那块石头，秤来有三百八十多斤，我丢来抛去并不觉重呢！"贾政问："你要使吗？"小钰说："是因为这条木棍太轻了，不配手。"贾政就叫包勇"拿几吊钱去买了罢。"小钰便欢欢喜喜进园去了。

贾政进到上房，向王夫人道："闻得山东海盗十分得横，若依小钰说来，莫非周亲家要遭劫了？"王夫人道："我也在这里惦记，探丫头才得来京，复又外去。他公公的兆头又不好，何不老爷写封信去，接了他来罢。"贾政点点头道："使得，只说太太记念，要他来见见就是了。"

且不提上房的话，单说小钰吃了晚饭，同着彤霞回房，便去瞧瞧舜华。舜华道："好些了，多谢你捶得好。"小钰道："我再给你捶捶。"舜华绝不要。彤霞就笑道："我倒想要个人来捶捶，偏没人肯。舜妹妹不要捶，偏有人央着要给他捶。"小钰道："彤姐姐果真要，我就给你捶。"便走将过来，彤霞道："慢来，待我脱了衣服，盖好了被，捶来才受用呢。"小钰笑道："好排场，你把什么谢我？"彤霞道："明儿我也给你捶。"小钰道："我不受捶。只要你的尖指头、长指甲，背上腿上搔着痒才舒服呢。"彤霞说："不难，不难。明儿你先睡了，我伸手到被里来搔，包管搔得舒服。"小钰说："使得。"便坐在炕沿上替他带敲带捏，彤霞就睡去了。

小钰听听，舜华也睡着了，便轻轻开了门，走到大观楼前宽旷地方。捏着决，念着咒来，果然无数神兵驾云而来；急忙念了退咒，退去了。又捏诀，风雨都应声而至，也即便退去了。满心欢喜，回到房中睡下。以后恐怕亵渎，不敢再演。

明日早起，包勇叫两个老妈抬送铁棍进来，小钰舞了一回，得意得很。又画出许多刀枪弓箭的式样，叫他照式去办了来，每夜乘空便去舞刀耍枪的操演，不在话下。

时光易过，早又是第二年的新秋朔日。贾政上了衙门，随即回家到王夫人房里。王夫人问："为什么今儿散得这么早？"贾政道："特来告知喜信。那周亲家把山东海盗尽数剿灭，连巢穴都扫除了。圣上十分夸奖，加封镇东伯，赏赐了许多东西。奉旨不必来京谢恩，仍旧驻扎海口，往来登、莱、青沿边一带巡查防御，谅来无事的了。”王夫人说：“既这么，探春大约就好来了？”贾政道：“未必。昨儿有个山东引见官儿，我问起他，他说周大人只有一儿一媳，生了个孙女。如今正望得个孙子，那肯叫他们夫妇离开？”王夫人说：“连女婿也同了来不好么？”贾政道：“越发不能邀，自里走不开的。”王夫人道：“女儿出嫁，也只得由他的，要没有什么意外的事故便好。”贾政道：“这个放心，地面安静了，必无他虑。”

正在说话，只见惜春走进房来，请了安，王夫人道：“你怎么一向绝影儿，总不来走走？”惜春说：“我最爱独自一个打打坐，念念佛。如今也学诵了几部经，因此就不得常来请安。今日有话要回叔叔、婶娘，才过来的。”贾政问：“有什么话？”惜春道：“现今两个姨娘都回母家去了。虽说回去住住再来，瞧光景是怀着别念，未必回来的了。所有抄不尽的衣饰，尽数都带去了。”贾政道：“这个他那里敢？我会着人去叫他回来。珍哥儿到底还没死呢！”王夫人说：“依我想，也不必去叫他们回来，少年丫头起了歹念，你拘得他们的身，拘不得他们的心，何苦来呢？”惜春道：“太太说得很是。但是如今空落落的一个大房子，光剩我和一个老婆子、一个紫鹃、一个小丫头住着，也不妥当。我想着拢翠庵，妙玉的一个老妈、一个丫头还在那里住着，不如搬了过去。供的佛像也现成，钟磬经卷也现在，就在那里修行修行倒还妥当。特来请叔婶二位的示下。”贾政道：“没有男家人吗？”惜春说：“门上一个老头儿，带着买买东西挑挑水。灶下就是婆子、丫头烧煮烧煮，余外没有人了。”贾政道：“我因衙门事忙，家道又烦难，又碰出许多花色样的事情，竟没有想到你那边去。只是那拢翠庵断乎去不得的，前日还拿住个贼——就是劫妙玉的，你还不知道呢！我想那边府里只剩了五个人，自然难住，不如移往潇湘馆，连庵里这两个人也移了来同住。那里离怡红院不远，有什么响动，也好叫小钰照应。你道何如？”惜春道：“这么更好。初三日子好，叔叔打发个人来，搬了我的箱笼什物过来，就

好把东府交代收管了。”贾政应允，就出书房去了。

惜春又和王夫人同到园里，告知岫烟等众人，又叫了庵里的老妈、丫头来吩咐了一回。这丫头也有十六七岁了，倒出落得很标致，打扮得像戏里陈妙常一个样儿。听说叫他搬进园来，快活得很。

到了初三日，果然各各搬了到潇湘馆来。家伙放不了的，依旧收了些到大观楼上去。宁府只剩了个空第，便封锁了。连那门上老头子也叫到西府来了，那园外的拢翠庵也锁空加封了。惜春便把庵内的菩萨都请来，供奉起来。又限定每日早晚的工课，木鱼、金磬、钟鼓、梵音倒也好听。

第二日王夫人带了儿媳并孙妇到园中，邀了岫烟带同彤霞等姐妹们，上潇湘馆来参什祥佛像，各处看看。见惜春倒也调排得妥当，也分出个韦驮守山门，也分个大殿后殿，也有个客堂，也有几间云房，也有个香积厨房，都打扫得干干净净。

众人逛了一回，齐到客堂坐下。惜春说：“我如今出了家，不便仍用原名。烦各位姐姐替我想想，起个法名罢。”宝钗道：“就用明心见性的‘明心’二字何如?”李纨道：“好极了，以后都称他明心师便了。”紫鹃说：“我也要取个法名。”小钰出看说：“《释迦成佛记》说道：‘一灯灭而一灯续’，你就叫传灯罢。”那大丫头道：“我叫个什么呢?”小钰道：“正好一对，竟叫了授钵罢。那小丫头子不用取名，只叫声小沙弥；老妈子就叫声佛婆便了。”王夫人说：“倒也都不错，只是那潇湘馆不配庵名，须得改两个什么字儿。”小钰反着手踱来踱去，一时想不出来。舜华扯扯他的衣襟，悄悄说：“芬陀。”小钰大悟，就说：“王幼安的记里说：‘或迦兰陀竹园，或舍利国金地’此处多竹，竟叫芬陀庵罢。”李纨道：“好极，不失潇湘本意。”王夫人说：“小钰肚里也还有货呢。”明心说：“我听见岫烟姐姐说舜姑娘的字法第一精妙，就烦把这个匾额写了好换。”舜华道：“我是临《玉版十三行》的，写大字不很配，还是小钰临《多宝塔》的，匾上镇得住。”王夫人问他们："各自临各样贴的吗？"岫烟说："碧萧临柳，小钰临颜，二香和彤霞都临的董香光小楷，优昙姐妹同临《灵飞经》，俨然钟绍京了。只文鸳还不很到家，究竟总要让舜华的王字第一。"明心说："这些匾对通得换过，只是费事些。"授钵道："我会糊裱，只将原旧的背面用云母笺或藏经纸金黄笺裱起来，写上字。大小涧徕都合式的。"小钰道："交给我，包管一律换来，都是些佛家口气。"明心说："拜托，拜托。"小钰说："容易，容易。"彤霞私下羞他脸道："现在是传卷的，这会子夸大口，只怕依旧要请枪手呢。"小钰忙摇手道："别说。"舜华笑了一笑，不开口。

明心说："庵名已是有了。这大殿供的如来文普三尊，那前楹的匾柱上的对是极要紧的，烦小钰想个匾对字样。"小钰道："匾上用'一法乘兮'四字何如？"宝钗道："使得。那对儿换个什么？"小钰想了一想，便说："大迦叶云迎千乘，阿难陀雷吼三轮。"舜华轻轻的说道："不切！"李纨有些听见了，便笑道："小钰，你有个樟柳人儿做耳报的，怪道敢这样满应！"大家都笑起来。

李纨就向舜华道："军师，你说个罢。"舜华站起来说道："有是有，只不很好。我想'天界人界率妙谛以同途，鹫林尸林领火徒而回席。'"宝钗道："很好。"

明心又说："后边阁子上供的却是些经卷，那楼上原额是'宜雨阁'断乎用不着的。那对儿也要换过才好。"小钰道："竟老老实实的改了个'藏经阁'罢。"舜华道："不如改做'经香阁'。"李纨笑道："'黄牛树王眠'只须改一个'下'字，便差远了。"小钰见李纨笑他，便叫道："我画一副对儿却好的：'宝相晶莹澄满月，天香缥缈映寒星'。"舜华瞧他一眼，说："供的是经，不是佛像！"小钰还在碌乱的自夸。宝钗道："你没听见，师父在那里点醒呢。"便向舜华道："你做一联罢。"舜华便应道："节庵玉芨书三藏，纯一金函典五云。"李纨道："小钰听听，这才是说的藏经处了。"舜华道："后殿的对联竟是'鹦鹉双栖古蛋绣头陀之偈，珊瑚七只春蚕织无量之碑'。"李纨、

宝钗齐说:"更好!更好!"

小钰道:"两位奶奶既说他的好,就叫他一个做,我一个人包写罢。"岫烟道:"写好字的多着哩,何必你包?那优昙两姐妹写来比你高多了。"舜华怕他害臊,连忙说:"小钰写的匾上大字,我实在愿让他的,真真是鲁公心正笔正……"话未说完,李纨笑道:"其然君子亦党乎?还怕是阿私所好呢。"舜华红了脸,低着头,不开口了。

优昙说:"先生和奶奶们也得做几联才好。"李纨道:"庵门外的对儿我做罢。"岫烟道:"我做客堂里的。"宝钗道:"我想着山门口中间是韦驮,两旁是金刚,那上联就说'扫尽了东西南北方妖邪好成护法',下联说'当得起十万八千斤宝杵才许为魔'。"王夫人道:"我听来倒是这副对儿很好。"又闲坐了一回,各自散了。

从此,小钰和授钵两个忙个不了:小钰爬高落低,只管除下来放下去;授钵忙着糊裱。众人赶着做的做,写的写,不消几日,就都换明白了。那授钵和小钰在一处惯了,时刻也离不得,大约怡红院里,一个少也要走这么五六回儿。且莫提起。

这日正是初七乞巧的佳节,舜华拿了一幅粉红泥金笺,题了一首双星词,送给岫烟并众人看。大家看那诗时,上写着:

新月娟娟眉曲碌,井床绠映桐阴绿。
西南凉露丙夜高,指点双星渡河曲。
银河潋滟鹊作梁,天孙环佩开明妆。
烟鬟雾袖霞为裳,英英露蕊红兰香。
睆彼牵牛亲服箱,何以报之锦七襄。
屋角蛛丝络新网,拈针瑶阁抬珠幌。
年年乞巧巧自多,九光吉云煜千丈。
金梭簇簌穿同心,百结蒲萄互浅深,
合欢宝瑟朱弦琴。

大家看完了,都说:"艳得很,大似温八叉,恐防我们和来未必赶得上呢!"小钰道:"我竟搁笔为高,省了献丑罢……"

话未说完,见上房的老妈来说:“老爷在太太房里,叫兰哥儿和小钰吩咐什么话。快去,快去!”小钰听了,忙就赶将进去。大家猜不着说什么话。停了一会,小钰笑嘻嘻的出来,说道:“明儿有个姓白的,号叫云山,人人称他为白半仙,灵验得很。老爷请他到我家来相脸、算命。你们各人把自己的年庚八字开了出来,好叫他算。”一面又去通知淡如并授钵,各人都得意得很,就在灯下开写明白。

到了次日,早早起来,梳洗了,催着早饭。吃过了,听见老妈传说:“白先生来了,现在那里相兰哥儿呢。”小钰就拿了各人的八字飞跑出去。不知算得谁的命好?下回细说。

第十二回　白云山兼谈命相　红药院闲讲经书

小钰走到前厅，先和老爷、哥哥请了安，又和相士作了一揖。那白相士劈面一见便说："好贵相，今年几岁了？"贾政说："慢着，你且相完了一个，再相一个。"白云山说："这位大哥儿不用细相，显露得很。包管状元词林，位至从一品，寿数也长。只是运行得迟些，总须三十岁以外才交大运呢。那位小哥儿生得极奇，目秀而威，光仰点漆；鼻准丰隆，梁透顶骨。《麻衣相经》上名为伏犀贯顶。又且双眉入鬓，两耳贴腮，唇红齿白，语音清亮，虎背龙腰，两手过膝。五官、四肢、身材，色色相配，贵不可言。请教内五行合一合，错不错？"贾政说："今年六岁了，正月十五寅时生的。"白云山说："一些不错，壬寅年壬寅月壬寅日壬寅时，这叫做人骑虎背，虽还是个人臣，已经贵极了。若是四个'壬辰'，就叫人骑龙背，竟是九五至尊了。这八个字，实在只有一干一支。《果老经》说的干支不杂，位掌朝纲，日元壬水诞于春初，是年正月十四日亥时立春，十五日还算得冬水旺相之时，而且干上四重水，生着支上四重木，正合着《玄经》上说的承雨露之恩，成栋梁之器。这个人将来文武全才，出将入相，还要裂土封王，真正是一人之下，万人之上。更有奇处，别人想中三元，他却中的四元呢。我算了几十年的命，这个八字算是第一了。"说完，贾兰又把自己的八字告知。白云山点点头，说："不错，也是与相相合的。稳稳当当，富贵福泽的人就是了。”

小钰便把众姐妹的年庚八字单送上，说：“先生瞧瞧，通是右命。”白云山便顺着次把彤霞的八字一推，说：“这个命是极富贵、极安乐的。只怕时辰记得不准。”小钰道：“准的。他自己开的。他母亲也瞧着开的，那里得错？”白先生笑道：“既不错，可惜这么一位有福的姑娘，却要做偏房的。”贾政道：“难道卖做妾吗？”白先生说：“卖也未必卖，总之不是正室就是。”

又把碧箫的一看，说：“这八字决有错误，不然没这个理。那有姑娘们会得了战功裂土封公的？已经是不像的了。又且也要做偏房的，你想，既是封做了公，还肯嫁做侧室吗？”小钰道：“这却是代开的，或者时辰错了也不定。”白云山说：“这就是了，且撩开。”

又看看淡如的，道：“我们算命的最忌算死人八字，怎么小哥你把个死过的人开上混我？”小钰道：“现在活的，那里会死？”贾政就问：“是那个人的？”小钰说：“是淡如的。”兰哥说：“先生且说怎么该死？”白云山道：“辛丑年甲午月辛巳日甲午时，日元辛为柔脆之金，生于夏令，本身已弱，又是两重午火克他，万无生理。况且端午日生的，大概不很好。除了孟尝君以外，便如王镇恶也到底不获令终。看来这个人两岁上逢着寅年午月戌时，叫做寅午戌会成火局，再不能逃生的了。”兰哥笑道：“先生真正如何，果然第二年端午日戌时死的。隔了一夜，有个游魂借尸还了魂，就活了。”白先生也笑道：“我倒从没算过这样古怪的八字，如今就把还魂这年月日时排做八字，不知是初六的什么时辰活转来的？”兰哥说：“午时。”云山道：“这个八字死倒不会死，但是轻狂得很。桃花会了咸池，又在沐浴之乡。经云：“女命若坐桃花星，花前月下定偷情。”查五星盘桃花落在相貌宫中，该长得十分俊丽呢。小钰点点头。白云山又道：“所以古人说的‘冶容诲淫’是不错的。”

接着底下是舜华的八字，云山道：“奇得很，也是个人骑虎背，干支不杂。自然是位王爷的正妃了。”便向着贾政道：“大人快去求了这位姑娘来,配给这个小哥儿,真是天生一对呢,不要错过了。”

说完又看看妙香的,说:“是个三品淑人,有子有女,寿过花甲。”

又看瑞香的,皱皱眉道:“癸卯年丙辰月乙未日庚辰时,乙为日元,乙禄到卯禄前一位为羊刃,辰月辰时,两重羊刃,若非寡居,定要短命。大概十五岁上交到戊运,有些难过了。”

往下看着优昙的,是“癸卯乙卯癸卯乙卯”八个字。叫道:“好大八字,但不知是什么刻数?”贾兰道:“初一刻。”云山把舌头一伸,说道:“竟是一位正宫娘娘呢。卯为癸贵,现在四重卯兔,名为四贵格。又且双干一支名为独柱擎天。四柱之妙,已不待言,五星太阴升殿,正照命宫。又且命主众星各归本垣,真是母仪天下之兆,断乎不爽的。”贾兰道:“还有一个同时孪生的,难道有两个正宫么?”云山道:“所以要问刻数,若交到卯正三刻,便差了一度。虽还是升殿,却不正对,略略逊些。看来也是个皇子正妃呢。”贾政问:“应在几时几岁上?”云山道:“这壬寅左命,是二岁行运,交到‘卯’字末,就上了运。一交‘甲’字,便大发了。”贾政问:“几岁交‘甲’字?”云山道:“十二岁。”又说:“这癸卯右命,一岁至十岁‘丙辰’两字平平。十一岁交上‘丁’动字,便了不得。十六岁交了‘巳’字,就要入宫册立了。”贾政摇摇头,王夫人等在屏后听了,也是疑而未信。贾兰道:“三女同胎,还有一个是辰初三刻的。”云山道:“这就差多了。丙辰时虽是财宫,干支杂了,不在奇格,但可许三品夫人之命。”

小钰又忙把授钵的八字给他瞧。他侧着头笑道:“这是个尼姑的命,却又不守清规,胡闹得很。不必细算他。”贾政误是惜春,便问:“谁的八字?”小钰道:“妙玉的丫头授钵的。”贾政便不则声。

贾兰就向怀里取一封谢仪,送过去。白云山摇摇手道:“据理直谈,未必果准。这十一岁的姑娘选定妃后,十六册立也还有的事,那十二岁的小哥儿封王,连我也不很信,且待将来应了再来领谢罢。”说毕,起身就走。留也留他不住,贾兰只得送了他出去。

王夫人便转出屏来说道："这先生倒也说得直截，并没一些江湖上的两骑墙的话头。"贾政道："理他做什么，那里一家子就生了这许多大富大贵的奇命？"王夫人笑道："白听着，往后瞧罢。"各人散了。独岫烟心里想道："小钰这个人自然有些异样。只是他若准了，各人都会准。难道真个我的女儿要做偏房的？"愁了一会，也没法，只得且丢开了。从此无事。

倏忽到了第二年秋天，小钰七岁了。贾政曾经吩咐兰哥儿趁下衙门的空儿，给他讲究应试制艺的工夫。这一日偶然闲着，便打发小厮传知老妈，去叫小钰到红药院来。这院子就是贾政新收拾出来的三间书房，因庭前栽的许多芍药，就起这个院名。

不一会，小钰到来，请了安，站在旁边。贾政问："你做时艺怎么样了？"小钰回道："也做过几十篇，通是兰哥哥批改的。"就忙忙的取来送上。贾政大略看了一看，说道："我也荒疏了，大概瞧来还使得。只是兰儿赞的太过了些。"又道："俗语说'《四书》熟，秀才足。'那些存蒙浅达固应旁参，这朱注尤宜玩味。勘题既确，行文自然真切。但其中亦有不必过泥的，如'必有寝衣，长一身有半'该怎么讲？"小钰道："这是朱子读了别字，以致解得牵强了。那'有'字原有两音两义，一云九切，音友。《玉篇》释为'无'字之反。如《易经》'大有'、'富有'，《诗》'奋有'，《春秋》'有年'之类。所以这'有半'二字，与'三分有二'的'有'字一个样，言就一身而仅有其半，即今之贴身短衫子，才好穿了睡觉的。一音尤救切，与'又'通。如《书经》'三百有六'，'旬有六日'，《诗》'不日有曀'，《春秋》'十有三年'之类。朱子误为长一身而又加半，只得说个'其半盖以覆足'，其实断没有这样衣服的。"贾政点点头道："'吾岂匏瓜'，二句注得怎样？"小钰道："《正字通》引陆佃《埤雅》云：'长而瘦上曰匏，短颈大腹曰瓠。'瓠甘，匏苦。苦不可食。故《诗》称'匏有苦叶'，《左传》叔向曰：'苦匏不材'，庄子云：'瓠落无所容'，后人遂合匏、瓠为一字。当日夫子明说,吾岂如苦匏之仅可系而不可食?词义显然。朱注当说匏瓜系于一处而不可食,就明白了。他偏错下了个'能'字,又添上了个'饮'字。竟说成匏瓜不能饮食,难道别的瓜儿都会饮食的?可笑得很。又如'虽疏食菜羹瓜祭'是一句一读。'必齐如也'一句,明明白白。何必把'瓜'字改作'必'字,倒成武断了。"贾政笑笑,又问:"《易经》'易简而天下之理得矣',又'俯以察于地理';《左传》'先王疆理天下';《中庸》'文理密察',《乐记》'理发诸外而民莫不承顺',《内则》'薄切之,必绝其理',《孟子》'大不理于口',《月令》'命理瞻伤察创视折',《左传》'行理之命',《周语》'行理以节逆之',那些'理'字怎么样分别呢?"小钰道:"'天下之理'是义理之理。俯察地理,是言地之脉络。《左传》疆理的'理'字,作'正'字解。《中庸》的'理'字作条理解。《乐记》的'理'字,谓容貌之进止。《内则》的'理'字,谓肤肉之凑理。《孟子》的'理'字作'赖'字解。《月令》的'理'字,注云:理,治狱官也。《左传》的'行理'应通作'李'字,又注作使人。《周语》的'行理',是指司宾客之官,各有分别的。"

正在说时,只见门上走来回道:"包勇被人家打坏了,伤重得很,请老爷示下。"贾政问:"谁打他的?"门上说:"这也是他自作的,当年有个柳湘莲,曾经打过薛大爷的。"贾政道:"闻他出家去了哎。"门上说:"是他做了道士,今年春间回来,住在玉皇阁。夏天就在大殿前搭了一座擂台和人家比力。包勇今儿见他连打倒了三个人,心里不服,便和他耍起拳来。先写定了:各人情愿,打死不论。谁知腰里着了一脚,胸口着了一拳,跌下台来,又碰伤了脸额。现今躺在炕上,不住的哼。"贾政道:"这狗才,自己讨死。如今不过请个外科医医罢了。医不好也只由他呢。"门上应了几声"是",退出去了。

贾政依旧问小钰道:"《曲礼》'刚日柔日'怎么解的?"小钰道:"甲、丙、戊、庚、壬五奇为刚,乙、丁、己、辛、癸五偶为柔。"贾政说:

“不错。”又问：“‘由’字底下加个‘马’字，是什么字？出在那一经上？”小钰道：“‘若颠木之有枿’，出在《古文尚书》，谓已倒之木，更生孙枝。《今文尚书》作由蘖，音义亦同。”贾政说：“《诗经》‘町畽鹿场，毛苌训町畽为鹿迹，《通雅》讥以为泛，究竟该怎么解？”小钰道：“该依朱注‘舍旁隙地’为是。”

祖孙正在讲得高兴，忽见王夫人带了李纨来到书房，说道：“老爷大喜，婉淑生了一个男孩子。”贾政说：“什么时辰？”王夫人道：“刚才落地。”瞧表是酉初一刻。贾政喜欢道：“很好。你快去陪着他罢。”王夫人道：“老爷给他取个名儿罢。”贾政道：“现在早桂盛开，就叫桂哥儿罢。”王夫人便笑嘻嘻的进去了。

贾政又向小钰道：“天色晚了，你也回园去罢。”小钰答应了就回到园来，只见众姐妹在那里投壶。小钰问：“先生呢？”众人说：“还在婉姐姐房里，我们先出来了。”小钰问：“你们投的壶，那一位投得最好？”众人说：“自然要让彤姐姐第一。”小钰道：“赌什么？”众人说：“赌打手掌。”小钰立着看了一回，说道：“太近得很，让我来投个远的。”便一手拿了壶，走到对面山子上放下。复身回来抽了五枝箭，说道：“若有一枝中在耳内的，就算我输。那个敢来和我赌？”舜华道：“我不来赌。”彤霞说：“我来。”小钰就提起箭接连掷去，五枝箭却端端整整插在壶正中口里。彤霞说声“不好”，忙要跑开。被小钰一把拉住，把他手掌挖开，轻轻打了五个。优昙说：“彤姑娘原不该和他赌的，他天天在那里射箭抛弹，练熟的了。”瑞香道：“我也来试试。”便使劲儿掷了两枝，都送不到半路就掉下来了。小钰也挖他手掌来打了两下。大家笑做一堆。

只见老妈走来，说道：“天已黑了，还在这里闹什么？先生等着吃饭呢。”众人听了只得回到馆里，同吃了晚饭，小钰便进到上房，叫丫头传话到兰哥甄氏跟前道喜，还要看看小孩儿。贾兰果然抱到房门口给他看了一会。小钰才回到园来，只见舜华皱着眉在那里叫疼。小钰问：“为什么？”舜华道：“我今儿个高兴，多投了一会子的壶,使了劲儿。这时候胳膊上疼得很。”彤霞笑道:“你不得诀窍,这投壶倒别使劲的。”小钰道:“妹妹这样娇弱的嫩腕,原不该十分使劲的。”连忙就坐到他身边扯了他的臂膊,放在自己膝上轻轻的揉一会、捏一会,又敲一会。舜华道:“好些了,各人睡罢。”三人安息下去。

小钰想起包勇,向日打刀枪、办弓箭很出力。如今叫道士打坏了,该替他报报仇才好。只是说明了,老爷、太太、奶奶必不许去,就是众姐妹也要拦阻。翻来覆去想得了一个诡计,才放心睡去。

第二日一黑早,便起来梳洗了。跑到上房,见贾政正在王夫人房里吃点心,端整要上衙门。小钰请了安,王夫人说:“今儿又不是朔望,来做什么?”小钰道:“昨晚做了个梦,梦见东岳帝君,说我受了仙书没去谢谢,不知道理。今儿回过老爷、太太,要出门去拜拜岳帝。”王夫人道:“很该的,我却忘记了。”不知贾政许去不许去?下回分解。

第十三回　玉皇阁小儿角力 杏花村孤女完姻

贾政听小钰说要去拜谢岳帝，便道：“该去的。”一面传了周瑞、焙茗跟随速去速回，一面自己就上衙门去了。

那小钰又去禀知宝钗，回到园中吃了早饭，换件小袖夹紧身，用汗巾拴了腰，加大套裤，靴统上把护膝缚紧，外罩一件大褂子。回明岫烟出门。骑上马问周瑞：“玉皇阁往那边走？”周瑞说：“老爷吩咐到岳庙烧香，怎么要往玉皇阁呢？”小钰道：“想是老妈们传错了话，实在要到玉皇阁去的。”焙茗道：“快掉过马来，亏了说的早，不然一东一西差的远了。”三人说着话，一径往玉皇阁来。

进得山门，小钰留心一看，果见正殿前好个大空院子。当中高高搭起一座擂台，离台七八尺，四围立个木栅，栅内铺的细沙。栅东西各开一门，有许多人守着，以下放打擂的人进出。台上东西两边各布一步梯子。栅外看的人挨挨挤挤，十分热闹。台上坐一个道士，年纪约三十上下，身上扎扮得武将似的，十分威猛。焙茗忙到阁下大殿上点烛焚香，周瑞引着小钰上去拜了四拜，复身出来对周瑞道：“我们且站着瞧瞧热闹去。”焙茗也高兴瞧打架玩儿，就指着东廊下道：“那边有张方桌子，小爷站在上面瞧去。”小钰说声“很好。”就在人群中挤将过去，站在桌上。只见一个长大汉子，紧一紧腰带，叫开栅门，踏梯直上。那道士见有人来，就摆一个金鸡独立的势儿，缩着一只脚，擒着两个拳等他。那大汉上了台，就使个猛虎出林势扑将过去，道士不慌不忙，把双拳一架，那只缩起的腿就往他小肚子上一蹬。汉子连忙躲闪，几乎跌了一跤。道士的手脚快，趁势又一飞腿飞过去，正中他的腰眼。哎唷一声，扑身便倒。道士提了他两只脚，往台下一撩，直往沙里甩将下去。汉子狠命的挣将起来，那眼里、耳里、鼻里都沾了些沙，乌珠撑不开，双手掩着脸在沙里瞎跳。众人呵呵大笑。

一人说道："这样一个大汉子，原来没用的。"一个说："你别轻量了他，他是山东粮船帮里第一个有名的好汉水手呢！"

小钰才想要上去，只见西边梯上早走了一个二十岁左右的和尚上来。周瑞道："这个和尚想必是少林寺里来的，谅来有些本事的呢。"只见柳道士把身子一蹲，双手一拱，摆个夫子拱手势等他，那和尚就使个鹞子翻身势滚将过来，道士把身往旁一侧，趁势将右臂曲肘向他胸口挺将过去。那边正扑过来，两凑势，劲儿就大了，把个和尚仰跌朝天。道士就提起拳头在他小肚上狠捶一下，和尚着了急，叫声"阿弥陀佛，饶我狗命罢，受不得了！"道士笑一笑，提了他的双腿往台下倒栽葱插将下来，巧巧把个和尚头插入沙里，连肩膀多没着了。和尚两只脚不住的乱搋，又将双手狠命一挣，才得拔了出来，可怜急得满头冷汗，粘住了沙子，竟看不见眼睛鼻子，就像个芝麻拌的糖球儿一般，立脚不住，躺在沙上不住的叫疼。看的人又大笑起来。

小钰正要解了衣上去，又见一个黑胖妇人，身穿蓝布小袖短袄，月白布搭连束着腰，黑布裤子用红绳扎紧裤脚，一双鲍鱼大脚，走到栅边也不开口，把栅门一扳，就扳倒了一扇。上了梯。便使个秋蛇入洞势，凶凶的抢入前来。道士见来势勇猛，忙退了几步，摆个双手推门势，照他两个奶头上迎过去。妇人将身一侧，就是一个泰山压顶势。双手往他肩上扑将下来。道士顺着势使个牛献角的势儿，两拳护着脑袋，直望他小肚子碰去。妇人慌忙退后，已是着了一下。生了气，把左手往上一格，右手就往他裤裆里撩去，名为一把撩阴。道士哎哟了一声，忙用个乱劈柴势，把双拳往下一揿，架格开了，没有撩着，两个就劈劈啪啪的打做一堆。约有两三碗茶时，柳道士料难取胜，把身子一纵，纵过那婆娘头去，落下来，恰好两背相对了。道士就将一个倒扑腿飞过去，这靴后跟正中了他的两腿中间。那妇人阴门受了伤，叫声“好踢”，双手捧了小肚脐，疼得受不住。道士掉转身躯，双手向他肩背拍去，底下用靴尖把他小腿一钩，扑通一声，覆身栽倒。还想抢过去捶他腰眼，那妇人慌了，把脚往他脖颈上一钩，道士不提防，扑身倒下，脸正碰在他的裤裆里，连忙缩出来。妇人将身就地一滚，滚下了台，坐在沙里骂道：“狗道士，使巧劲儿赢了我，我少不得要来打个还风阵的。”旁边人认得那妇人的，说道：“他姓李，浑名黑鲤头，有名的私盐头儿。手下有二三百的徒弟。这道士惹了他，只怕不得安静呢。”

小钰忙把外褂子脱下，撩给焙茗道：“你拿着。”周瑞忙叫：“别脱，怕受了凉。”小钰并不答应，飞身一纵，像个燕子儿一般，飞过台来。道士见是个孩子，那里在意？也不摆拳势，伸着双手去抢他的脚，谁知来得劲儿大，抢他不住。这两只小小的粉底靴儿往他脸上一蹬，哎唷一声，仰面跌去。若是小钰趁势在他脸上一踹，不用说，这道士的脑袋就踹扁了。亏了小钰往旁一跳，提起一只靴子往他大腿上扎实一踹，道士受不得，像骡子叫似的喊起来。小钰便把腿在他屁股上略略一蹬。道士一个狗吃屎，往前抢去三四尺的地，鼻尖额角上的皮肉通擦去了。忙又把屁股一掀，小钰又是一脚，豁刺一声抢下台去，直抢出了栅栏子外，往人头上落将下来。

有个书呆子，带了个玻璃大眼镜，仰着头，觑了一双眼，嘻开一张嘴，正看得十分有兴，不防那道士像饿老鹰一般扑将下来。书呆子忙叫道：“来不得的——”声犹未绝，已是劈面下来了，扑的一声，往后便倒。后面打翻了一个糖担儿，连卖糖的小厮也碰倒了，旁边还带着碰倒了两个人。眼镜也打破了，砸了满脸的血。五个人满地乱卷,倒像毛坑里的粪蛆一般。

小钰得了意。就在台上乱跳乱舞,开了一个四门,依旧跳回东廊桌子上来。周瑞嚷道:“小爷,何苦来?把我的魂也吓掉了,快回去罢。”扯他下了桌子。焙茗把外褂子替他穿上,出到山门。才跨上马,有几个道士走出来,道:“柳师太请这位小爷进去奉茶,还要通通乡贯姓名。”小钰道:“不消了,我姓贾。”说罢,便扯起缰绳放马走了。道士还只是请,焙茗道:“这是荣府里宝玉二爷跟前的小哥儿,改日再来领茶。”说罢,也就走了。

一路上周瑞尽是唧唧哝哝的抱怨不了,焙茗道:“替包大爷出出气也好。”周瑞道:“你这小猴子,连死活也不知道。若是小爷打败了,我和你还有命么?”焙茗道:“小哥的手段好,不会败的。”周瑞道:“若失手打死了这道士,也就不好。”小钰笑道:“我有分寸的,所以只踹他的腿,若在他小肚子上一脚,包管这狗道即刻上天门去见玉皇大天尊去了。”一路说着,早走到府前。下马进内,便道:“周大爷,焙茗哥,千万别告诉人。”周瑞不做声,焙茗也没听见,便飞忙去通报包勇去了。

小钰来到上房,恰好宝钗也在太太房里,便道:“你明儿还得往关圣庙、吕祖庵去拜谢拜谢。”小钰应声“是”,往外便走。王夫人叫老妈去告知周瑞,周瑞说:“我往后死也不敢跟小爷出门了。”就一五一十说了出来。老妈听了,就进内照着回明太太、奶奶。王夫人道:“还了得,这么会淘气!”

宝钗恼极了,来到馆里狠狠的把小钰骂了一回。岫烟接着也咕哝了一阵。小钰不开口,宝钗气忿忿的进去了。妙香问他:“怎么打的?”小钰就得意洋洋数说起来,舜华沉着脸道:“小钰,你还夸能呢!先生和奶奶的话,通不在意。古来说的‘黄金不向瓦石碰’你打赢了个道士算什么好汉?万一打不过,吃了亏回来,还有脸见人吗?”小钰见他生气,便说:“我以后再不敢了。”瑞香抿着嘴儿笑,妙香说:“舜姐姐打他几下子,警戒警戒他才好呢。”舜华倒有些害起臊来。优昙道:“舜姑娘说的正经话,你们尽着顽皮,胡闹些什么?”大家见他正言作色,才不则声了。从此王夫人吩咐门上总不许小钰出外,也就安安静静过了两月。

又是十一月初旬了。这日,王夫人正和两个媳妇在房里闲谈,见甄氏抱了桂哥儿,笑嘻嘻进来。王夫人道:“天气冷了,别抱他出来。”甄氏道:“来请太太的安呢。”王夫人接过手来,和他逗着笑耍,忽见平儿引了刘姥姥进房来了。王夫人忙把孩子递给甄氏,站起身来行了礼,坐下便问:“姥姥怎么多久不来逛逛?”刘姥姥道:“穷忙得很,今儿贵亲家催着叫我来说,巧姐的姻期要赶年内过门,因此没奈何才进城来的。”王夫人道:“巧得很,今儿我家老爷不上衙门,我出去商量商量就来复你。”说罢,就往书房告知贾政,贾政道:“巧姐儿是个孤女,且又沉静勤谨,我很疼他。原想体体面面嫁他出去,谁知一年窘似一年,因此耽误下来。如今年纪大了,说不得将将就就完了这件正事。但是诸事未备,年内断乎不能。烦他转致周亲家,明年不拘二三月,捡个日子来,无有不依。总要彼此从省才好。”王夫人听了。回来说与刘姥姥听,刘姥姥道:“我也知道年里未必赶得及,既这么,我就去回复他们罢。”王夫人留他吃了饭,刘姥姥赶紧吃完,便道:“我去了。天色又短,那周家住在杏花村,离我家过去还有五里路呢!趁着今儿好日子,他们在那里等复信的。”王夫人只得送了他出去。

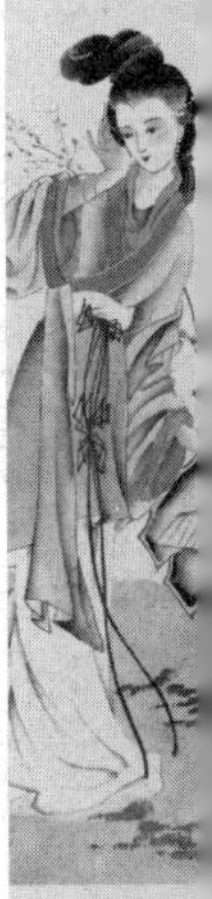

贾政就赶着年内废了几十亩田,陆续把妆奁衣饰置办起来。到了第二年二月半后,刘姥姥又来通知:周家择了三月初三日迎娶,二月二十六日先送聘礼过来。王夫人就一口应允。也告知初一日先送嫁妆过去,一面备了酒席,请大媒吃了回去复信。待到初三日,花轿到门,迎了去拜堂花烛,夫妻团圆。两边虽则从俭,贾政不肯过省,也还不很离模。以后回九、满月,那些礼文不消细说。

原来这巧姐的生性喜静不喜动,所以向来在家,除了朔望到王夫人上房请个安说说话,顺便到李纨、宝钗处坐坐,余外只在自己房里做针黹，园里是从不去的。就是在上房碰见那些小姐妹们，一问个好，略说几句话便走开了，不很亲热的。因此出嫁之后，众人倒不觉得少了一个人的光景。只有平儿和他早晚在一处，如今忽然去了，觉道清冷孤单得很。想着要到庵里去住，又怕明心生性孤零，倘或不依，白开了口。为此先把这个意思回明王夫人，王夫人道："这可也使得，我同你去和明心相商。"就同着到芬陀庵来，明心接着，坐下喝茶闲话。王夫人就算自己的主意，要送那姑娘过来同祝明心道："我也住的是太太的地方，既太太吩咐，有什么不应的？"平儿听了，十分欢喜，捡个好日，搬了进庵。虽不改妆，也叫明心做师父，也跟着烧香拜佛，还学着念念经，倒也尽可消遣度日。

那里知道这不长进的贾环，嫌这史氏又凶又丑，外面畏之如虎，心里却想要背了他偷些野食吃吃。无奈府里向日的姑娘都已嫁了，大些的丫头也都配人去了，一群小辈子的姑娘年纪很轻，自然不便去想他们了，时时只惦记着平儿。但是他住在王夫人的上房后头，恐怕碰见了老爷，不敢乱走。如今听得他移往园内，便有些意思了。又想：他本来风风月月，相貌又好，年纪又不大，况且孤衾独宿，只要勾勾他，有什么不成的。打定了主意。这日正是五月十五，趁早凉就跑到了园里，悄悄的过了怡红院，竟进芬陀庵来。合该有事，那时明心和众人们通还在云房里，尚未出来，只平儿一个人独自在正殿上佛前点香。环儿就走过去叫声："平姐姐，一向好？"平儿回头看时，却是贾环。只得也回问声："三爷一向好！今儿过来有什么事？"不知他两个果然有什么缘故没有？下回说明。

第十四回　召神兵小钰演法　试飞刀碧箫逞能

那贾环本是个粗蠢笨牛，并不知道什么怜香惜玉，温存调笑的。听见平儿问他过来有什么事？他便走近去，直说着："特来和你说句要紧话，你跟我到那边空房里说去。"一面就伸手在他腿上捏了一把，又往奶头上乱摸。平儿恼了，大喊大骂起来。明心听见，忙赶出来问："什么事？"平儿哭道："环畜生无端来欺侮我。"贾环道："我是和你亲热的，好意，肯不肯由你，有什么生气吵嚷的？"明心大怒道："你这狗畜生，敢来扰乱我的庵规；我叫你知道个利害。"拉了平儿说："我和你回太太去，还了得么！"环儿赶去拉扯他们，被平儿顺手一个嘴巴，环儿一闪，师徒两个早飞跑的进去了。

环儿有些惧怯，忙溜进老婆房去，发了呆。史氏正在查问他，只见老妈走来说："太太叫三爷上去。"环儿不答话，也不抬身。老妈道："去罢，躲不过的。"一手拉着就走到了上房，王夫人指着骂道："逆畜，还不跪下。"环儿只得跪了。王夫人说："你这讨死的下流东西，老爷原不叫你回家的，我倒开恩收你回来，不想改过学好，反这么胡闹起来。你没别法儿，只告诉老爷打一顿，依旧撵了出去，死活由你罢。"话未说完，只听见史氏在房外嚷道："下流王八团子，家鸡不爱，爱野鸭，才引得这些浪蹄子、骚尼姑装腔做势，挑风煽火。我什么不知道？当年和宝玉闹得还成个腔？又是什么瑞大爷、蔷二爷,都有分儿的!今儿就这样假撇清,造言生事。也可笑有那样糊涂混帐人,听一句便信了个真,开口是撵,闭口是撵,果真撵了,我同他到和尚庵里住去,怕什么?"一面骂,一面凶狠狠的赶将进来。薅了他一只耳朵,扯了出去。

王夫人气得话也说不出来,平儿听见翻他的旧帐,又愧又恼。这无名火直冲起来,便随手掇了一根门闩叫道:"我这样的苦命人,不想活了。拼了这滥货罢。"明心也抢了一根门闩,道:"浪淫妇,连我都骂着了,我帮你去打。"王夫人那里吆喝得住。平儿道:"太太别管,打死了,我一个人偿他的命。"两个就飞风的跑去了。王夫人怕真个打出人命来,忙叫老妈去叫俩个媳妇劝去。李纨听了,皱皱眉说:"环三奶奶的事难管的。"宝钗道:"太太吩咐,不得不去的,且过去瞧光景罢。"

却说明心、平儿赶到环儿房前,只听得里面骂得正热闹,骂道:"你这王八小蛋,不瞧瞧自己的狗脸儿,要想偷婆娘。那尼姑偷的不是俊脸儿,就是大身材好本事的。前儿那个黑胖贼,原要来寻这下棋的旧相好,不料被小钰打倒了,老尼姑就气得要死。又去玉皇阁打坏了柳道士,平儿妖精哭得眼肿。老妈、丫头那个不知道,那个不说笑?如今偏会一下子贞节起来……"正躺在飞仙椅上跷起了一只脚,唠唠叨叨数说不了。环儿跪在旁边,竟像个被雷打的死尸一样。平儿恨极了,赶进去,也不开口,照着他脑袋上就是一门闩。史氏不提防的急忙把胳膊一架,直跳起来,明心就照他屁股上也是一门闩。史氏虽然生得长大,有些力气,究竟双拳不敌四手,况且他们都有家伙,这是个空拳,只好护着头面,那两臂、两臀、两腿挨的门闩不计其数。环儿本是个脓包,况且平日受他的糟蹋多得很了,今儿借他人出出气,心里舒服。故意呆呆跪着,由他们去打。史氏打急了,只得叫道:"两家奶奶,饶我这小淫妇,我情愿给奶奶们磕头陪罪罢。"两个那里肯住,两根门闩雨点样的下来。

正在没法,幸喜李纨、玉钗走进来,一人抱住一个,劝他们坐下。史氏坐下炕去，屁股疼得很，倒在炕上不住的哼。平儿见贾环跪在那里，就把门闩向他背上使劲儿一下。环儿不提防，扑身便倒。平儿趁势在他腿股上又是十几下，李纨等忙上前拉住。只见王夫人也来了，嚷道："家反宅乱到这个相儿，别说没个尊卑长幼，连王法通没有了，还了得么？"平儿趴在地下磕个头，叫道："太太恕罪，我实在气得受不得了。"明心也打了一个跧。史氏见王夫人生气，他们磕头打跧陪不是。就仗着有了护身符，忽又放声大哭，骂将起来。王夫人知他是越扶越醉的性儿，掉转身往外便走。李纨、宝钗趁便说："太太慢走，我们来扶你呢。"两个也跑了出来。

史氏见没了靠山，忙住了口。平儿还提着门闩，环儿怕他再打，往死里碰头。明心说："别打这毯攮的，还去打那硬嘴婆娘罢。"史氏着了急，只得当个草鸡，滚下炕来跪着磕头，求饶狗命。师徒两个才走了出来，又到太太房里请罪。王夫人说："也怪不得你们，实在天配成的一对，浆子糊心的人，你们各自回庵去罢。"从此史氏的泼劲儿倒矬了一半，趴在炕上有一个多月，才得渐渐好了起来。反觉安静了许多。

光阴易过，不觉又是第二年的八月初头了。王夫人正叫了两个媳妇在房里开那中秋送礼的帐。忽听老妈报道："梅奶奶同了碧姑娘来了。"李纨、宝钗忙迎出去。他母女二人上前请了安，同进房来，向王夫人请安，坐下说些家常闲话。碧箫道："我去先生跟前请请安，会会众姐妹，还要到婉姐姐房里去看新哥儿呢。"宝琴道："你先去，我也要来的。"碧箫就往馆里来，岫烟看了，道："多时不见，又长成了许多呢。"众姐妹见了十分亲热。小钰乐得个手舞足蹈，拉住他问："飞刀演得怎样了？"碧箫忙又谢他制的好刀，合手得很。说了一会，碧箫道："我此番来了，依旧住在馆里，慢慢的讲话，此刻要去瞧瞧婉姐姐去。"岫烟道："我也久不进上房去了，打伙儿同走走罢。"众人就随着先生，花摇柳摆的一簇儿往王夫人房里来，各各请了个安。略坐一坐，又往甄氏那边去。甄氏还不知宝琴、碧箫到来，忽然见面十分欢喜。又请安问好了一回，说起两年多不见，惦记得很。碧箫道："我就为了这飞刀，一日也停不得，如今才圆满呢。"小钰得意得很，跳来跳去。宝琴道："小钰，你如今长成得这么高了，却还是一味淘气，像什么？"宝钗道："益发玩得很呢。"正说着，王夫人那边打发老妈来请吃饭，大家又齐哄到上房去。吃了饭，王夫人说："大后儿中秋节，喝过了酒，叫小钰、碧箫把那法儿都试演试演，倒有些瞧头儿。"众人都说："很好，绝要瞧他们演演的。"

宝钗就拉了妹子到自己房里住了。碧箫依旧到园里同彤霞一炕安歇。到了中秋那夜，各人喝酒赏月已毕，约已是三更时候，王夫人同着贾政、贾兰来到大观楼前，邀齐了一众姐妹，连香菱母女、明心师徒都请了来看他两个演法。此时正是天清月朗，片云俱无，小钰就捏起诀来，念动咒语。忽然一阵阴风，推出五色祥云。云中无数金盔金甲的神兵神将，拿着刀枪剑戟，渐渐降将下来。贾政忙叫："好了，别再下来了。"小钰就念了退诀，慢慢的升了上去。云也散了，依旧清天明月。小钰又念咒捏诀，只听得豁剌剌一声，狂风顿起。兰哥忙叫："使不得，快退罢。"贾政也叫道："别吹损了田种房屋，快退快退！"小钰就把手一指，说声："去！"风便息了。小钰又捏着诀，贾政道："别闹别闹。"小钰说："不妨，只下在池子里就是。"王夫人道："池是干的，正要水呢！"小钰就念了几声，只见一阵乌云涨了满天，月色也遮住了。小钰喝声："只要一朵云，一阵雨，别多了。"果然浓云四散，止留一片黑云倾下雨来，翻盆似的，只落在池子里，顷刻弥满了。小钰喝声"住！"即便住了，依先原是月白天青，风轻气爽。众人说："真正好瞧，只是可怕些。"

宝琴道："碧箫，你也来试试。"碧箫早把这朱漆的刀筒儿缚在肩头，齐齐的插上十二把明晃晃的刀子。将身走到宽空处，口中念咒，一把一把都撩起空中，就像十二只白燕子来回飞舞。碧箫指着几枝大树，喝声："斫。"那些刀儿便飞过去乱斫起来。这些树枝儿簌簌响，雨也似的落将下来。小钰说：“够了，够了。别斫狠了，光剩根空杆儿不好看相。”碧箫点点头，把手一招，说声：“来！”这些刀都一一飞了回来，仍旧插入筒内。老妈妈们笑道：“落下这许多树枝，明儿省了买柴烧了。”贾政道：“你们不许胡乱往外传去。那个若漏了话，我要重重处的呢。”众丫头婆子都答应声“是，不敢说出去的。”众人便各自散开。

授钵拉拉淡如道：“我和你今晚别回去，就在这里玩儿罢。”明心、香菱叫他同回去，只是不肯，也就由他各自去了。众姐妹都聚到小钰房里，优昙有些厌恶他们，便说：“夜深了，睡罢。”同了两个妹子径自归房去了。妙香故意向瑞香说：“我们取了枕头来伴舜姐姐睡。”三个人都和衣躺下了。碧箫会意，也和彤霞往炕上躺下。谁知淡如竟不害臊，走到妙香那边说：“你们两姐妹合睡了一个枕头，这一个借我使使。”便硬硬的抢了一个枕，就在小钰的脚后睡下。小钰笑道：“我瞧这尼姑今儿只好立着睡呢。”授钵道：“怕没地方！”一面说一面就往小钰枕上躺将下来。淡如就把一只三寸小脚儿搁在小钰的小肚上。笑道：“借你这肚子权当搁脚凳儿使使。”授钵便说：“我也来搁搁罢。”小钰道：“淡姐姐的脚又小又香，还搁得住。你这双臭鲍鱼约有三五斤重，搁不得的。”便坐了起来，道：“尼姑脑袋不利市的，我不和你共枕。”就歪身躺到淡如枕上去。瑞香喊道：“我瞧见了，小钰和淡姐姐亲了个嘴呢！”淡如说：“没有的事，你眼花了。”舜华听了生气，便说：“瑞妹妹莫嚷，叫人听见了笑话。虽是他们做得出，你我口里怎么也说得出来？”淡如不好意思，翻转身子道：“我向里睡去，省了人家瞎说。”小钰道：“我也向里睡。”转过身子来，闻见淡如的后鬓桂花油香，便说：“香的有趣。”把一手往他颈脖子底下伸将过去，一手在他胸前紧紧搂住，又曲一只脚压在他屁股上。淡如装假睡，只不作声。授钵看得高兴，便道：“我偏要和你一头睡。”就把双手也抱住了小钰，也把一只腿压上身去，三个人搅做一堆。众人都鄙薄他们，各自趁倦睡着去了。他三个你捏

一把,我捻一把,那里睡得着？授钵更荒唐,竟伸手去摸他的裤裆。小钰便叫道:“别这么,怪不得环婶说尼姑是不正经的。”授钵布着他的耳朵道:“莫作声,谁叫你生这样古怪东西,忽起忽倒的,便给我当个暖手儿,弄弄何妨碍?”三人直闹到天大明了,还不曾睡。

只听见许妈在窗外叫道:“小钰,快起来往外瞧瞧去,我在厨房里听得门房前有许多人在那里吵嚷呢。”小钰应了一声,推开授钵,往外就跑。跑出前厅,果见一众的在门房边乱喊。小钰喝声:“什么人敢到我府里胡闹?”众人道:“报喜的。你家老爷升了御史了!”兰哥儿也赶出来说道:“没有的事,江南道监察御史昨儿已经拟了,正陪送进去了。今儿还得带领引见,如何无缘无故升我们老爷?”众人道:“昨晚三更多天发出来的旨意。”兰哥忙叫备上马,便往内阁去打听真假。小钰道:“你们且回去,明儿个来领赏罢。”翻身跑到上房,告诉了贾政,贾政也说:“不真,我又不曾保举,又不曾引见,那有这事?”正在迟疑,兰哥回来道:“真的,果是昨晚下的旨意特放的。老爷快去谢恩罢。”合家听了,个个喜欢。

贾政接连忙了十几天,也就空闲了。过不一月,这日下了衙门回家,想起一事,便叫老妈去唤了兰哥小钰来,和他两商量。不知所商何事？且看下回。

第十五回　十万倭兵重作乱
九重恩旨特开科

贾兰、小钰闻知老爷传唤，便同到红药院来听候吩咐。贾政说："不为别事，只因圣上特放我职居言路，我不敢效个寒蝉样儿，上负天恩。现在虽说圣朝并无阙政，但各省营伍废弛已极，也不是个备预不虞的道理。想要上一本，恳请严饬各督抚提镇，加意整饬，以修武事。你们那个笔下好些，代我起个稿来。"兰哥道："这些武营训练的方法，小钰兄弟的内行熟习，又且他笔下爽朗明透，叫他拟来，请老爷改罢。"贾政点点头道："便去做个稿来，要说的恳切些。"

小钰闻不的一声，即便跑回学里，伸纸疾书。碧箫瞧见注语是"为各直省营伍废弛，恳请传旨严饬该督抚提镇，力加整顿，以裕武备事"，便知有些干系。把身子靠在他椅背上，看他一挥而就，便赞道："好极！真个确中时弊。"舜华接来一看，说道："虽则恺切详尽，但恐口众我寡，空言无补。"优昙道："言而不行，臣心已尽，就无愧了。谅来也没什么谴责的。"小钰便忙忙送给贾政，贾政看了道："很中肯綮。"交给兰哥道："你瞧何如？准不准呢？"兰哥未及答话，小钰道："林妹妹说：'恐怕众人意存回护，定有一番饰说，未必中用'。"贾政道："我也想到，但是把这些利弊说破了，问心无愧，听候圣上的睿裁罢了。"小钰道："优昙也是这么说。"兰哥看完了，说道：

"且奏了,尽了臣下的微忱。谅来圣明必没什么见罪的。"贾政说:"不错,就交小钰恭缮停当,明儿就要上的。"小钰问:"有那里要改吗?"贾政道:"不用改,就这么誊罢。"

小钰退进园来,向舜华道:"我的小楷粗笨的很,烦妹妹代写一写,增增光。"舜华接了,便磨墨濡毫,恭恭楷楷,顷刻缮完。小钰就呈与贾政。

第二日早朝,就拜上了。即日发下朱批。兰哥在内阁抄了回来,批的是:"此奏确有所见,内阁即传旨各直省督抚提镇,明白回奏,统限两个月。遵奉批旨,各查明确切实在情形,务限于两月内一律覆到,毋得回护支饰,觐望迟延,自干重谴。原折并抄发。"贾政道:"这就是准的了。只是要明白回奏,恐怕他们反要强赖呢。"

过了两月,纷纷覆到。总说是并无弛废的话,甚至有的说贾政书生之见,纸上谈兵,意在沽名,并无实证等语。皇上汇了总,加批:"内阁学士会同九卿,即日秉公妥议速奏。"这些阁部大臣不好偏袒,只得议个贾政久任京职,外省情形非所目击,不过风闻奏事。今据各省奏称,并无弛废,谅不敢欺罔支饰。请再通行各直省,益加留意整饬,以仰副皇上郑重戎行至意。竟是这样圆融议覆。奉朱批:"着照所请速行。"内阁就赶紧发个廷寄颟顸了事。

过了残冬,忽又开春,小钰时方九岁。到三月间,贾政又转了兵科给事,十分感激天恩,愧无报效,也不过恪勤供职便了。到了四月间,天气渐热。下了衙门在王夫人房里闲谈消遣。

忽见兰哥慌慌张张跑来说:"不好了,山东剿未尽的海盗,剩有七八个逃往倭国。怂恿倭王,说内地兵骄将惰,容易取胜。倭王动了欲念,就差了个元帅名为万夫敌,率领猛将千员,雄兵十万,来到山东沿海地方,大肆劫掠。周太亲家带兵往剿,战败阵亡,全家尽行被难。如今山东巡抚带了按察司,会同提镇,领兵十万前去抵御,不知怎么样了。"贾政吃了一惊,站起身忙问:"是那里得来的信?"兰哥道:"现有山东巡抚奏折,发到内阁呢。"贾政忙问:"怎样批的？”兰哥说：“朱批内阁九卿速议。”王夫人流泪道：“可怜探春也逃不脱这劫！”贾政说：“国事要紧，那里还顾得私事？”兰哥说：“我再去打听打听。”贾政也坐不住，一同都出去探信去了。

李纨等闻得探春被害，无不哀痛。岫烟也带了众学生到上房道恼。小钰道：“还早呢，这个大劫数，尽有许多人要受害的。”碧箫笑道：“我的飞刀有用处了，切些倭脑袋下来玩玩有趣……”话未说完，兰哥进来说：“了不得，山东布政发了八百里加急的折子，奏称巡抚全军覆没。贼势猖狂得很。现议遣山西巡抚提督带兵十万，江南巡抚提督带兵十万，直隶按察司同两员总兵带兵五万，三面进剿。皇上又添派了湖广巡抚提督带兵十万随后策应，又差御前大臣两员，带领羽林军三千，前往督阵。插翼传旗的谕旨，碌乱分发开去了。”贾政回来也是这样说。

隔了几个月，已是冬天了，那各路的败信陆续飞报进来。皇上念着万民涂炭，文武捐躯，十分忧悯。朝中也没人敢出个主意。贾政就唤了兰、钰两孙来，说道：“我想太平日久，将不知兵，兵不习战，徒然用些不教之民经受贼刃。况且纷纷檄调，天下震惊，更非长策。不如下个特旨，开设个奇才异能的恩科，无论林下官员，举人进士，平民百姓，以及山中隐逸，缁衣道教，闺阁女流，总要取那文能戡乱，武可胜敌的出众英豪，以收实用。就在明年六月初一日，举行文科乡试，八月初一日，举行武科乡试。不用另差主考，就便责成各省督抚提镇大员，秉公考选。统限十二月内齐集京师，后年正月半后，文武同日会试，三月初间，同日殿试。就在榜下选择将材，提兵剿寇，必有豪杰之辈应命前来的。你们两个照这意思快去拟个奏稿来我瞧。”两弟兄答应一声，忙去起稿，不多时，做了来呈上。贾政看了道：“好，就去誊缮起来。”小钰依先来央舜华，在灯下端楷誊缮。

第二日五更早朝，贾政便去进呈御览，两弟兄都在上房听信，天明后贾政回家，王夫人问：“怎么样了？”贾政说：“折子已递，谅来今日便有谕旨的。"王夫人又问:"朝中谈及贼势何如?"贾政道:"厉害的很,倭帅多谋足智,用兵如神。他麾下健将最狠的,叫做八大狮子。这八个人真有万斤之力,使的刀斧各重有八九百斤。凭你什么军器,挡着就断,其凶无比。次些的叫做十八象,再次的叫做十二虎将,再次叫做二十四狼将。这六十几个贼将,是人都敌他不住的。余外兵将,个个英雄。除了山东本省被害的兵民无数可查,那外省调去的官兵,已伤掉了七十多万。如今把济南省城围得铁桶一般,城中不敢出战,单靠着火炮轰击,才得略退远些。将来火药铁子放完,就不保了。邻近各省边界,都是设卡安营,排着火炮,以防侵突,都是危急万状。我这折奏,自然该准的。原想将试期改早些,因为通行天下,总得这些日子,算来还得一年多的闹哩。"王夫人说:"老爷何不竟保举了小钰、碧箫去平他。"贾政道:"将帅是三军司命,不轻易的。他们到底年纪太小,信不及。果然考起来,能把天下的英雄都争得胜了,才敢放心。"

正在说话,内阁发单来传贾兰,兰哥即刻就赶了去。不多时,打发跟班的送了抄的朱批来,上写着:"兵科给事中贾政一本,为请开文武特科,以凭选将平寇事。本日奉朱批:所奏甚是,着即照所请速行。"又说:"大爷讲的,衙门里忙得很,今晚恐怕不得回来,别要惦记。"果然直到第二日的午后才回家,说:"旨意已经传旗插翼八百里,加紧的通行各省去了。"

过不一月,又报贼兵攻破济南,杀得城中尸填如山,血流成河。从此接接连接,俱是败信。圣上忧惶的很,减膳止乐。到了元旦五鼓,就往天坛虔诚祷祝,复又到地坛一般求祷。这年并不受百官朝贺,皇后娘娘也在宫中率领妃嫔并两位皇子斋戒祝天。且不细说。

单说前儿个除夕这夜,小钰约了碧箫去听响卜,碧箫道:"黑地里,我不便外去,只往芬陀庵里去听听罢。"小钰道:"我到门房前听去。"两个就分路悄悄的摸将出去。碧箫进了庵,到后殿院子里躲着。只听见明心问道:"封了没有?"授钵道:"封停当了。"传灯道:

"快的很哎,真正好本事。"碧箫就笑着走上殿去,问:"封什么?"明心说:"封那斋天的佛马。"碧箫便转身回来,见了小钰,问:"听些什么话?"小钰笑道:"包勇喝醉了,要打长兴,长兴着了急,叫道:'好王爷,我知道你的本领强。实在的怕了你了。'我单只听见这话。"碧箫也把听的话告知他,两个十分欢喜。不提。

忽忽到了六月初一日,小钰去进了文场,十五日场毕。七月初九,龙日发了榜,小钰中了第一名解元。凡下北闱的,都是注明原籍某省,皇上看了籍贯三代,知是贾政之孙,贾妃之侄,十分欣悦。贾府里开筵道贺,是不必说。

转眼间已是七月二十以外,举子们纷纷报名投卷。小钰又要去考,碧箫私下求告他道:"你已经发了文解元,这武解元让了我罢,别考了。"小钰不肯。碧箫再四的央求,小钰笑道:"要我不考也容易,你只送个香香算谢仪,便依你。"碧箫不懂,问:"什么叫香香?"小钰轻轻说道:"就是亲嘴。"碧箫红了脸,挨了一会。小钰:"你不肯,我即刻报名去了。"站起身要走,碧箫没法,只得喝口茶嗽嗽口,走近身去。害臊的很,又站住了。小钰一把搂过来,在自己膝头坐下。嘴接着嘴,还把舌尖吐将进去舐了一回,笑道:"有趣,有趣。我不去考了,让你抡元罢。"碧箫羞得满脸通红,央祈道:"好兄弟,千万别告诉人。"小钰道:"告诉了人,烂我的嘴。"碧箫点点头,便去端整下场。

八月初一日至初四日,考试马步箭;初五日至初八日,考试刀枪剑戟;初九日至十二日,考试石墩硬弓及一切杂技。其中有个赶来下北场的少林寺僧人,年纪四十岁以外,法名超勇,生得状貌丑恶,身长八尺,腰大十围。他能二百步外射穿杨叶,箭箭俱中,与碧箫的箭不差什么;刀法也精,与碧箫的画戟也不相上下;但是他的力气大,能举一千五百斤的大石,开的五十个力的硬弓。碧箫比不上他,着了急,就献出飞刀的这手来。二百步外,飞将过去,把那插着试箭的这株柳树斫的精光,连那埋在地下的根都掘了起来,斫的粉碎。和尚却没有别的技艺。还有一个姑娘，姓薛名蔼如，年十一岁，南京籍，就是薛蟠的无服族侄女，特赶来下北场的。他的弓箭长枪也是十分出色，并善打弹弓，百发百中；又且花容月貌，竟像是碧箫的同胞姐妹。两个会见了，投机的很，约定场毕之后，彼此往来拜望。其余应试的人虽多，俱是些庸庸碌碌，无足观者。

十三日歇了一日，到十四、十五两日考试内场。碧箫怕被和尚争了头名，对小钰讲起，深为忧虑。小钰道："你的飞刀赛过了他，况且这和尚的内场必不很好。我替你拟了一篇平倭论，做的颇精透，你快趁今儿的空，记熟了，包管第一名。只是还得送我个香香才给你呢。"碧箫啐了一声，接过来读一遍，果然是决胜料敌了如指掌，天时地利，历历陈说出来，真正一篇绝大议论。连忙福了几福，道声谢。小钰道："福来那里算的数呢？"碧箫又啐了一声，道："你别闹，让我记罢。"小钰才由他去读。

十四日进场，十五半夜后，碧箫扯了薛蔼如，同到大观园来。小钰见了，眉飞色舞，喜跃不可胜言。蔼如见了小钰这样风流品貌，虽则初会有些腼腆，心里却相爱的很。岫烟是他的婶娘，自然投合。众姐妹都和他十分亲热。

明早同到上房见了王夫人、李纨、宝钗。宝钗是他的姑母，也极欢喜。王夫人问他寓所，知在旅店安歇，就打发人去搬了他的行李来，留在园中同住。他和舜华更加密切，两个就同炕开了铺。只是晚间换睡鞋，解小解，有了小钰在房，未免有些羞羞涩涩，不很方便。过了几天，渐渐也就惯了，不很在意。

主考奏定二十六虎日放榜，廿五黎明，小钰到榜下一看，飞马回来报道："碧姐姐第一，蔼姐姐第三，那第二名就是超勇和尚，柳湘莲道士中在八十名外，黑鲤头盐婆中在一百多外。"碧箫道："多赖你这篇好论才争了个解元。"小钰笑笑说："做论的谢礼还没有送呢。"不一会，报人也都来了。府中纷纷彼此道喜，设席宴贺，忙个不了。鹰扬宴上，这第一、第三两名，像鲜花样的两个小女孩儿；第二名像凶煞神君样的一个长大和尚；其余男女混杂，三教并登，倒也新样得很。

过了几天，超勇就具了个禀贴，求兵部转奏，内称：他寺里共有三百余人，两个是师弟，其余皆是徒子徒孙，各有多般武艺，情愿领了前去征倭。自许操必胜之势。兵部堂官见了禀贴，即刻据情入奏，不知旨意若何？且待下回分解。

第十六回　文武状头双及第
雌雄元帅共兴兵

圣上见了兵部的奏章，即日着带领引见。超勇和尚见了驾，念着年岁履历，声同霹雳；又且身躯长大，相貌凶猛，真是一员大将。就命他在殿前试试刀箭，娴熟得很。龙颜大悦，便降旨封他做了征东大将军，兼摄山东巡抚。命兵部发给空头札付三百五十道，自副将起至把总，任听他量材酌补。又拨了直隶、山西、湖广、河南、江南五省官兵各六万，共成三十万之数，俱在山东界口会齐。又专差大员押解粮饷，还赏了他许多金银珍宝。那和尚领了命，择吉启行，先由河南到寺里，率领了三百个僧徒，提了河南六万兵，浩浩荡荡径往山东进发，扰得沿途官民大受其累。到了界口，会合各省拨来的兵将，十分威武。

那边倭帅闻知，忙派了二个狮子、二个象、三个虎、四个狼，带了一万人马前来迎战。只消一阵，把那三十多万的兵将和尚，如砍瓜切菜一般，杀个精光。止逃了几十个败兵，回到京中报信。满朝无不惊得落魂，就有那些胆怯的官儿上本告老告病，想要全躯归籍。皇上大怒，都革了职，发交刑部监候，待事平后发落。皇上、皇后及皇子等俱是早晚忧劳。实在没法，只得严谕近东各省边境，多多备着大炮，贼到便放，暂且守住。这贼帅又可恶得很，四散的遣些贼众，无日无夜倏来倏退，诱着这边不住的放炮。渐渐火药炮子有些接济不及，贼人又在各要路上扎营截住，碰着外省解来的硝磺等物，尽数抢劫了去，真正危急到十分。那告救的奏折，雪片的进来。

时已冬尽，喜得各省文武举子都绕出山东，也有由海船来的，也有由口外小路来的，俱已陆续到齐，聚在京师。皇上就连忙下旨，不待元宵以后，检定正月初六，即便文武同日会试。碧箫又来探小钰的口气，究竟考文考武？小钰故意的说道："这回是考武定了！"碧箫再三央告，要求他赏个脸，"让我得个武会元，凭你要怎么样谢法都肯的。"小钰才应允了。到了这日，贾兰、小钰同进文场，碧箫、蔼如同往教场考武。奉旨此次武会试不必考内场，待发榜后，和文进士同日殿试。主考们见事势急迫，虽想要赶紧些，却又不敢草率，直到了二十五日，一同放榜。文榜是小钰第一名会元，贾兰中在第五，甄宝玉也中在九十名外。宝琴的丈夫梅玉田，和小钰同中了乡榜，这回却会不上。那武会元便是碧萧，蔼如就是第二名。还有那私盐婆黑鲤头，取名李赫，倒也中在后边。柳道士反没份。礼、兵二部便奏请二月初一文武同日殿试，初二日，圣驾亲到御教场阅武，初六日传胪。小钰拟了一篇平倭试策给贾兰，说："哥哥记明誊上，包管得中便了。"兰哥说："你呢？"小钰道："我愿意同两个姐姐做个武鼎甲，并马游街才有趣，不爱这斯文绉绉的，文状元让哥哥中去罢。"贾兰推让了一回，只得接了，便去熟读。

小钰回到房里，只见碧箫走近身来，往他腿上一坐，双手搭着他的肩头，说道："我要央你一件事。"小钰问："什么事？"他说："我不会做试策，殿试那日烦你代起个稿儿。"小钰道："这个容易，只是谢礼要浓重些的。"碧箫笑着点点头说："这自然有的。"又问："我瞧你近来和众姐妹们都有些拉拉扯扯，为什么单不敢去惹舜妹妹？"小钰道："这个道学先生，言坊行表，惹不得的。蔼如倒和通，只是来得未久，还觉生分，也不便招惹他。烦你去撺掇他，悄悄来央我做策。这三道策我总做的及的。"碧箫笑道："又要想谢礼了，只别太冒失,闹出故事来。"小钰道:"放心。"碧箫真个就去唆怂他。他正愁着殿试的这篇策,听了碧箫的话,忙忙赶来,挨着小钰坐下,笑眯眯的说道:"诗文杂作,我向来也曾习学,只试策从没有弄过,好兄弟求你代我起个稿儿。"小钰说:"容易。只是要润笔的。"他问:"要谢什么?"小钰轻轻的说道:"只要一颗樱桃,两颗鸡头便够了。"蔼如道:"这值什么?但是这时候那里有这两样果儿?"小钰把他嘴和两乳一指道:"这不是吗?"蔼如红了脸,摇摇头。小钰知他有些愿意,便抱他到怀里亲热了一会,还要央他叫声"心肝乖兄弟",蔼如没法,只得布着他耳朵轻轻叫了一声。小钰回叫了声"心肝亲姐姐",才松手放他开去。他怕有人来碰见,忙出去了。

到了初一日,就在太极殿前,文东武西发题考试。小钰一个人做了三卷,早早缴卷,同出来了。恰好兰哥也出来,便同回家里。小钰又去料理明日武场的军械等物。

第二日,黑早便去候着。不一会,皇上驾到,坐在演武厅上。旁边官儿挨次唱句,先是文会元贾小钰,小钰跪下。皇上问:"你是文会元,为什么改殿武策?"小钰回奏道:"情殷敌忾,愿就武途。"皇上问:"你这样小年纪,瘦怯书生,有什么武艺?"小钰便呈上一张弓,奏道:"这张铁胎弓有八十个力。"皇上看时,比别的弓小了许多,形式也各样些。便命侍卫试试,两个侍卫赶下阶来,四手一扯,全然不动。又跑下两个来,八只手使劲的拉,才略开了一开。只得奏道:"果有八百来斤。"又见四个人抬了一块石碑到阶前,小钰捧了上来,说:"这是箭档子,求皇上圈五个圈儿。"皇上就用朱笔加了五圈。小钰捧下,交给抬的人,抬到二百步外竖着。他就在腰里抽出五枝箭来,那箭是纯铁打的,并无翎毛,竟像一枝尖头笔。他开满了弓,连发五箭,只听见鼓声响,石上却瞧不见箭。这四个人又抬近阶来,小钰依旧捧呈御览。这五个圈儿中间,穿了五个透明的窟窿。往前一瞧,只见后边又有一石,五枝箭齐插在上面。皇上说:"好神箭,竟是穿透石背。"小钰又呈上一把铁头铁柄的大刀,报道："也重八百斤。"八个侍卫也试了一试，复道："果有八百斤重的。"小钰便一手提着刀立在头号石墩上，叫声"一众家人，放起箭来！"这刀舞成一团白光，箭住了刀也住，并无一枝箭落近身旁，都远远的掉在地下。皇上又说："也是个神技！"小钰就跨上马，向右旁跑到营门外，又回马进了营门，加一鞭往上跑来，两旁早安下了二十个瓦坛子，就在马上左右各发了十箭。把坛子射破，每坛各飞出两只鸽子，直上天去。马到阶前，勒住了，伸手向胸前袋内取出一把小铁弹子——不过梧桐子大，往上一撒，只见那些鸟儿纷纷掉了下来。侍卫们下去一看，每只鸟都把两个眼珠打穿了。点点数儿，却好四十只，并没逃了一只。小钰便跳下马，提起头二三三号的石墩，往上撩去。手打脚踢，一上一下，就像抛香橼的一般。丢了一回，才一一依先放在旧处，从容到厅前报了一个名。皇上连加了十个圈儿，小钰转过旁边去了。

厅上又唱武会元梅碧箫。碧箫应声跪下，皇上见是个袅袅娜娜的小女孩儿，十分艳丽。便问："你有什么本事，能中会元？快试演试演！"碧箫站起身，拿出一张玳瑁雕弓，抽了五枝雁翎箭。二百步外早有人往着一株杨柳。这五枝箭嗖嗖的射去，齐齐穿在杨叶儿上，随风摇荡。皇上说："可称得个女由基了。"他便跨上马，也叫声"放箭！"把一枝方天画戟舞得来龙飞凤翥，这些射的箭也是往地乱落。箭止戟罢，便纵马往下放去，两旁也放了十个瓦坛，他飞马进了营门，左右各射了五箭，坛子射破，也飞出二十个鸽子来。他带定马，在肩头筒内取出十二把刀，往上撩去，就把这些鸟儿各各切做两块，纷纷落下。侍卫看时，恰好四十个半只，也不曾放走了一个。碧箫又伸手指着柳树，叫声"斫！"十二把刀一拥飞过去乱砍，登时枝叶净荆把手一招，说声："来！"就飞了回来，归在筒内。碧箫下了马，把头号石墩一掇，随即放下。粉脸上涨得桃花似的通红，也报了名转过去了。皇上知他技艺虽精，力量却小，就加了六个圈。

又唱第二句薛藹如，藹如也应声跪下，皇上见又是个俏丽不过的女孩子，便命他试技。他一一都照着碧箫式样，只把画戟换做长枪。却不会使飞刀，鸟儿飞将起来，他拽开弹弓，在马上连发了二十弹，鸟儿落将下来。侍卫点数，只有十七个，却飞去了三个。他就下马将头号石墩掇一掇，从容放下。报了名。皇上知他的力气稍胜碧箫，但没那飞刀的绝技，加了五个圈儿。

见他那边三个的本事，以下的武进士就都看不得了。只是李赫能高高的举了头号墩，走了十步，慢慢放下。皇上把朱笔点了五点，其余不过三点两点一点，还有加一直的。阅毕回宫，众人散归。

到了初六日，各各齐集朝房，先是内阁大学士拿了两张名单出来，众人看时，文榜是贾兰，贾小钰并赐第一名状元及第，榜眼出在江苏，探花是浙江人，二甲传胪是江西人，三甲传胪是河南人。又看武榜仍是贾小钰一甲第一，梅碧箫第二，薛藹如第三，以上不放二甲，通放在三甲。黑李是个三甲的。传胪众人依单站齐，少停，圣主升殿，胪唱已毕，命贾家弟兄上殿，降旨说："贾小钰志在剿贼，改就武榜，阅其封策与贾兰不相上下，堪作文元。但念弟不先兄，特照宋郊、宋祁故事，并赐状元及第。"两人忙又叩头谢了恩。

皇上问贾小钰："果真愿去剿灭倭寇么？"小钰奏称："愿去。只求圣上天恩命梅、薛二女与臣同往征剿。臣更得有膀臂之助。"皇上就命贾兰下去，另召武榜探上殿。兰哥退了下来，碧箫二人同上殿来面圣。皇上问他们："愿去征倭不愿？"二人齐声奏道："臣等女流，本不图仕进，专因贼寇猖狂，意在报效，才来应试的，怎敢不愿？"皇上天颜甚喜，便问小钰："须得带多少兵将？"小钰道："臣等平倭，全仗自身本事，无需兵力。只带一百员武将，一千名兵丁、卫从守了便够了。再乞命传胪李赫做了先锋，他也是女流，便于进出传令。还乞拨三千民夫随营差用，并乞多拨粮饷，专员押解。"皇上说："这很容易，只是一千兵太少些。"小钰道："连这一千的兵并不要他冲锋打仗，不过壮壮军威。若多了反觉累赘。"皇上又问："你前日舞刀为什么不骑马？”小钰道：“那刀重八百斤，使行了，就有几千斤的重，凡马吃不住。”皇上道：“这个倒是难事。”小钰道：“不妨，臣别有方法。”皇上便命铺下锦墩赐坐、赐茶。又道：“这是上天之赐，下民之幸。有你这三个人前去平贼，自然不日成功，朕必优加封赏，还叫你们世世子孙永沾恩泽。各宜用心努力，朕翘首以待捷音。”三人忙又叩谢了温谕。圣上即命一名小太监，引他三个进内宫朝见皇后。三人领旨，随着太监进宫去了。这边立降圣旨：封小钰为平倭大元帅，封碧箫左副元帅，蔼如右副元帅。敕礼兵两部，星夜制造黄金斗印。又发出内库七星宝剑一口，刀鞘上镌刻“特赐平倭贾大元帅佩带，自王公以下三品大员，有违军充，先斩后奏；四品以下官僚，斩后咨部，无须专奏；其余庶民人等，处斩后并无庸报部。”又谕兵、工二部，备办军装帐房，又命在京外二十里度地筑坛，朕亲行拜印推毂大礼，鸿胪寺会同礼部义呈仪注。又命御前大臣挑选一百员武将、一千名羽林精兵随征。命户部选拔干员押解随营粮饷。命钦天监精选出师吉日。又拨内帑银一百万，赏大元帅安家，并赏上厩良马一百匹。副元帅各赐安家银五十万，马五十匹。命吏部授李赫先锋职衔。又命地方官派拨民夫三千名。又特颁黄金锁子甲三副，金盔三顶，并敕顺天尹丞护随武鼎甲游街，大宛两县随文鼎甲游街。又传旨：出师这日，王公以下三品大员，出百里外跪送，其余各官只在城外跪送。那外廷纷纷降旨，各官忙个不了。

权且慢说。单说小钰三人随了太监，来到正后内宫门口，便有守门宫娥问明了，入内转奏。不多一会，赶出来说：“奉娘娘懿旨召见。”他三个人即便随了宫娥进去。怎样的朝见娘娘？下回分解。

第十七回　特典崇隆登坛受印
仁心恺恻掩骼施财

那小钰三人进了内宫，只见皇后娘娘淡妆素服，面带愁容，端坐在上面。却说皇上自从前后宾天，有周、贾二妃才能理事，所以不复立后。后来二妃先后殂逝，内佐乏人，才继立这位正宫娘娘的。三人疾忙趋上行了朝见的礼，各报明姓名。娘娘素来本是十分仁慈明圣的，便命铺了三个锦墩，一东两西，赏他们坐下。看这小钰虽生得如花似玉，眉眼间却有些英气勃勃。这两个竟是十分柔媚的女孩儿，想着这样娇怯怯的人，叫他去御那强横倭匪，心中倒动了个怜惜的念头。便道："倭寇强梁得很。百万雄兵尽遭荼毒，你们请去剿平他，固然忠勇可嘉，但也要自度己力。"三人奏道："蒙娘娘恩念，感激难名。但臣等自揣定能削平乱贼，唱凯回朝的。"娘娘听了，有些喜色，答道："果这以，真是天下苍生之福。"

说话间，宫娥送上香茶，小钰接了便喝，这两个只在唇边沾了一沾，不喝下去。娘娘会意，便道："你们尽管放心喝，喝完了叫你们去散散来。"两个就喝完了。娘娘就命小宫娥引他到别宫去，八宝镶金的桶上坐了一会，依先回来坐下。娘娘又问："你们男女同行，路上不很方便，怎么样呢?"小钰奏道："臣等都是中表至亲，自幼同学同居，情同胞姐弟一般，无妨碍的。"娘娘说："这就很好。"又赏给酒饭。待吃完了，命宫女们取过三个盒盘来，中间放着三件白缎蟠金绣花的软甲，内装湖州丝绵；又是三顶紫金冠，面前一朵红绒，下嵌一颗大珍珠，后插两条雉尾，里面用红缎湖绵衬着；又是三条宝带。即遣三个宫娥领去替他们另梳了头，妆束了出来。谢过赏，又说："我派有三十名老宫娥，三十名小宫娥，都捡会骑马的给你们随营伺候；还派六十名宫监随去，以便进出传令；又各赐玉如意一枚，取个吉祥口彩。"三人又谢了恩，叩辞出宫，便有许多宫娥太监叩了头跟随着。又去叩辞了圣上。

出到东华门，骑上马，府尹摆了全副执事在前导引，府丞在后跟随。马前各有状元、榜、探及第的朱牌一对，彩旗八对，皮鞭手四对。太监宫娥各骑了马，前后拥护，遍游六街九陌，看的人成千成万，啧啧叹羡，都说活像三个出塞昭君，也辨不出谁男谁女。

傍晚才分路回第，碧箫自回家中，蔼如同着小钰回府祭祖宗，拜尊长，纷纷道喜。湘云、宝琴、李纹、李绮都来府里住着，不必琐说。

却说各部办理一切，未免有需时日；又且钦天监一时捡不出上好旺相吉日，只得奏明略迟几天，定于三月初一日出师。小钰忙叫人到西山僻处觅了三只高大的梅花鹿来，恰好一公二母。依着仙方，用药搀了米，早晚喂饲。十日之后强壮异常，能驮万斤重物，就叫他做仙马。

渐渐的日子近了，王夫人和宝钗、宝琴未免心酸掉泪，舜华见了道："太太、奶奶们别这么，小钰此去建功立名，荣耀宗祖，垂裕子孙，极是一桩大喜事，要取个吉利才是，怎么反悲苦起来?"优昙也道；"是得很，太太们倒要依他的话。"王夫人等只得硬了心，"由着他们去罢。"梅玉田也住在贾府里，时时叫女儿见见面，十分依恋。

到了初一吉日，三个元帅三鼓便起来，戎装打扮。小钰先到祠堂里拜辞宗祖，碧箫、蔼如各设香案拜别祖先。然后一一拜辞。贾政，兰哥同了玉田先往将坛去等着看热闹。这里，王夫人以下没一个不依依不舍，惟有明心毫不介意。舜华和优昙、曼殊反觉笑容可揖。小钰等再四叮咛大家："不用惦记。"又单向舜华作个揖道："太太、奶奶跟前烦妹妹不时宽慰。"舜华笑着点头道："在我在我，但愿马到功成，专听喜信就是了。"

小钰等出门上马，入朝叩辞圣上，又进宫叩辞圣后。那娘娘重复赐了许多东西，谆谆嘱咐保重身体。三人叩头答应了，又各领了三杯御酒。回出宫来，闻知圣驾已先往坛前去了。连忙也就起马出得城来。

两旁道上跪着了成千的文武官员，送行太监在马上说声："有劳了，请起。"便径往坛前来，就有那执事人员前来跪迎。

三帅下马，只见香案上供着三个玉盘，盘里放着黄晃晃的三颗金印又是一口宝剑，面前朱红木架上插着三面大纛旗：中间是"钦命平倭大元帅贾"八个金字，两旁是"左副元帅梅"，"右副元帅薛。"纛前铺着个鹅黄拜垫，底下铺个紫锦拜垫，两边铺的是绿锦拜垫，略挪下一尺来的地。鸿胪寺正卿在下面旁跪了唱道："请圣上就位，"又唱："请三位元帅各就位。"又唱："行祭纛礼，跪叩拜。"连唱了八拜，便唱："兴，三揖平身。"礼毕，又唱："先锋抱纛。"那黑李也是全副戎装，带了二员将官趋上来，就架上拔了纛旗，抱了下去。

执事人忙将旗架撤开。鸿胪寺又唱："礼部尚书捧英兵部尚书捧剑导引大元帅由东阶登坛。"坛上是鸿胪少卿唱礼，左边一溜放下两个紫锦、两个绿锦的拜垫。鸿胪跪在下面，唱道："大元帅就位。"又唱："西向跪。"又唱："礼部授印，兵部授剑。"小钰都双手捧着了。坛下唱道："请圣上行拜印礼。"也赞了八拜、平身。坛上唱道："礼部捧英兵部捧剑导引，大元帅由西阶下。"下了坛，依旧把英剑供在香案上。

接着左、右副元帅逐一都照样的行礼，只少了兵部捧剑。赞的是行四拜礼，其余皆是一样。鸿胪便唱道："授印礼成。请圣上南向立，请三位元帅各就位，行拜印礼。"也是八拜，礼毕平身。又唱："行谢恩礼。"又是八拜。先锋早押着人去，抬了大纛前行去了；三个中军官上来把印收入印箱,黄锦包着扑缚肩头,也先行去了。兵部忙将剑挂在大元帅腰带上。

十六个太监便拉过一辆檀木小敞车儿,上边有一把紫檀雕花交椅,上安一顶曲柄紫锦凉伞遮盖着。椅前有方桌,面宽的地方铺着紫锦垫儿。鸿胪又唱:“请大元帅登车旁跪。”小钰便上车侧着跪在椅前。鸿胪唱:“圣上行推毂礼。”皇上便把双手在车后一搭,太监牵了紫丝线飞跑的去了。随后,两副元帅一同登车跪下,那车式是比先前一样的,只换了绿锦伞垫。鸿胪照前赞礼,皇上一手一车搭一搭,也是飞跑去了。这边礼毕回宫。不提。

小钰坐在车上行了二十五里,就有公馆伺候打尖,小钰进了公馆,就发一面高脚牌,交给先锋,传知各地方官:毋许出城迎送,毋许备办公馆供给,亦不必驱逐闲人。一切农商人等,各人各照常,违令者斩。如有兵役沿途滋事,立即喊禀先锋将或中军官回明枭示。又遣太监传谕中军一员,押着帐房行李铺盖厨役人等,并太监八名前往整备。每日行二十五里打尖,二十五里安营住宿。又中军二员随后约束兵役,如有不法,立即回禀。自己却从从容容,同两个姐姐吃完了酒饭,骑上马缓辔同行,欣欣得意。

又走了二十五里,大营已经扎停当了。这座虎皮帐房宽大得很,共有四进,各五开间。头一进中间算是辕门,先锋住东,中军住西。第二进中三间是敞的,设有三个公座,以便听事发令;东西各一间,太监住下,晚间轮流在中敞间宿夜。第三进中一间,是三帅坐起饮食。小钰在东一间安了行床,地下睡了些小宫娥守夜,内一间老宫娥住宿。西一间碧箫、蔼如各安一床,床前也睡些小宫娥,里一间也是老宫娥住,晚间还派些老宫娥轮班在中间空房里守夜。第四进通是宫娥们住,留空一间做内厨房。厨子、水火夫通用年老女人,不用男人。那帐房每进各有一个大空院子,窗子是玻璃镶的,门是锦缎门帘挂着,拴了些带儿当做门闩。第三进西廊下另有一间厩房,安着三个槽,喂养这三匹仙马。各人使的器械都收在卧房内，因防暮夜有警，所以不叫离开的。帐房外，四周各留一小巷，以便兵役巡更。一切兵将四周扎下帐房，团团围绕。那正对大帐房的面前，立一个营门，轮派兵将值宿把守，调度得井井有条。

又行了一日，已是百里了。次日早晨行不二里，只见亲王、郡王、公侯等，俱排班站立。三个元帅的马近了，齐齐跪下。小钰等急下马打了一个跧，口称："不敢当，请起！"众人才站了起来，公敬了三杯饯行酒。两个女帅都是太监接了，递给宫女转奉的。三帅就步行了一箭地，才上马。又行不二里，只见内阁和九卿排班站立，望见了马，便远远跪下。三人忙下了马，抢将过去，略略屈了半膝，叫声："不敢当，请起！"也公敬了三杯酒。小钰等略走几步，就上了马，加鞭前进。一路静肃得很，秋毫无扰。沿途遇见山东逃难的民人，各各厚赏银米，欢呼满道。

行了几站，这日站头短，早早住下。小钰走到院子里闲逛，只见西边厩里两只仙马在那里打雄。小钰便叫道："两位姐姐快来瞧好玩意儿。"碧箫、蔼如不知是什么好看东西，跑出来一看，见了这个样儿，脸都涨红了，回身就走。小钰一手一个，扯住了不放，还叫宫女掇了三个马杌，手着他们的肩头坐下。这鹿儿越发乱动乱抽起来，两人看不像样，挣又挣不脱，只得低着头，闭了眼。停了一会，小钰道："闹完了，姐姐们张眼罢。"两个开眼一看，果真跳下来了。谁知那一个母鹿看得动兴，也粘粘的挨将过来。雄鹿又爬上他的背去，往里一顶，进了半段。两人臊得很，趁着小钰不提防，推开他的手便跑了进去。小钰独自一个看个不亦乐乎，才走进去。笑问道："好瞧不好瞧？这个就是将来的吉兆！"两人都啐了一声，不去理他，各自走回房去了。

只见老宫娥拿了一角公文，上贴着十二根烧焦的鸡毛，说："先锋传进来的。"小钰接来一看，却是直隶总督在境上发的，说："营中铅子火药已尽，探有凶贼数千前来攻卡，相离不过二站，万分危急，求元帅火速救援"的话。小钰就问："此地到界口还有多少路？"外面回禀道："还有五百六十里。"小钰就发枝令箭，传八百里报马，谕该督等不必张皇，致惊百姓。本帅准于二日内赶到。又漏夜发下滚单，令各台站伺候着干粮、夫马应用，迟误者斩。就选了几名能事太监，拨了些人夫，抬一架小帐房并应带随身什物，沿途听用。一面忙忙吃了晚饭，连晚就发马启行。碧箫道："星夜趱程，要这帐房做什么？"小钰道："没帐房遮着，难道叫姐姐们把那粉妆玉琢的两块香绵团儿在露地里掀开来解手么？"两人听了都笑起来，说道："怎么说得这样蠢！"

三人行了二夜一日，第二天午前早赶到了。总督等率领兵将俱跪着接进大营。各各参见了，回说："探子探得贼兵共有三千，带兵的是六个狼将，明日便到。"说毕，忙将自己的大帐房让与三位元帅住下。三人安安稳稳睡了一夜。次日早起，用了酒饭，装束起来停当，出到卡边口外，一排的铺子垫子坐下。渐见一阵阵尘头起处，小钰道："贼来了，我们别放刀弹，先和他交一交手，瞧他果有些本事没有？"两个道："很是。"慢慢的上了马，并排儿迎上前去。贼营本要开炮，因见是三个小孩子，标致不过，认做通是女子。六个恶狼放马齐出，叫道："莫放炮！咱们两人战一个，通要活擒过来，好晚间受用。"果真拨着马头就枪刀并举。小钰一刀砍去，五狼招架不住，劈成两片。三狼大喊一声，举斧便砍。小钰将刀往上一格，这斧子飞上半天去了。三狼着了急，掉转马要逃，小钰又是一刀，呜呼尚飨。这四个狼将战住两员女将，也只战得一个平手。小钰一刀一个，又砍翻了一双。那两个慌了，把众兵将一招，齐齐涌上，欺他们只有三骑，自然混杀不过的。谁知小钰摔上一满把铁子儿，把众倭兵的贼眼珠都打瞎了，劈劈啪啪倒了许多。小钰又摔了一大把，又打瞎了无数贼眼。接着碧箫的飞刀也来了，蔼如的连珠弹也来了。小钰、碧箫又各放起箭来。贼众无处逃命，顷刻之间，三千多人马扫得干干净净，只有在后面押粮饷的几十个贼兵逃了回去。小钰等回卡进营，差了些兵役，把六个倭将脑袋割了下来，

装了一桶。其余无名贼将贼兵，只割一只左耳，挑了两担。写封奏折，送往京中报捷。自己住了几日，等大众到齐，即便起行。

到了山东境内，一望凄凉。但见白骨撑天，尸骸满地，绝无个人影儿。便命人夫用席子包裹了，逐一掩埋。因此耽延了，每日只行得三十里。那边贼兵逃回济南，报与倭帅。不知又遣什么兵来，看演下回。

第十八回　荡妖寇大显神通
受皇恩荣膺宠锡

那倭帅闻了报，心中大怒，便差了三个狮子，三个虎将，十二个狼将，带了一万倭兵。头上各带一个铜护脸儿，眼珠边镶块极厚的水晶，像显微镜一般，以防铁子打眼。狮子虎将仗着力大，通穿的厚棉袄外罩铁甲，便是弹箭着了身，也还搁得住。贼帅又嘱咐临阵须先放大炮，战时别贪他美貌，想要生擒，不忍伤命，以致反丧了自身。各兵将领命，即日前进。小钰探得实信，也就迎将前去。渐渐近了，小钰命兵夫扎住了营，不必动。自己三人放马向前。贼营里开放大炮，轰声如雷。小钰的鹿角上早早缚着一面小旗，上画天书上的退炮符儿，炮到跟前，反退回去，把贼兵倒自己打死了好多人，便不敢放了。三个狮子生了气，拍马前出。小钰三人迎着交锋，果然厉害。小钰还勉强招架得住，该这两个姐姐，那里是他的对手？恐防有失，便想要召神兵。这碧箫二人倒也伶俐，把马一退，这马是通灵的，不用掉转身，只缩身往后一退，便离了二丈多地。一个撩起飞刀，一个发出铁弹，两个狮将忙把刀枪架格。小钰也是一退，疾忙捏诀念咒，大狮子正纵马上来，忽然一阵怪风，吹得寒毛直竖；一片云光，从空低下，便有无数金甲神人杀将过去，别的贼将贼兵反身便走，独有三个狮子仗着本领高强，想去迎敌，早被神将一杵下来，把大狮子舂成肉饼。二狮慌了，回马要逃，又被一位神将一斧，截做两段。三狮没法，跳下马就逃，无奈前面自己的人马挡着，只得弯着腰，把头往人丛里钻将进去，拼命飞跑，碰倒了许多人，竟被他赶在前去，一溜烟走了。还有些解粮饷的倭兵，也跟着飞跑，其余一万多贼众，登时变做尸山血海。小钰见剿灭已尽，便念了退咒，请回了神兵。碧箫也收了飞刀，三帅并马回营。仍差兵夫去割了十七个贼将脑袋，一万余只贼耳朵，挑有十多担。缮了奏章，差官进京报捷。一面望济南进兵。

那边倭帅倒也有些贼智，闻了败信并不慌张，说道："这是左道妖术，只须用个魇污法，就制住了。"便叫取那妇女经水，并产妇的恶血，宰些黑狗血，还恐不够，把些老年丑陋的妇人，用尖刀戳进阴门，流些血出来，再把那各处的阴沟臭水搀和了，满装在十多只大缸里。另用毛竹截做喷筒，选六百个兵丁漏夜习会了。又差三个狮、三个象，专去抵敌三个女孩；另差六个虎，专招架着飞刀，又是一万倭兵助着打仗，此番一定可以全胜，就轰轰烈烈迎将出来，狮象心中还想要生擒去轮流取乐。

那小钰离城五十里扎住了营。三马慢慢的迎上前去，渐渐近来，就放起飞刀，召请神将。贼兵忙把秽血向上乱喷，十分恶臭。果然神将神兵慌忙升上了天去；飞刀也通灵的，疾忙飞回来了。小钰就退了神兵，另呼风来，只见一阵狂风卷了许多砂子瓦石，还拔起了些树木，扑面打来。贼人又忙放喷筒，谁知风却不怕污秽的；那瓦石树木更是无知之物，管什么臭秽，乒乒乓乓打将过去。贼兵个个头开血出，逃命也来不及。臭血倒了满地，白白害了多少女人、黑狗的命。这风越刮越猛，有块百斤重的大石，打着了四狮子的背上，连吐了几口血，伏在鞍上加鞭逃命。到了城门边一涌进去。人多门小，挤死了许多。这些木石趁着风势，也进了城门；还有些从城上落下的，真打得人嚎鬼哭，屋倒墙倾。倭帅着了急，引着兵将，开门往青州一路逃了去。

这里小钰不知他们逃去，只叫在城里吹打，却被他们偷跑了。

不然追将上去，包管一个不留，到了傍黑，料已打尽，便退了风。回营安息。次日仍命兵丁人夫去割脑袋、耳朵，城外割了两个象头、五个虎头，八千余的耳朵。见城门是开的，并没人烟，就进城去，又割了三个狼头，一个虎头，还有五六十耳朵。在坍房子瓦石堆里寻寻，又割了几百只耳朵。倒从那炕面前放煤炭的地坑里，救了许多女人出来，约有千人——余外都压死了——带了出来，到营前回禀小钰。小钰问："为什么只有女的，没有个男子？"众女人道："男人逃的逃，杀的杀，没有剩下的了。我们被贼劫去用的，替他们洗衣煮饭，年轻的由着他们侮弄取乐。"小钰看时，个个被恶贼弄得面黄肌瘦，十分可怜。便按人数，重重的各赏给了银米，叫他们且到附近省分暂避，待事平后，自然设法招回安业。这些女人叩头称谢，各自四散去了。

小钰一面奏捷，一面差人探听贼帅下落。知他逃往青州府城内，在那里挖掘地窖，安设锅灶，里边放着油缸大蜡烛；又把民房拆去，不许多余；剩的都拆低了，瓦上涂了油灰盖紧，以防风吹石打。那些受伤兵将通拨到登州府安扎调理。那登州城内也照样拆屋挖窖，又修造了许多战船，待十分危急的时候，便好逃回本国。

小钰听了，便命兵夫忙忙掩埋民人。即日就要往青州攻城。谁知这些死尸恶气变为瘟疫，人夫兵丁，多有病的。沿缠开来，太监、宫女也就病了许多。迟几日，连蔼如也是不想饮食，只叫胸口胀闷。小钰只得奏闻圣上，暂且缓兵。皇上闻奏，立差六十员太医，驰赴军营医治。又颁好些内制的避疫丸散，又命另拨些太监、宫女及兵夫们来营，换那病的回去调养。自四月初间疫起，到五月内，日甚一日。那些太医不但方药无效，连自己也病了四十多个。过几日，碧萧也不好了，小钰也觉茶饭不进，胸中闷满。自悔道："当年若读了第三卷的天书，就不怕了，如今实在没法。"皇上、皇后忧愁得很，不住遣人问候。

到了六月，三帅通躺倒了。皇上就差八亲王同着一位皇庶子到营问疾，并命暂且回京，调治好了再作征东之计。小钰在枕上叩头道："烦王爷、皇子代谢圣恩，并乞二位即速回京，别在这里也沾染了，反为不美。至于我们三个，断乎回去不得的，万一把倭贼探知，势必四出骚扰，前功尽弃，待到秋凉，自然会好的，求圣上、圣后万勿垂念。"二位也就依他的话覆奏去了。

到了七月半后，倭帅见他们屡次得了胜，反迟迟不进，必有缘故。遣探子探得了实信，十分欢喜，道："这三个病鬼躺在炕上，那里还会使那些妖法？趁此劫进营去，擒了来。别管他病不病，先从本帅起受用一番，再给你们诸将轮流摆弄作乐。倘或还活的，就赏给兵丁们大家开开心。难道十万条的鸡巴，弄不死这三个害病小孩子吗？弄死了便分兵四出，包管破竹之势。但不要多了人马，让他闻风逃避，反觉费事。"即日差三个狮子，带了二千兵，悄悄前进。

小钰早防他趁此进攻，时刻差人日夜了望。这一夜是八月初间，新月很亮，黑先锋望得明白，忙忙入帐禀知。小钰叫两个宫娥扶了出来，跨上仙马，出到营口，见贼已逼近，即呼起风来。飞沙走石，拔木扬灰。贼将说声"不好"，掉转马头就走。小钰喝道："快追去，一一打死尽了才罢。"果然这狂风一路追赶，约有五六十里，把那一枝人马全数打光才收小些。小钰知已了事，念了退咒，回到帐内。因冒了些风寒，更加病重，不能具折，只差个官儿进京奏闻。那贼营里仍只逃了几十个解粮的兵丁，回去报知倭帅，倭帅大失所望，无法可施。想着现在兵残将损，又不好回去，恐怕国王见罪。只得且住下，再作计较。

且说差官进京报捷，皇上问："元帅卧病，如何还打得赢仗？"差官就将呼风请神将的话奏明。皇上召问贾政，贾政也据实覆奏。次日圣驾亲往岳帝、关圣、吕祖各庙虔诚谢祷。重阳以后，疫气渐渐退了。

到得十一月间，三帅精神复旧。一面奏闻，一面提兵前进。恐防贼人闻了信息，下海逃归，先召请神将求他扎在海口，阻住他的归路。神将依令，分作两队，在青、登二府海口亭亭扎了两个云寨。贼帅并不知道，只探听得元帅兵来，预先把些粮饷器械什物装在海船内，每船派几名倭兵看守，自己仗着有了地窖可以躲避。待等风息了些，劫他的营，或者可以侥幸获胜。主意定了，便先把一切需用物件并妇女们都搬了下窖，窖内点着灯烛相待。听见风声，一起开着，一齐躲下窖去了。小钰早已探明，就又唤了雨来，翻江倒海，只在城里落去。顷刻水深三尺，那贼帅们存身不住，只得爬出窖来，率领兵将，各用生牛皮做的大藤牌，护着头脸，开门往海口逃生。忽见云光落处，神将神兵纷纷乱杀将来。叫声“不好”，疾忙回进城来，关上了门，要去找那喷筒。无奈水已过腰，那里还剩什么喷筒秽血？只得拿着藤牌跑上城去站着。渐渐水浸过城，可怜那有智谋的倭帅，大力气的兵将，登时一个个变成鱼鳖。

小钰见青州的贼已经剿尽，疾忙同了两个姐姐，鞭着仙马飞往登州来。登州早已闻信，瞧见大雨倒将下来，晓得地窖靠不住，连忙开了城门，往海口乱跑。那狂风木石也是紧紧的追上来了，正在没命飞跑的时候，对面神兵又迎着杀来，大众进退无路，竟砍得干干净净。

元帅退了神兵、风雨，便遣兵将到海口，拿住了一百只大船。各船搜出无数米粮军器，又每船倭兵两名，还有山东逃去的海盗六名。回到青州海口，看那守船的倭兵，早已并做一个船逃回本国报信去了，只剩了一百多只空船并粮米等物，随即砍了贼帅等首级耳朵，并同活贼，写下奏折，发红旗往京中报捷，并请渡海征倭，问他个侵犯天朝的罪。皇上接了捷音，十分欢喜，但为了征倭的话，踌躇了一会。进到宫中和皇后相商，娘娘道：“他三个小孩子，平了十万凶倭，劳苦已是十个月了，又且大病之后，何忍再叫他们犯那险恶波涛，远征外国？但竟将倭王置之不问，也不成事体，不如差个官去，叫他遣使谢罪，就好撩开手了。”皇上说：“朕意也是这么。”即日敕内阁备下谕旨，差礼、兵二部侍郎，星夜往军前，就交与小钰等看过，就往倭国颁谕。小钰接阅，旨意甚是和平，觉得太宽恕，但圣谕不敢擅改，只得加上一封谕贴。内开：

平倭大元帅贾，左右副元帅梅、薛，谕倭国贼王知悉：尔等幺么虮蝨，久在皇朝帱覆之中，不知感激，乃敢无故兴戎，侵扰内地，逆恶滔天，万无可贷。本帅本欲即日东征，又蒙皇帝圣恕，专遣天使，谕尔悔罪自新，不追既往。圣旨到日，尔当亲率妻子赴阙乞恩，尚可仰邀宽典。如敢半字不遵，本帅等必扬帆东渡，踏平蚁穴，寸草不留。仍将尔贼并同眷属囚縶献俘，脔割以饲犬豕。凛之凛之，毋贻噬脐。特谕。

两侍郎就赍了圣旨，并元帅严谕，即日下了海船，往倭国去了。小钰等且驻扎青州，专等倭王覆奏，不提。

且说圣上遣发使臣去后，便敕内阁传旨，备办丹书铁券。封小钰为平海王，加九锡，赏银三千万，食邑二十县。封贾政为老太王，封王夫人老太妃，赠宝玉为太王，封宝钗太妃。追赠高、曾二代长房子孙，世袭王爵罔替。其余庶子，并封一等公爵，准袭十代。

封碧箫燕国夫人，蔼如赵国夫人，皆封赠三代，又各赐银二千万，食邑十县。因系女身，却没有子孙世袭字样。并许自署官属，王府文职自八品以下，武职四品以下；公府文职九品以下，武职六品以下均许自给，各位一体支给户部银俸。另发帑银一百万两，饬工部盖造王府；梅、薛各五十万，起造公府。此时已是腊月将尽，忙忙赶办端正，待到正月元旦朝贺后颁发。尚有许多恩诏，统俟元旦日一并钦颁。究竟不知是什么恩典？且待下回叙出。

第十九回　闺内吟诗堂前问卜
环儿南窜淑贞北来

上回说到要颁发恩诏的话，这回却不直接，另有应该追叙的事不便略过。

且说小钰出兵去后，淡如、授钵整整哭了三四日。彤霞和二香要存些体面，不好显露，只好暗中掉泪，却各各不说不笑，饮食懒进。惟有舜华举动如常，毫不介意。彤霞送过了行，闷闷昏昏，独坐在屋里，就做了一首诗，题目是“相思”二字，瞒着众人写将出来：

愁病恹恹强自支，销魂最是五更时。
木边着目空诸相，田下添心有所思。
薄命远输连理树，痴情待织合欢丝。
向人只说题红豆，却恐怀春小婢知。

自写自念，越读越发添些烦闷。谁知人有同心，妙香也做了一首，却比他有含蓄些，题是“咏芳草”。

又是春深碧草齐，天涯何处不萋萋。
西堂未醒怀人梦，南浦偏催送别啼。
思妇芳心多有托，王孙归路几回迷。
凄凉尽入江淹赋，厌看青青满大堤。

这是送了小钰，想到江淹“春草碧色，送君南浦”的话，所以托物寓意的。瑞香走来瞧见了，吟哦了一会，明知其意。回到房中，也就借着“听芭蕉雨声”为题，抒写愁怀。诗云：

偎遍阑干泥柳腰，芭蕉叶底雨潇潇。
一番沥急湘帘悄，几阵寒生宝篆销。
碧玉芳心啼永昼，青罗残梦怨通宵。
遥知笑语穹庐客，那忆深闺叹寂寥。

这结句隐指着小钰和梅、薛二人同在军营，自然有说有笑，那里还惦记园内诸人？不觉醋气攻心，含讥带怨的说将出来了。

但他姐妹两个的诗，是借题发挥，不比彤霞的明明说出“相思”二字，有些碍目，因此并不瞒人，放在桌上。

一日淡如来到园中，瞧见二作，触动情怀。他是最老脸的，竟无忌讳，直把“有忆”二字为题，做了一首云：

人去空劳密意牵，柔肠一一记从前。
香罗解处曾留誓，金缕提时尚待年。
南浦春波依旧绿，西厢夜月几回圆？
寻欢惜别难忘却，回首梨云梦里缘。

拿来拿去给人看。舜华耐不过，冷冷的说道：“‘香罗解处’四字太言重了些。”淡如才有些不好意思，也便收藏起来，只去念与授钵听，又被传灯听见抢白了几句，以后就有诗也不给人瞧了。这是园中姐妹们的事，不必烦絮。

再说小钰启行之后，众亲戚各各散归。王夫人单留宝琴同宝钗一房居住，互相宽慰。却天天去求神拜佛，问卜祈签。还叫了许多三姑六婆，江湖星相，到府里打筶卜卦。也有瞎子，也有有眼的，闹个不了。每日堂前挂上帘子，王夫人带了宝钗姐妹隔帘占卜。有的说“大吉”，有的说：“大凶”，有的说“平安”，有的说“不出两个月就平”，有的说“要三年后才胜”。真像着了疯魔一般。后来连接两次捷音，大家便心安些。谁知又得了瘟疫的信，合家重复又乱起来。

这日天气暑热得很，贾政此时已蒙特恩超升工部尚书，因为心绪不佳,懒上衙门,只差小厮去告知书办:有要紧稿案送到府里来画押。刚刚吃了早饭,看一个老婆子在上房迸乌龟算命,忽见兰哥儿慌里慌张跑来说道:“山东有差官来,报知三个元帅通病倒了。现差一位王爷、一位皇子,到军前召他们回来调治。不知这几日凶吉如何。”原来贾兰虽点了翰林,因是内阁熟手,所以仍在内阁侍读上行走,故此得信最早。王夫人听了,吓得面如土色。里房宝钗、宝琴的眼泪像珍珠串儿似的淌将下来。正在着急,只见香菱一路哭一路叫道:“太太不好了,不好了。”王夫人认道是得了小钰的什么凶信来报知的,便“哎呀”一声倒在炕上。兰哥上前连忙抱起来,已是睁直眼珠,连话也说不出了。贾政便喝道:“香菱,你怎么大惊小怪,到底是什么不好?”香菱道:“我家大爷被你们环三爷打死了。”贾政问:“谁说的?”香菱道:“昨夜四更天,馒头庵尼姑来报信,今日黑早蝌二爷去瞧了来的,他现在厅上要回话呢。”众人听了,个个十分诧异。

贾政就走往前厅,薛蝌请了安,告道:“馒头庵有个十八九岁的小尼姑,叫做思凡。向日和我家哥哥、环三弟都有些不清白的。昨晚环三弟先在庵里抱了思凡同杯喝酒,已是醉的了。哥哥后到,要抱那尼姑来陪自己喝。环弟不依,哥哥便走过去打了一个嘴巴,硬拉了小尼姑就走。恰好桌上摆着一壶热酒,环弟就提起来照脸撩去,刚刚打着太阳穴,开了一个大窟窿,淌了满地的血,登时死了。老尼姑便把环兄弟关住,喊报地方。今早刑部同了城上官儿验尸问供,环弟却一一实说。”刑部喝道:“谎话,那有尼姑肯陪酒的?这是你喝醉了嫌酒不热,使气撩往院子里去,可巧薛蟠在外进来,碰着太阳,误打死了……”话未说完,贾政道:“放屁,这是思虑所不及,明明要做个过失杀,开脱他了。元帅的叔叔打死人不偿命,皇上的叔叔就该沿街杀人了!”

即刻坐了轿,往刑部衙门去,定要照斗殴例问个绞候。刑部堂官说:“且请回,我们酌办罢。”众官商量了一回,竟去奏闻圣上,请旨定夺。皇上道:“论理,贾政、小钰面上竟宽释了他罢。”刑部奏道:“臣等原有此意,反是贾政决不肯依。”皇上想了一想,道:“既这么,他原是金陵人,如今在北京犯事,就充他到南京去。名为发遣,却是个解回原籍。就情、法两尽了。”众刑官即便遵旨办理。过数日,临要起解时,押到贾府辞别,王夫人骂了一顿,给他八千银子,带了史氏同回南京。这是后话,不必细叙。

且说众姐妹听说小钰患病,个个暗里愁烦。舜华更加着急,晚来躺在炕上翻来覆去,一夜不睡。他本精通易理,欲要点卦,又怕彤霞听见,直待东方才亮,就忙忙梳洗了走到园中,撮些落花的瓣儿装成一卦。细玩爻词,似乎先凶后吉,就坐在石上把“花卜”为题,口占一律云:

小白长红细细抛,更无人处暗推敲。
落英有象成三兆,乱瓣无灵误六爻。
病体较量粘砌蕊,归期检点留檐梢。
名园不似成都肆,密意何愁季主嘲。

吟完了,呆呆的坐着出神。只见明心从芬陀庵里出来采花供佛,见了问道:“舜姑娘起的恁早!”舜华道:“天气热,早起凉爽些。”便道:“我闻得庵里菩萨签极灵,要去求一签可使得?”明心道:“这有什么使不得?姑娘跟我来!”就引他到佛殿上拈了香,敲声磬,叫他跪下,暗暗通诚,拜了八拜,拿一个小小牙筒递给他道:“这签经是我编的,按着六十四卦,很有些灵验。”舜华接来摇摇,抽出一签,看是师卦,下四字是“师贞丈人”还有四句诗说道:“长子在师中,微旨不是凶。一阳来复后,风雨助成功。”舜华解来也是个先凶后吉之兆,与花卜相符,心里喜欢。便道:“师太,你不用告知淡如、授钵说我来祈签。”明心道:“不妨。授钵还未起来,淡如同他母亲到馒头庵送父亲的殓去了。”舜华谢了一声,就转身出园,往上房来。

王夫人正在叫老妈子梳头,问:“怎么起得这样早?”舜华道:“惦记太太,特来请安。”才得坐下,见园里的老婆子忙忙的走来,说："瑞姑娘好端端的，不知怎样吐起血来了。"王夫人皱皱眉头，说："真正叫做'祸不单行'。"便唤了李纨来告知，叫他去瞧瞧，一面请大夫，一面通知他母亲去："我实在没心情管这些事。"李纨答应去了。幸喜吃了白拈药，血就止住，渐渐强健起来。

李绮来府陪了他十多日，想着家中要调排中元祭祀祖先的事，须得回去走走，到女儿房里要告知他，见他靠在炕桌上睡着了，又见他枕边一张笺纸，上写着一首绝句道：

憔悴原知只为郎，鬓云缭乱罢新妆。

捧心重竟凭谁惜，自向床头检药方。

李绮看了，不去惊叫他。依旧把诗放在枕边，悄悄出来。且在彤霞房里坐坐，再来见他。谁知彤霞不在房里，桌上也放着一首诗笺，是《新秋》题目：

数尽长愁更短愁，西风容易又新秋。

藕丝不断莲心苦，未识檀郎晓得否？

心下想道："此时虽则两小无猜，只是他们质性聪明，知识开得早。将来小钰回来，却要避些嫌疑，才保得无事呢。"看罢，仍旧放归原处，径往王夫人上房来告别。

才进得房，只见有个老妈子来对王夫人说："刚才门上传进话来了，有个江南来的周小姐，是太太的外孙女儿，要见太太。"王夫人呆了一呆，说："莫非是探春的女儿么？"就叫两个老妈子去请进来。不多时，只见一个姑娘扶着丫头的肩，款款步进来。虽则不便穿孝，却是淡素衣裙，月白绸鞋。身材面貌很像探春，但眉目口鼻更加俊俏几倍。那丫头是探春随嫁去的，认得王夫人，便道："这位就是太太。"姑娘听了，倒身便拜，王夫人一把抱起，两人对哭了一回。才向李绮见了礼。王夫人问道："你怎样逃得性命，今年几岁，叫甚名字，母亲还在么，为什么反从江南来？"那姑娘挂着眼泪说道："母亲头胎生个哥哥，出痘死了；我是第二胎生的。祖爷爷说山东没好医生，叫母亲带我到南边去种花，是大前年回去的。待等种了痘，正想要仍回山东，不料闹出这场大祸，全家被害。母亲终日啼哭，成了疾症，今年春天不在了。周家并无亲房近族，只有一个远房伯伯，草草的收殓了。因我年幼无依，才送来的。我名叫淑贞，今年十岁了。"王夫人问："读过书没有？"回说："自幼母亲教着读书写字，勉强做做诗，不很好的。被难以后，越发荒疏了。"

王夫人就叫家人去搬他行李，并请周大太爷来府安歇。去不一会，家人取了行李回来，说："周太爷说不惊动了，即刻就要动身到张家湾坐原船回去。"王夫人忙叫送了些下程过去。不提。

且说大小两辈的众姐妹，闻得这事，都来会会面。逐一见过了礼，王夫人就向舜华道："我瞧小姐妹中，你最稳妥不过，今把淑贞交给你同房居住，诸事照应他些。我和宝婶娘都是心绪如麻，大姆姆又有家务，一人分身不开。"舜华站起身答应了，从此就在园内住下。

到了十一月内，探知小钰等病体全好，提兵往青州杀贼去了。舜华暗想："'一阳来复'的签句验了，这'风雨成功'的话自然也是准的了。"谁知到了腊月半后，杳无音信。各人怀着鬼胎，天天到上房打听消息。

其年是二十日封印，贾政、贾兰都往衙门拜印去了。王夫人正和众人说着挂念军前的话，忽听见一片响声，像有几百人叫喊的声音。一个老妈子一路跌脚叫进来，道："不好了，又要抄家了。比前番的人还多几倍，男家人都逃完了。"宝钗哭着说："必是军前失了机，因此来抄拿家属了。"王夫人魂都飞掉，一句话也说不出。又听见百十面的锣声，敲得翻江。舜华道："太太莫慌，那有敲锣抄家的事？多半是报捷的呢。"李纨也不顾什么，竟跑到前厅屏后一瞧，见满地跪的人约有三四百个，还有一个穿盔甲的将官，捧着一面大红缎旗，上面写"大捷"两个泥金字，便掉转身，三脚两步赶进里边，大声喊道："红旗报捷的来了。"王夫人还只是发颤，宝钗挣了一声"谢天谢地！"只见贾政、贾兰也赶回来了，合家大小欢喜的心花齐开，是不必说的。

到了晚间，差官又将府报送进。贾政拆开看时，内有三封：一是老爷、太太安禀，一是奶奶安禀，一写舜华贤妹妹亲拆。就叫王夫人交给他，他害臊不肯接。淡如见众人没有，单寄与他，心里吃醋，就伸手去接。宝钗怕里面有什么私房话，便抢过来塞在舜华袖里。他就红着脸，回房拆看去了。其实，也不过是些问候的话罢了。

如今贾府的事已经补叙明白，好看下回颁恩诏的话了。

第二十回　圣恩浩荡薄海同春
帅德汪洋灾黎乐业

其年是癸丑年。正月元旦，贾政、贾兰同去朝贺过后，回到宗祠祭了祖，才到府里，同王夫人在荣禧堂上受了众人拜贺。一应女眷们分两行在西边坐下，东边只有兰哥儿坐在底下。贾政叫他把恩诏念与太太听，兰哥便走到王夫人跟前，说道："恩旨很多呢，第一道就是封我们三帅的事，去年见了底稿，禀知太太的了。第二道是册立皇长子为皇太子，移居东宫；封皇次子为恭孝亲王；其余皇庶子概封王爵。还有覃恩诏旨一道，大略是普蠲钱粮，大赦罪囚，及遣官分祭岳渎并历代陵寝，又如开恩科、赏耆民、大酺天下十日，各官统加二级等事，共三十六条，都是从来罕有的旷典。另有一道敕各省省城内特建东岳、关圣、吕祖庙，赐名三圣祠，从京城先建起。另有一道是个大喜信"，就细细念道：

朕闻《诗》首《关雎》，《书》传禧降，淑女之求，古帝王所亟。今皇太子及恭孝王并系正宫其皇后一乳所出，今年俱一十一岁。虽在冲龄，而天性孝恭，见事明决，娴贯经史，通达治体，洵可称为佳儿，尚未配有佳妇。特此颁谕在京及各直省一切王公大臣，簪缨诗礼旧家：所有亲生嫡女，自十一岁以上，十五岁以下，果能博通词翰，晓畅古今，又兼体貌端庄，性情和顺者，即将姓名年貌呈报本省督抚，给咨驿送礼部。该部以七月初一日为始，陆续注册填卷，截至二十七日查数具奏。

候朕于八月初一日，在凝香殿命题考试。选居第一名者，册为皇太子正妃；第二名配为恭孝王正妃；余各按年齿，配给众皇庶子为妃；若尚有余名，酌给各亲王子弟为配；并非朕自选嫔嫱也。其或虽有才学，而赋相不扬，或夙婴疾病者，勿遣。

王夫人听了，十分欢喜，笑道：“我们家运正通，封王之后或者又出个青宫正妃也未可定。”贾政道：“白云山算小钰十二岁封王，一些不错。还算优昙姐妹十一岁册妃，不知准不准？”宝钗接口道：“若讲考试，只怕总是舜华第一呢！”王夫人道：“去年为了我惦记小钰，大家日日到上房请安问候，整整荒了一年的工夫，如今还得央求先生狠狠的训诲他们要紧。”岫烟便说：“若论学问，如今他们个个强似我，那里训诲得来？只好早晚督率他们各自用工，这还做得来的！”贾政道：“这话未免太谦，但是严严督率也就可感了。”贾兰道：“过了灯节就要开馆才好。”李纨道：“何必灯节？今年五日得辛，这初五是辛卯日，日行黄道，又值奎星，更兼红鸾天喜，天恩月德催官，种种吉星临照，竟是这日上学为妙。”王夫人道：“很好，就定了罢。”说了一会，各自散去，小姐妹也仍回园内。

转眼已是初五，王夫人同儿媳、孙妇来到园中，带齐了众姐妹，向岫烟说：“他们都已拜过先生，只行常礼。这淑贞是初上学，要拜的。”淑贞就端端整整拜了四拜，香菱也带了淡如进来拜，从了先生。那各家的奶奶闻知女儿上学，齐集贾府：一则道喜，二则拜年，三则嘱托岫烟逼他们的工课。这日都在大观楼下开怀畅饮。

到第二日，宝琴是事外的人，便说家中有事，先辞去了。

众奶奶们又住了多日，那班小姐妹各自翻书弄本，十分用心，惟有舜华不很在意。湘云只认是他自恃才高，不肯临阵磨枪的意思。临行，还谆谆嘱他：“加紧用功，这是终身福泽所关，不可大意。”李纹等也各把女儿吩咐一番，才各归家去了。这是京里的话。

且说小钰见了恩旨，十分感激，便写上折子谢恩。又奏：现在抢回倭贼劫去的银约有四千万两，米也有八九百万，足够安抚归流之用。但在东人员不敷差遣，求诏谕吏部速照向时文武员缺，赶紧铨选；并另挑大小官三四百员，分发来东，以便分头委用。又奏倭寇骚扰已久，各省奸民乘机抢劫，所在俱有，地方官不能剿抚，又不敢奏闻，致添睿虑。如今剧贼尽歼，小丑自然畏惧，但仇怨已多，乡里断难存身，只得逃窜外省，正宜趁此恩赦之际，免究既往，善为安插。现在东省竟有别省亡命之徒，冒称回籍。其实并非东民，臣佯为不知，一体安抚，实非失察。缘此种匪徒，若无业可安，势必又滋事故，免不得大加杀戮。第念倭贼之变，死亡动以千万计，倘再加斫丧，非培养国脉之道。要求皇上明降谕旨，以安反侧，臣便宜行事。已先将此意檄谕各省大吏，等语。圣上览奏，大加夸奖，均如所请，速行。

隔不多日，又是一折，奏称东省办理抚绥人员内，察出侵蚀肥己数人，业经正法枭示。刑虽过重，但此时灾民失业，抚绥吃紧之际，正需干员实心为公，庶皇恩得以遍及。若似此贪员，仅照成例办理，难以儆众，是以刑一惩百，亦辟以止辟之意。系属权宜通变，不著为令。皇上看了，谕阁部大臣说："贾小钰不但是个将材，竟能深达政体，不愧相度。现在太师一缺久虚，即日降旨授为太师之职，用端百揆。"旨意报到贾府，众人又欢喜庆贺了一番。不提。

且说碧箫见了考选闺女的圣旨，便对蔼如说："舜华考试，十有八九是取中的。我二人就好无分，正侧同归小钰了。万一不考，或考而不取，我们却怎样？"蔼如道："我们男和女杂，久涉嫌疑，断无他适之理。舜华本有金玉天缘，兼且性情和厚，度量宽宏，让他占个先也使得。况我们已封公爵，不怕人家小看了。又蒙圣恩，庶子俱有十世的公爵，袭封子孙也不致落薄。"碧箫不待说完，便道："你我既有同心，竟是定了主意，不必迟疑了。"

正在商议，只见小钰拿了正张府图，说："是工部画来的，我们酌量改定，好叫他开工。”二人接来一瞧，见地址分在三处，碧箫说：“我们三家只在一处居住，何必分开呢？”小钰笑道：“姐姐错了，此时年纪小，自然好同居的。将来男婚女嫁，难道仍好同居么？”两人齐声道：“钰兄弟，好忍心，竟想要撇开我们了。”小钰又道：“不是忍心，其中有许多阻碍，又不好屈抑了二位姐姐，因此有这个话。”碧箫会意，便答道：“我很舍得你，单舍不得有情有义的舜妹妹，定要和他一世同居的。”蔼如接着说：“舜妹妹这样的一个人，谁不敬服他？就叫我们做他女儿也愿意，那肯舍开他分住的。”小钰听了，满面笑容说：“难得二位姐姐这样关切，倒是我多心开罪了，还求原宥！”忙把纸笔画个图出来：中是王府，左右是公府，各有小花园。王府后是大花园，园后墙隔一条街便是贾氏宗祠，那梅、薛宗祠另建他处。酌量停当，专差送京，先呈贾政阅后，才交给工部照图赶办。不用絮说。

此时遍天下已接奉恩诏，臣民共庆；且各督抚奉元帅檄谕，凡已往罪恶，不必追究，一体安戢，那此奸民就个个怀德畏威，改恶从善。至于东省各属城垣、衙署、民房俱经修整齐全，一切承办官员见小钰赏罚公明，宽严并用，也各自竭力尽心，民沾实惠。虽久经兵燹，却依旧民蕃物阜起来。更兼各省田禾丰茂，足有十分的收成，真是君明臣良，天庥滋至，万民乐业，四海升平，贼盗不兴，干戈永息。变乱之后，经此一番整顿，实在景象一新。

那小钰的功劳确也不小，但是他见了考选王妃的旨意，原想待到班师回京之后，面奏圣上，免了舜华的考。谁知连接广东督抚详文，说使臣船只两次遭风，打回海口。守了多时，才于四月尽边，重复开放去了。小钰一算等待使回，总得秋天。班师之期尚早，若舜华考取了，又费一场周折。只是这事只好面陈，不便形诸章奏。因此想个主意，瞒着两个姐姐，写封家书，求母亲回明老爷、太太，预先确定了舜华，叫他不必与考的话，即日差官送京。

那宝钗接到了便去禀知贾政、王夫人，贾政道：“事不宜迟，快去与史姑娘商妥，就好行聘。”王夫人就带了宝钗去求这头亲事，料是一说就成的。那知湘云早已想到，和公婆商酌道：“贾家姻事何尝不好？若比到太子亲王到底差些，不如待考过了，若或不取，再对未迟。”这日听见王夫人等到他家里，早知来意。果然他两个提起这话，便推道：“我是寡居，不便做主，须得请公婆的示下。”宝钗说：“这个自然该请示的，快去说明，好选日过礼。”湘云假意去了一会，回来说：“公婆说联姻贾府，极光彩的，有什么不愿？但是降旨在先，若此时赶着对亲，竟是有心规避，一经察出，还了得么？须待考过之后才好议婚。”王夫人道：“考取了，就要册立。那里还能议婚？”湘云假意进出了几回，只说：“公婆执意要等考后才定。”宝钗还要恳求，王夫人生气道：“不必说了，谅来不能仰攀的。”就站起身，叫打轿回去。湘云再三挽留吃饭去。王夫人说：“我们不为着要吃饭来的，别费心罢。”湘云虽则心里过不去，因为是女儿大事，只得由他们回去了。

王夫人气匆匆到家告知贾政，贾政说：“这也怪他不得，谁不爱拣高枝儿飞？只是小钰现在办理灾赈，若得了这个信儿，恐怕没心没绪了。不如回他个信，说现在商量办理，且安了他的心。待到七月尽边，才告他实信，那时他知道考期已近，也无可如何了。”宝钗听了，只得依着这话，写书交来差带回。

小钰得书心中安稳，其时抚恤事宜办有章程，不必亲身查察，便挑了几十员实心明干人员，往来各处监督。自己却同了二位姐姐，回到济南省城，在帅府住下，日日玩笑，十分得意。

其时正当炎夏，天气热得很。小钰吃过了午饭，叫两个清秀小宫女舀了香汤，关上房门，替他擦背洗澡。有一个老实些的，只管擦背，口也不开。那一个名叫宫梅，年纪十三岁了，生得妖妖娆娆，偏替他擦腿，把小钰引的动起兴来。宫梅就笑着说道：“怪不得元帅爷要封王的，肚子底下比咱们多了一个指头儿呢。”小钰也笑道：“你没有指头儿，却多了一张嘴，自然该做宫娥的了。”宫梅说：“我的嘴专会咬指头儿的，王爷敢给我咬么？”正在调笑，只听见门外碧箫的声音，喊道：“钰兄弟，快来瞧瞧，薛妹妹要不好了。”小钰连忙应道：“我就来。”便急急的揩抹了身，穿上衣裤，赶将过去。

只见宫女们都被碧箫支使开去了，自己呆呆的坐在旁边看着，又见蔼如坐在椅上，靠着桌子在那里哭。小钰忙问道：“姐姐为什么？”蔼如摇摇手道：“别大惊小怪的，叫人听了笑话。”小钰便轻轻的问道：“究竟是怎么样？”碧箫道：“他好端端便起血来了，又多的很呢。”小钰呆着想了一想，问：“是大便是小便？”碧箫说：“是小便！”小钰道：“快给我瞧一瞧，才好医治。”蔼如说：“放屁，这个地方那许人瞧的？”小钰道：“不许瞧，就没法了。”碧箫说：“你诊诊脉，开个方儿就是了。那有瞧的道理？”小钰说：“姐姐，我何曾会诊脉开方？不过照着天书上画道符。但这符有几种，须要对症画的。或是心血，或是肺肝上的血，或是小肠的血，种种不同。总在颜色的浅深上分辨。倘画错了便不灵验，白送了蔼姐姐性命。”碧箫、蔼如听了这话，很有些信他。究竟不知肯给他瞧不肯？下回分解。

第二十一回　医病符偶然戏谑
限体诗各自推敲

碧箫听小钰说来有些情理,便布了蔼如的耳朵说道:“我们两人从前商议的话,难道忘了?将来同床共被,岂有瞧不见的?如今生死交关,就给他瞧瞧,也不是外人。”蔼如听了,不作声。碧箫就轻轻抱他躺在炕上,把银红纱裙揭开。只见绿纱裤上,已是浸得鲜红,便轻轻解开裤带,褪将下来。蔼如着了急,叫道:“我情愿死,不给他瞧的。”碧箫用力把他两腿捺住,说道:“小钰你远远站着瞧,不许动手动脚。”小钰笑嘻嘻的道:“我不动手,只是要辨那经的血,必得掰开了腿细细瞧的。”碧箫当真把他两腿往上一掀,掰将开来。小钰看个不亦乐乎,便道:“够了,我去画道符来,一医就好。”

便忙忙回到自己房中,叫了一个二十多岁的宫女来,附着耳说了几句话,宫娥笑笑说:“容易,容易。我去取了来。”小钰便同着他来到蔼如那边,说道:“符已画好了。我不便动手,叫他来替姐姐包扎罢。”宫娥便将热水倒在坐桶内,说道:“我先替公爷洗净了,才好包呢。”小钰还笑迷迷站在旁边看,蔼如说:“你出去罢。”碧箫就一手推了他出房,忙忙闩上了门。

瞧那宫娥洗净了血,用帕揩干了,袖中拿出些折叠的细手纸衬着,用一个白绫制就的东西,捆缚停当。说:“公爷,你停一会,纸湿透了解开来,换些净纸依旧拴上。直等身上干净了才好解去。”蔼

如说:“那有这许多符来换呢?”宫娥笑道:“这是叠的手纸,那里是什么符?”碧箫说:“你这白绫的套儿制得很巧,恰好缚在胯下,怎么预先知道就制端整了?”宫娥说:“我原是做来自己用的。还没有用,听见王爷说公爷要使,才送来的。”蔼如问道:“你也有这个病么?到底叫什么病症,会死不会?”宫娥又笑道:“那是什么病?何尝会死?这叫做月经,又叫月信。医书上说的:女子二七而天癸至,七七四十九而天癸绝。其中有早的,十二三岁也就来了。往后每月要来一回呢。”蔼如道:“既不妨事,你去罢。别向人说。”宫娥道:“我不说,其实人人是这样,也不必瞒人的。”说完,就往外去了。

蔼如气的脸通红,说:“碧姐姐,我们竟上了小钰的鬼当,可恨得很。”碧箫道:“我和你同年,还大两个月,谅来也就会来。亏了你充了头阵,叫我学了乖,不然之个冒失鬼决是我做的了。”话未说完,小钰笑嘻嘻的走来,说:“医好了,要谢大夫的呢。”蔼如啐了一声,说道:“你这下流不堪的东西,往后我还肯把你当做个人么?”小钰忙作揖道:“冒犯,冒犯。姐姐恕罪罢。”蔼如又羞又恼,眼泪都挂出来了。小钰着了急,只得向碧箫作揖道:“姐姐替我劝解劝解,以后再不敢了。饶我个初犯罢。”碧箫道:“要我劝解,你须得实说,是谁教你的?你又不曾瞧见医书,怎么小小年纪就知道这些?”小钰道:“实告诉你,前年在花园里和授钵玩儿,摸他裤裆硬帮帮的,解开来,瞧见这个东西。问他他就细细的告我知道。我后来问淡姐姐、彤姐二人,都说还没有来。”蔼如听了,便冷笑道:“你可算了个人,连尼姑腿缝里都摸到了。还要逢人便问,不害臊的。”碧箫道:“统是这群混账人,把小钰这下作东西哄诱的油透了。再大几岁,还不知怎样的坏呢。”小钰被他两个奚落得受不得,便往外一溜烟跑了。以后直隔了两三个月,蔼如才渐渐回过来,和他依旧说话。小钰也再不敢戏谑了。这是山东的话。

如今且说京里的事。那日已是七月初一,邢岫烟领了众学生到上房请安，王夫人便说："今日是第一天填册，你们谅来都要去考的，须要抄个姓名年貌出来，好叫人去报名投卷。"舜华道："我身子不好，一些精神没有，不去考罢。"宝钗忙接口道："保养身子要紧，不考很使得。"淑贞说："我本读不多书，文理也平常，况且热孝在身，也不去考罢。"王夫人道："若说有孝，淡如也是重服呢。"淡如说："我是决要考的。"李纨说："这个不能由你做主，匿丧应试，有不是的。"

正在讲话，兰哥儿也来请安。王夫人就问他考试的规例。兰哥说："礼部和内阁细细酌定章程，已经奏闻。奉旨依议，官卷民卷分作两起，弥封卷头，填明姓名，年貌。还要填个已字、未字，有服无服，三代要注明存故，仕不仕。俟考定之后，拆开弥封，还要逐名引见，才填榜张挂。今早我从内阁下衙门，到礼部瞧瞧，见舜妹妹是第一个已早早填册投卷的了。我也把优昙三姐妹赶着报了名，如今各位姐妹也得开了单子交我去投纳，别迟了，落在后面。点名时，就要站着等候。"舜华吃了一惊，忙问道："报了名不去，也使得么？"兰哥道："临时患病不到也可，只是往后不准补考的，算拉倒了。"王夫人道："这么说，只要填明白了，各人都准考的。你们快去开单，早些注册，省了临点守候。"众人就一哄的各去开了单来，交给兰哥去后，只见外面史湘云、李纹、李绮一同进到上房来，各各请了安，问了好。宝钗向湘云道："妹妹大喜，舜姑娘第一个投卷，自然是第一名取中的了。"那湘云脸上有些下不去，只得支吾道："我不知道，想是他爷爷顺便儿在礼部经过就报了名。"王夫人冷笑了一声，却不说什么。用过了茶，老妈、丫头们摆上饭来。

才吃完了，兰哥儿回来说："都已报了名了，还不很落后。这卷子却长得很，恐怕题目不少呢。"又说道："我只说我家姐妹们都是奇才，如今瞧来，天下的才女却也不少。今日在内阁，见何阁学拿了他女儿的一首诗，说年纪只十二岁，相貌出群，闺名友红，即是南安郡王的外孙女儿。我瞧这诗隽巧异常，谅来十有八九是要取的。”宝钗问：“记得么？”兰哥说：“大家争着录了一个稿儿，我也誊了一纸在这里。”就在怀里取将出来，送给王夫人，自己便出房去了。两辈子的姐妹一拢都上去争看。独舜华听了有些厌烦，站起身往外就走。湘云说：“你不瞧好诗，往那里跑？”舜华听不见，径自去了。湘云忙叫丫头去追他回来，一面又挤来看诗。宝钗道：“你们都坐下，我念来众位听罢。”便念道：“题目是《恭步太年伯母张太夫人春闺原韵一律》，下注每句以次限藏花酒、曲牌、美人、官、鸟、地、药等名。”王夫人笑道：“有这许多唠叨，却不容易做呢。”宝钗又念道：

影转棠梨日晷迟，新黄娇额半途时。
声声慢听花间屐，小小轻勾镜底眉。
玳瑁奁中书恨字，鸳鸯机畔绣连枝。
芳心已逐辽西梦，百结丁香不自持。

众人听了都说：“果然好诗！”宝钗道：“花名、地名、药名，略觉犯实些，那‘黄娇’、‘小小、‘中书’却觉得十分巧妙。”

婉淑便对三个女儿说：“你们也该去做做。”王夫人说：“大家通去做首瞧。”便带了这一干人齐到馆里。小姐妹们个个舐毫研墨，沉吟构思，只不见了舜华。急得湘云叫丫头各处分头去找，总找不着。不一会，优昙先做完交卷。

李纨道：“我做读卷官，你们完了都交给我念与众人听罢。”便念道：

灿灿金灯照影迟，帘前楼下若初时。
慢歌字字双声曲，戏谱青青十样眉。
车驾螭龙云拂袖，观临鵁鶄月衔枝。
正当阳景春光丽，万紫千红花总持。

宝钗道：“藏的都不着迹，算好的。但我只知道有个‘小青’，可有个‘青青’么？”优昙道：“是翟素的婢。”宝钗点点头道：“这若下却藏得更好。”婉淑说：“五六一联不像春闺，倒像宫词了，不很妥

当。”李纨道：“我正取他这联说的冠冕，结句‘当阳’、‘红花’不但隐的不露，气魄也大。”岫烟道：“他自来的口气比众不同呢。”

说毕，只见瑞香也来交卷了。李纨又念道：

优钵罗花现相迟，交红友白误芳时。
一江风浪常惊梦，二月华年独画眉。
豸使空弹蕉叶影，鸩媒不嫁杏花枝。
小姑孰解伤春病，没药能治强自持。

李纨道：“这‘红友’藏酒名，倒也罢了。这美人名我却不知道。”优昙代应道：“徐月华是魏高阳王雍的宫姬。”李纨笑道：“结句真是他病鬼的口角，那第三、第六两句也很不吉祥。”宝钗说：“诗却极好，只不很唐皇些。”

曼殊说：“我也完了。”李纨接来念道：

杏梁摇曳日光迟，王友珠娘恰并时。
小醉春风回笑靥，娇歌子夜豁修眉。
守宫正护深红印，吉菊新抽淡碧枝。
且喜太平多瑞兆，郁金杯在手亲持。

岫烟听了笑道：“他个通比我渊博，这首诗我就有好些不知道的。这酒名是那两个字？”宝钗说：“王友。”岫烟道：“官名、鸟名、地名我都想不着。”宝钗道：“‘吉菊’、‘太平’是知道的，那官名连我也想不起来。”曼殊站起身回说：“‘宫正’是《周礼》天官所属。”宝钗笑道：“真正老荒疏了，连《周礼》也记不得呢。”

话未说完，那边淡如拿着卷子说：“瞧瞧，我的何如？”李纨说：“你自己有些得意的光景，谅来是好的。”就接来念道：

阴阴李径独行迟，腻粉琼酥懒御时。
悔误佳期韩寿约，谩夸秀色绛仙眉。
同知人意珠含泪，不信天缘玉有枝。
银汉中流端有路，牵牛何日袂相持？

李纨念完，摇摇头道：“口气不佳。”婉淑是从不说刻薄话的，在长辈跟前更不大多嘴。这会子忽然说了一句道:“言者心之声。”底下就不说了。

李纨又念妙香的道:

帐冷芙蓉欲睡迟,洞庭春色恼人时。
黄金络索亭亭影,碧玉花钿浅浅眉。
葱指挥弦鸣绿绮,纤腰捣药倚琼枝。
曜龙游戏梳新髻,耀首乌云对镜持。

宝钗说:“这首却句句隐藏得空灵,要算第一了。”岫烟道:“做限体诗,原无他谬巧,只能不犯实便是好手。”李绮笑道:“这‘捣药’、‘龙游’、‘首乌’,可谓想入非非。”李纹道:“诸位别太夸了他,他就要自满起来了。”

正在谈论,只见淑贞也来交卷。李纨说:“我从不曾见你的诗,倒要请教。”便念道:

锦带同心欲结迟,佛桑落处笱生时。
猩红衲袄斜遮腕,蛾绿珠珰半覆眉。
空使司香薰桂叶,漫劳属玉镂花枝。
东风不负河阳景,留得葳蕤待主持。

众人齐说道:“很难为他,一些不弱似别人!怎么工夫进的这样快?”岫烟笑道:“他的教师好,自然进得快。”宝钗说:“难道别个学生不是你教的?”岫烟说:“我却不敢冒功,实是舜华教出来的。你若最疼的是他,说他没了父母,孤独可怜,分外肯指点教导他。”王夫人听了喜欢,便道:“很是,这是舜丫头的厚道处。”

李纨点点头,又念文鸳的,是:

蕙带重拈欲卧迟,醍醐难醉独醒时。
嬖人娇怨低红颊,生小乔妆妒翠眉。
协律懒翻弦索调,护花常惜牡丹枝。
消愁那得并州剪,故纸书残不自持。

李绮道:“‘护花’鸟出青城峨嵋间,用来恰很妥当。”李纨接着

又念彤霞的,道:

白玉簪斜栊髻迟,多愁常似饮醇时。
园林好景花迎靥,帘幕翻风柳斗眉。
知事狸奴偎曲槛,恼人鸲鹆占高枝。
分明自有湖州约,臂上丹砂早护持。

岫烟道:“只他最平常的了。”宝钗说:“这是你的谦词。”

慢说众人纷纷论诗,且说湘云寻舜华不见,着急的很,那有心情来看诗讲话?只是跑进走出,究竟不知舜华那里去了,下回分解。

第二十二回　平海府大营甲第
凝香殿慎选贤媛

王夫人见找不着舜华，也有些着急。便叫快到池边瞧瞧。别失脚掉下水去也未可知。只见一个老妈同了舜华进来，一路嚷道："到处找遍，谁知在庵里和明心师太讲因果呢。"湘云生气道："没志气的下流，不来和诗，反去讲因果，明儿考试起来，就做篇因果论罢。"舜华冷冷的说："奶奶到底要和什么诗？"湘云道："你还在鼓里睡吗？"宝钗忙把原唱递给他道："和这个。"舜华接来一看，微微笑道："诗以神韵为上，气体次之，谋篇琢句又次之，至于限体小巧，晋唐人从无此格。自宋元以降，才有此饾饤家数，其实雕虫篆刻有什么难处？这样的诗，立刻要做几百首也很容易。"说罢，就在优昙书桌上坐下，见墨是磨的浓浓的，抽张笺纸一挥而就，已是两首。就把笔搁下道："够了，再作一百首，也不过如此。"宝钗拿在手里念道：

卜罢金钱出阁迟，纷纷红白堕阶时。
最轻苏幕遮娇额，极丽华钿贴翠眉。
中酒正宜欹绣枕，收香何待折琼枝。
仙居自有桃花幄，肯把胡麻别向持。

莫将离绪怨春迟，记得兰陵送别时。

宵剔银灯斜拥髻，晓司花线暗低眉。
一封人寄榆关信，两度秋攀鹫岭枝。
况复连番闻喜讯，轻轻粉黛自矜持。

宝钗念完，解得诗意，十分欢喜。赞道："不但藏字工巧，用意也比众不同，可居第一。"李纨笑道："这才切他自己的闺情呢。"湘云气得脸青，冷笑一声，道："好吗？"那淡如最妒忌他的金玉姻缘，便刻薄他道："快了，快了。刘郎回京就好送胡麻饭了。这一封榆关的信，时时惦记着，只是把官名却忘记了。"岫烟道："你少说些。这《周礼》忘了也罢，难道《论语》的仪封人也忘了吗？"淡如又道："酒正是套用曼殊的宫正，那两个地名和那第二首的美人名，不知藏在那里？"优昙最敬的是舜华，便着恼道："各人用《周礼》，怎么算得套？'仙居'、'闻喜'都不算得县名？'司花'女难道不是袁宝儿的别名？我劝你别瞎批评罢。"宝钗也不输服，便道："比你的'悔误佳期'觉道好些。"王夫人道："诗的好歹，我却不知道，我只爱他快得有趣。淡丫头那里跟得上？"淡如见帮他的人多，也就不开口了。

湘云到晚间又反覆劝谕了一番。看他口里虽则应承，总有些不情不愿，恐防考又考不停当，贾家姻事又脱了，岂不两失！想要预先伏个应允联姻的根子才好呢。

到了次日早晨，来到上房，刚刚坐下，尚未开口。只见兰哥进来叫声"太太、奶奶，我今儿到新府去瞧了来了，真正如仙宫月殿一般。府门匾额金书'平海王府'，大殿书'承厘殿'三字，二殿是'酬庸锡羡'四字，三殿上'日驭扶轮'四字，俱是御笔亲题，其余宸章奎藻，赏赉甚多。殿前的规模宏丽、后宫的曲折深邃不能言状。那后花园更是穷工极巧，山光水色，俨如天成。内中异兽珍禽，奇花瑞木，都是眼中不曾见过的。两旁公府也有御赐匾额，府后各有花园。比王园止有十中的两三分，但比到大观园却还胜些。"王夫人说："也亏他们赶的恁快！"兰哥说："各项匠人每日足有七八千名，无分昼夜，匆忙赶办，自然快了。"讲了一会，退出房去。

湘云趁势儿笑着说："这样好府第花园，带挈我这穷亲家母，时时好来游玩游玩了。"宝钗道："别太谦，你家东宫正妃的国太椒房懿戚，怕没有赐第？还肯贵脚踏咱们的贱地？"湘云说："宝姐姐你自来疼我的，为什么今儿个说起这样话来？"王夫人道："这也是真话呢。"湘云脸上下不来，连忙岔些闲话。坐一回退了出来，且不必细述。

且说优昙三姐妹惟有文鸳性情孤独，不很亲密，因此另房居住。优、曼二人却是朝夕不离的。这日优昙说道："考期近了，咱们不怕别人，单怕的是舜姑娘，如今瞧起来像是未必肯去应考的。"曼殊说："我也瞧出来了。何不今儿去探探他的口气？"两人就一同来到舜华房里，舜华一见便说："二位来得恰好，我正要差人去请你们呢。我有一张拟题单儿，将来十有五六是碰着的。你们拿去各做一篇，送来我好酌量改正。但拟的是时题，恐怕其中必有几个想不到的冷题。故此，另开一纸书目，你们照单各去时时翻阅，用心牢记，临场自有用处。"说罢，便在妆奁内取出来交付二人。二人站起身道了谢，又问："这单儿各位姑娘们知道不知道的？"舜华道："彤姐姐、妙妹、淑妹都已告知了。那文姑娘生性冷冷落落，告知他也无益。淡如自以为是，不犯着去向他说。瑞妹妹要跟着淡如的，不必告他，告他也不相信。况且这些人的根抵本薄，字法也未到家，十分中不过希冀一二，惟你二位我却很属望的，须要努力当心，至要至要。"二人听了，心中感激，着实谢了一番。又问："姑娘，你自己怎样？"舜华道："不文致为考也无益。"优昙会意便道："何不去应名儿，省得你家奶奶絮叨。"舜华摇摇头道："要考须要争个第一，若考了不取，把一辈子的才名都撩了，断断使不得的。"二人点点头，回到房中，照着拟题苦心构就，送去请他浓批密改。又照着那开的书目，日夜记诵，且不必说。

渐渐已是二十八日，舜华只叫头疼肚痛，饭也不吃，头也不梳，躺在炕上。宝钗时时过去看他，暗将大枝人参给他嚼来充饥。到了二十九日，湘云疑心是假装的，便发作道："脸色好好的，有什么病？不过骗我罢了。"宝钗道："别的假得来，两日米水不沾牙，难道无病的人，不会饿的？你别太冤枉他。"湘云只是不信，要请太医来诊脉。宝钗说："王太医往山西去了，不在家。倒有个新兴时的朱太医，脉理如神。待我着人去请他来诊诊瞧罢。"果然即刻着人去请了朱大夫来，先告知他头肚疼痛，两日不曾吃些茶饭的话。朱医静静的诊了一会，说道："这是用功太过，心火上炎。若不早治，怕要变成心痛的病，还要防吐血。幸而遇着我，包管三四贴药，就能止痛开胃。但要安息静养，再用不得心了。"立开一方，起身去了，宝钗知道是个庸医，假意的取了药来，叫老妈、丫头当心熬好，送进到房去。私下泼了，何曾吃下。湘云听了医生的话，半疑半信，实也没法。

到了三十那日，舜华在炕上只是哼哼唧唧的叫痛，自早至晚连茶也不喝一口。王夫人和宝钗都替他愁烦，又抱怨湘云不该逼的他气苦添玻，等他静静养一夜，明早或者好些，仍叫他同着众人去考也不为迟。湘云道："太太说的是。"便把一切考具都端整了，专专望他病体轻松，好去应试。这话暂且抛开。

且说兰哥儿在衙门回来，走到上房告知太太、奶奶们道："应试才女昨儿截数共一百十八名，但此番考试认真的很，凝香殿上，正宫娘娘做监临，东西两宫娘娘在两檐下收卷，长公主和三、六两位皇姑查对座号，往来巡察。太子、次皇子在凝香宫门内巡察，不许闲杂人走近门口，以防门缝传递。那门外又派四亲王和九亲王把守巡察，真是水泄不通。每一名应考的人，派有两名宫娥伺候，送茶送点心，以及旁边空房小解，紧紧跟随，寸步不离。恐怕饿了，陆续送点心十二道，直待交了卷，每人赐一桌饭，随交随吃，不须等齐。闻说饭菜点心丰盛不过，那点心中有一样拖面燕窝，用鹅油煎的，爽口香甜，皇后娘娘亲自尝过的。"李纨笑道："明儿叫他们捎几个回来，等咱们也尝尝天厨滋味。"王夫人道："人家娶个媳妇，也要细细打听，求个真才实貌，何况朝廷册立东宫正妃？将来要母仪天下，自然该郑重的。但不知咱们送考的人，许到那个地方？”兰哥道：“东华、西华两门，都排着布棚。到了棚边，男人一概拦下，另有年老太监代着车夫，赶车到太极殿门口。一切送考的女眷，都不许进去，那应考的也分东西两门，步行进门。东边是十八老皇姑，西边是二十四老皇姑，将卷面查对年貌，遂即弥封。散给各人领了卷，每人坐竹椅轿一乘，两名小太监抬着，送至凝香宫门口下轿，就有那伺候的二名宫娥来搀扶进去了。所以连皇后也不知各人的姓名籍贯，真正毫无弊窦的。”李纹笑道：“我只替他们愁的是，日子长了，怕没处小解，如今说来可不必愁了。”兰哥道：“闻说还是八宝镶嵌的描金桶呢。”宝钗也笑道：“可惜我不得进去，见见世面也好。”

李纨又问：“搜检不搜检？”兰哥道：“阁部原议，本有搜检一层。万岁爷说：‘女孩子家，翻衣褪带很不雅相。况且多少的眼珠子瞧着，就有夹带也拿不出来，何用搜检呢？’”王夫人点头道：“实在想得周到，不知将来阅卷是什么人？”兰哥道：“先是钦点了素有学问的内阁六部及翰林科道等官，共二十四员。在凝香殿外殿，逐细阅过，用白签标记上、次、中、下四等，送入内殿，又派太子、皇次子及八位皇庶子细加覆勘，或照旧或有更改，用蓝签标记。再送入内宫，分派有才学的妃嫔等二十四名，详加覆勘，用红签标记，才送呈皇上、皇后睿览。阅毕，又加黄签批定，才照坐号誊写草单发出。再行照单拨名引见，方在雍和宫前挂发蕊珠仙榜。算来比我们这些寻常状元鼎甲繁难多着哩。”大家听了一回，天色将晚，兰哥退了出去。

李纨等各人去料理自己的女儿早早安歇，以便半夜里就起来梳洗吃饭。独有史湘云赶进跑出，喊骂一回，劝谕一回，就像疯魔的模样。无奈舜华只是呼疼叫痛。这一夜除了应试的人略略睡了一会，其余自王夫人以下，都是衣不解带。其男女仆妇并丫头人等，更不必说。三更以后，王夫人坐了小轿，余人都上了车，只留宝钗看家。

湘云气的发昏，跑到舜华炕边骂道："不向上的下流逆畜，谅你没有这福，我也没有这福。眼睁睁瞧着人家去飞黄腾达，我以后再管你的事，便是混账东西。"喊了一回，舜华只躺着哼哼，并不开口。宝钗再三的解劝。湘云使气，连夜套上车回家去了。宝钗即刻叫内厨房安排了上好的荤菜，并同酒饭点心，差个贴身丫头送到舜华房里。舜华实也饿的难受了，便尽量吃了一顿，洗个脸。只见宝钗进来替他梳了头，安慰一番，又问道："姑娘你瞧这群应考的那个有些想头？"舜华道："依我料来，优殊二人，十得八九；彤、妙、淑三人就拿不稳，不过二三分希冀；余外是陪着赶热闹的罢了。"

慢说家里闲论的话，且说王夫人等送女孩子们进去，回到府中，天已黎明。各人吃些酒饭，都去睡觉去了。待到午后起来，又各用过酒饭就往太极殿门外接考。王夫人坐在轿里——有个年老宫娥因王夫人到贾妃宫里几次，是认得的，便去回了二位老皇姑。皇姑听是贾家老太妃，连忙亲自带了些婆子、丫头到轿前，请他进去里面坐。王夫人慌忙出轿，这两位老皇姑向老太妃打跧请安，十分恭敬。王夫人也殷勤回礼。皇姑道："今儿内庭各处，一切值宿官员并执事人役，撵个罄尽，尽好里面坐坐。现在凝香门关得紧紧，鸡犬不通，大约还得一个时辰才放牌呢。"王夫人就邀了众人，同着二位老皇姑到文华殿并武英殿闲逛了一番，就在洛德堂扰了二位皇姑的酒果点心。天色将晚，里面一群竹椅轿联肩的出来了。王夫人便辞谢了二位老皇姑，同众人先到门外等待齐集，才回府来。

到得上房，贾政、贾兰都来问："什么题目？"优昙忙把题纸送上，却是冷金笺上画了朱丝格子，用云蓝写的字。贾政接来一看，全然不懂。顺手递给兰哥道："你问问他们，做错了没有？"自己却走了出去。贾兰细细一瞧，笑道："我只知道《女史箴》、《铙歌》两个题目，子于娵訾怎样颂，九嫔怎么考，便不知道了。余外的更茫然不解，若在场里，只好交白卷了。”宝钗说：“圣后做监临，可许你交白卷的么？”王夫人笑道：“状元钻狗洞是他本等，怕什么？”婉淑听了着慌，便问三个女儿：“你们到底知道不知道？”优昙回说：“胡乱完卷，也不知错不错，要去问舜姑娘的。”便脸也不洗，饭也不吃，一齐打伙儿往园中来找舜华，未知舜华怎么说，且看下回。

第二十三回　身居事外款款论题
情切局中皇皇待报

王夫人带了众人来到园里,淡如还一路叫道:“何必问舜华,我知道的。”见没人答他的话,也就住了口。那舜华闻说考的回来了,正要进上房来,忽然一群子拥将出来,便道:“恭喜,恭喜!回来了么?题目怎样?”优昙就把题目单送上,舜华接来一看,笑道:“拟的倒拟着了,我说必有几个想不到的冷题呢。”王夫人说:“你都知道么?”舜华点点头。王夫人道:“你且先把这些题目出处逐一讲解明白,瞧他们错不错?”

舜华应声“是”,便道:“第一个拟张华《女史箴》,是拟着的。”李纨道:“莫管拟着拟不着,只讲个明白就是。”舜华说:“毛苌《诗传》云:‘古者后夫人必有女史彤管之法,若女史不记其过,其罪辟。’又曹嘉之曰:‘张茂先惧后族之盛,作《女史箴》,这是各人都不会错的。’”

“第二是《娵訾颂》,按《前汉》、《古今人物表》:‘娵訾,帝喾妃,生帝挚。’优、曼二姑娘想是记得的。”优昙说:“你开的单上有的,因此记得。”淡如和瑞香都说道:“明明是星名,怎说是挚母?”文鸳道:“我错了,做了星次名。”舜华道:“星次也不错,本于《韵会》,又《尔雅·释天》云:‘娵訾之口,营室东壁也。’注云:‘自尾十六度至奎四度为娵訾,卫之分野,属并州。’但星次何必颂?恐怕还是帝妃为是。”

第三题是《九嫔考》，舜华说："这个题若《礼记·昏义》及《周礼·天官》，谁人不知？但要考，必得考那《字汇》之讹。按《正字通》云：'《礼记》九嫔并无昭容等名色，自《字汇》误于九嫔下连以昭容、昭仪、昭媛、修容、修仪、修媛、克容、克仪、克媛等号，转似周时已有此称。'"妙香说："我却照了《字汇》说的，怎么好？"舜华说："该分出汉时才有此称，便不错了。"优、曼都说："我们照着《正字通》做的，幸而不错。"众人说："我们记不清这些名色，因此倒不说了。"

第四题是七始乐府一阕。舜华笑道："何如？我单上开的那些《房中歌》，要留心记忆。"优昙说："记得的，《汉安世房中歌》云：'七始华始肃倡和声。'孟康曰：'七始，天地人四时之始。'"淑贞便皱着眉道："我在场中只记了天地四时，算来止是六始。错了，错了。"众人道："我们不知道，只是含含糊糊做了一首乐府。"淡如道："我却不这样做，专就二风二雅三颂，分出七始，也不算错。"优昙说："那里有二风？"淡如道："我把《国风》、《王风》分做二始。"曼殊笑道："真是巧思独出！"

第五题是四梵天记。舜华道："这是出在《云芨七签》上，再想不到出这题的。"淡如说："我却记得是离恨天、兜率天、沧浪天、阊阖天。"优昙笑道："倒也亏你东扯西拉的，并将拢来。只是兜率宫就在离恨天上，如何又分出一个天来？"舜华道："且由他，你们诸位可记得么？"优昙道："若是《云芨七签》却不错了。元始曰常融天、玉降天、梵度天、贾奕天。"曼殊道："我把贾奕误了覆奕。"舜华道："这本之《酉阳杂俎》，'贾'、'覆'二字形相像，传写之讹，还不算错。"众人说："我们不知道，只说个东西南北天就是了。"

第六题是雷出豫入归妹。淑贞道："这个题难为舜姑娘拟的，我们刚好碰着。"舜华道："我因为时当八月，正是雷入地的时候，才拟到的。"瑞香说："我记《礼记》二月，雷乃发声，是大壮。八月雷始收声，是观卦。如何扯到'豫归妹'去，所以只依《礼记》做的。"舜华道："错了，《月令》只记雷之收发时候，并不讲到卦名上。刘向《五行志》：'雷以二月出，其卦曰豫。言万物随雷出地，皆逸豫也。以八月入，其卦曰归妹，言雷复归入地，则孕毓根荄，保藏蛰虫，避盛阴之害也。'"文鸳说："我只依题混说了一篇。"淡如道："这题原只要浑浑说就是，何必顶真呢。"

第七题是《平东铙歌鼓吹曲》九章。众人说："我们都照拟的誊上，很不费力。"淡如、文鸳、瑞香说："我们却不曾拟，临期做的。"

第八题是雨师妾辨。舜华道："我所以叫你们翻翻《山海经》上外国的国名要紧。"优昙、曼殊齐说："记得的。那杨慎说，如姮娥、织女之类是错的。"舜华说："是了，经上明明说雨师妾在其北，下文又说长股国在雨师妾北，其为国名无疑了。"众人说："我们都认是雨师的小老婆。"王夫人笑道："现考的是正妃，怎么讲到小老婆身上自然错了。将来取中了，还怕要吃醋呢！"大家一齐笑了一回。淡如说："我倒记得真，雨师妾本名江斐，出在《蜀都赋》内，那里是什么国名？"优昙道："左思《蜀都赋》'娉江斐与神游'，注云：'江斐，神女。游于江滨，郑交甫遇而挑之，斐解佩以赠。'这与雨师妾什么相干？大错了！"舜华笑笑不作声。

第九题是《偃伯灵台赋》，以三能色齐六幽允洽为韵。舜华道："这是必有的，只是拟的韵不对。"彤霞说："可惜妹妹拟了，我不曾做得。"妙香说："我虽做了，却不曾送舜姐姐改过。如今想伯怎样偃得来的？"舜华道："《诗经》：'既伯既祷'，注：'伯，马祖也。大凡有军事则绘之于旗。既蒇事，则偃之灵台，示弗复用也。'"淡如说："这个谁不知道？"舜华道："这'能'字，诸位押的那一韵？"瑞香说："'能'字在十蒸，自然押十蒸韵了。"淡如道："何消说得！"文鸳说："我也用蒸韵的。"优、曼又同说："幸亏姑娘出过三能色齐的诗题，我们才知道用十灰的。"彤霞和妙淑俱说："我们也用十灰韵。只不知八个字出在那里的？"舜华道："《史记·天官书》：'魁下六星，两两相比，名曰三能。'注作三台。《汉书》：'三能色齐君臣和'，苏林曰:‘能音台’,任彦升《萧公行状》云:‘上穆三能,下敷五典’。那六幽允洽出在沈休文《安陆王碑》。是两处拉拢来的。”

第十题赋得英声沦鹤民得谟字五言十二韵,彤、妙、淑、优、曼五人齐道:“我们都遵你的教,说天子圣谦必定归美元帅。所以只在首尾点明上禀庙谟的话,余皆赞美元戎,但不知错不错?”舜华说:“不错,这是徐方的《淮南大捷诗》:‘元戎智且勇,英声沦鹤民。’”优昙说道:“我的诗是:‘哲后知人任,英声畅八隅。雷霆彰夔伐,风雨效前驱。’”舜华说:“一起就好极,不用念了。”曼殊抢着说:“我也遵姑娘的命,用‘风雨’二字起句:‘英主扩皇图,元戎禀庙谟。河山三箭定,风雨百灵趋。兵气销环寓,威棱畅海隅。鹤民怀震慑,鱼是毳咏来苏。’”舜华说:“好极,也不必念了。只是你姐姐第二句便点清英声远沦,全题已醒。你到五六才点,未免逊一筹了。”淑贞说:“我也用‘风雨’,是:‘雨师申七伐,风伯效三驱。’”舜华道:“也好,但二字分点,微嫌合掌。”文鸳说:“我想不到赞美元帅,只归功圣上。又不知鹤民是什么人,只好囫囵说了。”淡如和瑞香同说道:“归美天子难道倒错了?鹤民不过是瑶民、僮民之类,何必细考。”舜华道:“瑶、僮、仲、仡都在中国。这是海外的国名。出在《穷神秘苑》上的,余书未载。”优昙说:“我只记得鹤民国人长三寸,日行千里,在极远海滨。”舜华点点头道:“不错。”

李纨和婉淑听了十分欢喜,道:“你们都留下稿儿,待舜姑娘慢慢瞧了再评论罢。”淡如向着瑞香丢个眼色,说:“我们都不带稿儿出来的。”立起身就走出外去了。香菱忙忙赶来问:“那个的最好?”舜华说:“八位的都好,个个要高取的。”李纨就有心支开众人,悄问舜华道:“你瞧那个有些望头?”舜华道:“两位令孙女十拿九稳,余只碰命罢了。”坐了一会,也就回房。

且说这阖府的人谁不皇皇亟亟专望喜信?第一辛苦的是贾兰,每日宫门前少也要走这么十七八回,无奈杳无信息,焦躁得众人各各心上像有十八个吊桶在那里打水,七上八落,坐立不安。王

夫人忽然想起小钰出兵的时候，有个老婆子会掣《千家诗》签，刚刚掣的是《大将南征》一首，果然全应了。即刻差周瑞骑了马，装了车子接他到荣禧堂上。供了香烛，人人都磕过了头。叙齿先是彤霞掣起，抽了一枝签是："草木知春不久归，百般红紫斗芳菲。杨花榆荚无才思，惟解漫天作雪飞。"老婆子道："姑娘若是姓杨姓俞，便不中用；或是名上有个'红'字'紫'字，便有想头。"岫烟喜欢道："'彤'字就是红色了。"婆子说："恭喜，恭喜。会取上的。"

次是淡如抽了"云淡风轻"一首，婆子说："大喜，大喜。包管是第一名；若取了第二，把我门前的招牌打碎了，还要磕头陪不是呢。大凡问功名考试，最难得的第一签。今年夏间，有位张相公，问学院岁考，得了这签，果然是第一名，补了廪，谢了我十两银子。将来姑娘中了，定要重重赏赐我的。"淡如听了，笑得口也合不拢来。香菱忙说："有有，自然要重谢你的。"李纨、婉淑呆一呆，不作声。

次是妙香，抽得了"酴醾香梦怯春寒"一首，李纹道："'翠掩重门燕子闲'，谅是不中用的了。"婆子说："幸而第四句有'到常山'三字，或者捱得到也不可知，只是拿不稳些。"

次是瑞香，抽了"爆竹声中一岁除"。婆子道："恭喜。'春风送暖'便是好话，又说'新桃换旧符'明明是除了旧的，换出个新样来，必取无疑。"李绮点了点头。

次是淑贞，抽得了"清明时节雨纷纷"，婆子说："'欲断魂'三字，虽不很好，但指了杏花村，自然可以走得到的，只是那'遥'字是远的，解说恐怕名次低些。"王夫人道："能得取中，便低些也罢了。"

再是优昙抽了一签，是"两个黄鹂鸣翠柳"一首，老婆子摇摇头，说："姑娘莫怪，我是要说老实话的，这签诗没有望头，那黄鹂白白叫了一会了，有什么好处？白鹭飞上了天就没影儿了，况且千秋的雪断没有的，万里的船远得很哩，谅来是要有屈的了。"王夫人、李纨、婉淑听了，很不舒服。舜华冷笑了一声，不开口。

再是曼殊，抽了个"淡月疏星绕建章"，婆子说："这签诗不用我说，太太、姑娘们都是通达文理的，进了宫殿闻着御香，还要去捧玉皇，自然是陪那皇子、皇孙了。恭喜，大喜！将来也要讨赏的。"

临了是文鸳掣签，起是"春城无处不飞花"，婆子道："恭喜，又是要进宫的了。御柳是皇上家的柳，明年就有得瞧了。"王夫人笑道："好是好，只是'散入五侯家'，恐防分给藩王子弟也未可知。"老婆子说："这也就好了，做王妃也不算委曲呢。"

各人都抽过了，就谢了婆子五两银子。王夫人说："先作劳金，待应了再重重谢罢。"婆子欢天喜地的去了。舜华笑道："一派胡说，理他做什么？"王夫人说："你不信，竟有些准的呢。"从此求签问卦，无日不闹。

到了十三那日，贾兰进来说："这小钰竟有些发起疯来了。亏了我闻得两个使臣从倭国回京，不曾面圣，住在公馆。我就去看望他们，他二人告我道：'大元帅有奏折二封，交我们转奏。一是讲倭国王畏罪，情愿率同妻子来朝，就请问班师的日期。没甚要紧的。这一折是与万岁爷争婚的话，有些关碍。晚辈正在为难，请大王爷瞧瞧，定个主意。'我拆开瞧时，竟说自幼与林姑娘联姻，如今闻已考选入宫，册为皇子正妃。臣空与国家出力一番，得了王爵，失了原配。誓将披剃入山，所有一切恩命，无福消受，概行交还，等语，十分忿忿不平。我惊了一身冷汗，连忙求着使臣不用呈奏。一面写了一封信，说明舜妹妹不去与考，折子已经留下，往后切莫冒失惹祸。就央兵部差了二员差官，连日连夜八百里赶往军营投递。又怕随后又有续奏，遍托宫门上接折太监，凡有平海王奏折，先送我府里瞧过才递。已经各各应允，可以放心了。"宝钗道："这乱子却不小，幸喜家运还好，没闹出来，造化，造化。"王夫人道："这全亏了舜丫头，若是考取了，真有些难开交哩。"宝钗道："我也十分感激他。"李纨说："这话且丢开，究竟几时发榜？"兰哥道："我跟了使臣到宫门上递折，恰好次皇子出来传旨，说使臣俟考毕召见，折候批发。我乘便问了一声，二皇子道：'第一第二已取定了，只三名尚嫌箴做得不恳切,第五名颂做错了,还要斟酌改换。今晚四更或明儿个十四日的黎明,一定要发草榜的。'"

话未说完,只见焙茗忙忙赶来,说:"大爷快去打听,闻得榜已发了。只不见报来,难道通没分吗?"贾兰口也不开,三脚两步赶了出去。不知究竟如何,再看下文。

第二十四回　晓开蕊榜题名氏　日丽螭坳谒圣明

李纨叹口气道："发了榜，不见报到，自然是没分的了，白操了一辈子的心。"大家都呆呆的没兴头，婉淑只急得挂眼泪。忽然岫烟和李纹姐妹并园里小姐妹们一哄的进来，说："明儿大好吉日，今晚五更该有信息呢。"王夫人向着舜华道："正要打你的招牌呢，榜已发了，一概无名。"舜华笑道："太太谎我，那有这事？"众人忙问真话假话？宝钗说："有什么假？焙茗来说的。"李纨道："话是真的，还不很的确。兰哥儿回来才得真信呢。"众人都像雷打的一般。淡如便道："舜妹妹一力保的优昙姐妹，如今却和我们一个样儿，倒也罢了，省了夸嘴。"彤霞道："你且慢些幸灾乐祸罢。"

只见兰哥笑着进来，道："这小厮大惊小怪，揭了封皮当信报。皇上批了折子，着钦天监择班师日期。又着修理将坛，改作郊劳台，亲行饮至大礼。因此百官忙乱料理，那里是什么发榜？"王夫人道："还好、还好。还有望头。此刻已傍晚了，快去收拾酒来，大家喝个烂醉好睡觉。"婆子、丫头答应一声，就在外房排开桌面。

正要坐下，只见周姨娘笑嘻嘻挽了明心的手进房来，说道："我们来报喜讨赏的，刚才在芳陀庵求了两枝好签，一是优姑娘的。"李纨忙接来一瞧，上写着坤卦，下注是"黄裳元吉"四字，签诗云："坤德叶乾元，龙飞定一尊。秾华今迨吉，禔祉自骈蕃。"又一签写"归

妹卦”，下注：“归妹以祉。”诗云：“归妹女之终，光华一色同。上林饶好景，桃李开东风。”李纨道：“这是求的谁？”明心说：“是曼殊的。”舜华接口道：“庵里的菩萨签极有灵验，谅必是取中的了。”岫烟道：“明心师不公道，怎么单求他二人呢？”明心说：“通求过的，不见很好，故此不送来。”淑贞道：“我原不想的，天理良心，自然该让他两姐妹。”淡如和瑞香同嚷道：“何见得该是他二人独得？还须见了榜才算数呢。”宝钗说：“不用争，大家喝酒罢。”明心扯了周姨娘说：“我们不喝的，回去罢。”众人起身送了二人出房，就猜拳行令，尽量的喝。

闹了半夜，还未散席。有个老婆子道：“回太太的话，外边门上来了许多人，在那里吵闹，不知为什么？”话未说完，遂听得几百面的锣声敲得震耳，人声十分嘈杂。岫烟说：“发动了，不知到底是那几个得了手？”只听见有个丫头嚷道：“二姑娘中了！”李绮忙问道：“那个二姑娘？是你家的，我家的？”又听见焙茗、长兴乱叫道：“中了十二个。”王夫人道：“胡说，只有八个人考，那里会中十二个？想是第十二名。”又有个丫头叫道：“优姑娘第一，淡姑娘第二，都中了，都中了。”又一个老妈叫道：“妙香、瑞香二位姑娘中了。”李纨喝道：“不许乱说，待我去问个明白。”香菱也忙着赶来说：“淡如这丫头倒中了第一名了。”宝钗只叫：“快拿报条来瞧，不用乱嚷。”婉淑吓得浑身打战，一句话也说不出来。

只见兰哥儿拿了两个条子，向王夫人和李纨打个跧说道：“优昙第一，曼殊第二，余外妹妹们通没取。”舜华在旁边笑笑道：“何如？这有什么强得来的！”贾政也笑着进房，道：“周姨娘的签竟求准了，共取中二十一名。十五黎明就要引见，你们快去替他两个料理衣裙首饰，多多的薰些好香。”又叫：“兰儿，你快到礼部去抄个年貌履历式样来，教他念熟了，省得临时舛错。”贾兰答应去了。外边雇裁缝，唤首饰金匠、珠花匠，通是簇新制办，整整闹了一日，晚上都不睡觉。

到了五鼓，王夫人就率领进朝。到了太极殿门口，站住了脚。只见二位老皇姑迎将出来，打跧道喜，请在文华殿等齐了二十一人。早有宫监把竹轿抬了，直到延庆门口住下。二位老皇姑说：“如今没有关防的了，老太妃要瞧，尽好到延庆宫庑下远远的望玩儿。”王夫人忙说：“求二位老皇姑带挈带挈。”就和了李纨、婉淑随着二皇姑进去，站在东边庑下。

只见众女孩都在东廊站着，西宫娘娘唱声第一名贾优昙，东宫娘娘就引他到御案前跪下。皇上和皇后并坐在上，待他奏过履历，娘娘说：“好品貌，秀丽之中带有庄严，将来可以无愧母仪。”皇上问：“你是贾兰亲女，贾小钰可是叔叔么？”应声：“正是，是嫡堂叔子。”皇上向皇后道：“喜的才貌两全，且又未经许字。”便传旨即在廊间坐了轿，往集禧宫坐下，俟领宴颁赏。次是第二名贾曼殊，照样引见了。皇后问：“三代相同，年庚又同，相貌又同，可是异母的，是同母孪生的？”曼殊奏道：“是一胎所生，行二。”皇后喜欢道：“同胎兄弟恰好配了同生姐妹，连长幼的次序都不紊乱，真是天缘了。”

接上第三名何友红——就是何阁学的女儿，做限体诗的。皇上见注明已字，便问：“你今年才得十二岁，却是几岁上联姻的？夫家姓什么？现做什么官？”友红涨红了脸不答应。东宫娘娘弯着身告他道：“你轻轻说来，我代奏罢。”友红只得附耳说了几句，东宫奏道：“他指腹联姻，公公姓马名龙，现任广东提现，又夫名在垌，是秀才，才入学的。”皇上道：“既已联姻，扣除了罢。”就在名册上画了一圈。余外第七名和十五名皆是已字，都扣除了。通取官卷二十名，扣除了三名，只剩十七名。第一、第二配了长次皇子，又十二名分配皇庶子，余三名配给亲王子弟。又民卷一名，姓李名绣瑶，却填未字。皇上问：“你祖父做什么事业的？”他回奏道：“高祖曾任东昌府知府。曾祖拔贡生，早故。祖候选教谕。父系廪膳生。”皇后便接口道：“也算书礼之家，才貌都好，竟配给我的内侄何如？”皇上说：“很好，他履历虽开十四岁，瞧去约有十七八的光景。你家侄儿今年十八岁，恰好相当，我就替他做了媒罢。”

引见已完，便一面张榜，一面下旨。众女孩在集禧宫领过御宴，宫监们捧出赏赐。第一名是鹅黄洒绣朝裙朝袄，第二名是大红绣朝袄、官绿绣朝裙。各彩缎五百匹，黄金元宝一百锭，银元宝五千锭，珠笄一顶，钗钏之类一百件，金玉如意双枝。其余皆五色锦缎三百匹，朝裙袄一副，珠笄一顶，钗钏等物五十件，金十锭，银一千锭，如意双枝，取个纳币加笄的意思。其扣除这三名，没有彩缎珠笄裙袄，只金花一对，红锦十匹，银三千两，听其回家。李绣瑶也照样的赏赐，却另有皇后赐的珠笄、锦缎、如意等物。命各待十六岁完姻，众人谢恩出朝。即有宫娥、宫监随着那配皇子的去，在家关防。

独贾家姐妹另有特旨，说贾氏世代公王，夙娴诗礼，不须关防，仍许亲人见面，照常礼数。只赐宫女、宫监各一百名，到家服役，体面异常。贾政忙托钦天监拣选吉日，要移居新府。

且慢些说。单说王夫人等回到家中才坐下，见兰哥进上房来，先恭贺了老爷、太太、奶奶的喜，便禀知小钰又有奏章，要争那林家姻事，亏了宫门上收折太监送到府中，并未呈进。另有书信一封，交舜华的，恰是淡红笺上写着绝句一首：

北望春明暗怆情，悬知珠榜首题名。

怪他金玉全成诳，不识今生识再生。

面写“舜妹妹亲拆”，王夫人和宝钗看了，就交给舜华。

舜华红着脸，接在手里就出房往园中去了。淡如十分闷闷，彤霞、二香也是怏怏不快。宝钗、兰哥忙又写信说明舜华不考的话，即交原差赍回山东去了。

合家大小叩头道喜是不必说，还有那贾氏近族及诸亲百眷朋友同寅，阗门塞巷争来庆贺，真是锦上添花，热闹无比。周瑞的女人率领了管家婆们进来请示该如何改口称呼，以便传谕众家人等遵照。贾政道：“照前称呼，不用改口。”王夫人道：“老爷说的极是，才见大方。余人一概照旧，只小钰回来叫声二爷，不必仍前称名便是。优昙姐妹也依先称个姑娘，且等进宫后再改口罢。”众管家婆齐声应了“是”，都退出传谕去了。

从此府中忙忙碌碌，端整移居。贾兰来对王夫人说：“钦天监选定八月廿八日迁居大吉，又奏明八月二十日起程班师，九月初九行郊劳礼。一切仪注，礼、兵两部俱已酌定具奏，极其优崇。我们须应看吉日搬到新府，以便等将军并左右元帅骑马归第。”王夫人说：“那蔼如没有母亲，他的父亲来拜望过了，未知搬了不曾？”兰哥道：“梅、薛二家通是二十八的日子移居新第。”正在说话，只见史湘云忙忙进来，对了王夫人等各个请安道喜，王夫人、宝钗却冷冷的相待。舜华见了母亲，忙上前叫声“奶奶”，湘云不理他，回头和众人说话。舜华自觉没趣，退了出房。从此湘云就留住在贾府。到了廿八日迁居以后，就在荣禧堂大排筵宴。因为三殿后进又有大堂、二堂、三堂，这大堂匾额仍用“荣禧”二字。这日堂上共有五十六席女客，那些男客却在二殿、三殿东西两旁，大、二、三各厅堂上，排席共有二百多桌，且不必说。

单讲众女客，席罢也有回家的，也有留住的，惟有岫烟、纹、绮、湘云四人自小盘桓相亲相爱，这晚席散后，在上房闲语。湘云道：“今日独有琴妹妹不来，想在新府里忙得很了。”李纹道：“谅来明后日就过来的。”李绮对李纨说：“大姐姐，我们明儿该先去道喜才是。”宝钗道：“忙什么？他如今是新亲，有些客套，恐怕未必来呢。”李绮便问：“小钰和碧箫对了亲了么？”宝钗点点头，说：“才讲起，还未过礼。”湘云吓了一跳，忙问：“那个做媒的？”王夫人接口说：“就是两个往倭的使臣，在军营和小钰说定的。”这原是顺着口说的话，有意叫湘云听的。谁知李家姐妹闻知湘云不肯允婚，各想把女儿配他，但未曾出口，听了这话，呆了一呆，不觉同声的叹口气道：“真正是捷足先得。也是碧丫头的好运气。公王匹配，荣耀无比。”岫烟也信是真话，忙问：“林姑娘却怎样呢？”宝钗道：“他那里肯俯就咱们这些人家？前儿个苦苦哀求，无奈史妹妹硬着心肠竟不允许，可见姻缘自有前定。”李纨也信真，不便插口，道：“另对亲不打紧，只岂不辜负了舜丫头？据我意思，还须斟酌才是。”王夫人说：“他老爷做主，谁又敢去斟酌？”湘云听了这话，千真万确，气得脸色青黄，满心懊悔，一句话也说不出来。众人坐了一会，各自回房去安歇。

早有那些快嘴丫头传将开去，小姐妹们都已知道，十分妒忌碧箫，各各胸中纳闷。淡如更加着急，就和母亲商议，要抢先联姻。香菱明了女儿的话，想个计策，竟去见湘云，托他为媒。湘云越发认真了，就回说：“我们的金玉姻缘尚且参差了，如何做得媒来？”香菱无奈，也只的罢了。湘云却悄悄的去求李纨，要他周旋这头亲事。李纨先已受了两个妹子的嘱托，却也为难，只得私下探探王夫人的口气。王夫人道：“我也做不得主，且待小钰回来，打伙儿商量罢。”淡如又私下和瑞香商议，要离间了碧箫才好另议。瑞香道：“我和你且去见见舜华，瞧他怎样光景。”二人便同到舜华房里，才坐下，淡如就开口道：“碧姐姐已经和小钰联了姻了，你知道吗？”舜华道：“我等女孩儿们如何去管人家联姻的事，何必知道呢？”二人仔细瞧他，却不慌不忙，竟像无事的模样。只得别了出来，就到上房。他们的意思，要探听王夫人和宝钗有何议论。坐了多时，不见提起，淡如性急耐不住，便问宝钗道：“钰兄弟和碧妹妹对亲，选定了行礼的日子没有？”

宝钗正要回答，只见贾政踱将进来，王夫人等各各起立相迎。贾政坐下了，说道：“皇上恩旨，虽不叫优昙二姐妹关房回避，我想也须各尽其礼，今日我带了兰哥儿，细看园中有两个院落并排着，极其宽敞。前边有个前门，通到园里，进出甚便。却又是墙隔开，很有关闭。后面有后门两扇，可以通到外边。那些太监们要出入也不必从园里经过，甚是妥当。左边这一所，屋庭前有二十多丛很盛的牡丹花，五色俱备。我想优昙幼年的时节，《咏牡丹》诗是个佳兆,就安顿他住在这房里。匾额题了‘徵瑞轩’三字。右边那一所屋就安顿曼殊住了,房前后通种的是芝兰,匾额上就题个‘芝室’二字,取他们姐妹同心,气味相投的意思。你道何如?”王夫人说:“很好的了,即使择个吉日搬过去罢!”

究竟不知何日搬移?且待下回说来。

第二十五回　待年册立居私邸
衣锦荣旋宴画堂

贾政听了王夫人的话，就拣个吉日，把两孙女移到了园里去，宫娥、太监、婆子、丫头都随着过去了。其余女孩们且在内室暂住，等待小钰回来再作分派。当日众人送到了园，就在园中各处逛了一回。果然十分精雅，比旧园大不相同，那园名依先叫做大观。李纨道："这般大地方，许多院落色色齐备，如何没有个匾额名式?"婉淑道："闻说拟是都拟就的了，要等王爷回来才定。"王夫人说："只怡红院、潇湘馆、蘅芜院不要改，余外由他们起名罢。"说了一会，回到上房不题。

光阴易过，已是九月初七日，前站先到。初八日，三面大纛也到了，高高的供在郊台上。初九黎明，圣驾出去了。三位元帅，各穿软金盔甲，骑着仙马，到了台前，远远下鞍来见圣上。圣上率领他们上台，拜过纛旗，就偃倒了。三帅缴上金印，礼部在旁接收了。吏部即便送过丹书铁券，三人跪受。谢恩已毕，小钰又将上方剑呈缴，圣上宣旨："此剑赐卿为传家之宝，不必缴还。"小钰又谢了恩。早有中军官捧回王府，高挂在第三殿中间。凡有犯着不是的，仍许先斩后奏，满朝官员那个不害怕！这日在台下行宫内赐了宴，一切礼文都照着拟定的仪注，不必细讲。

皇上也骑着马，带同三帅进城，三帅又到正殿朝贺了一番，才进内宫朝见圣后。圣后欢颜慰劳，又赐洗尘筵宴，并赏了许多东西。

三帅谢罢出宫，一径回家。先同到王府拜见了贾政夫妇并一切人等。小钰、蔼如也同到燕国府见了礼，小钰、碧箫又同到赵国府行礼，才分马各归本第去了。其中繁文絮话，不必细载。

只说小钰除了祖父母、伯母、母亲、哥哥前行跪拜礼，余人皆只一揖。独向舜华跪了一膝。舜华涨红了脸，跪着回礼。众姐妹们都用常礼相见，淡如想要格外讨好，跪将下去。小钰只用手一拉，并不回叩。众人看了，各自暗笑，不提。

次日上坟祭祖。拜望亲友，忙了十几日。府中内外排宴款待诸亲百眷，小钰只应酬了几日，以后便回明贾政，不复出去相陪。贾政算来，这些人客须得一月之后才能宴毕，也觉厌倦，就不出去了。单叫兰哥同族中侄儿、侄孙辈去陪，小钰只在后园大观楼下跟着王夫人等和那些姐妹们开怀饮酒。优、昙二姐妹，只第一天在荣禧堂家宴出来坐了一回，喝了三杯酒便回去了，余日总不出来。小钰嫌人少没兴，又去邀了燕、赵二公府的娘儿们来同饮作乐。

接连数日之后，这日王夫人说："天天席上俱用蟹羹，吃得无味，且有别样品味杂在中间。今儿我专叫用螃蟹一味，整个煮的，大家剥蟹喝酒，定要吃得热闹。"宝钗道："要热闹须得行令，让我先来行起！"便念道："'笑他城北小孩儿'，谜藏一个汉人姓名，谁猜着了我喝；没人猜着，合席通饮。"湘云因王夫人、宝钗待他冷落，不很高兴，连日见小钰殷勤奉承他，他也高兴起来，便点点头，说："我猜着了，城北徐公，小孩儿是个孺子，分明是徐稚了。"宝钗道："是。"喝了一大杯。

王夫人道："有的就说，不必挨次。"李纨说："我也有了：'狗洞中间竖战旗。'"舜华说："谅来是窦武了。"李纨就照样喝了一杯。

王夫人说："我也说个，'使尽威风豪杰气。'"李纨道："必是扬雄，太太喝罢！"

正在筛酒，淡如赶着道："我说个'猩红勋垩耀门楣'，你们决猜不着!”碧萧道:“有什么猜不着?是朱家。”淡如只得也喝了一杯。

蔼如接口道:“我打个晋人罢,‘落花满地不惊心。’”李纹道:“是谢安。我接个‘峰顶波声远远闻’。”

宝琴道:“是山涛。我说个‘天子先来施教化。’”淑贞说:“是王导。”

妙香道:“我说个‘平原瑞气蔼氤氲’。”彤霞道:“谅是陆云了。”

小钰嚷道:“四人合念一首,不好。我独念四句罢,都打的是唐人名:‘汉帝由来受夏封,昭君变色出深宫。将军细想和戎事,工部尚书画喜容。’”文鸳道:“第一句是刘禹锡。”瑞香道:“次句是王勃。”宝琴道:“三句是武三思。”只第四句各人都想不着,舜华笑笑道:“是司空图无疑了。”众人都说:“通猜着了,该喝四大杯。”小钰没法,只得连吃了四杯。

李绮道:“我拚着喝四杯,也凑他四句,打宋人名罢,‘小小门前满路车,夏官灯烛照通衢。始皇年幼思巡幸,田野俱知楚大夫。’”小钰道:“你们莫作声,让我一个人猜。首句是苏辙,二句司马光,三句秦少游,四句是宋郊。”王夫人道:“怎么楚大夫该姓宋呢?”李绮回说:“宋玉是楚大夫。”宝钗道:“不确,楚大夫多着呢,何必定是宋玉?这要罚的。”

李绮只得乾了五杯,有些醉意,回头对舜华道:“舜姑娘,为什么今儿都不很开口?”舜华说:“我却早编了四句,怕喝不得这许多酒,不敢说。”小钰道:“我代你一杯。”淑贞说:“我也代一杯。”彤霞也许代一杯。舜华便念道:“‘赤绳一缕系难开,碧浪江边蚌孕胎。柳未成阴桃未蕊,翩翩轻翅绕楼台。’通藏的是美人名。”湘云说:“我都猜着了,且不说破你的。”淡如道:“让我来猜。这是红线、绿珠、小小、飞燕四人。”舜华道:“都着了。”四人分饮了四杯。

彤霞道:“我也打个美人名罢。‘袅袅炉香似也无,琼瑶一片胜明珠。相思豆子抛童稚,好鸟双双树上呼。’”婉淑道:“也该我来猜猜,敬你四杯罢。是非烟、小玉、红儿、莺莺。一些也不错,快喝,快喝。”舜华连忙说:“我也代分一杯,只算还账。”

妙香耐不住,便道:“我也有四句,却是藏上古的人名,并非汉唐以下。‘苏相朝来睡起迟,熟梅庭院剩空枝。佳期有约终难就,妆点韶光百五时。’”岫烟道:“我只猜了二句,第一句是秦缓,四句是景春。”舜华道:“二句是黄歇。”淡如道:“有了,三句是白喜。”王夫人笑道:“白喜却藏得巧,但是不庄重些,倒也难为淡丫头,就想到了。”

小钰道:“今儿可谓尽兴,明儿我在园中各景处处吩咐丫头、婆子们备些果菜,大家去游玩喝酒,顺便拣定了住处,好搬出去。”婉淑问:“都取了名了没有?”小钰道:“匾联通已挂齐,其中胜景共有三十八处。也有仍旧名的,也有新取名的。这大观园不在数内。余外,零房碎屋便不起名色。西边便是芬陀庵,明心师昨儿就搬去了,明儿正好去扰他的茶。”说完散席。

第二天一早,小钰先到园中等候,差宫娥等各处催促。王夫人果然带齐了众人出来,小钰迎着问道:“这花园路路通的,太太要从哪一边逛起?”王夫人道:“不拘,信着步走去罢。”小钰道:“地方大得很,走是走不动的,现有竹椅轿好坐。”就叫小太监把轿儿抬来,各人坐上。

先到嘉荫堂。这堂前有两株三抱粗的大槐树,把一个很宽的院子都荫满了,因此取这个堂名。大家各处走了一回,坐下各喝了几杯酒,用过点心,再坐上轿到宜雨楼楼里。外庭中通种的芭蕉,下起雨来,声如碎玉,极好听的。又到东阁,阁前后左右通是梅树,共有数百株,红白绿萼,磬口蜜梅,各种俱备,所以取个东阁观梅的意思。王夫人说:“下月来就好瞧了。”又到听秋轩,那庭前有梧桐四株,遮得绿阴阴的。又转过弯来,往桥上过去,却是池心阁,四面都是水,水中还剩有残荷千本。王夫人道:“明年夏天在这个楼子上赏荷花,却是大观。”又到寒碧斋,也是临水的正厅,上有方砖砌就，砖上凿空，镂成花鸟。四围墙中暗砌十几副风箱，外边把风箱扇将起来，风从砖底下镂花缝里透出，其凉无比。砖底下很深，可以安些珠兰茉莉盆儿，风中带着香气。李纨道："明年夏天不用愁热了。各人搬了铺盖来，占着一间房住下过夏罢。"小钰催道："别很耽搁了，地方多，恐怕一天游不遍呢！"众人才起身坐上轿椅，到棠阴院。院前后通是西府垂丝海棠，约也有数百株。后面一进，却都是小小房间，后院子里满地秋海棠，花开得十分烂漫。看了一回，上轿转过山，往山洞内进去，名为"五云深处"。这四字却不题在匾上，是凿在对面山石上的。小钰道："太太，这所在是冬暖夏凉的。"宝钗说："夏天自然凉的，冬天未必暖罢。"小钰道："底下通是地炕，冬天烧起来，其热无比。"彤霞说："我来住了罢。"舜华道："姐姐，我劝你别住在这里，何苦穴居野处，钻在山洞里过日子？"李纹道："想是你要做个山大王了。"小钰道："海大王我都平了，何怕他山大王？"大家都笑将起来。

小钰道："如今到我的敝斋去用午饭罢。"叫轿儿抬往怡红院来。好个大去处，十分宽敞。众丫头忙忙摆上饭来，众人道："到一处吃一处，现在都是醉饱的，何必什么午饭早饭呢？"各人依旧略吃些东西，就到潇湘馆来。进得门，只见山石玲珑，径路曲折，前前后后俱是竹子。真正修篁百尺，紫筱千丛。那些房廊屋宇通隐在竹林深处。舜华喜欢得很，便说："众位好姐姐，这地方让我住了罢。"小钰忙应道："这原是为你特设的，除了你，别人住了也不称。"众人听了都不作声。

宝钗问："没有个蘅芜院吗？"小钰说："有，这怡红院居在园中间，东是潇湘馆，西是蘅芜院，北是读画楼，南是赏心亭。四处最近怡红院，像个海棠花儿的式样。"淑贞就问"近着潇湘馆的叫什么地方？"小钰道："再往东去，便是青壁山房了。这回过去是顺路。"淑贞说："我要靠近舜姐姐的，就住青壁山房罢。"小钰说："使得。"

正在谈论，宝琴忽然笑道："小钰，你也忒会弄送人！到处摆着茶儿酒儿，吃个不了。你又不肯一步离开，他们小年纪还耐得，我却耐不得了，相烦你快出去罢。”小钰会意，笑道：“姨妈说得我这样刁钻刻薄，一时想不到是真。”说罢，就往外跑了出去。丫头们忙引了众人往各房去走动走动。淡如说：“这样幽雅，假山跟前何不打个地遢遢儿？很有趣。”一面说一面掀开裙子，在假山洞口竹子根前拉了一泡溺。妙香道：“我去叫小钰来瞧。”淡如慢慢的站起来说：“瞧便瞧，怕什么？”停了一会，小钰进来，同往青壁山房。这屋是鸳鸯厅，厅前后通用玲珑石砌成墙垣，只见山不见墙瓦，所以有这名色。淑贞就说定了住在这里。

再弯过西去，却是小山书屋。四围通是桂花，这时候还有晚桂，香得可爱。舜华想要多坐坐，无奈众人争着要到蘅芜院去，催着起身。到了院里，两旁凡有院子，通栽的是香草，也不寡是蘅芜。碧箫说：“闻得姨妈当年住的蘅芜院，我也就住在这里罢。”妙香听是宝钗旧居名色，想个吉利彩头，再三争着要住。蔼如道：“碧姐姐就让他罢，他们都要近着怡红院的。我和你偏住个远些的去处。”碧箫说：“很是。”小钰道：“要远些，再往西去便是闻蛩馆。这时候蟋蟀还叫得热闹哩。”碧箫说：“快去听去。”催着就走到了里边，果然蛩声唧唧。

那些喜事的丫头各去扑了几个来，放在桌上，斗玩儿。王夫人也看得高兴，叫再去拿些来斗，倒有个瞧头。旁边看守房子的老妈、丫头都说：“有好的在这里。”忙去一盆一盆的搬将出来，分了大小，成对儿的斗了一会。碧箫就拣定住了这个地方。

蔼如问：“前面这所房子叫什么名色？过去瞧瞧，我住了罢。”小钰说：“很好，这叫做狎鸥矶，前厅对着山，后面临着水，其中水鸟最多。不但是鸥鸟，凡鸳鸯、溪鸟鶒无所不有。”就催着轿椅到狎鸥矶来。王夫人看得了意，靠着栏杆一杯一杯尽管喝酒。岫烟道：“天已傍晚，今儿东耽西搁，逛不得几处，明儿再来罢。”王夫人才起身坐轿同众人回进内去。未知次日又游些什么地方？下回再讲。

第二十六回　分院宇点景铺陈
派丫头更名服役

王夫人吩咐小钰道:"明儿早些,各人吃了点心就出去逛。园中只办两餐酒饭就够了,不用处处吃喝,耽搁工夫。"小钰答应了。

第二日请齐众人,小钰道:"昨儿从西园门出去的,今儿个从东门去罢。"先到了朝暾坞,这所房屋在山坳中间,是向东的。太阳一出,便照得雪亮,故取这个名色。次到筠廊,前门在平地,后门却在山上。院中也是遍栽竹子,却没有正厅。都是些回廊曲曲,一概通是小小房间,环来环去,认不得出去的路。王夫人笑道:"到底从那里出去呢?"小钰道:"我来引路罢。"走出后门来,上边便是月廊,已在山半中间。宝钗道:"楼高得月先,却是好景。可惜秋深了,夜间寒冷。若是八月里,便在这里玩月。"小钰道:"已到了半山了,竟到茱萸阁登高罢。"就直到了阁上。坐下看时,正在山尖顶上。槛外通种的茱萸。李纨道:"重阳也过了,登什么高?去罢!"

就从山上下来,到了凹晶馆。王夫人说:"这个名色也是旧有的。"略坐一会,瑞香催着,就到赏心亭来。三面有水,通种的荷花。瑞香就拣中了。彤霞又催到读画楼去。小钰说:"顺路还有三个景致,瞧瞧去罢。"就到了红药坪,满庭都是些芍药花。又到了留香居,这个地方凡窗子门扇都用玻璃镶嵌,若关紧了,房里烧起香来,一时香气不散,因此称为留香。又到了红豆庄,四面种的通是红豆

子。蔼如笑道："这个庄名不如改个相思馆罢。"淡如道："庭外都种的相思子，却很有趣，我住了罢。"妙香笑道："你住了，日日相思一会也好。"

彤霞又催，才到读画楼来。正好坐下吃饭，众人在楼上对着山色喝了一回酒，婉淑道："看山如读画，这楼名却取得很好。这园中究竟那几面是山，那几面是水？"小钰道："这府基向南，园也向南，这东南角上一座石山天生成的。那西南边的却是土山、垒着石头，是人工造作的。水是从山脚下出的，曲曲引来，凡有名的景亭，都通着的。"王夫人道："北边没有山么？"小钰道："北边通是红墙，只南西东三面有山，山在府北园南，略带着东西两角。"李纨道："这么说起来我们才刚是从山腰里出来的了。"小钰说："可不是，两边筑了墙，中间是门，故此瞧不见是山了。"湘云说："我闻得杭州西湖有十景，这园倒有三十八景，自然宽大得很。如今共逛过了几处，还剩有几处的胜景呢？"小钰道："景致随处都是，只有名的去处已逛过了二十多处，我们慢慢的再游过去罢。"王夫人问："徵瑞轩在那里？"小钰道："极北偏东，相近在稻香塍，芬陀庵这些地方。"婉淑说："我们就瞧瞧他们去。"小钰道："随路逛去，自然要到徵瑞轩、芝室的，今儿天气很早，赶得及的，别忙。"

说罢，来到梨云榭。通种的是白梨花，中间也间杂些红梨花。瞧了一会，又到忘机亭，亭后有渔矶，可以坐在矶上钓鱼。彤霞就去放下丝竿，略一会，见水花动荡，往上一扯，竟是一个红色的鲫鱼，就交给丫鬟们提了。淡如也要去钓，香菱说："今儿逛景致要紧，闲着再来钓罢。"就坐上轿又走。碧箫指着东边叫道："那里一带短短的围墙，好不宽敞，房屋也多，谅来好逛，何不过去瞧瞧？"小钰道："这是观德厅，演武的所在。"便进去瞧了一会。又到了斗草庭，转过西来是一拳草堂，堂前有一块玲珑紫石，高约二丈多，围圆有七八尺宽。迳路盘亙，石笋参差，竟像一座真山的模样。众人赞叹了一回，才上轿出来。

望见红墙一带中间两扇大朱门。李纨认得，便说："到了徽瑞轩、芝室了，进去坐坐罢。"那守门的太监远远望见，慌忙进去通报。优昙、曼珠便到二门口迎接进去，用过香茶，就摆酒席，王夫人说："才刚在读画楼吃了酒饭，肚里还未饥，别摆罢。"优昙道："今早娘娘宫里差太监送了一盘驼峰，一只熊掌，正好煮熟，大家同领领恩赏罢。"李纨道："这是天厨异味，太太倒要坐下尝尝的。"说罢，就坐下吃喝了一会。

上轿出来，先到白云楼，楼却极高，开窗可以看云。众人靠着窗槛瞧了一回，下来又到稻香塍，对面临着田野，晚稻正茂，因风摇摆，十分旷朗；两旁阡陌上，桑树成阴，一片野景，比他处不同。李纨道："我当年住的地方，比这个去处光景仿佛，不过还窄狭些。"文鸳说："我住了罢。倒觉得耳目一新，又不挤在怡红一带的热闹地方，又近着两位姐姐。"小钰说："很好。西去还近着芬陀庵呢。"李绮道："快到庵去喝茶罢。"小钰笑道："少喝些茶，喝多了，一会子姨妈又要抱怨我乱送人！"宝钗道："你知趣些就不抱怨了。"说罢，果然到芬陀庵来。明心接进去，留吃茶果点心，说些经文因果。舜华只和传灯说笑，亲热得很。这也是前世的缘，不知不觉两相心爱。

出了庵才游到鹤鹿苑来，其中通养的仙鹤驯鹿，就有看苑的老妈来禀小钰说"这三只仙马不肯入群，见着便咬，天天叫唤，吵闹得很。如今另关在一个院子里。"小钰便叫喂仙马的太监即刻牵来。三马见了小钰，都把前蹄跪下，口中呦呦的，若有所诉。小钰说道："你这三只，原是深山野鹿，吃了仙药、得了仙气。现今大功已成，想是要回旧山去吗？"三马一齐点头。小钰就吩咐太监："每只鹿的项下赏挂王府金牌一面，放他还归西山罢。"三鹿站起身，又向碧箫、蔼如各把前蹄跪了一膝。太监领命带了出去。众人道："这畜生也知向主人作别，竟是通灵性的。"说笑了一会。李纨道："这去处我倒合意，我搬来住罢。"湘云道："这有什么味儿？真是禽兽为伍。"宝钗道："这怕什么？木石鹿豕原是大舜的芳邻呢！"王夫人道："园中只叫小姑娘们住住，若是你们通要搬出来，这空落落的宽大后宫，难道寡叫我住吗？"李纨应声："是，我也不过是说玩儿的话。"

闲说了一会，众人都要回去。小钰把园图一看，说："还有两处名景不曾逛得，如今就坐船去罢。"丫头就去叫撑船老妈们放了船来，从这鹤鹿苑门前下船，转弯抹角，撑将过去。小钰指道："这是狎鸥矶，昨儿逛过的。"便不上岸，一径撑到凌波坨来，是个栽水仙花的去处，约有千余本，花开如雪，香气清幽，真有仙子凌波的态度。众人赏玩一回，又放船到扶荔厅来逛逛，下了船，小钰指道："这叫做藤溪。两岸通是紫荆藤。"渐渐过去，彤霞认得是读画楼，便道："这是敝新居了，这桥叫什么？"小钰道："叫芷香桥，桥畔通种的是白芷草。"又过去，小钰道："这叫做芍溪，岸旁都是些白芍花儿。"妙香道："我认得，这是蘅芜院了。"又过一条桥，小钰道："这是藕香桥。南是怡红院，北是读画楼。"

王夫人道："景致都游过了，回去罢。"小钰道："我们坐船再到听秋轩后厅，瞧瞧菊花，坐了轿回去。"撑船婆就忙忙放到听秋轩后面来，远远便闻得香风阵阵。淑贞说："昨儿闻不见菊花香，为什么今儿个这样香得很？"小钰道："昨儿还未到后院，只瞧瞧前院的梧桐，所以闻不着香气。"说罢上岸，观看各色各种共有数千株。舜华道："前面听秋声，后边看秋色，却是个极好的胜景呢。"

正在闲论，只见几个管家婆来回小钰道："昨儿二爷发下新买来的丫头共三百名，我们遵谕细细的挑选，相貌俊俏、性情又乖巧的，止有四十四名。今儿求太太、奶奶、姑娘们分派分派。"王夫人道："每人用四名，近身服侍，取个名儿。我就用'红'字排行，叫做娇红、新红、春红、晚红罢。"又派四名给李纨，李纨道："太太选'红'字，我便用'绿'字罢。就叫初绿、新绿、疏绿、浓绿。"宝钗道："我只得用'青'字了。遥青、澄青、长青、远青。"

王夫人又派四名叫岫烟取名，岫烟道："我们老姐妹只用几个粗些的使唤，那些精巧的派给小姐妹们罢。”李纹等都说：“很是。”小钰道：“我先替舜妹妹挑四个，凭你自己取名。”舜华道：“就用‘蓝’字罢。云蓝、银蓝、拖蓝、蔚蓝。”碧箫说：“我和蔼妹妹各有宫女的，不必派了。”王夫人说：“既这么，派给彤霞罢。”彤霞道：“我换了腔，用个‘雨’字罢。叫疏雨、红雨、春雨、细雨。”文鸳道：“我跟着彤姑娘，就叫晴月、璧月、春月、眉月罢。”妙香道：“我取的是绛雪、晴雪、白雪、春雪。”瑞香道：“‘风’字用来不好听些。”小钰笑道：“好听吗，急惊风、慢惊风、猪头风、羊头风，还有个产后惊风，只别叫争风就是。”瑞香道：“太太在跟前，别胡乱讲，我用个花名就是了。青梅、绿梅、蜜梅、红梅。”

小钰道：“太太不先派给我，那好的都派完了，怎么呢？”王夫人说：“你有若干宫娥，还派什么？”小钰道：“宫女们多半是北方人，口音不好听。要几个苏扬人，语音软媚的，有趣。”王夫人道：“也罢，由你自挑四个罢。”小钰忽然呆了一呆，忙问道：“刚才到芬陀庵，为什么瞧不见授钵？”王夫人道：“这小妖精不堪得很，亏得明心觉察着了。回了我，早已撵出去嫁人了，你还惦记他做什么？”宝钗道：“小钰这不长进的，偏爱和这些下流东西鬼鬼祟祟呢。”岫烟说：“近朱者赤，近墨者黑，有什么好处！”淡如见王夫人没丫头派给他，已是懊恼。又听了这些说话，似乎指东说西，把脸都气青了。瑞香却抿嘴向着他笑。小钰恐怕气坏了他，赶着岔开话道：“我这四个要用双文叫了翩翩、袅袅、盈盈、馥馥罢。”李绮大笑道：“既用双文，何不竟叫个香香呢？”这句话却是无心的，谁知碧箫心虚，认是有意，涨得满脸通红。幸喜众人通不知道，竟不觉得。

王夫人道：“还剩八个，这四个给淑贞取名使唤罢。”淑贞道：“小钰说‘风’字不好，我偏用个‘风’字。光风、和风、祥风、香风。”宝琴道：“香字犯讳了。”淑贞忙说：“改了仙风罢。”小钰道：“再添一个，叫了道骨罢。”王夫人道：“我替他改，叫了清风罢。”派完还剩四个，王夫人要给婉淑，婉淑道：“我留了一对，这两个分给淡姑娘罢。”王夫人道:“你通收了,我另派二名有年纪老诚些的给他。”宝钗点点头,说:“太太主意极是,你竟用了罢。”

话未说完,只见有个后堂传话的家人媳妇走进园来,回太太道:“江南来了一位甄小姐,现差个老妈子在外要求见太太呢。”王夫人想不起来,婉淑就说:“这定是我家堂房妹妹。春间我婶娘有信来,说他遇了妖魅,闻得钰兄弟会召天兵神将,因此要叫他来府里暂避的话。想必是他了。”王夫人就叫快唤那老妈进来。不多一回,这家人媳妇就带了进园来,一一都磕了头。站起来,婉淑认得是施妈妈,便问:“你和小姐几月里动身,那一日到京的?”老妈道:“五月二十就从南京起身,谁知这妖怪沿途作祟,渡江、渡河便起怪风,阻隔了多时,白白在船里过了夏,热得个可怜。大家已是商量要回去了,恰好中秋后,张天师进京陛见,才得随了他的船,一路上来。昨晚才到京城,寓在饭店里。今日差我来禀知太太、奶奶,要在府惊动几个月,还要求王爷千岁怎样设法驱除了这个恶妖怪,感恩不尽,我家太太本要自己送来面恳的,一则惧怕妖魔;二则因少爷气成了病,少奶奶又怕牵累着他,避到娘家去了。故此只叫我等送来的。”

不知王夫人留他不留他?下回分解。

第二十七回　甄小翠避妖来贾府
叶琼蕤逃难入王园

王夫人问:“你家姑娘几岁了,怎样遇的妖,妖怪是怎么样的?”老妈说:“这位姑娘就是我乳大来的,今年才十二岁,生得长成标致。谁知被妖怪看中了,自从上年冬天,忽然掩了房门,梳妆打扮了,就像和人讲话,闹了一晚,天晓才清白了。从此每日过了午后就作起怪来,彻夜才歇。若是有人进房去伴他,登时头疼发热,跑得快的,还留了性命,倘若或熬着疼要强在房里,就心痛倒地,口吐鲜血,即时送命。我们悄悄在窗缝里张他,并不见妖怪,只见姑娘的相儿难看得很,这声音更听不得。”淡如忙问:“怎样的相儿,声音怎样的?”老妈道:“小姐们跟前那里讲得的!”宝钗就喝了他一声,说:“单只你多管闲事!”才不敢开口了。

王夫人就吩咐家人们快去接了来,一面对李纨说:“安顿他在那里呢?”李纨说:“要近着小钰处才好拿妖,自然该在园里。只是怡红院是不便住的,女孩子又不便同住。”宝钗道:“他嫂嫂尚且要避开,何况别人?我刚才起岸时瞧见一所小小的房屋,门前匾上写着‘红蓼花香’四字的,到好住。”小钰接口道:“就在这旁边,大家同去瞧瞧罢。”便步行出门来,不多远,就到了。却是三间正屋,三间后轩,还有些零碎小房。王夫人说:“尽够了,省得住大景致的去处,空落落,越发招妖惹怪。”就走出门来大伙儿在门前的坐槛上坐下。靠着栏杆，正对着溪，溪滩上通是红蓼花儿。小钰道：“这叫蓼花滩，对岸通种的白苹，就叫苹花滩。”

正在闲谈，只见管家婆领了这位姑娘来，果然十二分俊丽，但只脸色黄黄的，带着病容。和众人都行了礼，坐下。王夫人问他“闺名叫什么，对亲没有？”他回说：“乳名叫小翠。”底下就住了口。奶奶在旁代答道：“自幼对给白巡按家少爷，我家少爷就娶的白小姐。是嫡亲兄妹换门亲。老爷在日就联的姻，还未过门呢。”坐了一回，就在这红蓼花香的地方用了酒饭，安顿在东轩房住下。小钰道：“明儿我和众姐妹搬了出来，园里就热闹了。今儿翠姐姐独自住下，恐防冷清，我晚上在听秋轩过宿罢。”王夫人说：“很好。”替另又派了几个壮健老妈、几名粗夯丫头伴着他。各人都回上房去了。

小钰笑嘻嘻的问小翠道：“姐姐，这妖怪长的怎么样？有多大年纪？恁般打扮？和你恩爱不恩爱？”小翠红了脸，低着头不作声。小钰道：“你要我降妖，又不肯实说，这就办不成了。”施妈在旁边道：“要说不难，只是王爷别见笑。这妖怪穿铁盔铁甲的，黑脸孔，尖嘴大耳朵，浑身通生的硬毛。干起事来，总要我家小姐百般哀求他，他才快快的完事。若不肯叫他、求他，他就闹个不了，真要弄得死去活来呢。”小钰连忙拉着小翠的手，道：“他要怎么样叫，怎么样求，快说来我听。”施妈道：“将来如若来了，自然听得见的，如今夜深了，王爷请出去罢。”

小钰无奈，只得回到听秋后轩去睡下，翻来覆去一夜不曾合眼。待到天明，忙忙过去问信，众人说：“安静得很，想是王园贵地，妖精不敢来缠了。”里边太太奶奶们也打发丫头婆子来问，知道一夜平安，大家都放了心。

早饭后，众姐妹通搬了出来，香菱也和淡如同祝园中添上几百个人，十分热闹。小钰先去指点收拾怡红院，完了又来替舜华调排潇湘馆。晌午过后，太太带了两位奶奶并少奶奶，出园来摆席大观楼下。一则替小翠洗尘，二则替众人暖新居。又去请了岫烟、宝琴、纹、绮、湘云来，大伙儿喝了多时的酒。

正交起更时候，小翠忽然站起身，像是有人拉着的模样，赶忙回房去了。他家跟来的婆子、丫头们有些懂得，通跟着了就走。没一会，施妈来报道："寻来了，寻来了，房门关上了。我们在窗外听这妖怪说道：'妹妹好狠心，昨日我跟了你的轿子到府门口，正想要进门，只见两个门神拿着刀枪来赶杀我。我飞忙的跑，渐渐将要近身，着了急，见路边有个大粪窖，就跳下窖去，把粪乱拨。这门神当不得臭气，掩着鼻子才退了回去。我害怕得很，躲在坑底下不敢出头。谁知到五更天，有个人到坑上拉屎，把我脑袋上撒了许多粪，我着了恼，把头在他臀上一顶，翻身落在窖里。我便跳起来，浑身腌臜得受不得。刚好路旁有条河沟，我忙忙跳下河去细细洗刷，那两只耳朵里的臭屎，不知扒出了多少！又听见岸上有人说："这水就通着贾府花园的。我就从水里一路寻来，果见有石条栅栏，并没门神看守。我钻进栅来，见是个大花园。东寻西找，找你不着。才刚听得豁拳谈笑，内中有你的声音。果然找着了你，累我吃了这个大亏，快快脱去衣服，狠狠的奉承我一回才罢，不然今晚定要摆弄你个死。'"王夫人道："那有这事？我不信。"便叫两个媳妇道："随我去瞧瞧。"忙便上轿去了。

小钰踱到楼外，待要召请神兵，又想："这小事别去亵渎天神，且先和这妖精战他一阵，瞧他的本事何如，再作道理。"正在心中盘算，只见一个老妈子飞奔的来，口里嚷道："太太请二爷快去。"小钰忙便跑过去，只见太太、奶奶都坐在听秋轩后门口，指着红蓼花香道："作怪得很，你快去听听。"小钰忙赶过去，见老妈、丫头们都呆呆的站在窗外听。小钰用指头把窗上红纱撕去一块，往里一望，只见两枝蜡烛，照得明明白白，小翠脱得赤条条一丝不挂，雪白的身子躺在炕上，两条粉腿高高举起，一对大红绣花睡鞋长不及三寸。口中叫道："好哥哥，亲爷爷，开开恩饶了我罢！实在疼得受不住，再一会连小肠子也戮断了。"小钰只一瞧，太阳里的火都冒了出来。

掉转身赶出园来，叫太监把三殿上挂的御赐七星宝剑请下来。掣在手内，飞风的跑进来。还听见哀哀哭声，在那里哥哥心肝的求告。小钰走到门口，把脚一踢，房门倒了。正待进房，忽然一阵怪风，似乎有个人冲门出来。小钰忙把剑一挥，听见一声大叫，倒在地下。却是一只大野猪，拦腰劈做两段，流了满地的血。

小钰就进到房里，小翠还是赤身躺着，见了小钰要去拉被盖，没有力气。小钰道："姐姐，辛苦了。我替你盖罢。"就扯床夹被替他盖着身子。瞧瞧脸儿，竟像黄蜡一般。眼中含着泪，口里还呼呼的喘气。小钰布着他的嘴，说道："姐姐放心，妖怪已经砍死了。"正待和他温存调戏一回，听见外面嚷道："太太、奶奶们都来瞧妖怪呢。"小钰慌忙迎将出去，见王夫人们通往后乱退，口中说道："可怕，可怕，别瞧罢。"不多一会子，园中姐妹除了优、曼、舜华不来，余人通赶来看猪精，远远站着，不敢近前。外面贾政、贾兰都来瞧瞧，吩咐太监说："快把这孽畜抬了出去，瞧了害怕得很。"太监们答应一声，就用绳杠抬出去了。

小钰送了贾政、贾兰去后，就回王夫人道："翠姐姐，这个地方住不得了。须要移到我内房去才好。不然野猪鬼来寻他报冤还了得吗？"李纨说："很是，但只是要恭恭敬敬的，别和他混闹呢。"小钰应道："不的，我是有名叫做贾老实。"岫烟笑道："可知老实是假的。"王夫人就叫："丫头们，快去扶了翠姑娘到怡红院去罢。"有个快嘴丫头回说："姑娘的下身受了重伤，光着身躺在被窝里，连被褥上通是腌臜湿透了，移不来的。"小钰说："不用你管，我自会张罗。"他过去就跑进房来，把被连头连脚和身一包，双手捧了出门，一径往怡红院里。放在炕上，先用麻油替他下身搽上，掺些人参八宝散，用轻绢包好。又浓煎了一碗人参汤吃下去，到第二天就好了些。

从此天天人参燕窝调养，不到半月，竟已精神如旧。脸上白里泛出红来，色如桃花，比初到时更加俊俏。这日小翠早晨对镜梳头，小钰坐在旁边细细的瞧他，忽然笑道："姐姐，你近来越发标致可爱得很。只可恨晚上不肯叫我心肝好哥哥，到底还有些见外的意思呢。"

小翠啐了一声，小钰还待要和他调笑，只见看后园二门的家人媳妇来回说："外边逃了一个大姑娘来，要求王爷救命的。"小钰听了"姑娘"二字，心花都开了，忙问："生得俊不俊？"媳妇回说："生得很俊，大模儿像淡姑娘，还要好瞧些。"小钰便站起身迎将出去，叫声："快引他进来！"不多一会，果然有个姑娘，窈窕身材，鹅蛋脸，散发披头，一路的哭进来。媳妇子指着小钰向他说："这位就是我家千岁爷了。"姑娘听说，便双膝跪下磕着头，只叫："千岁爷救命！"小钰慌忙抱他起来，就在树底太湖石凳上坐下，把他放在膝头上，两手替他揩泪，挽发。口中问说："你为什么事这般着急？有我做主，尽管为说与我听。"那姑娘才说道："我家父亲叫叶正茂，就住在这园西边。向来开铺面做生意的，因为折了本，今年改就个蒙馆教书度日。我名叫琼蕤，今年十三岁了。早晨在门前和新中秀才的蓝相公说笑了几句话，谁知父亲回家来吃饭碰见了，骂开了蓝相公，把我打了许多嘴巴，还拿条麻绳要勒死我。刚好门外叫道：'叶先生，快到馆去！你家两个学生在那里捅刀子哩。'父亲就把我交给母亲看管，等回来定要处死的，自己忙忙的上馆去了。母亲怕父亲的性气暴躁，真个要送我的命，才叫我逃进园来求恩救命的。"小钰笑道："这有什么大事？容易，容易。"就抱了到他怡红院内房，叫宫女舀了香汤给他洗澡，又叫取些新裙袄好首饰替他更衣梳头。又传了管家婆来，叫："吩咐女巡捕官，拿我个名帖，告知后园西邻教读的叶相公，说他家姑娘逃在我园里，老太太瞧见了很喜欢他，留他逛几天就送回家去，别难为了这小孩子。我们王爷还要照看他，给他对一头好亲，连丈人丈母通有好处的。"

婆子答应了，即刻传话出去。不多一会，来回说："说过了，这叶先生感激得很，现在府大门外碰头谢恩。"小钰说："罢了，先赏他

两个元宝，叫他回去。迟几天我处自会打轿送回去的，不用惦记。”管家婆又忙答应，出去了。

小钰才进房来，恰好小翠坐在外间冷冷儿的说道：“二爷恭喜，来了一位绝色佳人，真正是天落馒头，造化造化。”小钰忙赔着小心笑说：“那里跟得上你，你才是绝色呢。”就拉了小翠的手进内房来。见琼蕤已经洗过了澡，换上新衣，正在那里梳妆，忙站起来和小翠见礼，十分恭敬。小翠总有些不舒服，怔怔的坐着，口也不开。小钰看他梳完了头，便叫快些摆菜斟酒，替他压惊。就拉小翠同坐，小翠道：“我不爱喝酒，失陪了。让你们两位新人好细细的叙情”正在拉扯，只听见宫女报道；“各位姑娘们来了。”小钰看时，只见众姐妹一拥的进来，都说：“要见见大王帐下新收的美人。”小钰就叫琼蕤一一打跧请安，蔼如笑道：“很像一个人。”彤霞笑道：“我说像一只狗。”淡如骂道：“放屁，像一位仙人！”舜华道：“第一是眼睛相像，但他的太露了，恐防寿数差些。”话未说完，有个老婆子来说：“太太、奶奶们听见园中逃了一位姑娘来，要叫去瞧瞧。”小钰没奈何，只得带他到上房来。磕过了头，各位太太、奶奶都说他人物俊俏，礼数周到，说话对答也甚伶俐。很喜欢，各赏了他些钗环绸缎，叫小钰派个婆子送他回家去，别叫他母亲惦记。小钰应了一声，同着出园来，众人各已散了。

小钰就和他并坐喝酒，又差丫头去请小翠。丫头来回说：“翠姑娘躺在炕上哭，不肯过来。”小钰只得亲身过去安慰了一番，又轻轻说道：“今晚暂且失陪，明晚就来相伴。以后一人一夜，决不冷落你的。切莫烦恼。”小翠啐了一声，道：“我惦记母亲，心上烦闷，何曾有什么别的意思？二爷别多心，快去伺候新人罢！”小钰笑笑，回到卧房，扯着琼蕤同衾共睡。

不知后事如何？且听下回说明。

第二十八回　逗春情淡如入学
膺赦诏蓉儿还乡

且说小钰和琼蕤云雨既毕，却是个完全的女孩儿，香罗帕上桃花点点。小钰十分爱惜，不必细讲。

且说淡如回到红豆庄，呆呆的拿着酒杯想道："咱们和小钰自小儿打伙，到今还不曾通宵达旦的在一堆儿。这回子，没缘没故来了这两个妖精，反占住了！那里气忿得过？又可恨母亲这老厌物，定要相随同住，碍眼得很，因此小钰多久不到我这里来了。须得算个计策，挨上门去，就使不能独占，也分得个鼎足之势。只是没什么托名的话头，除非说要习学武艺，硬硬的搬了铺盖，移到怡红院，谅来小钰也未必得新忘故，推我出来的。"想定主意，才上炕去睡觉。谁知翻来覆去，竟像被窝里有针刺的一般，那里睡得稳？直到五更，刚蒙胧合眼，恍惚在妙香房里，见个老妈子在那里卖金镶玉的钗儿。淡如也要向他买，老妈回道："没有了，共只十二对钗，都卖完了。才刚瑞姑娘要买，只剩得半枝打断的，不中用了，没卖给他。"淡如听了，心上一惊，便惊醒了。叹口气道："这梦奇怪，莫非我不在金钗十二钗的数内吗？"越想越烦，天色未明就起来梳妆，换了一身鲜艳的衣服，浓浓的熏了些香，头上戴了许多珠翠金饰。略吃些点心，又用香茶漱漱口，含着几块鸡舌香，带了丫头，摇摇摆摆踱到怡红院来，直到小钰卧房。

只见小钰还同琼蕤躺在炕上，脸对脸在那里亲嘴。淡如止不住醋气攻心，只是碍着小钰的脸，不敢发作。反装着笑脸，轻轻说道："好快活哎。我特来道喜，还要和二爷商量一件要事。"小钰也笑道："谁叫你不来快活？吃这寡醋也无益。"

淡如见说话投机，便在炕沿上坐下，把一只手探进被去，刚摸着了琼蕤的绢光溜滑的腿，惊得琼蕤慌忙坐起来穿衣着裤。小钰嚷道："淡丫头，闹什么？讨人嫌！有什么要事商量？"淡如说："我昨儿五更睡不着，想起要搬到你怡红院来习学些武艺。"小钰道："很好，我教你舞藤牌抵挡我的长枪，还要教你射鼓子，箭箭中着红心。"这说话的空儿，琼蕤早已披着衣往西边房里去了。淡如满心欢喜，布着小钰耳边说道："我就钻进被来，你教我罢！"小钰笑道："那里这样容易？须要送贽仪拜先生，才肯教呢。"淡如忙跪在地下，深深拜了四拜，站起身往头上抽了一枝金簪，送到枕边说："这个当贽仪罢。"小钰笑着点点头，就叫他关上房门。宫女丫环回避出外，不知他教的是枪是箭？耽搁了好多时候才开了门，两人都已穿衣起来。

淡如重又洗脸梳头，小钰也梳洗了。叫宫女们去请了小翠、琼蕤都来用早饭。四人同坐了一桌，喝酒谈笑。淡如一面差丫头到红豆庄取了铺盖并随身箱笼过来，告知香菱要住在怡红院学习武艺，习会了仍旧回来的。香菱也不便阻挡，只得由他。

从此一男三女，按日轮宿。过了几天，早有嘴快丫头传将开去，众姐妹通已知道。这日彤霞邀齐了众人，来到怡红院，吩咐不必通报，轻轻进内。只见四个人在中间后轩里撩交儿，淡如仰面倒在地下，小钰扑在他身上。琼蕤把手在小钰屁股上乱打，小翠把指头在小钰脸上乱羞。蔼如喝一声："好胡闹，成什么样子？"四人听见，慌忙起身走开。舜华招招淑贞退出，到正厅上坐下，众人也就都出来了。彤霞仰着头看了这"怡红院"三字的匾，笑道："钰二爷这匾额该换了。"淡如问："换个什么字样？"彤霞道："该换写'逋逃

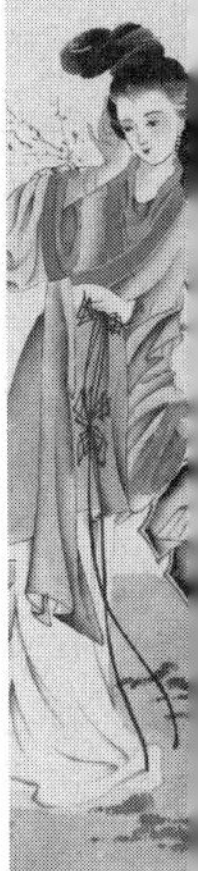

薮’。”碧箫道：“也有执贽门墙的。不尽是逋逃的。不很概括，不如简简捷捷题着‘秽墟’两字的好。”众人拍手赞道：“的确得很，我们办端正了，用鼓乐迎了来，替王爷上匾罢。”蔼如道：“古王者记言记动，全仗着传信的史笔。我就权充左右史，记个‘癸丑冬十月，淡、翠、琼及小钰戏于密室，改怡红院曰秽墟’。”彤霞道：“史贵简当，这笔法太繁冗了，我记个‘三美具’乃改斋名。”妙香说：“史贵实录，改斋名不过一句空话，不是实事，不如记个三艳集于怡红，小钰从而攘之。”彤霞道：“这‘攘’字亏你想的，真所谓物自来而取之也。”舜华向来从不肯嘴头刻薄的，这会子听高兴了，便笑道：“我来记了罢，‘冬。钰狎粲者于房。’”淑贞赞道：“这才是老笔，简而能赅。况且这‘狎’字深得春秋笔法。”正在喧笑的时候，忽然瑞香在笔筒里拿了一张笺纸出来，叫道：“真赃现获了，你们还有什么赖？”众人看时，却是小钰的一首诗。上写：岁壬子，余衔命东征。次年秋，覆命来京，读诸姐妹限体春闺诗，卓荦纾余，并皆佳妙。不觉技痒，爰仿体步韵，作怡红即事一首：

含笑含羞解扣迟，玉梨花底月明时。
于飞乐事联三粲，遮莫愁痕上两眉。
牦犬人来吠遥影，露桃虫蚀换新枝。
销金华帐垂垂掩，豆蔻香苞不自持。

淑贞说：“这诗却好，那‘含笑’、‘玉梨’、‘犬人’、‘桃虫’、‘金华’都藏得隐而不露。”彤霞道：“好便好，竟是当堂的贼口亲供。我问你们四个，还是官休是私休？”瑞香说：“不用问了，我竟到上房去出首罢，这场官司再不会打输的。”蔼如道：“我来调停，你们犯事的快快见机服罪，私和了罢。若是呈了堂，恐怕放火不由手，狎也狎不成，攘了攘不就，那秽墟的臭气直要薰得阖府都闻见了！”小翠、琼蕤吓得发呆。淡如忙问：“怎样是私休呢？”彤霞道：“戏里唱的‘万家春，年年吃酒，酒钱无须要。三日一小宴，五日一大宴’。请我们各位，才撩开手。”小钰忙应道：“要请你们诸位，值什么？何必

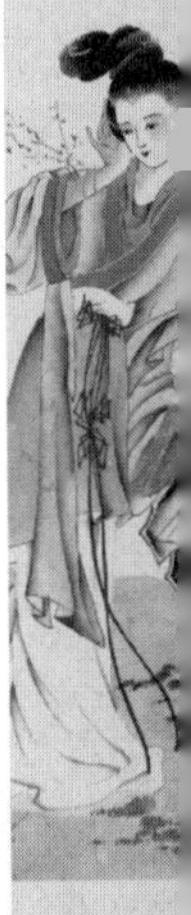

这般吓唬！今儿个就摆起酒来和事罢。”

即刻叫宫女、丫头们排开桌面，摆上果碟，让众人坐下，陆续上菜。碧箫说：“瑞妹妹，你这个功劳不小，须要好好收藏。不但是支酒筹儿，竟是个牵牛鼻的绳索。将来倘有半分倔强，立刻呈出当官，叫他们散伙。”小钰道：“我从来不敢得罪姐妹们的，决不倔强，好妹妹还了我罢。”瑞香笑道：“丹书铁券，那有还理。这诗第一句就描写得情景宛然，二句是记其时候，三句记其人数，四五六不过依体押韵，独这结句是确实供招，真是好诗。”蔼如说：“有了好诗，须添篇好赋。我仿着《阿房宫赋》成了几句，说：‘彼美三，所欢一，怡红厄，移墟出。收藏三个妖娆，不分宵日。’”碧箫说：“好，我帮你押‘也’字韵罢。三人三面镜子，须说：‘三星荧荧，开妆镜也；千丝袅袅，梳晓鬟也’。”妙香说：“太文，太文。与题不称。我来做一韵罢：‘夫其为状也，张大侯，举赤棒；其直如矢，其深似盎。半就半推，一俯一仰。既再接以再励，亦若还而若往。擎藕股以双弯，挺莲钩而直上。’”彤霞拍手叫道：“好极，这两句是神来之笔。”众人笑得口疼，舜华只叫：“该打，该打。别再做了。”妙香又念道：

“联樱颗以成双，弄鸡头而有两。盾翕翕以箕张，矛翘翘而木强。腰款款以摆摇，腹便便其摩荡。环夹谷以合围，透垓心而搔痒。直探幽壑之源，深入不毛之壤。似抚臼以赁舂，若临流而鼓桨。象交察之鸢鱼，俨相持于鹬蚌。淫娃甘辱于胯间，狡童旋玩诸股掌。恃颜面之老苍，放形骸而跌宕。迨云雨之既收，觉心神之俱爽。呈丑态于万端，羌不可以寓目而涉想。”

瑞香道：“好极，我也来做一韵：

‘若其为声也，唼唼咂咂，乒乒乓乓，咭咭口舌口舌，鞓鞓鞺鞺。

震绳床而戛戛，漱湍濑以汤汤；气吁吁其欲断，语嚅嚅而不扬。

撼鸳衾以綷縩，摇金钩之叮当。俨渴牛之饮涧，类饿狸之舔铛。

若穿墉之鼠，劈拍兮，似触藩之羊。乘天籁之方寂，和夜漏以偏长。

老妪遥闻而歆羡，小鬟窃听而彷徨。’”

众人听了，笑得把小脚儿在地下乱跌。琼蕤不很懂文理，倒不在意；小翠涨红了脸，躲进内房去了；淡如气得脸青。那盈盈丫头是很通文理的，便嚷道：“好姑娘，你怎么把我们婆子、丫鬟都取笑起来？”

舜华站起身，说：“实在难听。”招了淑贞走出去了。小钰道：“待我大主考来加个批语罢：‘如绘其形，如闻其声，非于此事中三折肱者，不能道其只字。’”蔼如笑道：“人必自侮，而后人侮之。反叫小钰骂了去了。”彤霞道：“他会加批，我们就批了下场举子。妹妹们来，大家同集一篇四书文罢。”各人又喝了三大杯酒，叫个会写字的丫头来写。众人各各念将出来，顷刻集成了一篇散行的时文：

善与人交，无所用耻也。夫好色人之所欲，又恶不由其道。不以其道得之，非人也，君子耻之。

昔者，窃闻之人之生也，造端乎夫妇。进以礼，退以义，必也正名乎，斯可矣。有贱丈夫焉，男女居室而无忌惮也。用其二为未足，又过而之他。其三人皆将不顾礼义而为之，油油然与之偕，放辟邪侈，无所不至矣。或告之曰：钻穴隙相窥，逾墙相从，乡党自好者不为，而况于王乎？王曰：寡人有疾，寡人好色。虽然逾东家墙而搂其处子，不屑也。来者不拒，加斯而已。

今夫怪不可与同群而求，为之强战，小童血气未定，何可当也？请轻之，勿听则已。垂涕泣而道之，战战兢兢，其颡有泚，颜色之戚，哭泣之哀，闻其声皆有怵惕恻隐之心。王见之勃然变乎色，抚剑疾视，要于路，出杀而夺之。

君子曰：“彼善于此则有之，然而未仁。在他人则诛之，知其不可，亦若是，可谓仁乎？”有人于此，为得罪于父，将杀之。乞诸其邻，若崩厥角稽首。王曰无畏，是诚在我。使数人见而解之。父母之心，不藏怒焉。母命之曰：“归欤，归欤。如追放豚，不可得已。”王笑曰：“日攘其邻之鸡，古之人有行之者，吾何为独不然？却之，却之为不恭，斯受之而已矣。若此者，虽不以道驱而纳诸不得已也。”

于此有人焉，自称曰淡而不厌。闻斯二者，其心好之，又从而为之。辞则曰：驰马试剑，我所欲也；执射乎亦我所欲也；愿留而受业于门。其心曰：吾何快于是，将以求吾所大欲也。为王诵之，则王喜。使治朕栖，抽矢扣轮，终夜不寝。此其所以为学不厌而教不倦也。父母国人皆贱之。

斯三者，不待父母之命，媒妁之言。不仁、不知、无礼、无义，流连荒亡，不舍昼夜，无惑乎王之不知也。旦旦而伐之，欲罢不能。吾未如之何也，已矣。

于戏！夫妇有别，人之大伦也。必敬必戒，必告父母。其交也以道，其接也以礼，无所苟而已。今若此无羞恶之心，则与禽兽奚择哉。

大主考燕国公梅评：

破承提一“耻”字，已定全篇公案。开谓阐明夫妇之道，词严义正。总提后平叙三段，穷形尽相，确切不移。后幅一唱三叹，痛快淋漓。结处应照，小讲勘出“必告父母”四字，若图穷而匕首现，真有关人伦风化之文。

副主考赵国公薛评：

如悬秦台之镜，如燃牛渚之犀，足以寒狂童之心，摄冶女之魄。

众人做完，点句勾。彤霞念了几遍，互相称赞。淡如平日的嘴口半毫不肯让人，今儿受这一番奚落，直气得脸色青黄，手足发颤。想要变脸闹一场，又怕碧箫、蔼如的力气大，动起粗来抵挡不住。只得招了翠、琼两个缩到内房，将门关上。

众人又道：“这样好朱卷，定要发坊刻印了分送亲友的。”小钰恐防他们呆性发，真个拿出去刻印起来，传为笑话，只得苦苦哀求。众人道："你还可恕，只可恶这三个妖精，装妖作怪，不肯下气。须他三个来求，才不刻送。不然，先从上房分送起，连老爷都要送一本的。"小钰说："我明儿备了酒，请你们诸位来，叫他三个陪礼就是。"

正说话间，只见一个上房的老婆子来说："宁府的蓉大爷回来了，老爷太太叫请二爷过去相见。"小钰就别了众人，往上房去了。众姐妹也各各散归。且待下回再说。

第二十九回　彩笺结社
画册题诗

且说小钰在上房和贾蓉、贾兰说了多时的话，三更天才回到园中。这晚轮该小翠陪伴，睡在炕上，讲起明儿须要安顿众姐妹，别叫他们真个闹到上房知道。小翠也竭力撺掇，果然第二天备了极盛的酒席，在怡红院后厅请齐众人，叫淡如等三人深深福了四福，恭恭敬敬安上杯箸。碧箫说："难道跪也不跪，行一个常礼便当数吗？"小钰忙也作了个揖，说道："我们家乡有句俗语：'低头便是拜'，如今服了礼，就罢了。"彤霞冷笑道："咱们这篇赋已经补全了，现在诗赋时文都已抄成一个本儿，将来藏之名山，可传可诵的。"舜华道："够了，够了。我劝众姐妹们撩开手罢，说来怪臊的。不然我今儿个不过来的，因为有话要问钰二爷，为什么发遣三个人，单只蓉大爷回来？"小钰叹口气道："珍伯伯在配身故，琏伯伯带病起程，没在路上。如今蓉大哥扶了两个灵柩回来。老爷给了他四万银子，三千亩田地，叫他依旧在宁府居住，另给了四千银子，做葬费，大约就要扶灵往江南去的。"众人听了，各各叹息了一番，方才喝酒。喝到起更，也就散了。

隔了几天，小钰坐在房里，见云蓝丫头拿了一个笺启说："舜姑娘叫送来的。"小钰接来一看，却是个冷金笺折叠成的副启。面写："潇湘诗社启"，里面写着：

蛣蛚在堂，星回于次，端居多暇。爰拟小集吟朋，用消寒晷。诗成薄酌，佐以持螯。此品出自大官，可无虑读《尔雅》不熟也。惠而好我，扫径以蹊。此启。

下写："潇湘主人具。"后面青壁主人已经打上"知"字，小钰就在怡红公子底下写上个"知"字。云蓝问："还有淡姑娘、翠姑娘，该到那里去通知呢？"小钰道："你不用去，我自会各处去传知，明儿一准到齐。"云蓝笑道："二爷的恩典，免了各处大远的道儿去跑。"小钰见他身材窈窕，眉目含情，声音又娇细，便问："你是那里人？"就说："原籍是苏州。"小钰拉他坐在怀里，玩笑了一回，才放他回去。一面就亲往各处通报。众人听是舜华为头，再无不来助趣的。只有瑞香说："我这几天旧病发作，不很健旺，辞了罢。"小钰道："冬至前后，红症不免发动。但舜妹妹高兴，不可不到。若懒得做诗，我代你编一首就是。"瑞香只得也打了一个"知"字。

次日，果然齐集潇湘馆里，舜华说："优姑娘昨儿送了几篓蟹来，极肥极大。闻是娘娘宫里赏来的，特邀众位一尝，做诗是个名色。"便先摆上茶点，众人用过，问什么题目？舜华就叫丫头送上一个雕竹筒儿，内插牙筹一百枝，都是些咏古题目。又开了檀香盒子，铺开牙牌，每人分了六十张，每张刻一个字在上面。小钰道："七律须要五十六字，只余了四字，恐怕太少了。"舜华道："天寒日短，别耽搁了喝酒的工夫。只做首七绝罢！"众人就各抽一题，不消半个时辰，都已誊出。

先瞧小钰的诗，是傅说版筑，用十灰韵：

物色风尘浪拟猜，盐梅谁复辨美材。

岩前一带盈盈月，却照君王入梦来。

众人一齐赞好。次是彤霞的，是张球献诗：

剩束牛腰未敢前，吕公门外榻高悬。

如何费尽雕龙技，只博槐厅月俸钱！

众人道："无穷感慨。"再看淡如的，是曹植赋洛神：

八斗清才迥绝伦，陈思声望动闺人。

感甄亦是寻常事，作赋何劳讳洛神？

蔼如看了道：“诗原是各言其志，推此志也，蔑伦败常，无所不至。”碧箫说：“此所谓小人而无忌惮也。”文鸳道：“这议论头新鲜得很，前人所未道的。”底下再看碧箫的，是姜尚钓渭：

卖浆廷冷事纷纭，钟鼎山林两不闻。

解向烟波收拾得，半钩明月一蓑云。

小钰道：“这题目极大，他却写得绝淡，可称别具手眼。”再看蔼如的，是王猛扪虱：

豪气江东合自尊，独披短褐谒军门。

蕨勤扪虱无他语，应为诸公谢处裈。

众人道：“勃勃有英气。”再看舜华的，是韩信乞食：

逐鹿中原战气昏，飘零国士更谁论。

虞兮枉为重瞳死，不市王孙一饭恩。

小钰道：“这个议论才有识见呢。”众人都称赞一番。再看小翠的，是司马相如四壁：

四壁萧萧不解愁，行酤且脱鹔鹴裘。

远山眉黛芙蓉面，可免他年怨白头。

众人看了，通不做声。又看妙香的，是王维献乐：

平阳春宴醉葡萄，一曲琵琶夜漏高。

戛玉锵金成底事，乞灵还倩郁轮袍。

瑞香的是郭隗喻骏骨：

天涯骏骨几多存，试向王门仔细论。

老尽嘶风红叱拨，黄金台上为招魂。

淑贞是杜广为厩卒：

失路伤心百重回，追风摄电费疑猜。

人间未必无骐骥，刘景何曾入厩来。

以上三首，众人都评赞了一回。看文鸳的，是颜回陋巷：

春风陋巷雨潇潇，车马何心肯见招。

不是闲情矜遁迹，人间无处着箪瓢。

舜华笑道：“这‘人间无处着箪瓢’，却调侃得世人不小。”

诗已做完，就入席喝酒。丫头们送上螃蟹，果然很大，但是没有钳脚的。小钰道：“舜妹妹，蟹的妙处全在两螯，为什么通剥掉了？”舜华道：“何曾剥去？通在里面呢！”小钰再一瞧，知是两上大壳合拢来的。揭开来，连螯连脚边肉连黄通剥好了，用糟油姜醋和调了，每三个蟹合做一个，十分有味，又不用亲手去剥。彤霞道：“这时候已是十一月了，外边都不很有得卖，怎么宫里偏有这样肥大的？”旁边一个丫头说：“我问过那边的宫女，他说九、十月里捡那顶壮大的，用个坛子铺一层稻谷，铺一层蟹，逐层铺满了，就把坛口紧紧封好。估量稻子吃完的时候，才取出来，比那初装时，更加肥大。”众人道：“得了这个法儿，明年定要试一试的。”蟹吃过了，又上了许多别的菜。喝到上灯后，瑞香坐不住，就要回去。众人也说酒够了，便散了席。舜华嘱托小钰：“送了瑞妹妹回到赏心亭去。明儿须请个高明的大夫来医治医治才是。”小钰一一应了，以后果然天天请医生开方吃药，却也不见什么效验。

渐渐到了十二月初头，小钰走到蘅芜院来，妙香让他坐下，问：“丫头手里拿的什么东西？”小钰道：“昨儿有人送我十本画册。说扬州有个女姑娘，姓巫名梦云，专会画着色工致人物，春宫图尤其擅长。有几册太粗的，不便送给妹妹瞧。这一册却画得文雅，特来请妹妹每幅上题着首诗儿。”便把锦袱打开，见紫檀册画上刻着“暗藏春色”四个字，揭开第一幅，题着“美人来”三字，画的竹篱茅舍，柴门跟前停一辆油壁香车。有个小丫头，扶着个绝艳丽的姑娘才下车来，旁边一个俊秀书生，深深打拱迎接。小钰道：“这是才来的时候。”

第二幅是“美人笑”，二人对面坐了，各带笑容，指手画脚的讲话。小钰道：“既来了，自然谈笑些相思情况了。”

第三幅是“美人醉”，二人并肩坐了，桌上杯盘狼藉。美人玉颜半酡，星眼蒙胧，靠在书生的怀里。小钰道：“这是喝酒醉了，沉沉欲睡的时候。”

第四幅题的是“美人颤”，并不画人，只有一张床，床上挂着方空红纱帐子。细细瞧进去，锦被绣褥，被中盖着两人。只露一个女人的脸仰睡在珊瑚枕上；又是个男人的脸，覆在上面，两嘴相含。纱帐蹙起皱纹，帐钩有摇曳的光景。窗外一个丫鬟呆呆站着，侧了耳朵在那里听。小钰笑道：“这幅画得最好。”妙香摇摇头道：“不好，不好。我不爱瞧他。”

揭开第五幅是“美人嘱”。两个在花下挽着手，似乎说话的模样。小钰道：“要去了，自然要嘱咐一番。”

第六幅是“美人去”。画的女人坐上了车，书生在旁边揖送。

小钰道：“妹妹，你瞧这六幅，一男一女是一个样儿到底的，并无丝毫小异，真是名手！可惜不在京里，不然请他来画幅小照，连园中各位姐妹通画在一块儿才好瞧呢。你如今快替我题六首诗，写在上面。”妙香道：“我不题，你叫淡如题罢。”小钰说：“他出语太粗，题得不蕴藉，不便给外人瞧。”妙香道：“旁边添了一个男人，怎样好题？若是光是个女人，我便题了。园里能诗的人多着哩，何必找我？我是不题的！”小钰道：“我想过的，彤姐姐诗本差些，字也不很工。碧、蔼、淑三个姐妹，先前还和通些，近来听信了这位林夫子的话，迂腐腾腾，决不肯题的。只有央着好妹妹费费心，你只说那女的，别管这男的就是，快快题一题罢。”

妙香被他缠不过，只得题了三幅：

美人来

底用妆成宝镜催，六辅车子此间回。
相如宅畔灯初暗，韩寿斋头户半开。
机杼已通乌鹊者，笙箫直接凤凰台。
月明林下春光好，不识春从何处来。

美人笑

不耐闲愁不耐嗔，拈花曾是蕊珠人。
裂缯宫里千金价，射雉场边一面春。
掩扇依稀分皓齿，搴帷隐约绽朱唇。
独怜相对难消受，倾国倾城拟未真。

美人醉

坠珥遗钿宴已终，温柔乡在醉乡中。
胸痕半露春酥白，脸晕微生夜玉红。
索茗几回声宛转，添香一霎思蒙眬。
听郎软语偎郎坐，犹记深杯百罚空。

看到四幅便放下笔，说："这一幅我断不题的。二哥哥你瞧瞧，两个脸儿叠叠起，什么相儿？"小钰道："你侬先只说女人，别管这上边的人儿就是。"妙香道："我不懂，好好的睡觉，为什么发起颤来？"小钰笑道："妹妹别瞎说，有什么不懂，这就是'气吁吁其欲断，语嚅嚅而不扬'，就是'款款摆腰，便便摩腹'的时候呢。"妙香涨红了脸，道："这是瑞妹妹做的，你去找他罢！"小钰道："我先往赏心亭去了来的，可怜他病得面色蜡黄，没精打彩，怎好劳动他？"妙香只得又题：

美人颤

细细犀牙荡柳腰，锦衾抖乱雾中绡。
蓝桥水溢魂难定，绣枕春浓语未调。
疾疾流苏千缕袅，丝丝香鬓两行摇。
凭谁爱惜凭谁护，风里花枝不忍描。

小钰拍手赞道："好诗，好诗。我说你有什么懂不得？这第四句不言颤，而深得颤的神情。妹妹竟像是曾经颤过来的。"妙香听了这话，便红了脸，把笔往地下一撩，生气道："二爷，你别来欺侮人，怎么拿这个样的话来糟蹋我！我明儿就搬了家去，永远不见你的面了。"小钰慌忙作揖陪罪，道："好妹妹，开开恩。饶恕我一时说得冒失了，别生气。你宁可打我几下，别气坏了身子。”连个揖乱作。妙香见他这个光景，心上有些过不去，只得说道：“二哥哥，你别怪我，你本说得太过分了。”

小钰见妙香的生气是半真半假的，便趁势拉着他的手，说道：“心肝，好妹妹，别太傲性了。我这样的小心陪罪，便说错了一言半语，有什么十恶不是的？况且这话就是前番批语的意思。怎么今儿就这样的着恼呢？”妙香道：“前儿做赋加批，是当着众人，原是玩笑，倒还使得。今儿私下两个人说起来，明是有心调戏了。”小钰道：“我有名叫做贾老实，从不知道什么叫做调戏。妹妹，你别多心罢。”妙香道：“不错，不错。你最老实，连调戏也不知道的，怎么会引上三个人同眠共宿呢？”小钰道：“好妹妹，别去拉扯别人，好好的做完了这两首诗罢！”

毕竟不知妙香还题不题，且看下回。

第三十回　会同年花园玩景
乘良夜雪阁开樽

且说妙香见小钰尽管央求，下不落脸，只得又题了二首：

美人嘱

只为情深语自私，香唇呢呢泥胭脂。
曾经月底频申约，不惜花前再致词。
密誓要如金石永，春光休遣蝶蜂知。
秦云楚雨相忘易，珍重叮咛在此时。

美人去

遥指蓬山路几千，惊鸿回影去翩翩。
事如云散三湘口，人似春归四月天。
绣被兰香仍未歇，翠纱檀点自依然。
缘知宋玉无憀甚，追赋荆台梦里仙。

写完了说道："题便题了，别再说什么唠叨闲话。"小钰道："再不敢说了，费心，费心。多谢，多谢。"欢欢喜喜把锦袱依旧包了，交给丫头。作别了妙香，回到怡红院来。

只见有个宅门传话老妈说："刚才阁学何大人差家人来说，明儿个他家友红小姐，要到府里来会同年。我已回过太太，太太叫来报知二爷，并优、曼二位姑娘呢。"小钰听了这话，满心欢喜，便说："我久慕何小姐天姿国色，如今自上门来，尽好瞧他一个饱。"便吩咐看园婆子,各处打扫收拾。又叫管厨房的宫女、丫头,端正上等的酒席款待,各各伺侯停当。

第二天早早用了饭,坐在三殿上吩咐守门的:“待何小姐轿到,便大开中门。说我在后殿迎接。切不可下轿,定要抬进殿来的。”不多一会,果然到了。跟来的家人说:“王府头门内不敢坐轿,小姐要出轿步行进去的。”门上也传说:“千岁爷吩咐过的,定要从正门抬进去。”两边谦让了一回,才把轿子往东边长巷内一直抬往里来。婆子、丫头们自然是步行随轿。

小钰连忙退到荣禧堂前等候。轿子抬到堂前,友红下了轿,向小钰叫了声年伯,福了一福,跪将下去。小钰忙叫宫女扶住,自己深深一揖,叫声“姐姐别这样过谦,不敢当,就请坐上椅轿,往上房去。”见过了太太、奶奶们,用过茶点,又坐了椅轿到征瑞轩。小钰不便进去,只叫宫女们随进伺候。优昙姐妹都在正厅前迎接,留入内厅排开三席盛菜,吃喝一回,才辞出。

来到大门口,正要上轿,只见小钰同着众姐妹,通在前边斗草庭前坐等。友红便过去,一一见了礼。同坐了椅桥,自东至西各景赏玩一番,单是怡红院不进去,留在末后进内坐席。

友红爱那东阁梅花盛开,流连了好久。见天上渐渐飞下雪花,越飞越大,竟像漫天的柳絮一般。小钰几次催促,才从棠阴院红药坪一直落北,由梨云榭往南,到读画楼。大家坐在窗前,靠着栏槛看雪。这时候,山头上已是白茫茫的了。彤霞就叫丫头摆了些果菜盘儿,斟上史国公的药烧来,说:“对了这样好景,宽坐坐,喝杯淡酒冲冲寒。”友红道:“恰用得着,只是一到便来动扰,不当得很。”众人是备着晚间要闹酒的,都留着量,不很喝。友红的酒量本极好的,又在这样仙宫月殿似的房屋,对着了四山积雪,如玉峰琪树一般,又见满天的碎琼乱璧纷纷飞舞,不觉酒兴大豪。小钰对了个千娇百媚的美人儿,有说有笑,也是心花怒开。两人一个瞧景,一个瞧人,你一杯我一盏,喝个不了。

宫女几次来请坐席，才出门坐轿到了怡红院。小钰叫把酒席安在二厅楼上，关上窗，放下屉板，四面都瞧得见外边雪景。

共摆了十二席，每席安上一个大围炉，暖烘烘的。便逊友红首席，友红道："除文妹妹是平辈，可以妄僭，余外通是长行，如何敢僭？"决不肯坐。碧箫道："这年谊且揭开，咱们只认姐妹，岂有主人僭客的道理？"让了多时，友红才坐了东边第一席，彤霞对面，碧、蔼二人坐了三、四两席，不让淡如，淡如也不敢作声。舜华却在第六席坐下，淡如坐了五席。妙香姐妹也不让小翠，坐了七、八两席，淑贞照舜华的样，自去坐了第十席，小翠逊了一声，坐了九席。小钰也坐下来，文鸳坐在末座。

一面开怀吃喝，一面瞧那玻璃窗外的雪，绵团一样的沉沉洒将下来，庭中草木通变成了粉妆玉琢的枝叶。大家越发喝得有兴。

上过了二十道菜，四次点心，小钰叫丫头推上屉板点起灯来。又叫："以后的菜，慢慢一样一样的上来，不必太急。"便要友红出令，友红逊了一回，就喝了一小杯酒，说道："各位年姑母、年伯跟前放肆了，告罪一杯。我们还是猜枚罢！不兴闷雷霹雳，通是暗放。"就用十二个棋子捏在手里，众人各各认定。友红问彤霞："几杯？"彤霞说："十杯。"问碧箫请增，增上十杯。请蔼如减，减去十杯。问淡问："什么杯？"淡如指着大金杯说："这个。"又问："第一杯怎样喝？"淡如道："猜着的人捧了酒，不拘飞送那一位，须要叫声'心肝亲娘'，那人须就着他手里喝干。若不肯喝，便是梗令。定要罚三大杯。"友红摇摇头说："累赘得很。"又向舜华："请放仪注。"舜华道："杯太大了，六杯酒分作十二杯。各人念句古诗，要有十二生肖字样，不拘左转右转，数着的喝。"友红道："有了七杯仪注了，请妙香放八、九两杯。"妙香道："掌拳的和猜着的挑了豁罢。"又问瑞香："请放第十杯。"瑞香道："猜着的，讲个笑话。没人笑，自己喝了。"

友红伸开掌，却是小钰猜着了。小钰欢喜得很，叫宫女斟了一大金杯酒，双手捧着到友红跟前，叫道："我那嫡嫡亲亲的心肝乖娘，敬你一杯，就在我手里干了罢。”友红涨红了脸，说道：“年伯你放下罢，我不敢喝，情愿受罚。”小钰只得放在桌上，友红叫丫头另斟酒来，喝了两杯。说道：“算了罢！”淡如还不肯依，舜华道：“这两大杯约有一壶的酒了，已是加倍罚了，自然该算的。”

友红说：“底下是舜姑娘放的仪注，该那个先念起？”舜华道：“不拘，尽可乱念。”友红便念道：“‘首鼠辕驹俱碌碌’，左转的。”碧箫就喝了一杯，说道：“我是右转的，‘蜗牛角上争何事’。”淑贞道：“我是左转的，‘报国危曾捋虎须’。”舜华也是左转，念了个“盈盈顾兔秋三五。”彤霞念：“‘双龙盘剑殿头趋’，左转。”瑞香见友红连喝了四大杯，便说：“我松松罢，右转的，‘谋生拙为安蛇足’。”妙香道：“好现成，把‘虎’字的对句来灌我呢。”淡如笑道：“瑞妹妹生成是松的，要紧也紧不来。”蔼如道：“放屁，不许胡说。”小翠道：“‘白马江寒树影席，左转。”小钰喝了一杯，念道：“‘世途何处不羊肠’，右转。”蔼如道：“‘两岸猿声啼不住，左转。”文鸳道：“何姐姐又连喝了两杯了。我念个‘绛帻鸡人报晓筹’，左转罢。”瑞香喝了一杯，小钰道：“先前‘猴’字念了‘猿’字，终究勉强些。如今‘狗猪’二字，定要念本字，不许把‘犬豚’等字来代。”妙香道：“使得。右转的，‘卖浆屠狗有英雄’。”友红喝了一杯，说道：“酒很多了，‘猪’字再别流到我罢。”淡如道：“不拘左转右转，那个喝酒，我只念个‘有缘逢着野猪精’。”小翠听了，满脸涨红，连颈脖耳朵通是红的。小钰忙叫斟了一杯酒，把淡如一把扯住便硬硬的灌下口去，灌得急了，喝不及，皮袄上都淋的是酒。淡如道：“何必要你着急，把我的衣服都弄脏了。”友红只认是念不上来杜编一句，却不想到是取笑的话，混过去了。

小钰就和友红豁拳，友红输了，又喝了两大杯。该是小钰讲笑话，小钰道：“有个人，做亲了一夜，要休那女人。女家不依，告到当官。这官是两榜出身的通人，问新郎道：‘我瞧你女人是好好的，为什么要休他’新郎道：‘他的阴户偏着长在半边的，怕将来不能生子，因此不要他。’那官儿就拍桌叫道：‘不错，不错！这有旧案的，《大学》上说道：是则偏之为害，而家之所以不齐也。’”众人都笑了，只有舜华不来听，不笑。众人便分喝了这杯。

该小钰过令，小钰忙伸手去接，友红怕他捏手，忙把子儿放在桌上，小钰就拿在手里请各人认定，问友红“几杯？”友红说：“三杯。”问彤霞：“增减？”彤霞：“不增不减。”问碧箫第一杯，碧箫道：“猜着的讲笑话。”问蔼如第二杯，蔼如道：“猜着的射覆，没人猜着合席分饮；有人猜着了，自己喝。”问淡如第三杯，淡如说：“酒太少了，须得格外生发就是。我来行一个小令罢。”小钰伸手道：“文姑娘着了。”

文鸳说：“我不会讲笑话，常听见晴月丫头很喜欢讲，叫他代讲了罢。”晴月见姑娘委他，不敢推辞，便说道：“我原籍浙江湖州，这湖州河里都种水菱，名叫菱塘。那菱塘里面最怕长了龟蛇，搅得水浑了，菱就不旺。有个乡里人种菱的，一日进城来望亲戚。亲戚问他：‘令堂可好？’乡里人不懂通文，只认了问菱塘，回说‘有什么好？聚了许多乌龟，吵闹不清，如今是稀垃圾的了。’”众人笑道：“讲得太文了便不发笑，这倒也不村不郭。”便把第一杯分开喝了。文鸳说：“第二杯我说个‘谢’字射覆。”舜华指着豹胎道：“落去了‘胎’字，本该罚的，请干了罢。”下该淡如行令，淡如道：“我说句世上三般真宝贝，是后搜的。各人请说是那三般？”彤霞道：“天、地、人。”淡如叫“不是，喝一杯。”碧箫说：“日、月、星。”“也不着。”蔼如说：“土地、人民、政事。”又不着。舜华道：“你们有的先说，待我想想再说。”妙香道：“景星、庆云、凤凰。”淡如道：“景星、凤凰争先睹之为快，如何添出个庆云来？该倍罚的。”妙香只得喝了两杯。瑞香道：“这太空得很，也要叫人有处着想才好呢。”淡如道：“也罢，我再说个近取诸身。”友红道：“是了，必是才、学、识。”淡如道：“不着，请一杯。”舜华道：“知、仁、勇。”也不着。瑞香说：“忠、孝、节。”淡如道：“落去‘义’字，该倍罚。”小翠道：“佳人、才子、名将。”也不着。小钰道："好学、力行、知耻。"众人道："这就是知仁勇，自然是不着的。"也喝了一杯。淑贞说："着了。"指指鬓边道："金、珠、玉！可不是宝贝，在身上的？"淡如说："不着，该喝。"文鸳说："我喝了一杯，不必说了。请淡姑娘宣令罢。"淡如道："你们不渊博，这是两句俗语：'世上三般真宝贝，紧、硬卵、瘦光臀'。"众人一齐啐了几声，舜华只是吐口涎，淑贞忙把两手掩了耳朵，瑞香说："这也是人人共有的，何尝是宝贝？"淡如道："宝在上四字，若不紧，不硬、不瘦而且光，便不算宝贝了。"碧箫喝道："该死，还要细细的讲解哩！"文鸳说："我也有了——礼、义、廉。"蔼如道："很是，近来这'耻'字尽可删去的了。"

文鸳道："我掌令，请各人认定了。"专问舜华放杯分。舜华定了两大杯。文鸳问小翠第一杯，小翠道："我代猜着的讲个笑话罢。"问彤霞第二杯，彤霞道："猜着的飞敬。"文鸳道："钰二叔着了，该小翠讲笑话。"

小翠道："有个人家请了一位先生，最爱通文的。到馆那日，东家备菜请他。第一样是鹿肉，先生道：'美哉，此呦呦之肉也。'第二碗是鹅，先生道：'美哉，此鶃鶃之肉也。'再上羊肉，又说：'美哉，此咩咩之肉也。'再上鸡，又说：'美哉，此胶胶之肉也。'第五样没菜了，东家母想着有盘狗肉，放了多日，还不曾吃，便送上席来。谁知那煮的时候忘记放了盐，隔了多时，已经臭烂。先生尝了一箸，皱着眉道：'此臭而且烂，全没味儿的东西，不知何物'谅必淡如之肉也。"众人笑道："倒也亏他编得有些意思。"淡如道："这是旧笑话，不是编的。他还失落了几句：东家又送上菜，那东家母把肉丝子下锅去炒，忽然溺急得很，进房去出了小恭。谁知锅太旺了，肉已炒焦。摆将出来，先生瞧了一瞧，说道：'此黑而且硬，似猪肉而非猪肉，意者其心肝哥哥之肉乎？'"小翠臊得眼泪都挂了出来。友红起先十分恭谨，此时已经醉了，便也有些放纵，笑问道："为什么翠姑娘怕说猪，想是生肖属猪的吗？"淡如笑道："他却不属猪，倒是猪触

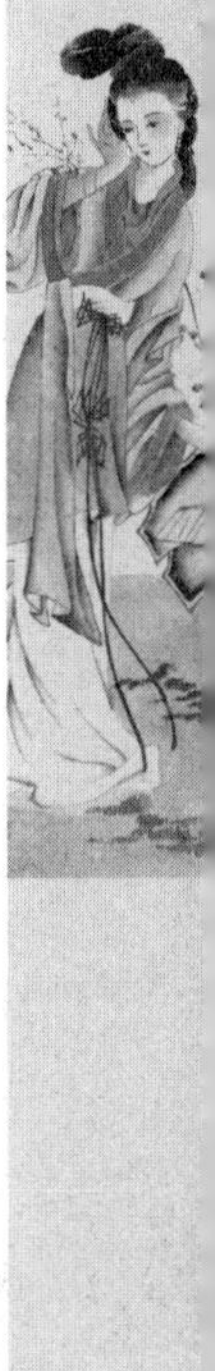

的。”碧箫指着淡如道：“算盘上的扳不倒，混帐小人！”

小钰怕越说越明白，忙斟了一杯酒，走到友红跟前，道：“该我来奉敬，并不敢再叫娘了，请干了罢！”友红忙站起身来，头晕得很。一手扳着桌子，说道：“实在喝不得了！”小钰道：“姐姐不喝，只得要跪敬了。”一面说，一面真个跪将下去。友红也就跪下，勉强就着杯喝了几口。酒便涌将上来，连酒带菜往小钰脸上直喷，身子也倒过来了。小钰撩了杯子，双手扶住他，他接接连连照着小钰脸上嘴上吐个不了。吐完了，站不起来，小钰抱他起来。两个人满脸满身通是腌臜。淋将下去，连大红绣花皮裙上也沾遍了。跟来的丫头婆子都说：“醉得这个样，怎么下楼去呢？”小钰说：“不妨。”就一手抱着他的身子，一手搂着他的腿，捧在怀里跑下了楼，一径到自己卧房。忙叫取了两件大毛一裹圆来。先替他脱了裙袄，把一件貂一裹圆披上，叫宫女们扶他到炕上坐定。自己也脱去外罩皮衣，洗了一个脸，漱漱口，披上一件乌云豹的一裹圆，走到炕边，把湿手巾替他脸上嘴边擦抹了一番，就说：“翩翩，你的脚顶小些，快去拿双睡鞋来，给何小姐换这脏鞋子。”翩翩忙去拿了一双桃红绫的睡鞋，只有二寸半把。小钰就替他换上，略觉宽些。小钰笑道：“真正像两只水红菱儿，好瞧得很。”究竟怎样睡觉？且待下回说来。

第三十一回　赏春灯凭肩献媚 窃香履度足调情

且说小钰抱了友红，坐上炕去，替他脱去了一裹圆，用两床皮被齐着肩盖了，搂在怀里。恰好他的脑袋枕在自己肩头，脸贴着脸，把手轻轻在他胸前拓了一回，友红竟沉沉睡去了。这贾老实未免隔着衣服东掏西摸。跟来的丫头婆儿瞧得不像样，只得说道："小姐睡熟了，千岁爷请安置去罢。"小钰没奈何，走下炕。就在旁边飞仙椅上躺着，也就睡着了。众丫头婆子通在炕前地下打坐，直到五更时候，友红醒来，叫丫头扶了坐上便桶，问："昨晚是那个替我脱衣裙的？"不提防小钰在椅上答应道："是我来伺候姐姐的。"友红听了，臊得面上通红，连忙起来走出幔外。洗了脸，婆子替他梳头，还觉是晕晕的。喝了一碗人参汤，又吃了一碗燕窝稀饭，才觉清爽些。此时天色已明，叫婆子出外问问，这轿班就在府里过夜，不曾回去。

友红便要回家，小钰正在款留。只见云蓝丫头送了一个毡包来，说："里边是一副绣花貂皮裙袄，还有一双红绣鞋，不知大小如何？舜姑娘叫送给何小姐穿的，停一会姑娘自己过来，要请小姐去吃早饭呢。"友红才觉得身上穿的是一裹圆，自己的衣裙已是吐脏的了，连忙说："难为你家小姐费心，借穿穿，改日送还。点心已吃饱了，不领早饭，就要过来告辞。不劳小姐的驾了。"立即换了衣裙，这鞋子是新的，穿去略觉紧些，也还使得。便向小钰道了谢，一径走出门来。小钰苦留不住，只得备了椅轿，请他坐上，先到征瑞轩芝室的大门口，问知通未起来，就辞谢了不进去惊动。又到潇湘馆门首，说了一声，也不进内。倒到内宅二门前告辞，看门的婆子说："上房门还不曾开哩。"友红说："你少停替我道谢罢！"便回花园门口来上轿，依旧由东边长巷出去。

小钰送他上了轿，回到怡红院。想着昨晚偎红傍翠，十分有趣。但是他有些害臊，不能再留着盘桓一两天，往后恐怕未必肯来，真是可惜。正在心里暗想，只见一个大丫头额角上血淋淋的，来哭诉道："昨晚轮该我家淡姑娘伴宿，因为何小姐来了，误了一夜，着实动恼，把我来出气，打得这个样的。"小钰笑笑，不做声，也就过去了。时光易过，忽忽已是冬尽春回，这府里度岁的热闹繁华不必细叙。

且说次年甲寅元旦，贾政率领两孙进朝朝贺，就在清宁殿上同百官领宴。宴罢归家祭祖，家里各各贺年已毕，皇后特传懿旨，单召小钰、碧箫、蔼如三人进宫赐宴。小钰乘便上了一本，说自己才年一十三岁，位兼将相，深恐不学无术，有负圣恩。恳请赐假在家，读十年书，再来供职。皇上起先不准，再四恳求，才降旨准给假三年，俟十六岁完姻之后，即入朝办事。所有大学士缺，着伊祖贾政署理，仍兼吏部尚书。贾兰着特授户部侍郎兼内阁学士。

第二日，祖孙同去谢了恩。

从此贾政、贾兰日日进衙办事，小钰反得逍遥在家。到了正月十三，宫里赏了许多龙凤狮象灯儿，府里太监们又扮了几十起的马灯故事。元宵那日，王夫人叫备酒在池心阁上。这阁子四面临水，水边是岸，岸上断处有桥，可以周围走得通的。便把四面窗子开了，面面临窗都摆了席。等荣禧堂家宴散了，就领着媳妇们来到园里，又差人去燕、赵公府，叫碧、蔼二人家宴完了就来瞧灯。少停，

通齐集了。王夫人坐在向南中间席上，小钰挨着肩在旁席坐下。李纨在东窗中间，宝钗在西，岫烟、香菱在北，其余都四面靠窗坐看吃喝。见河岸上一起一起的花灯，圈着迎过，面面通瞧得见的。

淡如有了几分酒，高起兴来，出了席，走到小钰椅后，把两手搭在他的肩头，脸儿贴着脸问说："二爷，这起马灯是什么故事？"宝钗回转头来吐痰，瞧见了。骂声："小贱人，什么相儿！"王夫人和众人都瞧见了。王夫人变了脸，说："淡丫头，你也是大家的女孩儿，怎么全不爱脸。香菱你也不教训教训？"香菱挂着眼泪道："太太，也要他在我跟前才好教训呢。"王夫人道："同住了一个院子，怎么不在跟前？"香菱瞧着小钰不作声。王夫人知道有些蹊跷，便不再问。站起身，恼着脸，叫伺候椅轿，要回去了。众人都下了楼，小钰呆呆的站在轿旁不敢作声。太太、奶奶们都回去了，碧箫道："高高兴兴的赏花灯，何苦闹这些臭段儿！"蔼如说："薛家祖宗有幸，才出这样的好人物。我们头顶一字，也增些光彩。"彤霞道："久假不归，忘其所以，不必说了，散罢。底下再听新闻罢。"各人散了。

小钰、淡如、小翠同回到怡红院，这晚轮该是琼蕤。淡如道："今儿元宵佳节，人月双圆，我定要在二爷房里的，琼丫头让我一夜罢。"琼蕤不敢争执，就让了他。

且说王夫人叫岫烟同到上房，问他园中光景。岫烟说："蒙太太委我夫妇管理家事，天天不很得闲，园里久不去了。彤霞朔望出来请安，一五一十备细告知。只因碍着小钰的脸，不便说。"王夫人道："你细细说来我听。"岫烟道："怡红院共有三个轮班值宿，竟同过明的夫妻一般。人人得知，只瞒着上房太太、奶奶们。"宝钗忙问："那三个？"岫烟道："淡如、小翠还有那逃难来的叶琼蕤。"王夫人把李纨、宝钗、婉淑通抱怨了一番，又说："且别做声，我有道理。"到了次日，天明的时候，叫了两媳并孙媳同到怡红院。吩咐不许通报，派李纨去找琼蕤、婉淑去找小翠，自己同宝钗去找淡如。宫女们回说："淡姑娘在二爷房里。"王夫人就到他卧房跟前，房门还不曾开。王夫人悄悄吩咐春红轻轻打一下门，说道："朝里有个紧要旨意，大爷抄来给二爷瞧的，快开了门。"小钰就叫："快开门接来我瞧。"淡如便嚷道："是那个不懂事的贱人，便是旨意迟一会子也很使得，要你这样的大惊小怪，敲门打户，惊我的睡？"宫女开门一看，吃了一惊，便大声叫道："二爷，快起来！太太奶奶来了。"小钰听了也着了慌，就叫："拿我衣服来。"才坐起身，披上小袄，只见太太、奶奶已是走到炕边。

淡如把被罩了头，不敢起来。小钰穿上裤，跳下炕来，口里只说："太太、奶奶外间坐，这里面腌臜得很。"宝钗把被使劲儿一扯，扯来撩在地下。只见淡如赤条条一个白身子，连兜肚裹脚通除下的。宝钗骂了声："没脸面的贱货！"王夫人怕冻了小钰，便招招宝钗道："且到外间坐坐，等他们穿好了衣服再问罢。"

小钰赶紧着了衣，走出幔外来。王夫人道："小畜生，你真是个出将入相的大员。有脸面得很，我却臊得要死呢。"宝钗道："我白白遗腹守寡，守出这样逆种来，我也不愿做人了。丫头快拿把剪子来，剪掉了发，到芬陀庵去修行罢。"小钰听了，只得跪在地下碰头，口里说："求太太、奶奶开恩，恕我初次。若是再犯，听凭太太、奶奶处死我罢。"王夫人到底心疼他，便转口说："这畜生原是个糊涂东西，可恨那些妖贱引坏他的。"宝钗便说："淡贱人还不出来？躲在里面躲了吗？丫头去拿他来见我。"遥青、长青两个丫头答应一声，就去扯了到外间。他却拱着脸，远远靠在板壁上。王夫人叫把他耳朵提过来，春红、晚红就走过去，一人一只耳朵扯到跟前，说声："跪着！"他那里肯跪？宝钗瞧了越发生气，叫踢他的狗腿。要知道太太、奶奶跟前的人是不怕事的，真个提起小脚儿在他膝弯里使劲一蹬，站不住，才跪下了。宝钗叫打嘴巴，两个丫头就捏着拳，左右乱敲。淡如嗥天震地的哭将起来。王夫人说："贱人还倔强撒泼？剥去衣服，绑了抽皮鞭！"小钰连忙推推他道："别哭，别哭。快些碰头求饶。"淡如才住了声，仍不肯磕头。

外边李纨、婉淑已带了一双宝货来了。两人瞧见淡如的光景，吓得魂也飞掉，跪着乱碰头。王夫人说："小翠在怡红院住，原是说明的，后来早早就该搬开。我老昏了记不得，也难为两位贤媳，通是死人似的，一些不管。"李纨、宝钗忙站起身打了一跧，婉淑也就跪下。王夫人说："与你什么相干？跪什么？"婉淑道："妹子不长进，累了太太、奶奶生气。"宝钗道："没你的事，起去罢。"小翠战抖抖的哭诉道："我怕妖怪鬼来缠，没奈何住在这里，实没别的事。"王夫人又向琼蕤道："你原是小人家女孩儿，若是正路的，为什么父亲会要打死你？我原吩咐这畜生即日送回家去，谁知竟藏在这里。你将来还想要嫁人不嫁呢？"琼蕤碰头哭诉道："我怕回家去父亲依旧要处死，因此躲在这里，实不敢干什么坏事的。"

王夫人就传了香菱、施奶奶并守后园门的张婆儿来，通骂了一顿，大家碰了许多头。王夫人便叫香菱押了淡如回红豆庄去。张婆儿押琼蕤交还他父母，这些箱笼衣饰，说是我留了他多时，喜欢他，赏他的。以后再敢放他进来，腿也打折你的。又叫李纨："去找个近些的地方安顿小翠，别太远了，省得又是招妖惹怪。"又对婉淑道："你妹妹是有人家的，别招摇了，害他一世。即日写封书，专差送往南京，说妖也除了，病也好了，快着个的当人来接他回去。"李纨就拣定了扶荔厅，房屋还不很旷朗，即刻搬了过去。调排完了，怒气冲冲，各回上房去了。

小钰在园门口跪送了，回到怡红院，没精打采，怔怔的坐着。

翩翩送上点心来，小钰道："我不爱吃，收去罢。"馥馥道："去的已是去了，想他无益。我烫了一壶酒在这里，请二爷喝喝解闷何如？"小钰道："使得。"盈盈道："我早知道有乱子的，物极必反，原也闹得太离模了。"旁边一个宫女，名叫宫梅，生得十分俊俏，是扬州人。见小钰独自一个喝酒，笑道："每天何等热闹，今日这般冷落，真也难受。我来讲个笑话给二爷消酒好吗？"小钰道："很好，快讲来。"宫梅道："有个人家，养着一只狸猫，不会捕鼠，单会吃鸡，主人恼了,把他拴将起来。这猫儿苦得很,央求丫头私下解了绳,放了他。丫头回说:放你不难,只怕你偷鸡,猫儿性不改,以后还有乱儿闹呢!”小钰笑着骂道:“贱妖精,竟敢来取笑我,快捆他出去,交给管家婆儿抽他一百马鞭子。”盈盈也笑道:“罢了,二爷恕他个初次。若是再犯,听凭痛打罢。”小钰一把扯住盈盈,搂在怀里把手轻轻的打了许多嘴巴子。大家玩笑了一会,才觉有些肚饥。

吃了午饭,袅袅捧了一金盆水来,说:“二爷额角上沾了些地毯上的灰,我替二爷洗洗。”小钰道:“真个的忘了,今儿个还没有洗过脸哩!”袅袅伸出雪白的手来替他洗了一回。只觉额上有些疼,盈盈道:“碰青了。”就用手替他揉上一会。宫梅道:“我们四家来看牌罢。”小钰说:“很好。”宫梅、盈盈、翩翩和小钰坐下洗牌,馥馥道:“我也来,五家子坐醒罢。”

正在斗得高兴,只听得门外笑道:“游人去而禽鸟乐也。”小钰一瞧,却是银蓝率领了各处的丫头来,说:“各位姑娘惦记二爷,自己又不便过来,专差我们来请二爷的安。”小钰道:“你们先回去谢谢,改日我亲自去面谢。”丫头们答去了。小钰道:“撵了这三个倒还罢了,但是众姐妹将来通要避起嫌疑来,倒是累赘。”宫梅道:“别愁,官无三日紧。有了鸡总不会饿死了猫儿的。”大家笑了一会。

到晚上,小钰喝晚酒,只有幔外守夜的二等丫头宫女伺候,那幔里轮班值夜的通瞧不见。便问道:“宫梅、盈盈查他们都往那里去了?”众人回说:“都在丫头公所烧平安纸去了。”

原来怡红院第二进厅旁,厢房很宽。向来是众宫女、丫头会聚设席的所在,叫做公所。小钰走去一瞧,只见灯烛辉煌,三牲福礼,众人通在那里拜神。小钰道:“你们鬼鬼祟祟在这里做什么勾当?”众人笑道:“邪妖野鬼都遣去了,地方清净,我们敛了公分,烧太平纸酬神呢。二爷请坐一会,等散了福去罢。”

小钰道:“好胡闹!”走了回房。停一会,众人进来都是醉醺醺有些酒意的了。从此接连几天不出院门,只和宫女、丫头们玩耍。

到第五天，额上的青也消了。说道：“承众姐妹天天差人来问候，今儿要去各处谢谢。”盈盈道：“只红豆庄、扶荔厅二处别去惹事罢。”小钰道：“知道的。”就到各处去走走。

真个众人见了，都换了一副脸嘴，正言作色，冷冷淡淡，独有读画楼的红雨丫头回说：“姑娘不在家，往潇湘馆央舜姑娘画观音大士像去了。”小钰道：“假话，我才从潇湘馆来的，并没碰见。”红雨道：“想是错路了。”小钰道：“不在家也罢，我进去坐坐，谅来不做贼偷他东西的。”一面说一面到他卧房，果然不在。小钰坐在炕沿上，揭起锦褥，见罗帕儿包着一双大红绣花睡鞋。鼻边闻闻，香喷喷的，把指头量一量，约有三寸。即便藏在袖里，站起身说：“我去了，别明儿失了东西诬赖我。”春雨笑道：“那有千岁爷会做贼的？只恐怕袖儿里搜出赃来，便怎么呢？”小钰把袖抖了几抖，说：“实没拿什么，别胡说。”

一径回到怡红，递给盈盈道：“快收起来，这是偷来的宝贝。”盈盈瞧一瞧，道：“又去招惹那一个？恐怕未必肯依呢。”停了一会，果然红雨、春雨两个丫头来讨睡鞋，说：“我家姑娘生气得很，若没有原物还他，定要到上房哭诉的。”盈盈说：“二爷何苦来？前儿个头也几乎碰碎，隔不几天，又去惹事，还了他们罢。”一面说，一面进里房去取了出来，交给红雨道：“这是原赃，起了去罢。免得报失窃，打官司。”小钰道：“还便还了，明儿定要你家姑娘设席请我的。”红雨道：“容易，容易。我们去传说就是。”不知怎样请法？又有什么乱儿没有？且看下回。

第三十二回　老尼携徒弟募化　倭王率妻子来朝

且说两个丫头得了睡鞋，回去禀知彤霞。彤霞见是原物，才放了心。第二天小钰过去讨酒吃，彤霞不好回他，只得去请了妙香姐妹来，四人同喝。各人规规矩矩吃喝了一会，小钰道："喝得没兴，不喝了。喷香的一双鞋子，只换了一席哑酒，不值，不值。"站起身正要走，见一个老尼姑在门口，掀开锦幔正要进房。见了小钰连忙退身出去，宫女喝声："千岁爷在这里，怎么不来磕头？"尼姑只得进房来碰头。后面有个小沙弥儿笑嬉嬉的，也跪着碰头。小钰问："你是那里庵里来的？后面的可是你的徒弟？"老尼姑说："老尼是白衣庵的住持，这小尼是我的徒弟。"小钰见这小沙弥生得眉清目秀，十分标致，便问："你几岁了？叫什么名字？"那小尼姑回说："十一岁了，名叫冷香。"小钰笑道："又香又暖才好，冷的有什么趣？来到我府里做什么？"老尼姑道："来募化香钱的。蒙老太妃娘娘赏了二十两银子，两位太妃各赏了十两。因为薛大小姐许绣一尊大士布施，特来瞧瞧绣完没有？"小钰道："我也布施布施，跟我来。"老尼同了沙弥跟到怡红院，小钰叫盈盈取一个元宝赏他。老尼姑认不得，捧了跪在地下道："这个沉甸甸高边的，很像糊的纸锭儿一般，可也是银子吗？"盈盈道："这是五十两的元宝，怎么不是银子？"老尼姑喜欢得很，乱碰头道谢。小钰道："别谢，起去罢。这小徒弟留在园里逛两三天，送还你罢。”老尼便对冷香说：“你好好在这里玩几天，别淘气。改日我来领你回去。”沙弥到了这个琼楼玉殿的地方，有什么不愿住着玩耍？便点头答应了一声。

老尼姑去后，小钰带他到卧房后轩，向宫女们说道：“尼姑总有一阵和尚气的，快替他洗个澡。”宫女就把他的衣服脱下，坐在澡盆里周身擦抹。小钰道：“皮肉很光细白净，怎么两乳不会高起的？”宫女道：“还小呢。”洗完了又替他扑了许多香粉，换上一条绿绫片金镶的丝绵裤，上穿银红缎绣花窄袖小皮袄。月白镶袜，大红绣鞋。头上不带帽儿，中间剃去顶发，四旁留个发圈，像刘海搭儿一般。唇红齿白，生成一副笑脸儿，又是一双桃花水眼。小钰瞧了笑道：“倒也别致得很。”就叫暖酒来喝。翩翩笑道：“好了，有个消酒的果儿了。”小钰抱他在膝上，同一个杯子喝酒。谁知他的量很好，两个人竟消了一大壶酒，各有些醉了。用了晚饭，小钰就上炕去睡觉。

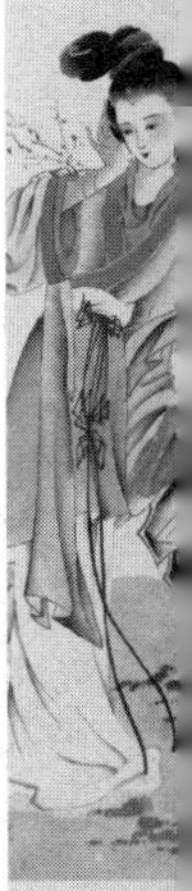

向来卧房值夜是分内外班的，次等的宫女丫头在幔外，睡在地下。幔里伴宿的只有四个宫女，是香玉、宫梅、红藕、素琴四个，丫头就是盈盈、袅袅、翩翩、馥馥，这八个人通有些沾染过来，因此上头上脸嘻嘻笑笑，不很怕惧的。这晚轮该红藕、翩翩，就问：“这个小尼姑着发在那里睡？”小钰道：“就在炕沿下，地毯上打个铺睡罢。”红藕就叫个宫女替他铺了一副被褥，叫他睡下。自己同翩翩各在两旁小炕上安歇。

小钰乘着酒意睡了一觉，醒来听听众人通睡熟了，伸手把冷香扯扯。这小女儿倒也很伶俐，轻轻起来，向小钰耳边问道：“扯我做什么？”小钰道：“你脱去衬衫裤，到我被里来。”沙弥忙就脱得精光，钻进被去。众人都在睡梦中，忽听见带哭带叫道：“哎唷，怪疼的，怪疼的。千岁爷别再往里顶了，拔了出去罢。”又叫道：“不好了，血都淌出来了，疼得受不得了。”幔里外通惊醒了，翩翩道：“何苦来？半夜三更大惊小怪。我劝二爷将就差不多些儿罢了。”红藕笑道：

“去了三个带发的，来了一个光头的。将来再去找个道姑来，才是九流三教各色齐全。怪不得姑娘们要题个‘秽墟’的匾额，实也肮脏得很。”小钰听了，也笑起来。冷香听见笑话他，只得忍着不做声。停了一会，各各又睡着了。

到了天明，众人开门出去，瞧见守二宅门的朱婆儿说道：“我候了多久了，烦姑娘进去报知二爷，倭国王带了他的老婆儿女昨晚到京的。未去上朝，先来求见千岁呢。”红藕笑道：“我不去讨他的嫌，当关莫报侵晨客，新得尼姑号冷香。”翩翩说：“怕什么？我就去报。”果然走到炕边报知小钰。小钰大声骂道：“这狗王八蛋，这时候也来见我了？待我狠狠的收拾他一番，才带去面圣。”翩翩说：“二爷，你嚷将起来，我只认是恼了我，把胆也惊破了。”小钰笑道：“骂你做什么？谁叫你这般胆小？快去传令，我要坐大殿，叫各班伺候。”原来王府规矩，坐大殿是排场得很的。犹如官府们寻常问事只在花厅里，或是二三堂。若有大事，便坐大堂伺候，人役就多了。

这天传令出去，府里中左右三营，三百员的将官传齐了；三千六百名兵，个个明盔亮甲，弓上弦，刀出鞘，旗章对对，从东西辕门口起，排到殿阶下。三条甬道上竟成了三个刀枪胡同。太监头儿也传齐了，四百名宫监摆列在两廊檐前。宫女是香玉为头，丫头是盈盈为头，也各点齐了二百个人，浓妆艳服，捧香炉的，执掌扇的，拿拂尘的，在殿里公座前后站班。其余执事人等，各小心伺候。

小钰梳洗了，用过早饭，穿上四爪龙袍，金冠玉带。先从园里坐椅轿到荣禧堂前，换坐了十六人抬的大轿。内堂传点敲梆，各殿上接着鸣钟打鼓，大开阁门。轿从中门出去，直到正殿升座。鼓亭上先奏粗乐，后奏细乐。辕门外升了三个狠烟大炮。碧、蔼二人，也带齐宫娥、太监，坐上八轿，从东西两阁门出殿，向大元帅福了两福。小钰出位回揖，让他们两边各升公座。

香玉顿开娇滴滴的香喉，说一声：“传令倭国犯王带同妻子进见。”槛外太监头儿接了一声,阶下文武巡捕官又接了一声。这些兵将齐声传令,就像呐喊一般。中军官全副披挂,带了他夫妻儿女四个,飞跑的从东角门进来。每进一门,门官跪报:“倭国犯王带领犯妇等进,”这一跑约有半里多路。到了阶下,中军官双膝跪下,报声:“犯王犯妇等当殿,”盈盈也啭着黄莺儿似的娇喉说声:“巡捕官唱名。”东边文巡捕喝道:“杨泳。”倭王这时候魂也掉了。战抖抖挣着应声:“有。”又唱:“杨花氏。”倭妃死命也挣了声:“有。”又唱:“杨臯、杨缬玖。”

倭子还勉强答应得来,倭女只嘤嘤的哼了一声。小钰把惊堂一拍,大声喝骂:“狗国贼王,无端入寇,该得什么罪?阶下把刑具伺候。”将官们齐声答应个:“是!”倭王浑身发战,上下牙齿碰得嗒嗒响,只推说:“实系差兵将巡查海盗,不料这些贼臣无知内犯。失察的罪,万不敢辞。只求千岁爷爷开天地之恩,矜全蝼蚁,生死顶戴。”小钰冷笑一声,便喝道:“贼婆抬起头来。”巡捕大声传说:“杨花氏快抬头。”倭妃没法,只得把头一抬,眼睛却不敢往上瞧。小钰一看,心里想道:“我只说海外蛮婆丑陋不堪,谁知竟是个绝色妇人,懊悔刚才不该这样糟蹋他们。”便和声悦色问道:“你可是倭国的正妃吗?”倭妃应声:“是。”又问:“这一子一女是你亲生的,还是庶出的?”倭妃道:“通是犯妇亲生的。”又问:“你多少年纪?公主今年贵庚?”答道:“犯妇今年三十二岁。儿子十五,女儿十二岁了。”小钰道:“传他们上殿来,有话细问。”太监就传叫上殿问话。倭王、倭子还勉强站得起来,母女两个竟不能起立。小钰叫两个壮健的宫女,下去搀扶了上来。这殿阶共是八八六十四级,慢慢的捱到槛前,正要跪下,小钰叫进殿里来。偏这门槛又高得很,母女二人只得各把裙子往上一提,二寸长的小红菱儿使劲跨进了殿槛,到座前跪下。小钰细细把倭女一瞧,比母亲还要加倍的俊丽。又见倭王是银盆方脸,三绺长须。倭子却也眉清目秀。倭妃虽是三十多岁,看来只像二十上下。又把倭女瞧了几眼,暗暗想道:“这又是五百年前的孽冤了，怎样留他在家里住着才好。"便即时打了一个恶谱，回头向碧、蔼二人道："姐姐们瞧这海外的人物，倒也不弱似中华，赏他们坐坐罢。"二人抿着嘴笑，答道："使得。"宫女丫头便在座前地下铺上四个锦垫，他们碰着头说道："不敢。"香玉道："千岁爷的令，你们叩头谢了，坐下就是。"四人果然坐下。

小钰逐细问他，才知倭王祖上原是隋朝宗室。江都之变，躲在民间，入了金陵的籍。到五代时，见天下纷乱，渡海逃到倭国。倭王姓李，也是唐朝宗支，招他做了驸马。后来倭王无子，禅位把了女婿，子孙相继有多代了。这花氏却就是李姓的外玄孙甥女，现在儿女两个通读过五经四书，都会做诗做文。小钰听得天花乱坠，忙说："原来金枝玉叶，又是我的同乡。明儿朝见圣上，我自会竭力周全。不但不加罪责，还要优礼相待，留宴几天，就要遣回贵国。论理原该留这世子为质，但贤夫妇只有这位嫡子，储、贰是个国本，隔海远，断使不得。本藩再三替你斟酌，不如留了公主在这里，一则代了世子，二则也好习些中国礼仪。待到及笄的时候，仍好接回本国嫁配驸马的。不知王爷和娘娘愿也不愿?"倭妃听了这话，早知前倨后恭必非无故。把小钰细瞧了一瞧，想道："这个小小年纪的俊俏书生，会把我们十万雄兵洗个净尽，自然有些仙授的神通。若不依他，又是先前这副脸嘴来了。"只得对倭王道："千岁爷的恩典，国王你怎么意见?"倭王却也是倭妃的想头，不敢不依。便道："千岁爷钧令极是，岂有不遵的?"小钰听了喜欢，就叫倭王、倭子在东厅领宴，烦薛蝌相陪。

自己退了殿，坐椅轿，领了倭妃母女两个，到上房来见太太、奶奶。倭妃、倭女十分恭敬，太太、奶奶也谦谦雅雅，客礼相待。用过茶、点心，小钰又引他到怡红院来。请齐众姐妹，各各见了礼。碧箫悄悄的把小钰扯在半边说："何苦来？雷声大，雨点小，坐了大殿装这吓唬威，起先是贼王贼婆，归根儿就称王爷、娘娘，将来竟叫个岳父、岳母罢。"蔼如也把指头在脸上做个羞他的势儿。小钰笑笑，不做声。又去请了优昙、曼殊来见了礼，略坐一坐，就回去了。余人通分宾主坐下，倭女偷眼瞧瞧小钰，又瞧瞧众人，心里暗想道："这个贾王竟是神仙中人，海外断没有这样人物的。"想："我在本国对镜自照，以为有一无两。如今看这些女人，个个是天姿国色，究交是中华大地方，比外国不同。"

小钰便托众姐妹陪他二人筵宴，自己先进宫去朝见圣上、圣后，说起倭王明日上朝，须当留他的女儿为质。皇后说："小女孩子怪可怜的，不留他也罢。"小钰说："狼子野心，难以测度。此时不过是畏威，未必实心怀德。倘然日久变生，又费斧凿。不如且留质一二年，瞧他果然诚心向化，仍交给他父亲领回去择配才是稳当办法。"皇上道："这话也极是，但没处安顿他。"小钰道："臣也想过，若是宫中留他，恐防别国闻风只说圣上爱他的女色，自然不便。别处又没个妥人照看他，惟有交给臣的伯母，就是贾兰的母亲，他本是个孀居，很疼顾小儿女的，一切自会照料。"圣上准奏。

小钰回家禀知贾政、王夫人，只说是皇上的圣裁，贾政也应了。他就忙忙回到园里，着发他母女到公馆安歇，一面叫收拾小山书屋，须要十分华丽。早早睡了，明日好带他们上朝，不必细说。

且说倭妃同女儿到了公馆，同倭王商量女儿留质的话，不应承不好，应承了又舍不得，实在为难。倭女道："拼我一个人，保全父母哥哥回国，又免一国臣民再受兵戈，自然该应许的。我在这里，瞧他们的光景临机应变。总之，拼了一死，谅不怕磨了尸，粉了骨的，两亲不必过虑。"倭王没奈何，也就定了主意。

第二日，早随了三帅进朝，皇上极其优待，霁容温谕了一番，就传旨："原使臣礼、兵二部侍郎，在柔远馆陪着倭王父子领洗尘宴。"又命三帅率他母女进宫朝见圣后。圣后更加恩礼相待，问了一会子海外的话，叫倭女到跟前，拉他的手瞧瞧，就像羊脂玉雕成的春笋一般，喜欢得很，便说："我自己只生了两位皇子，并无女儿。妃嫔们共生十五个公主，你就拜我做母亲，排行十六公主罢。"倭女听了，忙就跪下，连拜了二十四拜，倭妃也叩头谢了恩。便着三帅在集庆宫陪他们筵宴，还赏了许多珍宝绸缎。往后接连召进宫去，赐了多回的宴，通是十五位公主相陪。倭王父子也蒙皇上赐宴，几次赏赉很厚，又升原使臣做礼、兵二部尚书，护送到山东海口，料理他们下船。

小钰也请他们到府里游宴过几次，临行送到柳雪亭。倭女拉了父母的衣襟哀哀啼哭。小钰劝道："公主不必悲伤，明年等王爷来京，我自会保奏了请公主随同归国，算来不过是一年离别。"就叫宫女、太监迎他回府，自己又骑马送了一程。

才回园来，就到小山书屋委婉安慰了一番，又嫌铺设的金玉玩器不很精致，叫把头等的好东西来换上，直收拾得蓬莱仙窟一样。又怕他生疏地方，单身清冷，又请舜华来暂且伴他几日。那倭女见了舜华，十分钦敬，就认了姐妹。他带有二十名有年纪的宫女，十名俊丽的小宫女，通在小山书屋安顿。小钰又添派了些婆儿、丫头伺候。其余四十名太监，交给本府太监头儿，着发他们在府西厅旁边，另是一个地方住着。倭马五十匹，也交管马太监另拣个马房喂养。一切调排停当，足足忙了十多天。

这晚用过酒饭，正要上炕去睡，忽然想起冷香沙弥。问"那里去了？为什么瞧不见？"素琴道："可怜他下身受了伤，第二天倒在炕上啼啼哭哭，直调养到五六天后才会走路。再三央求要回庵去，我们已经差个老妈子送他回去了。"翩翩接口道："二爷惦记他，明儿差个人去接了回来就是。但恐防他受了这般苦楚，未必敢来呢。"小钰笑道："罢了，别去叫他罢。"

从此缬玖就住在园里，不知又有什么新闻事故，且听下回细说。

第三十三回　琼蕤赠一股金钗　岫烟送两丸丹药

且说王夫人和宝钗因为缬玖在园里住，怕小钰去招惹他。次日就唤小钰、舜华到上房吩咐说："倭公主是外国人，你是个天朝重臣，观瞻所属，千万别露出那轻狂的相儿。若是引惹了他，我定要告知老爷，断断不依的。"又叮嘱舜华："留心防范，随时来告我们知道。"小钰应了许多"是。"舜华道："这倭公主流利之中却端庄得很，谅来二爷也不敢去轻慢他的。既太太、奶奶嘱咐了我，自会留心觉察，随时进来禀知的。"因此小钰虽则魂里梦里恋着缬玖，却不便常常过去，反要装得大方，慢慢的日亲日近罢。

这日天气很和暖，见璧月丫头走来说道："稻香塍靠西一带，通是杏树，约有三四亩宽，现在花开得很盛。有个管园婆儿阎妈的女儿，今年十四岁了，叫做莺儿，生得妖妖娆娆。他就在旁边一所楼房，原匾写的是'杏花村舍'。他便改钉上一块'杏花村店'的匾，开起一个酒馆来。府里宫女、丫头、婆儿们通去喝酒赏花，热闹不过。文姑娘叫请二爷和各位姑娘去瞧瞧玩儿。"又说："别成队去，要三三两两，像是各路的游客才有兴呢。"小钰道："很好。我就过来。"即便差人把这话传知各处，自己带了香玉、盈盈们八个人，骑上九匹小川马儿，到那店前。

只见莺儿坐在酒垆旁边搽脂抹粉，一双俏眼，满脸笑容，身上全是苏扬打扮，一口苏州说话，很是个风流女孩子。另有十多个老婆子，提壶托碗，做走堂的。三间店面，设了四五十的座头，坐了许多人在那里豁拳行令。见了小钰，都站起身说："二爷来了？"莺儿连忙说："二爷楼上请坐，文姑娘也在上面。"小钰吩咐众人："照旧喝酒说笑，别拘了礼，就没兴了。"来到楼上，见平儿和文鸳同坐一桌。文鸳道："请坐，残菜不奉邀了。"小钰说声"请便"，也就拣个临窗的座儿坐下。只见舜华、淑贞坐着椅轿，缬玖骑着一匹倭马，在前引路，跟了许多倭宫女、丫头、婆儿们，嘻嘻哈哈一路说笑。来到月门口下马出轿，却不进店，叫丫头抬张桌子就在杏树林里，三人同桌坐下。碧箫、蔼如也带些宫女，通骑着马，到树跟前见了舜华，三人就下了马，也搬桌子对面坐下。又见妙香、彤霞手挽手，带了几个丫头慢慢的步行到来。舜华道："你们怎么竟走了来吗？"彤霞道："游春须要步行才好，一路瞧玩儿。骑马、坐轿有什么趣？"碧箫说："和你们同桌坐罢。"妙香道："还有个病鬼在后，五个人太挤了，另桌坐罢。"果然，瑞香坐了一乘暖轿，靠着扶手板。抬到树边，丫头扶他出轿，和彤、妙同坐下了。各人跟的老妈子把钱搭裢放在各个桌边。

平儿笑道："好买卖，竟是现会钞的。"话未说完，只见店廊下拴的马有匹儿马，瞧见了一区骒马，就要爬上他的背去。骒马不依，两个对尥起蹶子来。婆儿忙来吆喝住了，牵了开去。

又听见莺儿嚷道："我要叫你婶娘的，怎么搔起我的手掌心来。"众人就说："你喝醉了调戏他，咱们旁人不服，绑了送到巡捕厅去。"小钰正想要到林子里去亲近缬玖，借势儿就赶下楼来，说："我替你们和事，别送他，只罚他拿出一吊京钱来陪礼罢了。"老婆子喝得烂醉，嚷道："没有钱，由他们送去！我是没鸡巴的，那会调戏人呢？"众人就把他裙带上一搜，搜出了一百大钱。说道："也罢，也罢。就罚了这二百京钱，撩开手罢。"这婆子还是一路的咕咕哝哝，回后园门去了。

小钰也拿了一锭银子交给莺儿，莺儿伸手来接。小钰搔了一搔，还捏了一把，莺儿斜溜了一眼，笑道："有罚规的，先收下五两，晚上再到怡红院和二爷算账罢。"小钰也笑着说道："使得，晚上总算。"说罢，就走到林子里。先问："瑞妹妹，尊恙大好了？有高兴出来游玩赏花。"瑞香道："正是，我每逢冬天病便重些，交了春就渐渐的轻松了。"

正在说话，有个守二园门的老婆子走来，扯扯小钰的衣襟，丢个脸色。小钰有些会意，就同他走将开去。舜华对银蓝说："你悄悄跟他们去瞧瞧，又有什么人来？这般鬼头鬼脑！"银蓝就尾了他二人，去了一会子，回来说："可怜那琼蕤竟死了。我方才跟到后园二门边，见一个三十多岁的女人向二爷磕头，说道：'我是琼蕤的母亲。他自从回到家里，天天啼哭，茶饭都不肯吃，成了个相思病，日重一日。今早把这枝钗儿交给我，叫我送给千岁爷，说："蒙二爷的恩典，感激不尽如今早晚就要死了，一切衣服首饰通是二爷赏的，不便留记，惟有这一对金钗，是自幼儿头上带的，留一枝带落棺去，这一枝送交二爷做个日后的记念。"说完了这话，就喘起气来，眼也合了。'这时候不知怎样哩。二爷听了，把脚跌跌说：'我要过去瞧瞧他，又怕外观不雅。叶妈烦你代我致意，叫他宽心调养。'忙叫盈盈姐去取了两个大金元宝，两个大银元宝，说：'叶妈，你带去赶着请个好大夫，上紧医治。'话未说完，又是一个小孩子跑来说：'琼姐姐咽了气了。叶叔叔叫我来催婶娘快回家去。'二爷满脸淌泪说道：'你快带这金银去替他好好收殓，买块地安葬他，别草率了。'叶妈接了金银哭回去了，二爷也抹着眼泪回怡红院去。谅情未必再来赏花了。"舜华皱着眉道："何苦造这些孽，害人家的儿女！"碧箫说："还害着一个人哩！"就问彤霞道："听说今儿有大夫来号脉，不知号过没有？"彤霞道："早要进园的，闻知众人要到稻香膡来，怕路上碰见了不敢进来。这时候想必号脉过了，不知大夫怎样说的？但愿不是才好。"旁边一个老婆子插口道："有什么不是？摆着是这

个呢!”——原来园中耳目众多,一些风声无有不传遍的,独有舜华不许丫头婆子们多管闲事,因此没人敢到他跟前报新闻。这回听说了,便问:“那个害病?”蔼如道:“还有那个家里会出这样替祖宗争气的人?”彤霞道:“这倒不关着祖宗,原是个丫头鬼,你瞧我何曾当他是姐妹的?”舜华会意,恐怕缬玖懂着,有关小钰的脸,便说:“酒也喝够了,花也赏过了,回去罢。”众人都站起身,依旧骑马、坐轿各自散归,不提。

且说薛蝌这天同了大夫到园门口,守门婆儿告知众姑娘要到杏花村赏花,他就坐在门外等了多时。探听已经过去尽了,才进到红豆庄来。那大夫就是王太医的儿子,也在太医院里上名当差的,年纪虽轻,脉理很好,隔帘坐下,静静诊了一会,说道:“恭喜,这是胎气发动,并没什么病。作起呕来,只消吃些酸东西,再过十几天就会好的,不必开方。”薛蝌听说,吃了一惊,忙道:“恐怕是阻经,还烦细细再诊诊呢。”王太医笑道:“阻经受胎迥然不同,那会错的?何必再诊?”说罢,起身出园去了。香菱、淡如都在帘里听得明白,香菱抱怨道:“怎么好?闹出丑戏来了。将来肚子高大起来,还瞒得人吗?”淡如也呆了一会,便说:“奶奶,你去问那孽障,怎的主意?”

香菱只得来到怡红院,见了小钰,自觉害臊,不便直说,只是吞吞吐吐。小钰为了琼蕤心里烦闷,瞧见他这光景,很不舒服,便道:“你有什么话便说,怎么是这样藏头露尾的?”香菱没奈何,只得布着他耳朵细细告知,要寻个打胎的药方。小钰皱皱眉头道:“也罢,你且回去,待我找了方儿亲自送来。”

香菱去后,小钰真个把医书翻了多久,对盈盈、宫梅道:“奇怪,书上通载的是保胎安胎方,并没个堕胎方,却怎么处?”宫梅笑道:“人家明公正气娶了亲,受了胎自然要保足十个月生儿育女。那里都是偷偷儿的想要打堕呢?”小钰闷闷昏昏上了炕,一夜睡不安稳。

次日早早起来梳洗,只见岫烟走进房来,说声:“钰二爷造孽哎,香菱和你商量得怎样了?”小钰道:“没法儿,还求先生和薛二叔想个方法出来圆全这事。”岫烟道:“薛二爷也十分着急,向着走方医生取了两丸堕胎药来,据说立刻见效的。但这个事咱们旁人不便做主,送给你,该吃不吃凭你自己主张罢。”小钰接来瞧时,见招子上写着:“调元消化丸,用热黄酒调服,一丸立效,每丸价银四两。”小钰道:“多谢先生费心。自然消了才好,那有听他闹成场的?”

慌忙袖了跑到红豆庄,把一丸交给香菱,自己却呆呆的坐在中厅听信。停了一会,香菱出来说:“果然好灵药,不多一会就下来了。像是鱼鳔样的,也不知是男是女?”小钰连忙走进房去瞧,瞧见淡如用乌绫包着头,脸色呆白,坐在炕上,背靠着飞仙椅。叫声:“没良心的冤家,害得我好苦呢!”小钰道:“姐姐别抱怨,这也是合该有事,实不是我来招惹姐姐,姐姐自己发心的。如今幸而消了,往后各自谨慎些罢。我去了,姐姐安心静养就会好的。”说罢,飞忙走出庄来。

想起小翠不知怎样?便到扶荔厅,唤了施奶妈到外间,把淡如的事说了一遍。施妈说:“我家小姐也是两个多月不曾转身,不知是不是?”小钰道:“宁可服药于未病之先。”就把剩的一丸交给施妈拿去调服,自己也坐着等信。不多一会,施妈出来说:“哦,通了。二爷请放心。小姐说求二爷的恩典,以后别再来缠扰了。”小钰应声“知道。”就回到怡红院来。

丫头送上晚酒,小钰拿着杯,心里暗想道:“将来只可和丫头、宫女们胡闹胡闹,正经姐妹,断断动不得的。不但损阴骘,亦且白丢了子孙。”正在一面喝酒,一面思想,只了袅袅走进房来,说:“莺儿昨晚就来过的,回了他去。这会子又来了,二爷见他不见?”小钰道:“叫他进来。”莺儿到了房里,打个跧请了安,笑着说道:“昨儿个闻知二爷有心事,不敢进来惊动。今日二爷宽心了,特来请安。”小钰说:“来得正好。”便要扯他坐在膝上,莺儿道:“众位姐姐通站在这里,我那里敢坐?只站着替二爷斟酒罢。”众人说:“莺姐姐,烦你在房里斟斟酒,咱们暂且散一会就来的。”大家一哄都出去了。

莺儿装腔做势卖弄风流,把身子坐在小钰的膝头,拿起酒杯先尝了一口,说声“正好喝”,便送到小钰口边,小钰道:“你会敬皮杯不会?”莺儿说:“怎样叫敬皮杯?”小钰含了一口酒,嘴对嘴吐到他口里,莺儿喝了下去,笑道:“这很容易学。”也就含了一口,吐将过来。小钰道:“你的嘴很香,有趣有趣。”就把他的衣襟解开,一阵香气扑鼻。摸弄了一会粉乳,又揭起裙子解开裤裆,也是喷香的,便叫道:“好香好香。”正伸手要去摸他那话儿,莺儿扯住了手道:“二爷还要喝酒吃菜,别摸这脏东西,又得净手。一会子到炕上去细细的摆弄罢。”小钰道:“我房里的丫头通是双名的,你就叫了香香罢。”莺儿道:“我家父亲现开着香铺,将来送些进来,总比买办买的高些。其实香料是一个样的,只在配得好。我家有个秘本,照方制造,比众不同,从不肯传授外人的。”二人说说笑笑,喝得醉醺醺,宫女们送上饭来,莺儿就站在旁边陪着。

吃了晚饭,小钰先睡下了,叫莺儿也上炕来。莺儿害臊,不肯上去。盈盈把他的脚瞧了一瞧,拿双睡鞋给他换上,说道:“你脱下裙子,放下炕幔上去,没人瞧见的。别这么做作罢!”莺儿只得脱了裙,在桶上坐坐,真个钻进幔去。宫梅笑道:“倒是个老在行呢!”众人也都睡下。只听得喘吁吁,口里哼哼唧唧,哭一会,笑一会。累得里外房的丫头、宫女个个心头大热,翻来覆去,再也睡不着。又听见小钰问道:“你有了婆家没有?”莺儿道:“前年定的亲,还未过门。男人也是开铺子的。”小钰道:“我先偏了他,他知道了恐怕要恼呢!”莺儿道:“千岁爷替他开生门,很有光彩。知道了只有喜欢,那里敢恼?”小钰道:“我怕的受了胎,又是个累赘!”莺儿道:“不妨,我还不曾转身的,那会受胎呢?”小钰喜欢道:“既这么,我就好放心玩儿了。”说了一会,又闹起来。直闹到四更尽,才得安静。

第二天各人通睡到正晌午才起身。小钰赏了他四个大元宝,叫道:“你且回去,过几时再来唤你。”莺儿磕头谢了,笑嘻嘻欢天喜地的回家去了。

香玉装着鬼脸儿,问道:“二爷昨晚有兴没兴?总共干了几次?”小钰笑道:“咱们干咱们的事,为什么要你们不睡觉?今儿我倒要验验你们各人的褥子,谅来通是起云头花朵的了。”宫梅就去提了小钰炕上的锦褥下来,道:“请验,请验。”盈盈道:“该死,弄了这许多血在上面,怎不用个帕儿衬衬的?”素琴道:“猴急得很了,还管什么肮脏?”

正在取笑,外面丫头报说:“舜姑娘同淑姑娘、倭公主来了!”小钰一听,喜得跳将起来,飞跑的迎出外去。不知来做什么?且看下回。

第三十四回　香雪秘传妙术　传灯别倡宗风

小钰迎着舜华三人到中堂坐下，问道："今儿那里来的好风，吹了三位天仙来？梦也想不到的，赏脸得很。"舜华道："无事不登三宝殿，我们来请你做个大檀越，二爷得破些小财呢。"小钰道："无不遵命，但求赐教！"舜华道："那明心师专讲的是诵经拜忏，律戒精严。这传灯师却另是一乘的法门，专讲坐功，入了定，能知各人的前因后果。他说我和二爷，是从木石精灵中来的，却也奇怪，我常常梦在万山之中，时而打坐，时而竟变成一枝花草的模样。这个地方梦到了多次，想起来，宛然在目。还听见旁边有人说，这是青什么峰下。"小钰接口道："可是青埂峰？"舜华说："不错，你怎也知道？"小钰道："我常也梦这个地方，你别说破，我们各人画一画瞧瞧。"二人就各自画了一纸。淑贞、缬久接来一看，只见高山底下一道长涧，四面苍松古柏，怪石崎，真是个灵仙境界。两纸比来，毫忽无二，大家都称怪事。小钰道："我有时似乎还变成了一块大石头，旁边常见舜妹妹也在那里，谅来是前身的来历了。如今妹妹你要我怎样做檀越？"舜华道："我见芬陀庵西边有一所房屋，门前匾上写的是'竹深留客处'，共是三开间的两进正屋，还有十七八间零房，尽好改做个庵堂，分了传灯师傅出来做个住持。我潇湘馆现有个丫头，名叫阿素，自小儿吃素的。还有个姓毕的婆子，早年寡居，无儿无女。他两个都愿去做他的徒弟。”小钰高起兴来,即刻同他们过去,邀齐了明心、传灯、平儿通来瞧了一会,小钰道:“前后院子里都是竹子,正合着芬陀的名色。”

山门口就钉个匾,叫了芬陀西庵。前殿供了如来、文、普三尊,后殿单供着观音大士,客座禅堂井灶通够安置。拣个好日子就唤各色匠人动起工来,不过半个月,就妥当了。传灯说:“四月初八是释迦佛的圣诞,就是那一天搬来罢。但是这两个徒弟,还得入定去查查他们来历,才好收他。别像了馒头庵的思凡,闹出古怪段儿来。”小钰说:“我却忘了,这些浪蹄子还没收拾他哩!”

过了几天,一面召匠兴工,一面差个旗牌官到馒头庵里,把当家住持和思凡通锁拿了来。小钰就在后园马号里的马王庙里审问他们。管号的太监通避了出去,叫些老妈子来站班伺候。起先当家老尼姑不肯承认,争说是三爷和薛大爷喝醉了酒闹的事故,与尼僧们绝不相干。小钰喝道:“贱人,还敢胡赖?当年刑部有意开脱,好从轻发落,真情是这样的吗?”就叫打了他一百个嘴巴,把脸都敲肿了才实认了。又去巡捕厅取了三号板子来,隔着裤打了四十,带上小枷。再唤思凡到跟前问他。他怕打嘴巴,从实招了。小钰叫打二十板,老妈子隔裤子打将下去,竟像敲梆的一般,剥剥的响,小钰喝叫剥去裤子,只见屁股上两腿上都用细绳子捆了许多粗茅纸。小钰笑道:“倒是个老法家,预备着打的。”老妈们把茅纸撕去,献出雪白一张精臀来,小钰叫:“轻轻打十板罢!”老妈子答应了,才一板下去,白肉就变成桃花色了。小钰有些疼他,便道:“他皮肉很嫩,用手打罢!”宫梅是最会顽皮的,赶过去扯他向着外跪下,又把他的屁股撅将起来。恰好这两条槽儿正对着小钰,又叫两个小丫头在两旁,一只手托住他的肚皮,一只手在他臀上哔哔叭叭像打嘴巴似的敲了十几下。小钰哈哈大笑道:“够了,饶你枷号,发给官媒婆带去配人。把老尼姑发给本坊保正,押他在庵门口枷示半个月,满后勒令还俗。另找个诚实些的尼姑做住持。”不必絮说。

过了几十天，这日莺儿来说："如今桃花盛开，咱家的妈又在红药坪留香居的中间临溪岸上开个酒馆，要求二爷赏副匾对。"小钰应声："容易，你站着等了去。"匾上写个"天台居"，对联是："酒旗和杨柳争妍，人面映桃花一色。"莺儿谢道："费二爷的心。明儿就请过去赏花喝酒。"

到第二日，宫女报道："上房太太、奶奶们，通出来到天台居喝酒，众姑娘也都去了，热闹得很。"小钰忙骑了马过去陪着赏花。王夫人见众人都在，独有淡如、小翠不来，知是害臊，就打发老婆子去唤了来，说："前儿个我生了气，不许你们出院门，原是正理。但这样的好春光，暂时游玩也不妨事，只要有个分寸就好了。"两人都应声："是。"其实小翠是真不出来，淡如却早已出来各处逛玩的，何尝害臊？今日因为闻得太太、奶奶要来，才躲在家里。如今听了这话，又是打明的了，从此照前入群玩耍，毫无顾忌。且不必说。

单说桃花谢后春色渐老，小钰正没什么消遣，忽然一日早晨，外边传话进园，说："北靖王府里差人送了一班跑解马的女孩子，来请二爷示下，要传他进来不要？"小钰叫"即刻传来见我。"不多一会，果然那管班的领了一群女人进来，磕了头，请了安，站在半边。小钰瞧那班头，年纪约二十七八岁，搽脂抹粉，打扮得妖狐狸似的。笑嘻嘻装出许多轻狂相儿来。

小钰问："你叫什么名字？多少年纪？这班女孩可是你的徒弟么？"他回道："我名唤香雪，今年十九岁了。这二十四个孩子，通是我重价买来教会的，又加马价衣穿，通共也花了万儿千银才集成这个班子。"小钰道："你那里就有这若干的本钱？"香雪轻轻回道："我会传授房术，那些王爷、大人、公子、王孙们学会了，成千累百的赏赐。因此赚起些小小家当。"小钰忙问："房术怎样的？可以易学会么？"他说："房术全在运气，气旺的容易学，气弱的便学不会了。到得会运了气，那宝贝话儿会比往常长大坚热，一夜好开发十多个女人，要久就久，要快就快。渐渐运熟了，还能敛气归元，并不泄漏，自会软了。再到十分熟练,并能吸女子的精,变做男人自己的髓,名叫采阴补阳。当年有人轩辕黄帝,专讲采补,御过了三千六百女子,便鼎湖仙去。还有个东方朔,也习这个工夫,死后尸解成仙。”小钰听了,就像搔着心窝里的痒,便道:“这些典故我在书上瞧见的,但是怎样运气法儿?你可细细讲来。果然学得会,自有重赏。”香雪笑道:“空口说来,那里能领悟,总要现身说法,当场指点才中用呢。”小钰忙站起身,拉了他的手道:“你跟我进房去当场指点一番,且看会不会?”香雪故意装腔道:“千岁爷别忙,到晚上缓缓的传授罢。”小钰道:“那里等得,就去,就去。”

正拉了要走,只见春红走来,说:“太太和奶奶们通在观德厅坐着,叫二爷带了这班跑解的去试跑跑瞧。”小钰没法,只得应道:“就来,就来。”就叫盈盈、香玉陪着香雪吃些好酒饭,安顿他睡了个午觉,养养精神,晚上好传法。自己却同了这二十四个女孩,到观德厅,向太太、奶奶们磕过了头,就作对儿骑着马,在东西两旁连跑将下去。到了墙跟前,勒转马同跑进旗门,加着鞭在中间马道上双双跑了一箭的地,忽然纵身一跳,两人把马换着骑了;又跑几步,仍旧一跳,各骑原马到厅跟前,同往西边收缰勒住马。随即又是一对人马两旁放将下去,转进旗门,各人用手扳在鞍上,两双小脚儿向天伸直。到了厅前,翻个筋斗,依旧骑正了,也往西边收了。又是一对下去,才进旗门,便站起身来,各把一只小脚蹬在鞍上,双手乱舞。碧箫道:“这个比倒竖的更烦难些!”蔼如道:“倒竖是两手用得力来,这一只脚怎的踹得住?”话未说完,只见他把脚一歪,依先坐在鞍上,照样收马。又一对儿放下去了。小钰性急,要回去传术,便说:“太太,瞧瞧此时三月中旬,天气很热,人马通淌着汗,怕有失误。叫他明儿早凉里跑罢!”王夫人说:“很是,吩咐住了罢。”正要传话,有两个已经跑上马道,跳起身离了鞍,往空里翻个跟斗,刚刚落到马屁股上,又是一个跟斗,仍旧坐正收缰。王夫人忙叫:“小孩子很辛苦了,别再跑!明儿清早晨玩儿罢。”女孩子们便歇住了,齐

齐站在厅前阶下。王夫人带着奶奶们回上房去了。

小钰对众姐妹说："姐姐、妹妹们也该去歇息歇息。"自己却忙忙回到怡红院，唤香雪来陪着吃了些酒饭，天还未黑，就同进房去。香雪叫他徒弟来，挑了六个在炕前地下坐着。众宫女、丫头们通在外房静听。只听得小钰和香雪含含糊糊的说一回，哧哧的笑一回，不知怎样的传法。传了一会，又听见小钰笑道："有些意思，果然比往常不同呢。"香雪也笑道："到底千岁爷聪明，一学便会。"袅袅见天色已黑，便走到幔边轻轻问声："二爷要点灯不要？"香雪说："黑地里好，姑娘们只在外间点灯，这里房别点罢！"众人就把落地腰窗扯上，放下幔子，各在外间点灯开铺。翻来覆去，何曾睡得着！到了一更将尽，香雪说："我实在搁不住了，要略略安息安息。喜儿，你上炕来。"就有个女孩子答应了一声，上去不多时，便叫："寿姐姐，你快来代代我！"又有个女孩子上了炕去。三更过后，六个女孩都轮遍了，小钰还不肯歇，又叫了香雪醒来，说道："还是你老师父中用，再来玩玩！他们通不济事。"两个又颠狂了多久，香雪道："四更鼓了，千岁爷也好息息，明儿再玩罢！"小钰说："也罢，你传了我这敛气归元的法儿，就好歇手了。"停了一会，小钰笑道："果然好妙法，灵验得很！我们睡觉罢。"从此才得安静。

众人刚睡得一觉，门外有人叫道："各位姐姐，快请二爷起来，太太、奶奶差不多要出来了。"小钰只得起身梳洗，用了些点心，对喜儿、寿儿们说："你六个人晚间辛苦了，别出去罢。"自己只带了这十八个女孩到观德厅来。见了王夫人说："昨儿跑马的女孩受了热，发痧子，今早头疼脑痛，不能出来。只这几个还健的，叫他们跑玩儿罢。"王夫人说："小人儿怪可怜的，别再跑马，只走走索罢。"

小钰吩咐下去，便有几个同来的老婆子，把一条粗麻绳东西对牵了，离地有一人高。两个女孩各拿条竹竿，一个竿上挑着一对彩灯，一个竿上挑着一对花篮儿，口里唱曲，小脚儿一步一步对面走来，碰着了，各把身子一歪，跨过去了。到绳尽处又倒退回来，依旧把身一侧，又跨过去了。王夫人道："难为他们走的，住了罢。"撤去绳索，就放上四张方桌，又撞上二张桌子，铺下一条绵褥，两头安两个枕头。一对女孩子爬上去，东西两头睡下，把两个屁股紧紧捱着，四只小脚儿高高撑起。几个老婆子抬了一口大缸，放在他们脚上。这四只脚慢慢蹬动起来，缸就像磨盘一般，团团旋转，越转越快，竟似个风车轮儿。旋了一会，又渐渐的缓了。婆子们上去接了缸，女孩子各自一个跟斗凌空翻下地来，隔桌对面站着。众人通赞说："亏他们的！"撤去桌子，只摆一张半桌，两边插上一口明晃晃的钢刀。一个女孩子只穿一件短衫，拴紧了腰带，走到刀跟前腾身一跳，对直穿将过去，肚子离刀尖不过半寸。王夫人忙叫："别再玩了，怕人得很。万一略低了些，可不把肚子都破开呢，快收拾了！"就叫管家婆赏了一个大元宝。"打发他们回去罢。"

小钰送了太太、奶奶们动身，依先带了他们回怡红院来，接连闹了三夜，把这二十四个女孩儿通玩遍了。恐怕上房知道，不敢久留。赏了香雪二千银子，女孩们各赏一个大元宝，叫他们："暂且回去，改日再来传你们罢。"香雪领着众女孩磕头道谢，喜喜欢欢回去，不提。

时光易过，已是四月初八，芬陀西庵收拾得簇崭新了。舜华一早起来，邀齐众人同到庵里。那边明心就送了传灯过来，先请太太拈香拜佛，才是奶奶们、姑娘们一一拜过，连优昙三姐妹也来拜了，便叫两个徒弟改了道姑装，拜过佛，求太太起个法名。王夫人说："这毕妈没有丈夫儿女，悟透凡尘，就叫个了凡罢。阿素出胎就吃妈素，是生性好佛的，叫了性空罢。"二人磕头谢谢。传灯就让到客堂里用了素饭，闲话一会，下午才散。

小钰回到怡红院，只见香玉、盈盈领着内房值宿的宫女、丫头齐齐跪下，说："我们在里房伺候共是八个人，先前两人一夜，四日才轮一班。自从这香雪妖精传了什么房术，晚上闹个不了。如今改做四人一夜，隔一日就轮到班了，那里禁当得起？一个个头昏脚软，再这么下去，恐怕通要害成弱症。求二爷再添八名，也好叫我们多息几天。”小钰道：“我也知道你们有些搁不住，但现在挑不出好些的人来，怎么样呢？”正在商量，只见宅门上的婆子来回说：“两淮盐院晏大人差人来下禀帖。”小钰接来拆看，正好凑巧。不知怎的凑巧？且待下回再说。

第三十五回　留香居重来住客 中元节追荐情人

原来这晏盐院名德亨，专会逢迎钻刺，同寅通厌薄他，故意把“亨”字念做仄声，叫他厌得很。这日小钰看了禀帖，无非是感恩颂德掇臂捧屁的话，另来个单帖儿上写：“谨具活东西二十口，伏祈笑纳。”小钰笑道：“这老晏这回子却不很讨厌了。”就向丫头、宫女说：“你们别愁，有分劳的来了。”盈盈问：“什么叫活东西？”小钰笑笑说：“会稽山的老虎，和你们一个样儿，肚子底下生嘴，会咬人的。”忙叫老婆子带他们进来，不多一会，果然花花绿绿，来了二十个俏丽女孩儿，整齐跪下磕头。小钰看了很喜欢，便把禀帖发出去，交给书启相公：“写封回书，要谦恭些，谢谢他。”又叫赏来人酒饭，还赏他两个大元宝，回去很很道谢。一面挑了十六个女孩，分作宫女、丫头两班派在内房值宿，余剩四名，派在外房该班。原先的宫女通是圣上、圣后在宫里赏出来的。后来奉旨，宫女、太监如有缺额，许自己充补。因此就分了八个补做宫女，取名倩桃、金茎、芳荑、春苕、琼枝、绛萼、紫英、黛眉，又分八个补做丫头，取名娟娟、灼灼、跹跹、英英、怜怜、爱爱、玉玉、燕燕，连旧的八个，共足二十四个人，分做六班，每夜四人值宿。

先从新来的派起。这夜就派了倩桃、金茎、娟娟、灼灼四个，却通是没有破过身的小女孩儿，一个个弄得啼啼哭哭，第二天起来，走路都不很方便。倩桃向盈盈说："我瞧见人家十三四岁的女孩子也有嫁丈夫的，并不十分苦楚，怎么二爷就这样利害得很？不知姐姐们怎样受得住？"盈盈道："向来原是斯斯文文的，自从来了个跑解的狗淫妇，传了些什么房七房八，就起了调儿了。"宫梅道："当时却也爽快，就是第二天头昏腿软，难受得很。"红藕道："你既说爽快，竟一人独占了罢。"馥馥道："我还耽着愁哩。你们不听见，这浪蹄子还讲要传什么采补的法儿，谅来更要凶些了。"香玉摇摇手道："不怕，不怕。我早早假传圣旨，只说是太太吩咐，不许再放这跑解的进府。倘或前后门有人私下放进了园，一定发巡捕官重打二百皮鞭，登时撵出府去。"并说："若是二爷唤他，只回说他又往别省做生意去了，没处传唤的。"素琴说："姐姐真是个女陈平，救全了多少人儿！"灼灼说："就这么，也尽够玩儿了。"

众人正在私下议论，只见蔚蓝走来，说："我家姑娘请二爷去，何小姐在那里等着说要紧的话。"香玉就忙去告知。小钰听见"何小姐"三字，便两脚飞跑赶到潇湘馆来，瞧见何友红满脸眼泪，双膝跪下道："求千岁爷伯伯开个大大的恩。"小钰一把拖他起来，说："姐姐有话只管请讲，别这么过谦！"他就哭诉道："广东马提台出洋巡缉。"小钰问："那个马提台？"友红不好答应，舜华代答道："就是何姐姐的公公，名龙的。"小钰才会意，"他巡海便怎样？"友红说："遇着盗船，打了败仗，伤了许多兵弁，失了好些军器，逃回城里，不敢入奏。两广总督知道了，要参他，他着了慌，央我家父亲劝解。我父亲和施总督是旧同寅，就许送他四万银子，不必参奏，私下安顿了。谁知那李总镇，就是年伯的先锋名赫的，竟据实具奏，说马某失机，何某过付，施某受贿，把军情讳匿，纵盗殃民。圣上十分着恼，传旨把提督、总督并我父亲通抄家拿问。父亲说：'这个大难，除了平海王，再没第二个人可以解救。'就打发我来恳求年伯。还亏了上车得早，才出街口，就见许多官员兵役进胡同去，把栅门也守住了。不知这时候家里闹得怎么样？求年伯大人哀怜。我是个落难的人，开开天地之恩，救一救。只能免得马、何两人的性命，问个活罪，我是终身感激，就到来世，也还是衔感的。”说罢，哀哀痛哭，又跪下乱碰头，把个粉嫩的额角，都碰肿了。小钰双手捧他起来，说：“这个乱子却闯得不校也罢，你和舜妹妹在这里坐着听信，我即刻进朝去乞圣上的恩，谅来也还肯准的。姐姐别太急坏了身子。”说罢，慌忙的去了。

舜华劝了友红一回，就叫丫头摆上酒饭，他那里吃得下，眼中不住的淌泪。停了多久，小钰笑嬉嬉进房来，说：“停当了，六百里的廷寄也去追回了，家财也免抄了，令尊的锁也开了，候另降谕旨。大约不过降调处分，没什么大事。但是姐姐怎样的谢我呢？”友红跪着磕头道：“生死衔结，合家顶祝，也说不出怎么谢法了。”小钰拉了他的手，笑着道：“请起，请起。我也不索重谢，只求在荒园里多住几时，领领清诲。再求免叫年伯，或是照众人称个二爷，若肯叫声二弟弟，更好。”友红道：“无不遵命，我今儿个定要回去请父母的安，明儿早半天就来领二爷的教训，情愿拜在膝下做个干女儿罢。”小钰道：“言重，言重！姐姐别过谦，暂且回府瞧瞧，明日恭候。”友红也不到上房，一径回家。当晚他父亲伪照，就来叩谢一番。

到了第二天，果然友红带了铺盖箱笼来到园里，才往各处请安问好。太太、奶奶也要留他多住住。小钰问：“姐姐，你爱在那个地方住？”友红道：“我素性爱香，就住在留香居罢。”小钰说：“好极，这是个美谶，将来或者可以永远留住姐姐也论不得。”从此友红就在留香居住下。他却必恭必敬，酒也不肯多喝，话也不肯多讲，和舜华、淑贞、缬玖三人十分亲密。

小钰虽则心里爱慕，外面却还端端正正。舜华又私下对小钰说：“古人说：我之有德于人，也可不忘也。你别自恃有恩，轻慢了他，就是以德为怨，不是正人君子所为。”小钰点头道：“妹妹的话极是，自当谨记。”因此平平静静过了多时。

已是五月初四日，莺儿叫他妈挑了一担香来送给小钰，小钰赏了一个大元宝，叫他的妈先回去，留着莺儿在后房伺候洗澡。莺儿是经历过三四次的，只认是先前一个样，并不怕惧，竟脱了衣裤，二人同一个浴盆洗起澡来。停了好多会子，莺儿开门出到外房，一个头晕，几乎跌倒，连忙躺在飞仙椅上，脸色都各样了。娟娟问他："怎么是这个相儿?"莺儿道："这番二爷闹得忒利害，我淌多了！头里发昏，两腿酸痛，路也走不动呢。"盈盈笑道："你还认是吴下阿蒙吗?"就在荷包里拿了一枝大人参，给他慢慢的嚼了下去，才觉硬朗些，起身挨到院子门口，坐上椅轿回家去了。

到第二天，是端阳佳节。小钰先到朝里，后到上房贺了节。

喝了午酒，回到园里。差宫女、丫头们把莺儿送来的上品好香各处分送，自己却拣了些上好的宫香，和那宫里赐的各色雅扇，亲送到舜华、缬玖，淑贞、友红四处，友红留他喝酒。过下午，又去请了舜华、淑贞、缬玖来同坐一桌喝雄黄酒。小钰说："我们行个令罢，须要念句古诗合着个曲牌名。"友红说："很好。就是二爷念起。"小钰道："疑是蟾宫谪降仙，好姐姐。"顺挨该是缬玖，缬玖就念道："金炉香炉漏声残，五更转。"淑贞道："多少工夫织得成，十样锦。"舜华道："万国衣冠拜冕旒，朝天子。"友红道："红裙争看绿衣郎，风流子。"小钰点点头说道："我念个'有约不来过夜半，误佳期。'"缬玖道："牧童遥指杏花村，沽美酒。"淑贞说："梦魂摇曳橹声中，夜行船。"舜华道："皓月当空宝镜升，月儿高。"友红说："赢得青楼薄幸名，骂玉郎。"小钰道："梨花一枝春带雨，玉团儿。"舜华道："不如改个'雨中花'更切些。"

小钰道："很好。如今该舜妹妹行令了。"舜华说："要二古人名，争一物件。须要合着二人的名，或是本字，或同音的都使得。'玉良、张硕争一亩田，王说是良田，张说是石田。'"友红道："子思、子夏争一匹布，思说是丝布，夏说是夏布。"小钰道："张良、项羽争一把伞，张说是凉伞，项说是雨伞。"缬玖道："奕秋、景春争一枝花，奕说是秋花，景说是春花。"淑贞说："扬雄、漂母争一只鸡，扬说是雄鸡，漂说是母鸡。”舜华道：“许由、晁错争一个瓶，许说是油瓶，晁说是醋瓶。收了令了，请缬妹妹行个罢。”

缬玖、淑贞都说：“我们行得不很好，竟是主人行罢。”友红逊了一会，便说：“也罢，我就遵命僭了。说个古人名中间用个曲牌名，下句说个仙人，要文意贯串的。‘宋玉到了巫山十二峰，想着高唐神女。’”小钰说：“苏秦背了七星剑，去访鬼谷子。”缬玖说：“曹子建坐了夜行船，去寻洛神。”濒贞说：“张子房平了楚汉争锋，去随赤松子。”舜华道：“苏若兰织了十样锦，去送天孙。”友红说：“杨玉环邀了好姐姐，去拜牛郎。”大家说：“酒很够了，散了罢。”友红又劝着喝了三杯，才起身散席。

从此隔了一个多月，已是六月炎天，十分暑热。小钰洗了个澡，想起彤霞那里久不去了，就独自一个闯到读画楼来。细雨丫头回说：“二爷别进去，姑娘在里房洗澡呢。”小钰摇摇手，道：“莫作声。”悄悄走到房门口，推推门，是拴上的。就转到后院子里，隔着纱窗往内一瞧，只见彤霞正向着后窗在浴盆里擦腿。小钰站着瞧了个像意，轻轻说道：“姐姐好白身子，真是粉妆玉琢的一般。”彤霞听了，忙忙擦干身子，穿上衣裙，开出门来说：“小钰你真个颠狂了。怎么这样胡闹！今儿且恕你个初次，下回再这么，定要去告诉舜妹妹的。”小钰陪笑道：“姐姐饶我罢，下回不敢了。我情愿做首诗儿陪罪。”彤霞道：“也罢，你好好的做一首，倘若再是什么油腔滑调，断断不依的。”小钰道：“自然是好好的。”就拿张笺纸，写将出来。却是：

窄窄金盆滟滟场，一枝温玉濯芳塘。
华清宫里春无价，清夏湾前水自香。
肉掩凝酥销素粉，汗沾清露温红妆。
碧绡不是遮花幄，窗外窥来早断肠。

彤霞看了，说：“诗倒也还不很荒唐，只是结句不佳，须得要改过方好。”小钰道：“这是实话，改不得的。”两个就坐着闲话。

只见瑞香走将进来,道:“二爷什么时候来的?你可知道今年中元节要热闹得很呢。现在东西两庵早早的在那里糊纸锭凿纸钱,要超度一切阵亡兵将,连那十万倭兵通有分的。淑妹妹也要附荐他的祖父、爹、姐。”小钰道:“很好,我也要附荐一个人。”彤霞问:“荐那个?”小钰不做声。瑞香笑道:“该荐该荐。我已猜着的了。”取笑了一会,各自散归。

到了七月十三日,果然芬陀老庵里设起坛场来,传灯也带着徒弟过来一同诵经拜忏,普施供养。淑贞在东耳房设立牌位,追荐全家亡魂。小钰真个把琼蕤的姓名也立个牌位,供在西耳房里。摆上许多羹菜,拈了香,深深作了四个揖,眼里汪汪的淌泪。默默的祷祝一番,就在牌旁椅上坐着呆呆的出神。舜华打发丫头来说:“太太、奶奶们通出来了,请二爷揩干眼泪,快出去迎接。把西耳房的门关上了,别再惹说话。”小钰听了,想道:“到底是舜妹妹关切,诸事留心。”就出了房,把门关上,来见王夫人。王夫人却不留心,宝钗问道:“你为什么两眼通红,可是害眼吗?”小钰道:“不害眼,刚才惹着了飞丝,擦了一会,不妨事的。”宝钗也不疑心,就掩饰过去了。到午后,太太、奶奶们都回了上房去,小钰又到琼蕤牌位旁边椅上坐下,众姐妹都怕苦坏了他,一齐来劝他出去,小钰背着脸,把汗巾抹泪,口里说:“我并没有什么,略静坐坐就出来瞧热闹的。”碧箫硬硬的扯了他到殿上,他还是把手帕儿不住的揩眼。淡如看见,气愤不过,就嘴里轻轻的咕哝道:“单是这个死鬼,是体皮贴肉有恩有情的,现活着的只当是陌路,把良心丧了,还不害臊?装这贼相儿!”谁知那倭公主心性聪明,在园里住了半年,什么事都已尽知。他就说句打皮科的话道:“夫子不失礼于死者,况生者乎?”众人都笑起来。淡如听了,有些害臊,才不开口,走了回去。这法事一连闹了五日,天天晚上放焰口,日里礼经忏。直到十七日才得功德圆满。

自此以后,众姐妹都知小钰是个重情义的人,各有些眷恋着他。独有友红，想起自己早早对了亲，朝考取了不得配给皇子，已是一误。如今对着这样一个极富极贵、文武全才、又且性格温存、有恩有义的二爷，竟成了咫尺蓬山，断断没有婚姻指望，岂不是再误！一时心情撩乱起来。不知有什么别事没有？且看下回。

第三十六回　钟情人幽怀沉结
无耻女使酒猖狂

且说友红想到情牵意绊的时候，竟有些拿把不定。恰好小钰拿了一幅画来，说："要求姐姐题首诗儿。"友红打开一看，却是一男一女对面坐着，都是绝俊秀的品貌。便问道："这两个不知是夫妇，是闲人？叫我怎的题法？"小钰叹口气道："这女的就是贵同年，不必说他姓名，和这男的是中表兄妹。品貌相同，文才相似，你贪我爱，暗暗有婚姻之约。谁知那女的凝香殿应考，取中了，奉旨配给皇子为妃，现在关防严密，二人竟不能再会一面。男人就画了这幅小照，央我题诗，我想天倾西北，地陷东南，人生在世，无才无貌的很多，或则有才无貌，或则有貌无才，幸而才貌兼全，又怕不逢嘉偶。如今两美既合，偏又有这些阻隔，真是前生缺陷。每提起笔来，便心如乱麻，再也题不成诗。故此要求姐姐代笔。如若闺中笔墨不肯传示外人，不妨起个稿儿，给我自己誊写。"友红听了，眼圈儿通红了，叫声："二爷，我想人世上的缺陷多着哩，岂独这两个人？那老天故意的簸弄人，偏要叫你若近若远，不即不离，其实中间生出个一定的界限，有断乎不能两合的情势。又且生在名门贵族，那花前月下的私期，是万万使不得的，只得钟乎情，止乎礼义。即如《洛神赋》，即说'愿诚素之先达'，又说'申礼防以自持'，惟有个中人才能领会得这些拳拳的深意。我每读'还君明珠双泪垂，恨不相逢未嫁时'二句，似乎决绝的负他，却是殷勤的恋他。这一段耿耿幽情，真是口里说不出来，只在两心相印呢。"一面说，一面把长指甲弹了几点眼泪。小钰忙捏了他的粉腕，叫声："姐姐，你也算得个情种，我起先竟瞧不出来。"友红道："唐棣翩反，紫荆连理，鱼称比目，鸟号鹣鹣，禽鱼草木尚且多情，何况绿衣才子，红粉佳人，岂有块然顽冥的？"小钰说："天上有兜率宫，地下有相思树，总是造化小儿狡狯颠倒，可恨得很。"友红道："颠倒由他颠倒，别有个人定胜天的法儿。"小钰问："什么法儿？"友红道："只要两人的心清若冰霜，坚如金石，任到得海枯石烂，仍然不变不移。纵使不能今世，也可订个来生。我想你和舜妹妹生成金玉，焉知不是前身的因果？"小钰便趁着说道："韦皋再世，玉环来生，虽有前缘，究竟杳渺恍惚。我倒有个无聊极思：那肌肤之爱，固然自好者不为；至于依傍香泽，相近相亲，也还无伤名教。"说罢，挨近身去，把一手搭着他的肩，一手扳住他的脸，亲了一个嘴。友红轻轻道："二爷尊重些，丫头们瞧见了不雅相。人言可畏，请回去罢。"小钰没奈何，只得站起身，说："这幅画儿，我依旧拿了回去，免得放在这里触动姐姐的情思。好姐姐，千万珍重自玉，我暂且回去了。"要知小钰这时候也有些按捺不住，怕又纠缠出别的事故来，因此就走了。从此两个人更加情投意合，你怜我爱。但没有什么苟且胡闹的事。

渐渐到八月中秋，上房设了酒席，请众姐妹和小钰同去赏月。定更后才回园去，又在怡红院喝了多时，各人散归房内。

彤霞叫丫头搬了些酒菜，到读画楼上开着窗子对月独酌，耳听那满树秋声，眼瞧着一轮皓魄，心里暗暗想道："小钰这个人，不必说是富贵双全，才貌兼美，更难得这一副温和性格，做女孩儿的能嫁得这样的丈夫，真是万全无憾。可惜我家父母不富不贵，全仗着他府里的光彩度日，算来门户已是不相当的。我虽略有才貌，无奈园里姐妹强如我的很有，自顾人材也挤不上。这段姻缘，眼见得是拱手让人的了。若要像那淡如的行为，我又不肯自轻自贱，干那无耻的勾当。况且他白白的污了名节，其实也不了不结，终成画饼。”想到情浓去处，止不住掉下眼泪来了。春雨在旁边，揣知他的心事，便说：“夜深了，姑娘请下楼睡觉罢。”彤霞点点头，下落楼来，坐在房里长吁短叹了一回，就拿过一张笺纸，提起笔来题了一首绝句：

半醉襟怀思不胜，明明圆月映孤灯。

相睽只在桥南北，横隔花枝唤不应。

写完了，读了几遍，撩在桌上，无情无绪，只得上炕去睡。可怪，那席子竟似芒刺刺的一般，竟成了个秋色恼人眠不得。听着更楼上渐渐转到五更三点，才昏昏睡去。

红雨走出院门，要去采些桂花来插瓶，刚刚碰见小钰。小钰便问：“你姑娘在房里做些什么，怎不出来瞧瞧桂花？”红雨道：“姑娘昨晚对月伤怀，做了一首诗，躺在炕上翻来翻去，直到五更才睡着了。这时候还没醒哩。”小钰听了，就轻轻走到他卧房里，见桌上果有一张诗笺，拿起来读了一遍，叹道：“款款柔情，自然流露。”就走近炕边，揭开罗幔。这时候彤霞已是醒的了，故意闭着眼，装做睡着的。小钰见鸳鸯枕上堆着漆黑的香发，雪白的娇脸，真正十分可爱。悄悄低下头去脸贴脸，把舌头吐进他樱桃小口里去，闻着阵阵脂香，连把舌头舐了几舐。彤霞才把眼一睁，问说：“那个人？来做什么？”小钰笑道：“昨晚隔着花枝听见有人唤我，因此来的。”彤霞啐了一声，小钰说：“大晌午了，姐姐起来罢！”双手捧他坐起身来，把手在他背上拍了一拍，说：“别受了凉。”忙把衣服替他披上，又拿了一条裤子，说：“我替姐姐穿上罢！”彤霞着急道：“小钰，别胡闹，讨人嫌！”小钰笑嘻嘻布着耳朵道：“夏天在浴盆里瞧得明明白白，今儿就再会一面有什么使不得？”又脸贴脸儿亲了一个嘴，说声：“我去了，省得讨姐姐的嫌。这桌上的诗笺快收好了，别叫人瞧见！”彤霞说：“我会收的，你请罢。”

他就一径回到怡红院，睡了一个午觉。醒来，叫烫了酒来，独自一个拿着杯,慢慢的喝。心里想道:“难得各位姐妹都有心向我,但是何姐姐说的钟乎情,止乎礼义,谅来不能把园中众人一网打尽,通嫁给我的。若有一些舛错,又是个‘始乱之,终弃之’。心里不安,往后倒要下个强制工夫,才得清白。但是辜负了他们的好意,又觉薄情。”这一番思想,不觉叹口气,闷闷不乐。英英在旁边斟酒,便问道:“二爷今儿个想是有什么心事吗?”娟娟道:“二爷心事我很知道,如今已经超度了,自会早早投生。再隔十几年,依旧好来伺候的,别很想他罢。”宫梅道:“胎也要投得好,才有人怜惜。别像我们,投做了宫女、丫头,三更半夜的受糟蹋,只当是分内应该的。”香玉说:“你这话很像淡姑娘的口气,全是一股醋味儿。难道听不见倭公主说的‘不失礼于死者,况生者乎?’”绛萼道:“宫姐姐赶紧死了,或者二爷也会追荐你,惦记你呢。”小钰也笑起来,扯着绛萼的手问道:“你愿死不愿?”盈盈道:“他没有金钗,死了把什么来留记呢?”众人都笑做一团。

从此又过多时,小钰对香玉、盈盈说:“明儿是重阳节,该是我做东,请太太、奶奶们来茱萸阁登高。叫厨房里备些上好酒菜。”盈盈道:“海味山珍,通吃厌了,想不出什么新鲜品味来。”香玉说:“今儿松江府知府附托八百里的折差,送了一篓子四腮鲈鱼来,倒还新样。”小钰道:“很好。”

果然第二天邀齐众人,跟了太太、奶奶到茱萸阁上喝酒行令,十分尽兴。王夫人忽然想起,问道:“小翠为什么不来?”舜华回说:“邀过的,他身子不爽健,没有来。”王夫人说:“大众在这里,何苦叫他独自一个冷清清的坐着?”就叫娇红去:“说我在这里唤他。”不一会,小翠同了娇红慢慢的来到阁上,请了安。坐下。王夫人说:“瞧他一脸病容,明儿传个太医来吃帖药,若要人参,到上房来取。”舜华道:“天天吃药,不见效验。他有外感,人参是吃不得的。”说罢,就站起身走过去,在他额角上一搭,说:“火滚的发烧,谅来吃不得酒菜的,太太叫他回去罢。省得在这山顶阁上受了凉。”自己忙脱

了一件短夹褂子替他披上。王夫人道："既身上不舒服，回去歇息罢。"舜华就扶了他，到前厅坐上轿椅，还叫两个老妈送了他回去。

李纨道："舜华却事事周到，存心也很厚道。"宝钗说："我就爱他这些好处。"王夫人说："孩子家能这个样，将来自然会享福享寿的。"淑贞道："舜姐姐说我是没爹妈的，倭公主是离了父母的，因此照看我们两个竟像女儿一个样，实在可感的。"王夫人说："你两个木也妥当，既他疼你们，你们就该学他，自然也有好处。"谈论了一番，又喝一会，用过饭，回上房去了。

众人就要散，淡如喝得有八九分酒了，拉着还要喝。小钰也再三款留众人再坐坐，大家只得又坐下。舜华说："小翠妹妹却也可怜，自从正月里闹了这一番，瞧他自怨自艾，向着人总有些腼腆。"彤霞说："这叫犹有耻心。"碧箫说："知耻就会知改，所谓白圭之玷，尚可磨也。"蔼如接着道："人而无耻，是禽兽也。"淡如听这两人的话，明是奚落着他，就使起酒性来，嚷道："近来无耻的人很多，军营里一男二女同个帐房，闹得比禽兽也还不如哩！"碧箫着恼道："浪蹄子，你瞧见的吗？可叫太太、奶奶在炕上光身提下来敲嘴巴没有？"淡如向来怕他两个力气大，防他动粗，今日秉着酒意，胆就大了，冷笑道："这两个老淫妇，没有到军营里，自然拿不着，由你们无日无夜的干那丑事呢。"香菱连忙喝道："你疯颠了？这样胡说，快回去罢！"走过去拉他，他把手一推，说："不用你管。"香菱不提防他推的，身子一歪，跌了一跤。爬起来，恼得很，就把他打了一个嘴巴。淡如就躺在地下乱哭乱骂。蔼如说："撒泼的狗淫妇，我来打你个半死，才知道利害。"碧箫也叫声"打！"跳起身来。小钰连忙一手一个，扯了碧、蔼二人下落楼去。舜华、友红、缬玖、淑贞也扯着劝了香菱下去。彤霞向着二香笑道："嚷昏了，又不肯散，才好装这些画意儿。我们走罢！"三人一哄，通下了楼。婆子、丫头们便齐齐散去。

单剩了淡如跟前的两个大丫头，叫道："众人都散完了，哭骂给谁听？回去罢！”淡如听说，才住了口。醉得爬不起身，便骂道：“滥蹄子，还不抬了我下楼去？”两个丫头听了，没有好气，就一个捧着头反在前走，一个抬脚的在后，故意把他颠倒抬下楼来。这一倒，把肚里的酒通倒出来了，往着丫头脸上直喷。丫头闪身一躲，失脚踹了个空，后面的丫头也拖不住，三人通滚了下楼。淡如吐了满地，嘴里不知哼些什么，旁边看院子的老婆子笑道：“二位姑娘那里抬得起？瞧他连椅轿也坐不住的，只好把扇板门抬了回去罢！”两个丫头满身通沾的是肮脏，生气道：“我们那会抬死尸似的抬他，且撩着，等他酒醒了坐轿罢。”正在说时，恰好小钰回来，要劝他。瞧见了，就把两只手托元宝的一般，托到红豆庄，放在炕上，回身便走。

走回怡红院，通身也沾的是腌臜，宫女们一面替他脱换衣服，一面嘻嘻的笑。怜怜说：“二爷何苦来？出这样瞎力？”小钰不答话，各自睡了。

到第二天早晨，倩桃忙忙走进房来，叫道：“二爷快起来，瞧白小姐去，长得要好儿的比翠姑娘还俊多哩。”小钰问：“那个白小姐？”倩桃说：“是小翠姑娘的嫂嫂，昨儿个到京的，如今在上房和太太、奶奶们说话呢。”小钰叫：“快拿我衣服来！”慌急慌忙穿上衣裤，嚷道：“怎么只有一只袜子的？”灼灼说：“明明两只袜一起儿送到炕上的，怎么说是一只？”要知袜子落在那里？下回说明。

第三十七回　三枝神箭穿杨柳　一阕新词缔凤鸾

小钰不见了一只袜子，着急得很。几个丫头满炕乱找，打不见。盈盈另拿了一双交给他穿上，站起身来，觉得裤裆里有个什么东西坠着。解开一看，却是一只袜子。金荃笑道："二爷想瞧白小姐，忙了，连袜子都夹着裤子穿了，尽管的叫我们快找，快找。"小钰笑了一声就要往外走。紫英道："二爷还没洗脸，别叫白小姐瞧了笑话。"小钰就说："快拿水来。"

慌慌张张梳洗完了，赶到上房，只见白姑娘正在那里讲话。小钰一看，只见他浑身淡素衣裙，一双风流俏眼，桃花脸上两个笑窝儿，不笑也像是笑的，真似天上飞仙一般。忙上前作了个揖。他站起身回了一福，问："这位是谁？"婉淑道："就是我家二叔叔。"白姑娘说："原来是千岁爷，该叩见的。"说罢，就跪将下去。小钰双手搀住，道："嫂嫂别太谦，请坐，请坐。"两人对面坐下，四只眼的睛光紧紧注视，都只着出了神。小钰定了定心，便问："嫂嫂贵庚大号？几时南方动身的？"白姑娘说："我名璧，号玉卿，今年虚度十五岁了。因春间接了大姑娘的信，知道小翠二姑娘病体全愈，妖精已蒙王爷斩除，婆婆就叫我来接他同回家去。谁知拙夫去世，守孝百日满后，天气炎热得很，直到八月才动身，昨儿到京的。"小钰说："翠妹妹近来又欠安呢，只好屈嫂嫂暂住几天，等他健了才好同行。"玉卿

一面说话，一面俏眼直注着小钰，魂也销了。心中想道：“我只猜征倭元帅自然凶形恶状，谁知是这样一个风流俊品。正好借着小翠有病，住在王府亲近亲近，或者有些幸遇也未可知。”就说：“翠妹妹在那里？我要瞧瞧他去。”婉淑道：“我陪你去，二叔请自便罢。”小钰只得应道：“大嫂陪了去更好，我失陪了。”假意在上房说了一回闲话，回到园来，吩咐丫头：“探听少奶奶回上房去了，白小姐在什么地方？快来报我。”自己呆呆坐在怡红院，早饭也不要吃。宫梅笑道：“二爷眼里瞧饱了，难道肚里不会饿的？”小钰道：“我等白小姐来同吃。”飞飞道：“别想这样好处，他早在上房吃过酒饭的。如今同着少奶奶园里各处拜望，那里就会来？别等他罢。”小钰道：“我实在吃不下饭，烫酒来喝罢。”春茗笑道：“从来酒色是相连的，吃得醉醺醺才好等他来攀谈呢。”小钰说：“我才刚见过了他，他论理也该来拜望我的。”芳荑说：“有什么不来？我瞧他这两只眼睛珠不住的瞧着二爷，只怕他心里还比二爷着急些哩。”小钰拍着桌子叫道：“实在俊俏得可爱。”这一拍，把酒杯儿都打翻了。红藕说：“心里尽管爱罢了，何必敲台拍桌的叫唤呢？”众人都笑个不住。

忽听见外面说：“少奶奶同着白小姐过来拜望二爷了。”小钰飞身跳将出来，迎接进内，坐下便问：“翠妹妹怎样了？”玉卿道：“他说早晨王太医诊过了脉，还不曾吃药，躺在炕上朦胧睡去。见一个猪头，把两只耳朵当了翅膀，扑面飞来，惊醒了，出了一身冷汗。这时候更觉沉重些。”小钰道：“如今园里请医生，我总叫太监头儿朱吉陪进来的，据他说，王太医说是肝气郁滞，心脉虚，带着沉闷，自然梦里惊悸。今儿方上用真郁金、钩藤钩加朱砂金箔，吃来该会效验。我虽惦记他，却不便进房去陪伴。”婉淑道：“二叔，你把三塔寺的对句送给他，借挂几天，倒是个辟邪的。”小钰会意，就叫宫女传话三殿上的太监，把上方七星剑请下来，交老妈子送到翠姑娘房前挂起来。婉淑道：“我要回上房去了，玉妹妹，你就和翠妹妹同住了，好早晚照看他。”玉卿说：“我同住是不敢的，只好日里伴着，晚间须得别处宿。”小钰道：“凌波坨最幽雅，离扶荔厅也近，嫂嫂住了罢。”婉淑说：“很好。”便叫把他的行李搬了进去。小钰也同过去，替他张罗了一番，就回怡红院来了。

倩桃说：“二爷，你今儿竟大方得很哎。”馥馥道：“今儿有少奶奶在旁边，自然大方；将来恐怕免不得要小方呢。”小钰道：“别胡说。我问你，你早上和琼枝说的什么箭账还该我三两银子？”馥馥道：“咱们赌射鼓子，他输了，赖着不肯还。”小钰问：“谁的箭射得最好？”翩翩在旁说：“咱们都差不多，总是倭宫女们的箭有准头，还会射马箭哩。”小钰问：“谁教他们的？”回说：“就是倭公主教的。”小钰喜欢道：“公主会射箭吗？”香玉道：“岂但射箭，还会跑马舞剑戟，傻好瞧的。”小钰道：“明儿我决要请教他骑射一回。”

到了第二天，绝早起来，就到凌波坨内房来，见玉卿坐在镜台前，旁边两个大丫头站着替他梳发。见了小钰，忙站起身，说：“千岁爷请坐。”小钰道：“千岁爷的称呼太客套了，要求改口才好。”玉卿道：“我听见众姐妹都称你二爷，我往后也斗胆照样称二爷罢。只是嫂嫂的称呼，也未免疏而不亲。”小钰说：“很是，竟叫姐姐罢。”坐在旁边瞧他挽就了髻，站起身来道：“姐姐别动，我替你插带。”玉卿道：“我有服，不用插带的。”小钰说：“钗儿总要用的。”就把金扁方玉如意替他簪上，说道：“姐姐的头发又长又多，又黑又香，真正可爱。若在枕上闻了，连魂也要掉呢。”玉卿笑道：“承谬奖。”小钰问：“昨晚姐姐睡得安稳么？”玉卿说：“起先仗着酒意睡了一觉，下半夜竟没睡着。”小钰说：“奇怪，我昨晚也睡不着，真是二人同心的了。”玉卿把眼瞧了他一瞧笑笑，不做声。

外边丫头报道：“施妈过来了。”小钰忙从后房门转出去，一直竟往小山书屋来。见了缬玖，便道：“我刚才见有个美女梳头，要做首诗送他，一时做不出来，要烦妹妹代笔。”缬玖明知是要试他的意思，他正想要卖弄自己的文才，便不推却，回道：“请限体限韵，待我胡诌几句来求正。”小钰想着，近体诗女孩子们容易会做，便说：“竟做篇古体长歌，不必限韵罢。”缬玖即刻拿张笺纸写将起来，小钰道：“好书法，竟像是舜妹妹的字。”缬玖说：“我向来本临苏玉局的帖，瞧见舜姐姐写的秀雅，就改临了《灵飞经》，因此有些相像。”小钰看他做完了，接来读道：

瑶妃睡起花枝午，簟印红肌逗春煦。
玉台半启圆蟾圆，款卸盘龙散香缕。
紫金屈戌云母窗，罗帱闪灼明残釭。
宿醉恹恹娇不语，翠绡袖卷粉腕双。
晶梳拢掠委蜚髾，步摇瑟瑟簪珧珌。
抱日痴郎痴若云，螺黛浓添画眉笔。
君不见锦瑟流年太草草，多少朱颜镜中老！

小钰赞道：“好诗，好诗。蘅香珠艳，可称个女玉溪了。”缬玖道：“玉溪生则吾岂敢？勉效温八叉还不能得其万一，贻笑得很。”小钰说：“我闻得妹妹还善会骑射，也要求教的。”缬玖道：“这个越发可笑，明摆着三位元帅，如何敢班门弄斧？”小钰道：“别太谦，将来定要请教。”缬玖点点头，说：“且等到冬天，马道上泥干草枯了，才好跑呢。”小钰得意洋洋，拿了这首诗，复身到凌波坨来，递给玉卿瞧，又和他粘缠了多久，才回怡红院。从此眉来目去，也不止一次。

到得十月初十外，天气晴和，小钰发枝令箭，叫把观德厅簇新收拾一番，连晚把旗鼓箭挡通送了进来。第二天各处邀齐姐妹，只小翠、瑞香害着病不到，余人通跟了太太、奶奶，到观德厅后堂，用过早饭，出到箭厅。王夫人和李纨、宝钗坐在厅内高座上，众人都在檐前坐下。缬玖换上紫红缕金绣花软甲，头戴雉尾金冠，两耳旁衬着紫貂昭君套，走下台阶。众姐妹通起身站着瞧他飞身跨上鞍，往西边放马下去，转进旗门。那西首墙跟前，早插着一枝杨柳，马跑到箭厅将近，离柳枝约有二百多步，才轻轻挽着雕弓，搭上雕翎箭，接连发了三枝，齐齐都插在杨叶中间，随风飘荡。鼓声打得喧天。王夫人带上眼镜瞧不很真，问："中了没有？"李纨说："三箭通中的。"马到台阶跟前，就勒住了缰，宫女递上两口宝刀，约有六尺来长。公主就把马打了个团圈，使动双刀，连人马都瞧不见，只见一团白光，闪闪飞动。舞了好久，收住了。宫女接了刀，又递上一枝方天画戟，又舞起来，依旧不见人马，只听见嗖嗖风响。众人个个喝采。舞完了才下了马，慢慢走上台阶来。王夫人说："你娇怯怯的一个小女孩儿，竟有这样好武艺，实也难得。"众人个人夸奖了一番，他才退进里边去换衣裙。

宫梅忙把令字旗招了两招，就有一对倭宫女并马跑进旗门，东西各安上三个箭挡，各人在马上射了三枝，往西边收马。宫梅又招招令旗，又是一对跑上来了，接连跑射了十对，就在马道中间，跨准一百步，安上个步箭挡子。蔼如道："这东边跑射的，是用左手开弓，也会箭箭都中，难为他的。"王夫人笑道："这叫强将手下无弱兵呢！"这些倭宫女分了五人一伍，射起步箭来。每射是五枝，间或枝把不中，其余通是中的。

倭宫女射完了，怡红院的宫女、丫头来回王夫人说："我们不会跑马，要求射射步箭。"王夫人说："很好。"各人一般的分了伍，射了一回，大约五枝箭里好的中三四枝，差的不过中两三枝。李纨笑道："这叫弱将手下无强兵了。"彤霞故意说："淡妹妹是学过武艺的，为什么不献献技呢？"淡如就真个站起身，走下台阶射了一个箭，不到半路就掉下地来。妙香说："这叫做头名及第。"小钰说："你的弓轻，撒手又没劲儿，自然送不到了。快把那后手略放低些，就会到挡了。"淡如应声："知道。"又是一箭，果然到的，却斜飞到东墙边去了。小钰又叫："后手略收进些！"又是一箭，直往西边飞去，几乎把个擂鼓的婆子射着。王夫人说："何苦来？罢了。"淡如脸上下不来，就说："我在马上舞回枪给太太瞧罢。"走到西边捡匹良善些的马，用条凳子踏了脚，才得爬上鞍去。手里拿了一枝长枪，不敢加鞭，慢慢从旁道踱将下去。有个快嘴婆儿笑道："这位姑娘是跑太平马的,再也不会跌跤儿呢!"淡如不做声。谁知那马跑惯的了,进得旗门,不等加鞭就出了纵。淡如吃了一惊,叫声:"不好!"把枪一撩,双手忙去扳住鞍子。偏那枪上的红缨刚打着了马的右眼,马也着了惊,把脑袋一侧,直往西边跑去。这条马道,比两旁的地砌高有三尺多,前蹄踹了下去,后蹄还在道上,前低后高。淡如坐不住,合面扑下地去,马越发着了慌,混跑。亏了一个倭宫女,忙扯住了缰,才没踹坏人。淡如爬起身来,满脸灰泥,头发也颠散了。自觉害臊,披着发就往外出去了。妙香笑道:"俗语说:'若要会,跟了师父睡',这话竟未必然呢!"众人笑了一回,同到后堂用过酒饭,各自散归。不提。

小钰又过多日,偶然踱到凌波埪来,只见玉卿拿了一张诗笺在那里吟哦,见了小钰,忙就缩在袖里。小钰道:"姐姐佳章,不赐一观?别吝教罢。"趁势把手直探进他的怀里,去胸前乱摸。玉卿说:"别这么闹,我给你瞧就是了。"小钰还把他的粉乳捏了两把,慢慢退出手来,又在玉臂上乱捏,口里赞道:"好光滑的肌肤,可爱,可爱。"又说:"怀里搜不着,只得到裤裆里去搜了。"玉卿着了忙,就把诗笺递上道:"瞧便给你瞧,不许告知别人的。"小钰接来一看,却是一首《寡鹄词·调寄江城子》:

南山孤翼独徊翔,意凄凉,影凄凉,一声声里叫断九回肠。记得陶婴歌最惨,千载后,有余伤。　东风回首对银塘,惜鸳鸯,羡鸳鸯,桃花水暖两两自成双。翻尽琴心当日谱,凰求凤,变宫商。

小钰读了一遍笑道:"姐姐的心事,今儿我才知道,其实不是凤不肯求凰,只因凤的做作太大,捉摸不定。如今我们来做凤凰也好,做鸳鸯也好,总不叫姐姐凄凉就是。"口里说,一面就要扯他进内房去。玉卿说:"青天白日,窗开户开,那有这样胡闹法儿?我定要去禀太太的。"小钰说:"不怕,我有证据的。"到底不知玉卿从不从?下回再看罢。

第三十八回　翡翠帐中揉雪乳
鸳鸯被底拥香躯

小钰和玉卿正在拉拉扯扯，偏那知趣的施妈闯进门来，亏了丫头伶俐，高声问道："施奶奶，小姐好些了吗？"施妈回说："这几天好多哩。"小钰忙对玉卿说："我一会儿差丫头来请你，暂且去了。"依旧往后门走了出去。施妈拿了个药方儿来问玉卿："吃得吃不得？"玉卿那有心情瞧药方，胡乱应道："很妥当，快去熬给他吃罢。"施妈去后，玉卿暗想："今日把心迹表一表明，倒也好。但是他果然要认起真来，到底依他不依？"又想："已是招引了他，难道又拒绝吗？"正在情怀撩乱，只见袅袅走来，说："二爷请小姐去喝酒，还有三位姑娘在那里奉陪呢！"玉卿就坐上椅轿，同他过去。

见彤霞、淡如、妙香三个都在怡红后厅坐着，桌上摆了许多果碟。便问："二爷今日请那位客？我的接风酒已是扰过多次的了。"小钰说："并不请客，他三位也是不速自来的。"便让玉卿首座，彤霞、淡如对面坐下，妙香在上，主人在下，极盛的席面。

吃喝了一会，小钰请玉卿行令。玉卿道："行个'巧相逢'罢。就把骨牌覆在桌上，两人各取一张，头对头摆了。翻转来若是同点的，就是逢着了。"说罢，就和妙香摆起。揭开来，玉卿是六，妙香是幺，逢不着。玉卿喝了六小杯，妙香喝一杯。妙香和彤霞对摆，也逢不着，各照点喝了酒。彤霞和淡如，淡如和小钰，都逢不着。独有小钰和玉卿，恰好是两个四，相逢着了。小钰道："巧极，巧极。"各斟了一大杯，小钰喝了一口，故意说："姐姐的酒浅了。"就倒些在玉卿杯里。玉卿也喝了一口，说："倒是太多了。"又倒些在小钰杯里。淡如道："岂但是相逢酒，竟是喝交杯盏呢。"玉卿红着脸不做声。小钰请彤霞行令，彤霞说："照样再逢一回罢。"事有凑巧，别人都逢不着，又是小钰和玉卿逢着了，两个又各吃了一大杯。

该淡如行令，淡如说："各人伸出指来，从我数起，数着的说个笑话，笑的喝酒。"恰好数着淡如，淡如道："有个人呆笨不过的，做了亲，第一夜，见新娘脱了裤子，底下露出那话儿来，新郎瞧了一瞧，慌忙赶到隔壁王皮匠家里，说道：'我今儿娶了个女人到家，脸面也好好的，谁知小肚子底下，两腿中间开了个窟窿，恐怕肠子要漏出来，这怎么处？'皮匠说：'不妨，我拿条麻线替他缝住了就不会漏。你在我家里看守房屋，我去缝好了就来。'皮匠假意拿个针，拿条麻线，走进新房和那新娘大干了一回。回到家来，说：'缝停当了。'新郎着实谢了一番，回到房里把新人的东西细细一瞧，跌跌脚道：'这真叫人心难托，那王皮匠满口许我用麻线缝的，谁知是护哝局。只拿些浆子糊糊就算了。'"众人都笑了。合席通喝一杯。

轮该妙香行令。妙香道："念两句古诗，要一真一假：'春城无处不飞花'，是真花；'江城五月落梅花'，是假花。"彤霞说："'一骑红尘妃子笑'，是真笑；'佳节清明桃李笑'，是假笑。"淡如说："'夜半钟声到客船'，是真船；'花开十丈藕如船'，是假船。"小钰说："这令却有趣，我念个'劝君更尽一杯酒'，是真酒；'寒夜客来茶当酒'，是假酒。"玉卿道："'家家扶得醉人归'，是真醉；'暖风薰得游人醉'，是假醉。"妙香收令道："'花飞莫遣随流水'，是真水；'天街夜色凉如水'，是假水。"

小钰道："我也行个巧相逢，要念句《诗经》，首尾相连的：'窈窕淑女'。"玉卿道："女曰鸡鸣。"妙香念："鸣鸠拂其羽。"彤霞说："羽虫三百六十。"淡如说："十年以长。"小钰说："'长者赐'，都是相逢的。"各喝一大杯，令完席散。

众人各坐上椅轿回去。小钰却暗暗吩咐抬轿老妈子，把玉卿前门抬出，从后门抬进。下了轿，丫头、宫女扶他进房。玉卿问："怎么不是我的房呢？"小钰道："这是姐姐的新房，请里面坐罢。"小钰扶他进到里间。玉卿假意装醉，和衣躺在炕上。宫女笑嘻嘻把腰窗拉上，各人悄悄睡下，由他们干那鸳鸯勾当去。到第二天已牌时候，还听见里房吱吱咯咯的在炕上说笑，直到晌午才开窗出来。

香玉、盈盈故意领了众宫女、丫头向他打个跧，说声："少奶奶，恭喜。"玉卿涨红了脸，不便说别的，只说："不敢，请起，请起！"小钰道："今儿你们通有喜酒喝的，并且还是盛席。但各人要嘴谨些，别胡说乱道，满处播扬。"宫梅说："放心，不会播扬的。"却私下对金荃说："这白小姐竟硬朗呢，闹了一夜，早晨还要找个零儿！"金荃说："他是经过来的，不比咱们女孩儿，叫疼喊痛。"袅袅说："如今惯了，也还不很怯了。"飞飞把指头在脸上做个羞势儿道："不害臊，自己竟直供呢。"从此或是玉来，或是钰去，迭为宾主。

过了几时，已是十一月初头，这日小钰用了早饭，正想要到凌波垞去，只见红梅慌慌张张跑来，说："二爷快去瞧瞧，我们姑娘吐了许多血，这会子很不好呢。"小钰忙就赶到赏心亭来，进了卧房，只见炕幔是放下的，揭开一看：见瑞香靠在短飞仙椅上，不住的喘气。小钰就叫宫女脱去靴子，坐上炕去，抱他在怀里，解去了大红腰带。伸进手去，往他胸前轻轻的拓，一面叫盈盈回去取了两块龙涎香来。自己先在口里含了一会，才把舌尖送进他嘴里去，叫他含着，慢慢会止喘的。又叫熬了一碗人参汤来，叫他连龙涎香一并咽了下去。又送进一块香，含了一会，果然气就渐渐平了。又用人参连香咽下，不一会喘竟止了。瑞香说："好灵药，方才气往上冲，喘得话多说不出来。这会子，竟平复了。二爷住手，别拓罢！"小钰趁便儿把他的雪乳捏弄了一回，说道："宛然新剥鸡头肉，滑腻犹如塞上酥。妹妹肯给我嘴里含一含，更有趣的。"瑞香说："别闹，我已好

了,放了我好去小解。”小钰应声“是”,就抱他到桶边,替他解开裤带,放上桶去,扶着等他解完,依旧抱上了炕。扯过被来,盖了下身,把手在腿边乱摸。瑞香说:“好哥哥,别胡闹,我要躺着安安神呢。”小钰就扶他睡倒,替他脱去上下衣裤,盖严了被,亲了个嘴,叫声:“乖妹妹,请睡!我去了。停一会子再来瞧你。”从此,天天重用人参,也就略略好些了。

这年是腊月十六日立春,到了晚上,王夫人请了各家奶奶们,又叫小钰和众姐妹通在荣禧堂喝酒贺春,定更后才散。小翠病还未全好,勉强去坐了一会。回到园内,小钰送他到扶荔厅,交给施妈扶了进房,自己又到赏心亭瞧瞧瑞香,瑞香道:“病好了,只是身子发软,今儿天气又冷得利害,因此不出去。难为哥哥惦记,请坐了谈谈去罢。”

正在闲话,忽听见外边嚷道:“咱们各处找二爷不着,不知在这里没有?”小钰问:“是谁找我?做什么?”绛雪丫头回道:“今儿天气怪冷的,妙姑娘叫把火炕生得暖些,谁知煤太多,火太旺了,把褥子通烧着了。姑娘有了些酒意,冒冒失失,光着下身坐进被去,把两臀两腿烫得稀糟伙烂,跌下炕来,疼得半死,躺在地下。如今扶起来,扑在炕上,话也不会说的了。上房太太、奶奶和各家奶奶们通在那里,叫请二爷过去设法救救他。”小钰叫声:“还了得!”飞跑往蘅芜院来,只见众人正在碌乱,王夫人说:“咱们上房通知道了赶了出来,怎么你在园里的再也找寻不着呢?”小钰也不答话,先在正炕上一瞧,见被褥都烧成了灰,泼了许多水。回头往旁边炕上一瞧,见他合面扑着,盖了一条皮被。小钰说:“盖不得被的,别闷了,火气内攻。”就揭开被来看时,上身穿件小皮袄,下身光着的臀腿通是紫红色,起了许多白泡。又因被擦动了,破了些泡,真是稀糟的了。用手一摸,火滚热的。叫声:“妹妹”,也不答应。李纹哭着道:“好二爷,你怎样救救他罢。”小钰也淌着眼泪说:“待我抱他过去,设法救他是了。”就吩咐:“快取一碗男孩子的溺来,立等,立等。”又叫盈盈:“快称二两人参、二两犀角和童便浓浓的煎起汤来。”自己两手托了他，跑到怡红院来。李纨叫道："他下身光着的，别冻了！"小钰说："正要取这点子冷气呢。"

捧到自己炕上放下，用手扳起他的脸儿瞧瞧，是通红的，牙关咬紧，鼻子里还有些微息，那上身的小袄儿是解开钮的。就伸手在胸前一摸，也是火热的，还有些突突的跳，就说："还好，还好。可以救得，快拿童便煎的药来。"丫头、宫女慌慌张张闹了一会，送进药来，却是滚热的。翩翩把一盆冷水冰了一冰，小钰就把他的牙齿扳将开来，慢慢灌了下去。又停了一会，才会哼哼的出声了。小钰忙和他嘴接嘴大大布了几口气，就叫了一声："哎唷，好疼！"王夫人说："有救了！"小钰叫宫女把军营里带回的人参八宝石灰散，用麻油调匀，亲自用鹅毛替他敷上。又隔了好久，药收燥了。摸一摸，热退了些。再把药敷上一层，又灌下一碗童便、人参、犀角煎，却会自己喝了。喝完就说："我要小解了！"小钰忙叫拿个铜盆来，一手托起他的小肚子，一手把铜盆凑过去，说："妹妹尽管撒罢。"听他叮叮当当撒了一泡溺。小钰说："疼会松下去了，但是小肚子冻得冰冷，被又盖不得。请太太和奶奶们散了，好等我设法调排他。"李纹道："拜托，拜托。我们竟散去罢。待救好了，叫他拜二爷作个干女儿。"小钰道："姨妈言重，交给我静静想法儿就是。"众人果然散了。

小钰叫宫女、丫头关上了门，自把衣服脱光，只剩一条单绸裤，仰面躺在炕上，抱他合面扑在自己身上，弯着两个膝头，支将起来，护住了他的疼处。叫宫女先盖了一床丝绵软被，再盖上两床皮被。轻轻把他上身衣服通脱去了。妙香说："法儿倒很好，只是光着身子，脸对脸儿，怪臊的。明儿叫人知道了免不得要笑话呢。"小钰说："遇了灾难，也说不得了，谁又愿意这样的？"妙香说："酒已早早疼醒了，睡不着。烫些酒来，喝了好睡。"宫女忙去热了一银壶的酒来，丫头拿些果碟儿放在炕沿上，小钰说："我也要喝，只是仰面睡了喝不来。妹妹哺给我吃罢！"妙香真个吐一口给他，自己才喝一口，不一会喝完了一壶。各带着酒意，竟睡熟了。

到五更尽醒来，小钰轻轻摸摸他的火疮，已是结了一层硬，问他：“还疼不疼？”妙香说：“碰着有些疼，不碰动不觉得疼了。亲哥哥，多谢你救了我，如今请起来罢，一会子怕我们奶奶来瞧见了不像样儿。”小钰道：“是的。”便把他侧着身，向外睡了。叫把一只手撑开了被，省了擦碰。自己便起身穿好了衣服，布着他耳朵说：“昨晚虽没有什么实事，你那宝贝东西尽我摸个像意，也算侥幸得很了。”妙香啐了一声，说：“往后别再提起。”外房宫女、丫头，听见二人说话，也都起来伺候。

果然李纹就过来，瞧见他已经好了，十分欢喜，向小钰谢个不了。小钰说：“凡受了烫的，最怕火气攻心，断断喝不得水。我用童便人参护住他的疼，犀角能凉心，用来解他的火气。这敷的八宝人参末子，不为奇，难的是千百年陈石灰。我在山东修城拆下来的，合成这药，预备军营用的。因此得这样灵验。”

说了一会，太太同奶奶们并众姐妹都来瞧他，他说：“险也险极，全是二爷的功，还累他昨儿一夜不睡觉。”李纹道：“今儿还求二爷怎样设个法儿抬回蘅芜院去。”小钰说：“容易，停一会子我抱了他过去罢。”

捱到傍晚，妙香道：“我不疼了，烦哥哥捧了我过去罢。”小钰真个连被双手托了送到他卧房炕上。安顿他睡下，就叫传话给管家婆：“把昨日生炕的老妈子打一百马鞭，即刻撵了出府。”妙香道：“一百鞭，打也打死了。只用打他几下，警戒警戒就是了。”小钰说：“也罢，打二十鞭，撵了去罢。”妙香又调养了半个月，才得褪了，行坐如旧。从此和小钰更加熟分了些。

过了新年，小钰正交十四岁。这日坐在怡红院外房，瞧倩桃拿了几枝杏花来，各处插瓶。小钰说道：“日子真过得快，又是杏花时候了。今年莺儿还开酒店不开？”旁边宫梅插口道：“二爷还挂记他，他如今说起二爷就像蛇蝎一样的害怕呢。”

正在说笑，忽见一个上房老妈来说：“太太请二爷去瞧丫头。”不知瞧什么丫头？下回再说。

第三十九回　花袭人因贫卖女 贾佩荃联谱认兄

小钰听是太太唤他，就忙到上房来。只见一个三十上下年纪的俏女人，同着一个十四五岁的俊秀女孩儿站在太太旁边，见小钰进来，就一齐跪下磕头，又打跧请了安。王夫人说："这是当年伺候你父亲的丫头，名叫袭人，嫁给戏旦蒋琪官，生这个女儿。如今琪官痨病死了，家里艰难，要把这女儿卖在我府里，特叫你来瞧瞧，要他不要？"李纨笑道："这样俊人儿，再十个也不嫌多，怎么不要？"小钰问："多少身价？"袭人说："凭二爷赏就是，那里敢论价。"小钰就叫香玉去兑了一千银子，同他母亲去写了一张身契，留在怡红院内房伺候。太太、奶奶又各赏了袭人几两银子，留他吃了酒饭回去。

到了晚上，这夜轮该娟娟、踮踮、春茗、芳夷值班，上了炕就叫那新来的丫头陪睡。谁知摸了一摸，竟是没有前窍的。便叫拿火来。娟娟把蜡烛一照，只有后面一个窟窿，比别人的略开阔些，前面是光光的。众人都笑道："奇怪，你难道不溺小便的？"他红着脸回说："外面是总共一窍，里边却分个前后两处的。"春茗笑道："是了，他父亲是做戏旦的，自然用着后窍；母亲是用前窍的。如今合成一孔，南北两便。二爷好运气，买了一个丫头，却带了一个兔子来哩。咱们把炕幔放下，由着二爷上前落后，一箭双雕罢。"不一会，内外房都睡静了，只听得这丫头哭着求告道："二爷开恩饶了罢！往前还疼得略差些，往后更疼得受不住了。”小钰笑道：“我替你取个名，就叫做双双，派你明儿在外房该班罢。”一面叫芳荑上炕去换了他下来。可怜路也走不动，捱墙摸壁，挣到外房，和一个丫头同睡了。众人都来瞧他那话儿，笑道：“果然奇怪，又不是石女，又不是二雄人，不知将来会受胎不会？”芳荑问小钰道：“他一而二，二而一，好不便当，怎又叫他该外班呢？”小钰笑道：“到底是各样的，自然是分门别户的才妥当。”

到了第二天早晨，传将开去，连上房通知道了。传灯在西庵闻知这事，便说：“这是母亲造下的孽，才有这恶报。当年袭人姐在太太跟前耸了许多闲话，害黛姑娘气病死了。如今生这样形体不全的女儿，叫人三三两两的笑话。”淡如和瑞香听见了，就同到怡红院，硬硬捉住他，脱下裤子细细瞧了一回，笑个不住。瑞香就仿着骚体做了一首歌儿，道：

彼婵媛兮，邯郸倡。采葑菲兮，聿乖常。窍孤生兮，淆溷阴阳。父风母气兮，二而一。前涂块兮，后径仄。荃荒芴其安适从兮，歧路徘徊。雨翻云覆兮，巫之台，骋北辔兮，俄南辕。

形劳劳兮，中烦冤。既干进而务入兮，羌错趾于中道。姣将愉兮天君，夫告余以不好。体不备兮，恩易绝。敛余股兮，曳余褋。屏闲房兮，赠余玦。蹇谁留兮，彷徨。怨公子兮，泪浪浪。

金荃、盈盈本很通文理的，瞧了笑道：“题目本新，这歌儿恰做得离奇光怪得很。”小钰也笑道：“瑞妹妹，你病刚好了些，又来造这些口头孽。恐怕太乖巧了，养不大呢！”

帘外岫烟接口问道：“那个造什么口孽？”众人瞧见岫烟，忙站起身，说道：“先生不很到园里的，今儿想是也要来瞧瞧独窍丫头了。”岫烟说：“那有这闲工夫瞧那样怪东西？我来和钰二爷商量一件事，想发个小财儿。”小钰道：“请先生讲来，怎样的发财？”岫烟道：“说起话长。本京有个姓贾的，名中虚。却不是贵华宗，家财有几百万,单生一女小名佩荃,今年十四岁了。长得异样标致,且会咏诗作赋,兼善吹弹。前儿同他母亲在陶然亭游玩,碰着了万岁爷的哥哥六王爷,羡慕得很,就人上央人去做媒,要娶他做二房夫人。那贾家夫妇把这女儿爱同活宝,那肯舍给这六十多岁的老头子做妾?执意回覆。谁知六王爷着了魔,眠思梦想,决要娶他。就差个极恶的家人,姓牛行十,找着一个姓苟的有名凶棍,叫做苟计把,因他会想恶计,把持官府,欺侮平民,才起这个混名的。牛、苟两个贪着王爷的重赏,强做硬媒,拿了三千银子,一百匹绸段,几十件首饰,撩在贾家。订了吉日,定要娶他女儿进府。那贾中虚虽是大富不过,捐个五品虚衔,如何抵敌得王爷的声势?昨晚托人来央我家薛二爷,要他来求着府上认做本家,情愿送薛二爷三千银子做谢仪。因此,薛二爷叫我来向钰二爷求个情,若肯认是本家侄女,就好退他聘物,救全了这俊俏姑娘。不但我夫妻借你的光,发发财,连这女姑娘并他父母,都是感激的,另有重谢。"

小钰说:"既是才貌双全的小姑娘,如何肯配给这麻脸白须的老狗头?听了都叫人生气的!我却不要他的重谢,也不要做侄女,只要这姑娘亲到我府里来面求,若果真是个绝色,我就认他做妹妹,包管那老狗头不敢胡闹。先生尽管收了他的谢礼,拣个日子同他进园来。"岫烟喜欢道:"就是明儿个,我同他来罢。"小钰道:"很好。但须要先生面告过太太、奶奶,才好放心办事。别又叫上房知道,说我鬼鬼祟祟的,引诱人家闺女。"岫烟说:"这是积阴功的事,太太、奶奶决然肯的。我这会子就去告知了,明儿先到上房见过,才领到园里来。"小钰得意洋洋,送了岫烟去后,早早用了晚饭,就上炕睡了。

第二日天才明,就起来梳洗,吩咐预备上等酒席伺候,又差了几个宫女、丫头往上房探听消息。自己踱进走出,等得十分焦闷。

直到太阳大高了,宫梅来报道:"果然怪俊的一位姑娘,嘴口又活脱,太太、奶奶都爱他得很。留他在上房吃茶、点心,谅来吃完了就出园来的。”小钰问：“大模儿像那个？”宫梅道：“比白小姐还要袅娜些，却又斯文，又稳重，有笑有说，和气不过。”小钰听了，双脚乱跳，就像疯了一般。忙叫传话出去，差文武两巡捕，拿枝令箭，立提牛十、苟计把到府。并请了六亲王来有话面说。

随后接连的报来，说他真似天仙一般的相貌，忽又传说同了薛二奶奶到园里来了。小钰忙忙迎接进怡红院来，佩荃跪下拜见。小钰双手抱住，让他坐下，却忘了让岫烟坐。岫烟会意，便说：“你二人慢慢叙谈，我有事先去了。”小钰才觉得岫烟也在跟前，忙说：“先生慢些去，瞧我办明白了这头姻事，好去回覆薛二叔呢。”

话未说完，宅门婆子传进话来，说：“六王爷来了，要求见二爷。”小钰就同了岫烟、佩荃出到院门口，众姐妹闻知有客，也都来了。打伙儿到东边内会客厅后轩，各坐在玻璃屏内。小钰出到屏外，盘腿儿坐在炕上，叫请六亲王进来，下面站了几十名太监，廊下也是几十个太监，看王爷进来就把门帘揭起。小钰直等他跨进门槛，才慢慢站起身，往前拉拉手，六王爷却深深打了一跧。小钰只做个势儿回礼，让他炕上对面坐下。小钰恼着脸问太监道：“这两个王八蛋拿到了没有？”六王爷站起身来回说：“这两个狗奴才，借我的名色在外招摇撞骗，无所不为。我有了些年纪，一向失于觉察，前儿才知道了。各重打了一百马鞭，锁在空屋里，还要细细拷讯。谁知昨夜三更，断锁脱逃。现在四路查拿，待拿到了，立即送到台下领罪。”小钰哈哈冷笑道：“我贾家虽然穷苦寒贱，也还不到卖女儿做妾的地步。怎么差了凶奴恶棍硬送聘物，要强娶良家闺女？这件事必得面奏圣上，请旨定夺呢。”六亲王慌忙打了一跧，说声：“王爷息怒！这硬送聘金、聘礼的话，毫无影响。总是这两个狗奴才信口胡说，我全不得知。方才府上巡捕官说了，我才知道。其实并无此事，求王爷开恩详察。”小钰问：“到底把三千银子并绸缎首饰送到贾中虚家里，是有的，没有的？”亲王说：“实实没有的事，千岁爷是出将入相上等的聪明圣人，想想人家对亲，焉有个不打听打听门户，不等不允许回音，就冒冒失失硬送聘礼的？天下谅来没有这等糊涂混账的东西。况我这样年纪，有妻有妾，多子多孙，还要聘什么侧室呢？求千岁爷别听了那些旁人的胡话。”小钰听了，便掉过口来道：“据这么讲，竟是全无影响的了。也罢，王爷请回，待上紧拿住了这牛十、狗计把两个，严刑拷讯出真情来，再办罢。”六亲王又打了个跧，说声：“谢千岁恩典”才退出外去。小钰送到门槛边，站住身，拱拱手道：“请了，恕不远送。”

小钰回身走进屏后，笑道：“造化，这老狗才也还懂窍，只当认罚了几千银子，求个安静。如今先生把他那送来的聘金、聘礼收来，做了谢礼，不必妹妹家拿出钱来了。”彤霞道：“你是异姓王，他是个亲王，怎反这样怕你？”小钰说：“什么话？我替皇上家出过力，有大功，现掌朝纲。他不过恃着宗亲，并无尺寸功劳，享受富贵，还敢这般混闹？若是奏明圣上，这王爵就有些不稳了，怎么不怕？”佩茎再三道谢。岫烟也道了谢，就回家去了。

小钰同了众人回到怡红院，坐席吃喝猜拳行令，十分快活。佩茎几番站起身要辞回家去，小钰道：“妹妹，你也太薄情了，你瞧这老东西，漆黑的麻脸，雪白的须发，耸着肩膀，驼着背，年纪好做你的祖公公，就配做正妻，还是屈杀的。何况要讨去做小？如今我替你解释了这恶姻缘，还要替你做媒对个好妹夫，你却不理我了，只想回家，难道多住不得几天的？”碧箫说：“妹妹我也爱你得很，竟到我那边去同住几天罢。”小钰说：“闻蛩馆太远，来往不便。不如在凌波坨和玉姐姐同住最妥。”就叫宫女：“快去取副铺盖，铺的白小姐炕上，晚间好同睡做伴。”要知道小钰派他在玉卿房里，原为进出便易，已是有心的了。佩茎却不懂得，不便推辞，就依允了。定更后，席散了，各人回院。

小钰那里丢得开？悄悄叫宫梅提了个小灯，跟着到凌波坨来，见玉卿在炕上换睡鞋，佩茎恰好坐在便桶上。小钰乘着酒兴，连忙拿了一张手纸赶过去，说：“妹妹，我替你揩。”佩茎着了慌，连溺也没有撒完，忙提着裤站了起来。小钰的手已经搭在他粉嫩溜滑屁股上，再也不肯伸回去了。佩荃羞得脸红，叫声：“好哥哥。别这么闹，放开手罢。成什么相儿?”小钰又哺了他一个嘴，才放了他。回身抱住玉卿，道：“姐姐你二月十六日就要动身回南，今儿已是十三日了，算来只有三晚住。今夜我和你同睡，也好替你饯行。”玉卿因婉淑拣定日子，叫他和小翠坐船回南，正想要和小钰叙叙别。无奈碍着佩荃的眼，假意啐道：“你怎的囔糊涂了？来这里混闹！再敢这么，我即刻去告诉你家奶奶。”小钰笑嘻嘻，也不答他的话，叫宫梅拴上房门，硬替他脱衣服。玉卿这时候又不好变脸，又不便当着生客干那私事，真是心不自主。佩荃叫丫头：“开开门，我到别个房里去睡罢。”小钰忙叫宫梅拦住了门，不许开。说道：“妹妹，你只管睡你的觉，我们干我们的事。你别管我们。”宫梅是爱顽皮的，那肯放他出去？别的丫头听了小钰的话，也都不敢开门。佩荃正在张皇，见那玉卿的上下衣服都已脱光，小钰就放他在被里，自己也忙忙脱衣。玉卿想想，谅来逃不脱的。便叫丫头快吹灭了灯。丫头果然把房里的灯通吹灭了。佩荃只得和衣钻在自己的被里，虽是各副的铺盖，却同在一炕，离不很远。假装睡着，听他们窸窸窣窣闹将起来。渐渐听见唼咂水声，又听见嘻微笑，哝哝私语。听得动了情，不知不觉，裤裆里也流出涎水来了。这夜月色大明，因为忙忙吹灯，窗上屉板不曾推上，月照窗纱，十分明亮。佩荃偷眼瞧瞧，只见二人叠做一堆，嘴接着嘴，锦被乱动，真是一幅活春宫图。凭你铁石人，心里也有些按捺不住了。到底不知佩荃怎样？且看下回。

第四十回　交址女子随贡使来京
扬州道姑关生魂入腹

且说小钰和玉卿闹到二更时候，玉卿道："好住了，我丢过两次，身子乏了。你去和荃妹妹玩罢。"小钰说："别忙，他才来，生分的，怕害臊。若是勉强了他，明儿决要回去，以后就不肯来了。须得慢慢的挑引他，等他自己发心愿意，就好下手了。你若不是这首《寡鹄词》，我也不敢冒昧惹你的。如今既然姐姐乏了，就歇息歇息，睡一觉再玩罢。"果然停一会，各自睡熟去了。

佩荃只脱了裙子并外罩皮袄，余外通没脱去，盖着二条皮被，觉得很热，又且先前并未溺完，小肚子里有些胀，就轻轻起来解了个小解，转身坐在炕沿上，趁着月光，瞧他两个脸对脸儿紧紧搂住，睡得很熟。心里暗想道："我若要图个清白，明儿托个故回了家去，永不再来，就不上他的当。若住在这府里，总不能免。但遇见了这样的温存俊俏郎君，当面错过，又觉可惜。到底该怎么样才是？又不便和别人商量，实在委决不下。"正在暗想，只见小钰醒了，睁眼瞧见佩荃，问："妹妹为什么不睡？"佩荃道："才起来坐桶，正要睡呢。"就把被揭去了一条，依旧和衣睡下。

玉卿也醒了，起来小解了一回。两个睡下，又干起那斯文事来了。小钰道："姐姐，你这番回了南，不知几时再来京呢？"玉卿叹口气道："这个难说，或者竟成永别也未可知。"说罢，两人各各伤心，

淌下泪来,减了兴,就不干了。拉着被蒙了头,在被里轻轻的说话,听不分明。这下半夜三人通没睡着。

到天明,各起身梳洗,同桌坐了,用过点心。停一会,正在吃早饭,见翩翩走来,说:“老爷叫上房老妈来请二爷说话,我不便说在这里,含糊回他,先去了,特来报知二爷。”小钰听了,便道:“二位请先用饭,我去去就来。”

走到太太房里,见贾政坐在炕上,说:“今早接到安国王来表,说要遣使入贡。还有个女子略习拳棒,要随到中国来比较勇力。这个该怎样批发?圣上问我,我一时不得主意,特回来和你商量。”小钰道:“安南就是古越裳氏,后改称南交,秦属象郡,汉时置交址、九真、日南三郡。光武朝,交址女子征侧、征贰反,伏波将军马援讨平了他,立铜柱为汉界。唐宋以来,屡叛屡封,原是个反侧的蛮獠,去中国很近。如今这女子敢要来比勇,谅来有些本领。又怕比较输了,有获罪谴,所以托名入贡。其实是来探听强弱的,若不许他,似乎惧怯了。须得准他来京为是。”贾政就带他进朝面圣。奏明批准入贡角力。他国连着广西、云南地界,算来夏间就好到京了。

小钰奏过,回到家来,告知玉卿道:“方才在朝里得个喜信,山东河院奏,二月初,黄河堤决,流入运河,把一切闸身通淹没了。漕院也奏请将粮船暂泊黄河南岸,待秋间水退才好开放,谅来民船也不能南去。姐姐又好在园耽搁了。”不一会,婉淑也来说这话,玉卿听了暗暗喜欢。小翠听了十分愁闷,但是无可奈何,也只得静候。

从此,小钰常常和玉卿谈笑快乐,佩荃虽仍旧住在凌波坨,却另占了个房屋,不和玉卿同房同炕了。住的日久,渐渐熟分,眉来眼去,都有些情况了,只不曾沾染实事。

到了四月初头,果然贡使到了。贡的是:白雉一对,猩猩一对,狒狒一只,蒙贵二只,丹砂十斤,沉香十斤,珊瑚二十枝,苏合油十瓶,蚺蛇胆四个,庵罗果二盒。表文极其恭顺,两员使臣也很小心。

带来一个女子，年约二十多岁，名唤浡泥满刺加，脸色带紫，中等身材，眉目却很俏美。跟随十名女婢，通是武装。要请当殿和武员及侍卫们比力。

皇上御了便殿，召小钰遢地坐在旁边锦垫上。选了上等大力的武员二十人，站在阶下。圣谕别用器械，只用空手比较拳勇。那女子连放倒了十二个武弁，侍卫内中跌死共有六人。有个香山侍卫教习大臣姓焦，因他力气大，可敌十只老虎，就取名十虎。身长九尺二寸，腰粗八围，黑面紫须，十分威猛。瞧得恼了，赶将过去。提起钵盂大的拳头，照着他顶门使劲儿打将下去，女子侧身一闪，打了个空。他就在焦十虎小肚子上一拳，顺势把脚在他小腿上一钩，轰的一声，像一座石山倒了的模样，已是不能转动的了。抢过四个侍卫，抬了出殿，余人你瞧我看，不敢上前。女子哧哧的笑，口中哩哩噜噜不知说些什么，谅来是诽笑各人无用的话。

小钰站起身，奏过圣上，走下殿来。那女子双眼注着小钰的脸，把手乱摇，口里又是哩噜哩噜的说不个住。小钰问通事官，他讲些什么？通事道："他说长大粗丑的尚且打败了，千岁这样柔媚相貌，年纪又轻，身量又小，他的手劲儿大，怕打坏了，怪可怜的。叫换个人来罢。"小钰笑道："你告知他，我就是剿灭十万倭寇的平海王，力气最大，不怕打坏的。既承他这样疼爱我，我也不忍打他，只叫他知我的勇力就是了。"

传过了话，就抢近身去。他还是摇手，小钰就两手拿住他的手，反圈住他的后腰，轻轻提将起来，仰面放在石地下，自己坐在他肚腹上，轻轻把手在他脸上打了几下。他笑嘻嘻说了些话，小钰站起身，他也待爬起来，小钰就提了他一只脚，捏着拳头，做个要打他阴户的样子。通事忙传他的话道："他已服千岁的神勇了，要求放了他，莫打这个软嫩地方。"小钰笑笑，放了手，招他到阶下跪着。通事官又传他的话，奏道："他心服王爷的神勇，情愿留京，求王爷教习一年，才回国去。"皇上就着通事传旨道："这位王爷身兼将相，事忙得很，那有工夫教他？叫他回国去自己用功习学罢。”通事又和他咯噜了一回，奏说：“他已领旨，只求到王爷府里拜望一番，明儿就和使臣同去。”皇上即命小钰领他到家，赏他个筵席。

小钰就遵旨带他到家，叫他拜见太太、奶奶，他咭哩咯噜笑说个不住。王夫人说：“这个蛮女不比倭国的缬玖，可怕得很。竟像猩猩、狒狒一般，留不得在家的。”小钰说：“他明儿就回去的。”太太点点头，也不留他坐，叫小钰领到怡红院来。

园中众姐妹都来瞧他，他见了许多如花似玉的美女，喜欢得很，拉拉这个，扯扯那个，口里不住的咯都咯都说话。众人问：“缬姐姐，你懂得吗?”缬玖摇头道：“他这口音又和我国不同。”众人看了有些害怕，通散了回去。

玉卿悄悄和小钰说：“这个野人，肮肮脏脏，千万别同他闹那个事。若是闹了，连你也是脏的了，我断断不再近你的身呢。”小钰笑着点点头。宫女丫头就摆上酒席，把大金杯斟上酒，他一口一杯，喝得很快，上的菜碗碗精光。盈盈见他食量大，就到厨房里拿了一个蒸猪头来，他就在身边拔出小刀，一面割一面吃，登时吃尽。金荃故意换斟上烧酒，他也是一杯一口。小钰道：“别尽管灌他了，一会子醉了，撒起酒疯来，闹个不了。上饭罢。”宫女就摆上饭来，又是一只白煮小羊，一大盘白切肉，二尾大鱼，他依旧吃个精光。共吃了十大碗饭，才放下箸，乘着酒兴，抱住小钰乱亲嘴。丫头宫妇都嚷道：“别和这野人似的哺嘴，怪脏的。”小钰哼了他一声，他才放了手，把眼向着小钰细细瞧了一回，口里不知咯噜些什么，复身又来抱住了小钰，伸手往裤裆里乱捏。

小钰生了气，把他按倒在地板上，就解他的腰带来拴住了手，拉下裤子，把两腿翻到肚子上，就用他自己的小刀子，向他阴门做了要戳进去的势儿。他才害怕，怪声大叫。小钰笑道：“你们瞧瞧，他却还是个处女哩。”又拿刀向着他谷道做个势，又在脐眼、心口、喉咙口做势吓他。吓得他宰猪似的叫唤。小钰笑笑，待要放他。

宫梅说："慢些，慢些。"忙把一个李子塞进他的阴户去，正在拍手大笑，谁知他会鼓气的，把阴户一呼一吸，这李子像弹丸离弓的一般，飞将起来，恰好打着了宫梅的嘴唇，溅了满脸浆水，众人笑得打跌。小钰道："何苦来？你说我亲他的嘴就是脏的，如今你嘴上涂了许多骚浆，反不脏吗？"宫梅气得脸青，跑到外边把肥皂水洗了又洗，擦了又擦。

小钰放他起来，他还把小钰的脸上乱嗅。小钰拉他出外交给通事官，说："你叫他快快回驿馆去，若再粘缠，我就把小刀子捅他的阴门，断不饶恕的。"通事便和他讲明，他才知害怕，就同了回馆。

明日使臣带同他进朝，叩辞回国。皇上只收了蒙贵、庵罗二物，就分半赏赐小钰。余贡通发还，赏国主细缎珠宝等物极多，并使臣女子通有厚赐。那蛮女临行还拉着小钰的手，恋恋不舍。

小钰回家讲给众人听，蔼如说："獠俗好淫，即此可见。"阖府通尝着庵罗果的滋味，真是鲜美异常，不愧名品。蒙贵一只，就养在怡红后院，且不必细说。

过了半个月，焙茗叫二门老妈传话到上房，说："前门尼姑庵来了个道姑，扬州人，善会关魂，其灵无比。"王夫人高起兴来，就叫唤到府里。在上房后轩烧了符，念了咒。脱去裙子，躺在炕上，又把裤子扯下引起，露出脐眼。说："魂到了，就在这脐眼里说出话来。"园里众人齐到，只有小翠推病不进来。先是淑贞要关祖父、父母的魂，道姑昏昏睡下，像死了的一般。少停，果然腹中说起话来了，说道："方才檐头神说：'周大人已封做陕西城隍，合家通随任去了，无从关请。'无缘无故，硬拉我来回覆。"这话小钰听了诧异，问道："你这口音熟得很，可是翠妹妹么？"应道："是我，我在后院瞧石榴花，碰见檐头神，被他扯了来的。"婉淑也惊道："想是你死了么？"应道："我好好的，何尝死呢。"王夫人说："不好，今儿着人去唤他，他原说身上有病，莫非就咽气了？"忙叫老婆子快去瞧瞧。玉卿也着起急来，慌忙同小钰、婉淑赶往园去。肚里说："我去了，去了。"众人都惊都呆呆的，不作声。道姑翻个身就坐起来，问："还要关那位？"王夫人说："且慢，且慢。"不一会，小钰飞跑的笑进房来，道："他在那里睡午觉，梦到后院子里瞧花，撞着檐神领了来的。如今呼唤醒来，已是坐起的了，并没什么事。"果然小翠同着婉淑、玉卿一齐都走将进来了。王夫人搔搔头，说道："别闹神闹鬼罢，把人都吓死了。"就叫赏道姑二两银子，叫他回去罢。道姑谢了，就告辞出外。

小钰尾他到上房门外，悄悄带他进园里来。在怡红厢房，要关琼蕤的亡魂。那道姑重又烧符念咒，躺着睡去，

且说这怡红院里最爱顽皮的宫女中，第一算宫梅，丫头中第一算英英。那宫梅自从前日吃了这蛮女的亏，心中懊闷了多日，今番不敢来闹玩儿的了。英英却是一般的玩性，见道姑似死非死，昏迷的躺着。就笑嘻嘻解开他的裤子。瞧他下口很宽，乱毛丛丛，便道："好大家伙，可惜年纪已有三十多岁，相貌也很平常。不然二爷落得弄他一下，横竖他不知道的。"袅袅笑道："你何不学宫姐姐，塞个李子进去玩玩？谅来未必也像蛮女会鼓气的。"

正在说笑，忽听见脐眼里叫声："二爷我来了，感谢二爷种种恩典。但是赏的金银衣饰通被我父母留下了，只买了一口材，一块小小坟地。随身着的都是些半旧衣裙。幸喜二爷多情多恩，上年中元节里又替我虔心追荐，仗了佛力，闻说今年五六月间便好投生去了。只是受恩深重，后会无期，怎能得报效二爷呢？"说罢，哀哀痛哭。小钰也掉下泪来，问："你将来投生，生在怎么样的人家？"答道："这个不知道，那里自己做得主来的？"小钰又问："你若投生，可能到我府里来别别我吗？"答道："今儿是檐神带我来的，自己一个那里得能进来？"又哭道："檐神催促不许久留。二爷保重，我去了。"说罢就不作声了。

那两人问答的时候，英英悄悄吐了些浓浓的唾沫，抹在他产门上。道姑醒了坐起来，见裤子解开，用手摸摸，是湿的。便道："那

个和我闹玩儿？想是千岁爷了。”众人说：“不是千岁爷，是英姐姐和你玩儿。”他就笑笑道：“若是千岁要玩，这是我交了好运了。便再闹一回也使得。”小钰笑着拱手道：“多谢盛情，心领了罢。”他还装了许多妖态，慢慢系了裤，穿上裙，一眼注着小钰。小钰忙叫：“赏他四两银子，叫他回去，改日再去唤他罢。”

道姑去后，只见佩茎走进房来，道：“我有句话要告禀哥哥。”不知说的什么话？下回再叙。

第四十一回　浸水芙蓉窥玉体
临风杨柳度纤腰

小钰问："妹妹，有什么话？"佩荃道："今儿我家打发人来，说我离家多时，父母惦记得很，明儿要接我回去。"小钰说："你来了差不多三个月了，尊大人记念自然该去的。但是端节近了，屈妹妹过了节去罢。我差人替你去说就是。只不知去了，几时再来？"佩荃说："大约总要过了夏，等到秋凉才来呢。"小钰即日就差了旗牌官去说："我家太太留小姐过节，初六就会备轿送回来的。"贾家也应允了。

到端阳这日，各人通到上房去贺节，小钰和姐妹们也各各道贺了一番，就在上房喝酒。过午，贾府向例，端阳日午时，各人要用雄黄菖蒲加些香料煎汤洗澡，因此各人忙忙吃喝完了，回进园来。

小钰私向玉卿说："我到众姐妹处瞧瞧白身子，回来和你同盆洗澡。"玉卿笑着点头。小钰暗想："舜华是惹不得的，碧箫、蔼如、彤霞、妙香、瑞香通是瞧见过的。淡如、小翠更是瞧惯的了。况如今有香菱、施婆拦阻，进不去的。"一径往小山书屋来，要瞧缬玖，谁知前后门窗关得漆黑，又不便打进去，只得转到青壁山房。恰好碰见祥风丫头，便问："姑娘在那里？"祥风道："在后轩洗澡。"小钰见前房门是关紧的，便往后院，跨出窗前，走到纱窗外，往内一张，见淑贞雪白的背脊，坐在澡盆里，小钰轻轻嗽了一声，淑贞回过脸来，明明见小钰站在窗外，便大声的喝问："什么混账人，敢到这个地方来？"小钰听是个生气的声音，就往外飞跑了出来。又到留香居，去后窗外瞧友红，友红正对着后窗伸开一双小脚在那里擦腿，小钰笑着道："好细嫩肌肤，又且红白相间，可爱，可爱！"友红抬起头来，瞧见了小钰，慌忙带着水往外房走了出去。

小钰欣欣得意，才到凌波坨来，先去瞧佩荃，佩荃已经洗完了，正在那里穿衣裙。小钰叫他开了房门，拉了他的手，同到玉卿隔壁房里。把四面门窗关了，版壁上原有个月洞，是用玻璃镶嵌了，瞧得见隔房的。便叫他坐下，自己走到玉卿房里来，玉卿道："为什么去了多久？再迟迟要交未牌了！"忙叫丫头舀了水，两个脱去衣裤，同坐在一个盆里。洗了一回，高起兴来，就在澡盆中水战，战够多时，玉卿说："水也凉了，好住了罢。"小钰才和他同起来，擦干身子，穿上衣服。笑嘻嘻走过隔壁房里来，问佩荃道："妹妹瞧得有趣么？"佩荃站起身来，小钰把他的裙子一摸，是湿透的了。揭开裙子，那纱裤裆里，竟像泼了粥汤一般。佩荃涨红了脸道："别这么混闹！"小钰忙把他裙子解下，又硬硬把裤子也褪了下来，用帕子揩净了，就向玉卿借了一副裙裤，替他换上。见他的腰肢很瘦，用指头一跨，不上三跨。赞道："这真是杨柳纤腰，不让白家小蛮呢！"便布着耳朵，轻轻说道："我今儿晚上到你房里过夜，你再迟几天回家罢。"

佩荃低着头不做声。两个正在粘缠，只见盈盈走来道："二爷，方才蔚蓝姐来说，舜姑娘请二爷即刻过去，有要紧话说。"小钰听了，便忙到萧湘馆来，舜华一见，便沉着脸问道："二爷，你瞧宦家闺女可和娼妓一个样的，还是略有些分别？"小钰说："妹妹，你的话我全然不懂。怎么讲这个话？"舜华冷笑道："不懂，请瞧那张纸上的话罢！"小钰接来一看，纸上面写着：

外孙女淑贞谨白：外祖母暨二位舅母大人尊前。儿赋命不辰，惨遭家难。益以寒门衰薄，并无期功强近之亲。只影茕茕，飘蓬靡适。荷蒙大人垂恩收育，眷爱有加，方拟永奉慈辉，撤填侍膝。不意狂童肆侮，窗隙潜窥。此而可忍，正恐履霜坚冰其驯，至有更甚者。蚁命如斯，更何足恋？轻缳七尺，行将随亡亲于九原也。伏冀终始矜怜，归祔祖茔。犬马之酬，矢诸再世。淑贞挹泪百拜。

小钰看了，魂也吓落，双脚乱跳道："不知还好救得活么？我去瞧瞧。"一面说一面往外就走。舜华道："别忙，若待你这会子去救，恐怕十个也死定的了。幸喜传灯师前日入定，知道淑妹妹今儿午、未两时有难，特来邀我同去瞧他。谁知已经栓上门，正在那里上吊。忙叫几个健老妈打开了窗，跳进去救了下来，已是满口涎痰，眼珠都是定的了。起先不知为着什么缘故，瞧见桌上这个禀贴，才知道是你闯的祸！可怜，可怜！他也是个名门闺秀，忠臣后裔。因一时无奈，孤身倚傍外家。你做表兄的，不肯照看他也罢，竟忍得这样凌贱他！"舜华口里说，止不住眼里淌下泪来。小钰也淌泪道："我不过醉后在窗外瞧他洗澡，并没怎样糟蹋了他。谁知他这样烈性的人！"舜华听说，恼极了。把手在桌上一拍，叫声："放屁！这还不是糟蹋，你待要怎么样才算糟蹋？料你瞧得园中姐妹，通只当是一群婊子！但我和你不过是疏远亲戚，虽没了父亲，还有母亲，有家可归。今儿即刻搬了回去，终身终世不愿见你这样的大体面，妄作胡为的混账千岁爷了！人都害死去了，还只当没事的一般。你道人人都是淡如吗?"小钰着了急，双膝跪下道："是我该死！亏了妹妹救全了淑妹妹性命，从今以后，若再去干犯他，便是畜类。还求妹妹须得过去陪伴着他，好言劝解，别晚上又有什么意外的事。"

舜华因一时忿激，说得过分，见他这个相儿，却又过意不去。连忙也跪着请他起来，让他坐下，才说我也防他又寻短见，已托传灯师住在青壁山房作伴，并讲些姻缘因果，开导他。随后我自然再去，说你酒后糊涂，如今深自懊悔，断不敢再萌妄念了。但是二爷你也自己想想，叨了祖宗遗荫，才蒙神仙佑助，成就功劳，荣宠异常。古人说的,‘居上不骄’,又说‘居安思危’,别太把福禄剥丧尽了。琼蕤虽然是小家之女,也是一条性命。如今在那里?我每见了小翠,就触动个哀怜的念头,不知二爷心上也过得去么?更有奇事,如今纷纷扬扬,另有那些不明不白的话,我也不忍直说,各人心上明白罢了。就是那些宫女丫头,固然由你摆布,也要存个上下体统,怎么闹得个猫鼠同眠,全没半分规矩?现今亏了老爷、太太并大爷镇住,全家还不到得离模。恐怕二爷独自齐起家来,不见怎的呢?家既不能齐,这治国平天下越发难说。似这样的当朝将相,可不白白负了圣恩么?”这一番议论,说得小钰目瞪口呆,就像泥塑的一般,回答不出话来。舜华又说:“我说的通是糊涂话,听不听由着二爷,我要去瞧淑妹妹去了,二爷请罢!”

小钰只得应了一声,回到怡红院来,想道:“舜妹妹的话真是药石,至于责备到治国平天下,更是名论,自然要遵奉训诲。书绅自警,倒还容易,只是得罪了淑妹妹,怎样才好解释?”想了一回,就叫丫头磨起墨来,忙忙写成一个奏折,大略讲镇东伯周琼全家殉难,并无房族弟侄,止有孙女淑贞一人,现在孤身依倚臣祖母跟前,实堪怜悯。臣系至亲,不敢不上尘圣听的话,写完收好,一夜睡不安稳。

等到黎明起来,就吩咐盈盈:“叫备大轿,差几名家丁送佩荃回去。我有事上朝,不及送他了。”又差宫女在留香居门外,打听友红有什么动静。探得平安无事,才放了心。就进朝去把折呈奏,皇上览了,便道:“这是朕的错处,怎么被难文武通有恩典,单单遗漏了他?”即日下旨,加封镇东伯周琼为忠烈侯,追赠三代。伊孙女淑贞袭封承忠候,颁给金印,赐银二千万,食邑八县。又赐宫女、太监各二十名。许自署,文职从九品以下,武职七品以下,均得支给户部银俸。又另发帑银五十万,着工部盖造忠烈侯祠堂,又三十万盖造承忠侯府第。交钦天监选定吉日,专遣礼部尚书赍诏往贾王府里开读。

兰哥儿在内阁见了谕旨，立即差人回家报信。随后小钰也回来了，忙叫替他备办朝衣凤冠，以便接旨。又差香玉报知缬玖，说：“你家国王原想春天来京的，因海上盗贼甚多，不敢远离，待到下半年再瞧光景。先遣官入贡，并带有书信。”送给了缬玖，缬玖看了信，也没什么话，只写了封回书，交使臣带去。不提。

先是初五晚上，传灯告淑贞说：“小钰将来有五位夫人，你也在数内的。”又说：“三日之内，你便要封侯，还有许多恩典。你家先大人加封侯爵，建造祠庙，春秋祭祀，正有好处哩。”淑贞总认是宽解他的假话，及至得了实信，心里却暗暗服他果有前知的，十分愤恨，已消去了七八分。又想舜华这般关切疼爱，也不可不听他的话，气就平了一半。

且说佩荃，那日听了小钰的殷勤订约，专候好音，一夜不曾合眼。还疑是偶然有事阻隔，次日自会过来践约的。谁知第二天早上，丫头来请上轿，没奈何只得到上房并各处谢别一番，闷闷昏昏坐上轿回家去了，不必细说。

过了几日，礼部颁诏到来，淑贞接了诏，即时入朝谢恩。皇后召见，十分优待。回转王府，就到上房拜见老爷、太太并二位奶奶。众姐妹各来道喜。第二日，就借东边正厅祭享祖先、父母，哭得十分凄惨。一面差人催工部上紧盖造祠堂、府第，他想赶紧搬了开去，免得和小钰挤在一堆。无奈工程浩大，那得十分迅速？也只好耐心守着。

这边小钰因为听了舜华一篇正论，果然变个调儿，并不去和姐妹们黏缠说笑，玉卿房里也不去了。丫头、宫女都知道舜姑娘的教训很严，况且此公将来是正主儿，别违拗了他，也各自敛迹。小钰天天取那名臣言行录，董、贾策论，宣公奏疏，细细揣摩，空闲了就到芬陀西庵和传灯讲论禅机，竟有个洗心涤虑的光景。舜华闻知，也很喜欢。

时光易过，又交六月将尽。贾兰回家来报新闻道："今儿接到广东巡抚八百里加紧奏章，说罗定州地方龙龛、天黄两山，极幽邃险阻。有个匪棍，姓龙名飞，原系瑶种，就在山中乌龙庙里招集羽党。立起个教来。入教的就在右胳膊上刺一条龙，涂些黑煤，名为乌龙党。他名称乌龙太子，渐渐哄动愚民，连着东安、西宁二县，都有入教的，约略有三四万人。舞刀弄棒，扰害良民，劫掠奸淫，无所不至。马提台和施制台，因为前番获罪，蒙恩革职留任，三年无过，方准开复。他两个想要建些功绩邀恩，即赐复职，就带了五千人马前去剿捕。谁知打了败仗，施制台阵前被害，马提台身受重伤，逃回衙署。匪党就乘胜横行，攻破了本州两县，又进攻肇庆府，声称还要来夺取省城，十分凶恶。皇上下旨把马提台革职，就升总兵李赫做了提督，带了三个总兵官，协同庞抚台、贡臬台并二员知府，带兵二万前去救援肇庆，务要收复罗定一州二县，净灭匪党。已经八百里飞马传旨去了，不知将来胜败怎样？"小钰皱着眉道："这马公本领又平常，偏喜多事干时。既已失察，及至提兵剿贼，并不奏闻圣上，又复失机。幸亏皇上宽恩，仅予革职。但李赫虽曾跟我出征，却不是个将材，庞抚军更是个白面书生，恐怕未必成功，白白坑了二万人的性命。"即刻到留香居告知友红，友红挂着眼泪说："虽仰蒙圣恩宽宥，只怕受了重伤也难存活，又不知他却怎样了？"小钰笑道："他是谁，谁是他，谅来问的是姐夫了？放心，放心。不必惦记，他在衙门住着，断没事的。"友红涨红了脸，啐了一声，道："我何曾问他呢？"

次日小钰入朝议论这事，皇上说："朕本要召你来计议的，因急于传旨，不及细商。如今旨意已下，且听消息罢。"

隔不一月，果然广东藩司奏称：庞、李会同剿贼，全军覆没，文武尽皆被难。现在肇庆已陷贼党，附从愈众，省城戒严。求圣上速发重臣名将前来征剿，免致生民涂炭。小钰闻信，即日上朝奏请出兵平寇。皇上谕道："你是国家股肱，不可轻动。况这些乌合之众，谅非大敌，只消你保奏一二能臣，多带劲兵强将便可扑灭妖寇，何须亲往呢？”

小钰遵旨回到家来，先请了贾政的示下，要想保奏碧箫、蔼如，贾政叫和他各人商量。小钰就到园中告知碧、蔼二人，二人道：“舜妹妹识见最高，咱们必得和他商议才是。”究竟怎样出兵？且待下回说明。

第四十二回　四女将出征东粤　五学士被黜西清

小钰忙和碧、蔼二人同到潇湘馆来，恰好缬玖、淑贞都在那里陪舜华闲谈。三人把这出兵的事请教舜华，舜华还未答话，缬玖道："很好，我也愿去。"淑贞道："我无尺寸功劳，蒙恩袭封侯爵，虽则不谙武事，那职掌笺奏，参赞机宜，也还勉强做得来的，愿跟了三位姐姐同去报效。"舜华道："莫忙，兵凶战危，不是当耍的。须得烦传灯师入定查个吉凶，再做计议。"小钰说："很是的。"就忙忙同到西庵来找传灯，性空迎着道："我家师父坐在二殿佛前蒲团上，出神入定，失迎各位了。"六人只得走到东庵，和明心闲谈喝茶，停了好久，传灯笑嘻嘻走进来说："恭喜四位姑娘，驿马动了，此去包管马到功成，并无阻碍。"四人暗暗想："他果有前知，怎么并未告知，预先就知道了？"舜华又烦明心求了一签，也是大吉。

小钰就别了尼姑庵，同回怡红院。写个保奏折子。碧、蔼、缬、淑联名具了一折，要请出师剿寇。即日进朝呈奏。圣颜大喜，准了奏。立敕礼、工二部铸造平粤大将军、左右副将军并参赞大臣金印四颗，又命制备帐房军械等物。问："要拨兵多少？"小钰道："京师离广东很远，兵多了，一路不免骚扰。只选一千精兵，百员良将。待到了福建，挑选漳、泉劲旅一万名，也就够了。"皇上准奏，敕各该衙门遵奉速办。一面命他五个人进宫朝见皇后，皇后十分优礼，说："你们闺门秀质，志切效公，实实忠勇可嘉。专待奏捷凯旋，我当出城郊劳。"就赏他们许多珍宝锦缎，又领了宴。辞谢回园。

缬玖发个议论，说："咱们通是女孩儿，别把那真面目见人，须做起个护脸儿来带上，才装得威猛可畏。"淑贞拍手道："极是，极是。我是行军司马，算是文官，只用个浓眉大眼，眼上嵌两块水晶，三绺长须的粉白方脸。"碧箫说："我三个将军都用金脸。"蔼如说："同是金脸，也要有些分别。姐姐用红须，我用绿须，缬妹妹用蓝须。通是三只眼睛，带的紫金幞头，上插雉鸡毛，身穿绣金软甲。"淑贞说："我带乌纱帽，穿紫蟒袍。"小钰说："又得去找四匹仙马来才好。"缬玖说："不用找，我带来的倭马很使得，身量虽小，力量却大，登山涉水，十分便捷。"各人挑选了二十名宫女，二十名太监。

怡红院有那好事的丫头求着要同去，小钰就挑了二十名，共凑成一百名之数。这些女孩子们更是爱玩得很的，制造怪形护脸，青红黄黑紫绿无般不有。也有装着十多只眼睛，晶光闪闪；还有装成牛头马面、小鬼夜叉的，身上衣衫也是奇奇怪怪。在花园里操演起来，竟是一队神兵的模样。小钰又制几面小旗，画上退炮符，要选个健女人做开路先锋。缬玖就派了个倭宫女，名叫阿蛮儿，专掌退炮灵旗，充做先锋；派了琼枝、金茎做内巡捕官，专管传令禀事；又派两名太监，做外巡捕，一是姓战名胜，一是姓成名功。取他的姓名吉利，做个彩头。

慢讲园中匆忙赶办一切。且说各部应办事宜也一一备齐。钦天监选了八月初三日，出师大吉。阖城文武，遵旨在一百里内，逐段分班候送。又奉皇后懿旨，亲到城外皇华亭饯送，又钦赐上驷院名马五百匹，以备军前应用。封碧箫大将军，蔼如左将军，缬玖右将军，淑贞为参赞。又专遣户部侍郎，带十员司官料理粮饷。到了这日，辞朝出师去了。此番的威仪光景，虽不比征倭郑重，却也相差不远。至于府里饯行送别的事，不必细说。

且喜三位将军号令严肃，一路上秋毫无犯，人人见了，都说：

“贾王府里的神兵如今不从天上来，竟从地下去了。”这事且搁开慢讲。

单说园中去了多人，觉得冷落了许多，小钰闲着无事，上了一本，说：文事武备，国家要务，近来有名无实，须要整顿一番，方冀有起色。皇上准奏，就派了十位皇子，分巡各省，查阅行伍，据实奏闻。又派小钰做大总裁考试翰林科道，因朝中难于关防，命在贾王府里封门考较，就派贾兰为监临官，防闲弊窦。

贾兰这日按名给卷，在西边大厅上安了椅桌，三重门通严严封锁，各门派亲信家人把守。小钰向舜华商量，要请他和优昙、曼殊做房考官，三人都应允了。

至期，皇上亲自命题，交小钰带回开发。第一题是赋得耳下于渊，五言十二韵，得扬字；第二题是䨇敛赋以《汉书律历志》为韵；第三题是洁宫开门论；第四是拟王仲宣《公燕诗》即次原韵；未后策问一道，问：“后汉中兴二十八将，论者谓为上应二十八宿，然欤？否欤？其中何将上应何宿？可悉数欤？诸人之事功品望孰优，孰劣？所封何秩，食邑若千户？一一尔见缕陈之。永平中，图二十八将于南宫云台，此外附者几人？能备详其姓名、官爵、政绩否？”

发了这五道题目，贾兰兄弟二人专专坐在上面，不许各人说话，禁止交头接耳。众人中，也有得了题振笔直书的，也有反复沉吟的，还有愁眉蹙额似乎不解题目的。小钰只催快些赶着做。奉旨不准给烛的，到了日落西山，纷纷缴卷。剩下六个人，实在不能完卷，兰哥说：“文思有迟速不同，且分给一枝小灯烛罢。”给烛后，又缴了四卷，渐渐街头下梆子了。两个人还在那里挖补错字。小钰笑道：“大长的日子，闹到这时候，又不当心誊写。打了许多补子，怎样进呈呢？”二人只叫：“求王爷开恩，即刻就完了。”又延挨了一会，才得缴全。兰哥分做三封：一封只写个“共几卷”画个押；一封四个卷子，上写“给烛”二字；一封两卷，写个“超更后缴”。

小钰收了卷，亲送到徵瑞轩来。舜华也在那里，瞧了一瞧，说

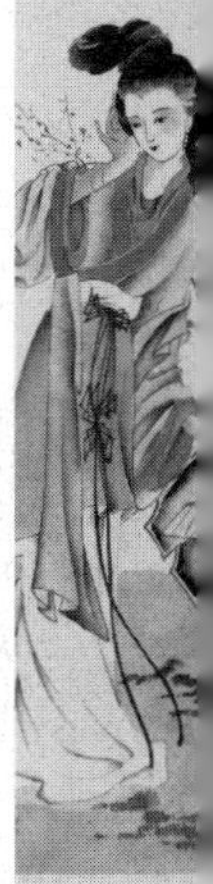

道："共只一百几十本卷子，只消半夜工夫就明白了，明儿送请总裁定夺罢。"小钰道："有烦，有烦。其中两卷就像炼《三都赋》的一般，不知怎样倒要细瞧瞧的。"说罢就回怡红院去了。舜、优、曼三人灯下逐细核阅，遇有错处，都用黄签标出。看完了送舜华通瞧了一遍，才分个等第。舜华就在徵瑞轩过了宿。

次早，三人同到怡红院交给小钰，小钰问："瞧得何如？可有佳卷么？"舜华笑道："扬子目上于天，耳下于渊，不过言耳目聪察之极。皇上怕众臣记不真，特限个扬字韵，谁知竟有记不得的，说成了把耳朵浸在水里，岂不荒唐？"曼殊笑道："我赠他个易卦爻辞罢：濡其耳，攸祉，利改外官。"舜华又道："《汉书·律历志》云：秧，䊵也。物䊵敛乃成熟。注'䊵'字子由反。圣上就把书名限韵，也是提醒各人的意思。至于论题，出在《管子》，注云：宫，心之宅也。门，谓口也。如今试卷里竟有做成洒扫庭户的话头，越发可笑。"优昙道："拟古诗多有错韵，有一卷竟次了曹子建的《公燕诗》韵。"曼殊道："我瞧一卷却次刘公干的《公燕诗》韵。"舜华道："这还是记错了，更一自出心裁，用了一先韵的呢。那策问官爵封邑舛错很多。有个卷子把邓仲华封了舞阳侯，又有一卷封耿伯昭做了胶东侯，更有一卷好笑，说耿弇封好列侯，食二县，是不错的了。底下以列侯奉朝请，他却发了糊涂，写个加列侯朝奉。"小钰笑道："这必是光武开了当铺，才去请了这许多徽州朝奉呢。"优昙道："贾君文封胶东侯，食六县，以列侯加位特进。我见一卷，偏说贾复特进胶东侯，难道传论说的：所加特进朝请而已。这句都不记得的？"舜华说："《后汉》各人列传，或者没有全读，这范蔚宗《总论》明说其外又有主常、李通、窦融、卓放，共三十二人，故依本第系之，他们竟有不记得的，还不出这四个人来。"

舜华说："我如今先检五题通没舛错的，共只十四卷，列为一等。以下就不能完善，检那错来尚有可原的，共二十六卷，列为二等。其余七参八差的，只好屈做了三等。给烛的四卷，内有一卷文理还通顺，错得有限，便附在三等。临了儿，其余三卷屈居四等。定更缴的两卷，实在荒唐，诗赋题全讲解不来，连二十八将的姓名都记不全，倒补了十多个补丁，看来要委屈他做老五了。”小钰笑道：“这原是我的虐政，害他们呕心出血，苦了一天。他们三位阅过，自然是不错的。我再过一过眼，就好送缴圣上了。”

三人去后，小钰又逐细看了一遍。其中舜华标的签约有一半，优、曼二人共标一半，都是还明出处，极其精细。小钰心里暗想：“舜妹妹实在心灵手敏，一目十行。肚里的书卷也十分富有。我自愧不如他呢。”

第二天，亲赍了呈缴入宫。皇上又细细瞧了三日，才照着拟定等第发了榜。即日各堂官带领引见，小钰也进朝面圣，圣上很夸他看得精细，标签指出错处，俱极明爽。“将来就派你做掌院罢。”小钰谦谢了一番，赐坐在旁边锦垫上。各官站齐在殿外。皇上降旨道：“朕诚恐你们学问荒疏，记忆不清，所以出的题目通是眼前常见的子史，如何还有做错误的？现在贾王逐细标明，你们瞧了也该自愧。往后须加意读书，才称得个清秘儒臣呢。”说罢，逐一引见，就传旨：考居一等的，遇有应升缺出，挨次升补；第二等的，俱加一级；三等照旧供职；四等三名，两个改了部，一个外放知县；五等的从宽，交吏部照原科分归班铨选知县。引见即毕，小钰辞出回家。

到了八月中秋，先到上房贺过节。晚间就去请了太太、奶奶们并少奶奶来园里，同姐妹们往月廊赏月喝酒。坐到一更时候才散席。回到怡红院，正想要睡觉，忽见玉卿独自一人走进房来，笑吟吟的道：“二爷这样爱睡，可惜了一轮皓月，不多多赏玩一回？”小钰道：“在月廊已瞧够了。姐姐想是步月而来，可谓清兴。”玉卿就捱着小钰身旁坐下，问道：“二爷一向想是持斋吃素，所以少会得很。今晚天上月圆，人间也该开开荤了。”小钰会意，笑道：“月虽圆，嫦娥是依旧独处的。”玉卿摇摇头道：“未必呢，那里都像你这样贞节的？”小钰酒后，听了这话，有些情动，便抱住他哺了个嘴，说道：“今晚咱们也圆一圆罢。”玉卿笑着点头道：“使得，悉依台命。”小钰道：“姐姐，你知道么？睢口决了，不能合龙，运河水势比前更大。那回南的话，只好缓商，咱们正得盘桓多时哩。”玉卿听了欢喜，便同上炕去圆将起来，久别乍逢，两情眷恋，直闹到四更才罢。次日睡到晌午起来，同吃了饭。玉卿自回凌波坨去。

看看到了重阳将近，小钰见兰哥走来，说：“今儿广东军前有捷音回朝，说：‘交战大胜，杀了许多贼匪，省城已经解围。乘胜收复了肇庆，现在进剿罗定，大约指日可以平靖献俘。折尾四人联名保举原任提督马龙，伤未全愈，情愿随营效用，十分出力，请加恩赏给都司衔，再视后效。’皇上朱批，着赏给游击衔，在军前效力。如果始终奋勉，再行题奏，另降谕旨。又传旨把何阁学的原官开复。”

小钰听了，心里欢喜，忙到留香居来报给友红，替他道喜。友红感激不尽，说道：“四位姐妹推二爷的爱，才有此奏。皇上格外天恩，也无非瞧着二爷面上。受了这样厚恩，怎得图报？”小钰笑道：“姐姐，这些图报的空谈，我耳朵里听陈了，不必谎我。如若果有真心，只消把端阳那日澡盆里浸的两枝白玉，中间界着的一条红线，再赏给我细细瞧个明白，就是莫大恩典，何必说那些空感激的话呢！”友红涨得脸泛桃花，摆摆头道：“这个实难从命，脸上怎么下得来？情愿碰几个响头吧。”说着真个跪将下去。小钰一把抱住，乘势哺了几个嘴，又伸手在他裙底掏摸了一回，笑道：“不准觌面晤对，只好暗中摸索了。”友红红着脸说道：“我今儿就要回家去报信，顺着请请父母的安。”不知小钰许他回去不许？说明在下回。

第四十三回　五美同膺宠命　四艳各配才郎

小钰说："姐姐来了多时，此番回去报个喜信，顺请令尊大人的安，很该的。但去了须要早早回来，别像了佩荃妹妹，一去杳然。"友红道："我回去不过耽搁一月半月就会来的，不必惦记。我猜荃妹妹必是因你缠扰得慌，才不敢来了。依我想来，虽不同宗，到底五百年前共一家，所以古礼同姓不结婚。劝二爷别起这些邪念罢。"小钰道："我原无实事，不过因爱成慕，想要亲近亲近。若说做柳下惠也做过多次了。"友红说："柳下惠坐怀的话，原属荒唐。若是当时旁边还有别人，自然不便及乱，众人所能，不足为奇。若说只此男女两人，谅来不肯自行检举的，那不乱的话，谁其信之？反是鲁男子颠扑不破呢。"小钰笑道："去年那晚，姐姐醉倒在我怀里，倘不是柳下惠，恐怕那一线含苞不必留得住了。"友红害臊，叫了一声，便忙忙换上衣衫，各处辞别一番，回家去了。

且说四个女将军在福建添拨了五千兵，先到广东省城。贼匪远远望见，便放起火炮来，谁知有退炮符的，炮子退回，伤了许多贼人。随后飞刀飞来，又伤了多人。渐渐近来，竟是一队神兵天将，奇形怪状，箭弹如雨点一般打将过来。贼众魂也失了，那敢交战？即时溃散，自相践踏，三停中死了二停。贼头龙飞却在肇庆府城，幸而未死。他的一个胞弟、两个儿子，都死在乱军中了。四女将乘胜进攻肇庆，肇庆城上城下又开放大炮，炮反打回，把城楼也打塌了，城门也打破了。龙飞见势头不好，一溜烟逃回罗定去了。女将进了城，搜索余党，安抚难民。住了几天，把带来的兵留下二千守城，自己只带四千兵进攻罗定。

淑贞说："似这样乱杀，贼首必然死于乱军，虽然奏凯，不能献俘。不如先发一道谕帖，叫他党羽把几个头目缚了来，阵前投诚，免究余党。此时贼众魂胆俱丧，自然乐遵，不但可以生擒首犯，也省了许多杀戮。"三人各各赞道："妹妹高见，就烦写起一封谕帖来。"淑贞便一挥而就，写的是：

> 征粤大将军梅、左将军薛、右将军杨、参赞大臣周谕罗定州及所辖东安、西宁二县被难兵民及胁从匪党知悉：尔等或因暂时偷活，屈受逼降；或惑于妖诬，误附贼党。其实逆天倡乱者，不过龙飞及头目数人而已。今本帅等上奉圣命，率领神兵来粤剿捕。诚恐刀箭之下，崑冈玉石概被焚毁，殊觉可悯。为此特谕尔众，速将首犯龙飞，并助恶头人数名，立时囚絷，及其家属送出城外迎降，以免屠城之惨。谕到凛遵，毋贻后悔。
>
> 速速！

三人看罢，立即专差三员健将，飞马前去，分谕各处。大兵却慢慢启行，未及罗定城二十里，早见一面投诚大旗在前，后面有二千多人，押了十几个囚笼送到军前，两旁跪下。将军吩咐：收了囚笼，降人起去。进了城，把贼匪问了口供。连夜具折，传红旗报捷。东安、西宁也都开城迎降，毫不费力。

皇上接到捷音，十分欣慰。此时已交十月下旬，就敕钦天监选择十一月吉日，由广东启行班师，约腊月半后便可回京。

圣上和圣后商量，要加封这四员女将。皇后说："他们都已封了公侯，若再晋爵，便应封王了，却和小钰一样，未免不分轻重。我瞧这四个女孩子都很好，何不通配给了小钰，无分嫡庶，概封王妃。这就尽沾万岁的恩典了。"圣上道："这话很是。"立召贾政并梅玉田、薛虬到内殿谕知这话。贾政奏说:“多感圣恩成全,但臣孙小钰和个林姓女子有个金玉天缘。”便把这生成金锁、宝玉的事细奏一遍。皇上说:“既这么,就是五个王妃也可使得。”立即召了主事林中秀来,问他,他求之不得,满口应承。贾政又奏:“周淑贞系臣甥孙女,并无父母,臣可做主,这倭女杨缬玖,须得问他父亲才是。”皇上道:“倭王昨日遣使来朝,说他十月内下船放洋,准于腊月到京。且待他到来,商定了同下旨意罢。”各人谢恩出朝。

次日适有都察院左都御史缺出,圣上就把林中秀超升了。这明是推恩及他的意思,且慢提及。

专说十一月初间,小钰和玉卿在怡红后院看见瓶里梅花,想起此时东阁必须开得很盛。正要过去赏玩,忽听见宫女报道:“佩荃小姐和何小姐同回来了。现在上房请安,一会子就会出来的。”小钰听了,如获至宝,忙叫等他出了园,就请到这里来。不多时,果然双双走将进来,各见了礼。友红说:“我今儿特地邀了荃妹妹同来,免得二爷记念。”小钰道:“多感,多感。但不知怎样开罪了荃妹妹,竟是一去不回?”佩荃道:“实因父母不肯放,那有什么开罪?二哥哥别多心。”四人正在殷勤叙话,忽见那只交址贡来的蒙贵,和一只小猴儿在假山跟前打雄。小钰笑道:“三位姐姐妹妹瞧瞧,很有味儿。按《外夷记》上载:蒙贵出安南国,状如猱而小,紫黑色,捕鼠胜于猫。彼时贡来,原是一牝一牡,皇上把牡的赏了我,孤独无伴。此时小阳已过,春气发动,谅来按捺不住,只得非匹偶而相从,就和这猴儿交将起来了。真是物犹如此,人何以堪呢?”三人听说,通涨红了脸,往前厅走了出去。佩荃悄悄向友红说:“今晚钰、玉两个,只怕也要仿照蒙贵的样儿哩。”友红点头笑笑,不做声,各自散去。不提。

到了十二月初头,倭王到京,先来见过小钰,小钰早知圣上有意做媒,便要结倭王的欢心,殷勤款待,十分恭敬。第二日五鼓,倭王上朝,皇上果把这事谕商。倭王喜出望外,叩头谢恩,感激无地。

过不几日，四女将的前站已到，皇后出城郊劳，礼数优隆，不必絮说。至于各各回家祭祀宗祖，父女相聚的话，也不用细叙。

残年既尽，正是丙辰元旦，倭王也随众人入朝。皇上受过朝贺，便着内阁传旨：钦封林舜华为平海王元妃，封梅碧箫为次妃，薛蔼如为三妃，公主杨缬玖为四妃，周淑贞为五妃。一体颁给斗大金印，礼数以姚娣平叙。俟明岁春正，贾王年登十六，选定吉期，五妃同日合卺成婚。

贾政率领小钰同着倭王、梅玉田、林中秀、薛虬等谢了恩，才选个吉日，先行了问名纳采等五礼，俟明年续行亲迎大礼。这仪文的繁华热闹，是不必说的了。倭王毕事之后，辞回本国，约定冬间再来，待明年好看花烛。那父女作别，新婿送行的闲话，也不必烦叙。

且说岫烟早早有意要把彤霞配给小钰，因门户不对，难以启口。如今皇上主婚，配了五个，谅来再没处插脚的了，只得托小钰做媒，要招个好女婿。小钰道："有却有一头好亲，略有些不足之处。那北靖王单生一子，今年十九岁了。前年娶了个正妃，谁知有瘫痪病的，每日躺在炕上，连饮食大小便通在炕上。全仗丫头婆子喂他扶他，竟是个废人。北靖王怕不能生育，且将来儿子袭了封，没有个当家内助，因此要替他娶个次房，次要正经旧家闺女，不过'妃'字上加个'次'字，其实和正室一个样的。至于新郎的相貌文才，都是极好，我深知道的，不知先生愿不愿？"岫烟就和薛蝌商量，薛蝌道："咱们薛家现在中落了，那能攀高？况且白云山算命，说女儿要做次房的，可见事有前定。这头亲事倒很合适。将来生了儿子，怕不袭封王爵么？"岫烟又问问女儿，也是愿意的。就烦小钰做媒，一说便成。不几日就行盘过帖，竟是聘媳妇的一般，礼又很丰盛体面，回盘礼物通是小钰代备的。北靖王原要月内就来迎娶，因本年是丙辰年，与新郎生庚戊戌犯冲，只得等待明年丁巳岁完姻。

李纹、李绮闻知这事，都为抱怨小钰说："有这样好亲，为什么不替两个妹子说合？"小钰道："郎君年纪大了，彤姐姐还小了三岁，两位妹妹差了五岁,不很相当。如今我意中还有一个好郎君,就是友红姐姐的兄弟,今年恰好同庚,十四岁。相貌才学和他姐姐相仿,若是二位姨妈愿意,就写起两个年庚八字来,我送交何家,叫他自去合婚,合着那一位,就对那一位。"李纹姐妹各各欢喜,连忙写了庚帖,烦小钰送去。友红早已得知,悄悄通信回家,说:"二香才貌不差什么,都算得上品。但瑞香有红症的,不如妙香妥当。"何家就合了妙香的八字,拣个吉日就来行聘,议定待到十五岁迎娶完姻。

李绮见他女儿的八字退回,心中不快。又来要小钰另寻个好女婿。香菱也来央求,要和淡如访个豪富人家。小钰道:"我意中却没有合适的了,只得发个启帖,遍请在京王公大人子弟未曾联姻的,自十四岁以上,十八岁以下都来会文,就好挑选佳婿。"这个信息将传开去,人人知道是为选婿起见,又人人闻知贾王园里的姐妹通是才貌双全,又通是小钰的至亲,那个不愿高攀?到了三月初一日,齐到贾府。共有八十四个人,前几天都来报名投卷造册,册上注明三代籍贯年貌。小钰叫造了四本册子:自己用一本在东厅点名;李绮、淡如各一本;王夫人高兴,同了媳妇、孙媳也来玻璃屏后坐着,也摆了一本册子。就在册上见相貌好的,加三圈,次的两圈,再次一圈;貌丑的加一点。逐一点过名,小钰想道:"他们通要应试取科甲的,自然制艺为要,策论次之,诗赋又次之。"就出了五个题目:头题是南容三复白圭全章;二题是问十三经疑义的策;三题是三生万的论,这日恰值潇潇下雨,就出了个赋题,是泽下尺生上尺赋,以题为韵;五是赋得山者父母,得衡字,五言十二韵的诗题。众人各照卷面坐号坐定,构思落笔。小钰坐在上面监场,不许交头接耳说话。停不一会,贾兰也来了,同坐着监试。十分严肃,一字不能传递,直交三更才得收齐试卷。

当晚贾兰、小钰和李绮、香菱各拿一本册子,对那三圈的,共有十八本四册相同;那两圈相同的,共只六本;此外四个册上,也有那边两圈,那边一圈的,还有不圈的,便不能画一。

次日小钰便先把这十八本三圈的瞧了一遍，取了一卷，姓尤名克敏，是尤尚书的嫡孙尤翰林的长子。余外通平常，并多有舛错处。又瞧那六本二圈的，也只取得一卷，姓茹名经，是鸿胪正卿的次子，新科举人，年十六岁。以外便不论相貌，专取文才，共取了八卷，凑成十本，列为一等。其余通列做二等。发了案，各人齐来府中谢考，通有花红奖赏。

兰哥说："实也难为他们，这几个题目我还不能全解，那论题虽不知出处，尚属明白。那赋题谅来是说雨，也不知出处。这诗题更是茫然莫解。"小钰道："'一生二，二生三，三生万物'，出在《老子》上的。赋题出在《管子》，谓泽从上降有一尺，则苗从下生上引一尺。泽下降，苗上引，犹君恩下流人心上，就须在起处或末段点明颂圣才好。诗题出王充《论衡》，所以我限个'衡'字韵，谓天将雨，山先出云；云积为雨而流为水。然则山者父母，水者子弟也。这尤克敏的卷子通不做错。十三经疑义虽不能照题条对，也还支吾得去。年才十四岁，却算难得的。"兰哥说："和文鸳同庚，我招他做了女婿罢。"尤家得了这信，喜出望外，忙忙央媒说合，赶紧下了聘。

李绮、香菱自然不便争夺，只抢着要对茹经。小钰叫依旧写两个年庚，叫茹家自去合婚问卜。茹鸿胪悄悄差人到王园后门送了管门婆重礼，打听二位姑娘那个妥当？恰好碰着了管二园门的张婆子，想起为了淡如受了太太的骂，只少捱鞭子，碰了许多头。如今正好报仇，便收了礼物，告知他两个才貌相似，但是瑞香稳重，淡如不免轻飘些。茹家得了实信，拣定吉日，聘了甄瑞香。那二香的回盒也是小钰代备的。

淡如竟没有配头，十分气忿。香菱道："取中的虽还有八个，都相貌平常，须得再去央求小钰设法招亲才好。"淡如说："这个没良心的狗王爷，全不记念往日恩情，偏去帮扶别人。我和奶奶同去，须狠狠发作他些恶话。叫他受不住，自然会去设法了。"不知淡如怎样发话，毕竟对得好亲没有？且看下回。

第四十四回　巧姐初返外家　淡如错招老婿

且慢说香菱母女去托小钰做媒，且说王夫人，坐在上房，见个门上婆子来报道："巧姑娘回家来了。"王夫人叫："快请。"果见巧姐走将进来，见过礼。又见有个四十多岁的乡里女人上前拜见，王夫人问："是谁？"巧姐回道："这是刘姥姥的媳妇，刘大嫂子。"王夫人就亲手拉他起来。奶奶们一一通见了礼，坐下。王夫人向巧姐道："你出嫁多年，我接过你几十次，总推有事不来。想是嫌遣嫁时太草率了，有些不舒服。其实因彼时家道艰难，后来我也补送了许多奁田、衣饰、金银，怎么就一去不回？这样作难。"巧姐站起身打个跧，说道："蒙太太赏赐极厚，感激不尽，怎敢不舒服？实因乡下人家不比官宦家里，略有些产业，就要天天当心经管，田里工作人又多，铺子里伙计又多，晚上开送来的动用帐薄，要算到三更过后。若一日不算，积压下来，越发忙不开了。公婆通不在了，官人连算盘也不会，向来不管事的，因此走不脱身。其实时时刻刻惦记家里的。"王夫人点点头，便问："刘姥姥清健么？"刘嫂子说："老病多年，如今是房门也不能出，只在炕上过日的了。"各人又闲谈了一会，用过酒饭，巧姐同刘嫂子到园里来，见过平儿，又来见小钰。

小钰让他们坐下。说不几句话，只见香菱母女沉着脸，气忿忿的走进怡红院来。坐下了，香菱就开口道："茹家的姻事又有人抢去了,往后二爷到底还管不管?”淡如接着道:“没良心的,忘恩负义,得新弃故,我也很不用沾你的光。”小钰笑着道:“姐姐,别说这些闲话,谁是新,谁是故?我一般把八字送去的,独你合不上,也是姻缘前定。我再慢慢替你设法访寻就是了。那里一时急得来的?”淡如道:“很好,待我活一百岁,好烦你慢慢的去访。”刘嫂子便问:“这位小姐高姓?”香菱说:“姓薛,是我的亲生女儿,和贾王却是嫡表姐弟。因为家寒了,王爷瞧不起,情愿去奉承富贵的姐妹们哩。”刘嫂子道:“这样一个俊人才,怕没好亲对?我倒有个相当的人家。”向着巧姐道:“姑娘该知道的,我们同村住的原大老爷,可是个大富不是?”巧姐道:“闻得前村刘家屯里,有个原百万,是做了官丁艰回来的,名叫士规。因他家有百万之富,才有这个称呼。”香菱听了,忙问:“你认得么?做的什么官?”巧姐说:“离我杏花村五里多路,不知确细,只听见众人说的。”刘嫂子道:“我认得,他是个知府。”淡如问:“有多大年纪?相貌怎样的?”刘嫂子道:“年纪约略在二十以内,相貌比美女还要俊些。若成了亲,真是天生一对儿呢。只要重重赏我媒金,包管一说便成。出月去就好完姻,同去上任做太太了。”

香菱母女满口央求,许他五百两谢仪。小钰道:“婚姻大事,那里这样草草;必得请薛二叔下乡去细细打听明白,还得相相郎君,才好合婚问卜。”香菱道:“很是,我明儿同了薛二爷去亲眼相一相。”淡如说:“我跟了奶奶同去。”刘嫂子道:“家业官职,只到刘家屯的村口一问,是人通知道的。要相郎君,我引他到门前旗杆底下,两个人站着,不叫别的人走过来,便不得认错了。”母女两个喜欢得心花都开了,忙去通知薛蝌。

巧姐就和刘嫂子同起身作别。进到上房,吃过二顿饭就要回去。太太留他不住,也就由他。平儿送出宅门,仍回庵里去了。

第二天,淡如绝早起来,打扮得天仙似的,同香菱坐了一辆后档车。薛蝌骑了马,带了四个家人,先到刘家屯村口打听。

原家众人都说："这是我们村里第一个大财主乡绅，大墙门前两枝旗杆，好不体面哩。"薛蝌就吩咐车夫，到了门前须慢慢的走。果然见一个高大台门，两枝朱红漆旗杆，刘嫂子和一个后生儿在旗杆下站着说话。却是便衣便帽，真个十分俊秀。小小身材，雪白的脸，乌黑的发，一双桃花俏眼，笑嘻嘻的瞧着车里，约略年纪不过十六七岁。淡如故意把扇子撩在地下，叫家人下马来拾取，车便停了，拾得扇子起来，恰好骡子撒起溺来，又停了一会。男女二人，脸对脸儿瞧个尽兴。薛蝌就引着车子绕到刘姥姥家来，坐下等待刘嫂子。

刘嫂子问原士规道："这位小姐生得何如？若不是我的妙计，别想娶他呢。"原士规道："妙极，妙极。说成了亲，一千两媒礼，分毫不短。"刘嫂子洋洋得意，回转家来，香菱母女就写了年庚八字，央他明日去说亲。刘嫂子满口应承，留他们吃了点心。

回进城，亲自往上房见王夫人，王夫人问："相得怎么样？"香菱说："媒婆的话，一些不假。"王夫人和宝钗都很喜欢。

二人出到花园，一径回红豆庄去了。小钰惦记，忙到红豆庄来问，淡如冷冷的回道："咱们这些穷苦人家，也只好对这样小小门户的人。又且我这副丑脸面，那能配得秀美儿郎，只好是这个分儿就罢了。"小钰笑道："听姐姐的话，自然是合意的了。明儿叫刘婆去放个风，叫他来求亲。我替姐姐再探听探听，才好做媒。"淡如冷笑道："这样好成的媒，不劳千岁爷罢。"香菱道："庚贴已经交给刘嫂子送去了，不烦二爷费心。"小钰道："理该男家来求请八字，怎样就忙忙的送了去？刘媒婆的话，究竟不知是真是假。"香菱说："一句不假。我们母女已经定了主意，别另去央人探听了。"小钰点点头，自觉没趣，径回怡红院去了。

原家拣了三月十八日下聘，四月初五日就要迎娶。刘媒婆押了盘来，礼文极其丰盛。小钰代他们备了回盒，也很体面。淡如谢也不谢一声，心里总是不很舒服。小钰明知他母女不喜欢，也只得由他。

到了初五吉期，媒婆坐着一乘玻璃大轿先来，随后原家的执事彩亭鼓乐花轿排有半里多路，威威武武，到贾府门前，珠灯花轿，直到东边正厅停下。香菱领了淡如各处辞别，单不到怡红院来。小钰赔媵了十六名丫头，十房家人，全副嫁妆，自己却恭恭敬敬送他上轿。又派二十名丫头，二十名老妈，二十名家丁送往原家。

次日，香菱拿个门下子婿原士规顿首百拜的帖儿，给众人看，夸耀那知府女婿。别人通不开口，独有瑞香最爱说刻薄话的，便道："怪不得他是个捐纳官儿，一个帖儿连写了两个别字。"香菱问："那个是别字？"瑞香笑道："'士'字该写'是'字，这'规'字也错了，该写'夕'字头的'龟'字呢。"香菱啐了一声，才走了回去。

下半天，送嫁的家人丫头回来，纷纷扬扬都说："原姑爷约有四十多岁，是个黑麻子。"王夫人听得奇怪，叫香菱、薛蝌来，问道："怎么会相错了？"两人怔怔的，回说："实在是个怪俊的后生，不知怎样掉了包儿。"王夫人就差家人去说："我们南京乡风，三朝定要双回门的。若新郎不来，我不依的。"家人去了，回来说："原姑爷辛苦了多日，身上欠安，待至七朝同来回门罢。"

到了第七日，原士规没奈何，只得同着淡如来到贾府门前，自己下了轿，步行进来。淡如的轿直抬到二宅门才住下。走进上房，太太、奶奶、众姐妹和小钰通在那里等他，他挂着眼泪告王夫人道："太太，我被他们骗了，怎样救救我才好。他是个黑脸皮曝眼珠疙瘩大麻子，周身乌黑的粗糙皮肉，嘴巴上的须根像板刷一样。实年四十四岁，已经娶过亲，生有子女。前年断了弦，把我做续配的。家里现有八个妾，十多个通房丫头，捐纳的是同知，不过署过三个月府印，家财也不过十多万，倒养着一班戏子，前儿代相的就是戏班里的小旦。刘嫂子得了他一千两媒礼，才出这恶计的。"说罢，便呜呜的哭将起来。

小钰听恼了，嚷道："还了得，敢到我府里来行骗局，连王法也没有的了!”跳起身,往外边吩咐:“把原士规看押起来”一面发枝令箭,把刘媒婆提来一同审究。又叫把他的姓名开交吏部,先革了职,待审明了再交刑部定罪。太监即时传令出去。把这是龟先生吓得像雷打的一般,满身发颤。旗牌官把他竟当做了罪犯,押在巡捕厅班房里,好多人紧紧围着看守。

正在急得魂飞魄散的时候,忽听见里面传话出来,说太太吩咐,叫原姑爷到西厅请坐。请了薛二爷来奉陪,又叫大厨房备席款待,用了酒饭,好和淡姑娘同回去。刘婆也不用去提了,吏部也不必去说了,一概拉倒,通不举究了。原士规听见了,真像是一封恩赦的诏书,死里逃出生路来,连忙双膝跪下,摘去帽儿,接连碰了许多响头,口里叫道:“谢太太的天恩,饶了我的狗命,我来生变只狗马报效太太的恩典罢。”众人看了,却笑将起来。小太监就引他到西厅来,薛蝌也赶来了。见他坐下,瞧这龟相儿实也难看,又见额角上碰起了一个青紫的大疙瘩,愈觉恶厌。勉强逊他从了席,他又怕又臊,那里吃得下酒菜?只推身上发寒热,实在坐不住,要先回去。薛蝌说:“既这么,我去请了太太示下,再来奉复。”

原来太太见小钰一路喊骂出去,知道要去收拾他,就差个管家婆去探听明白,回来禀知,才又差传这些话。一面叫了小钰进来,吆呼道:“你做事也太冒失得很,全不想前虑后。淡丫头嫁到他家,已是五六日了,鼓乐花轿一路迎去的,谁不知道,难道还要西厅出去来另嫁人吗?又有谁肯娶他呢?既不另嫁,就要他们夫妻和睦。留着个同知官儿,也是个五品的太太,还好望他升转。若革了职,更没指望了。既不难为原士规,难道专去糟蹋刘媒婆吗?”宝钗也说:“太太的话真是至论。我们家乡有句俗语道:‘粪坑越淘越臭’,你这个办法可不是淘粪坑么?没你的事,快回园去罢。”小钰听了,才没话回答,怔怔的回怡红院去了。

少停,薛蝌进来禀知原士规要先回去。王夫人叫等等同了淡丫头同去。淡如道:“我不去了。”王夫人又劝慰了他一番。李纨、宝钗都说："你瞧小钰这个糊涂人，听了太太这一番话，也就回过来了。怎么你还装这个相儿？快吃些酒饭同回去罢。"淡如没法，只得喝了几杯酒，站起身说："我遵太太、奶奶的命，暂且同去，满了月，定要来接我的呢。"王夫人说："自然打轿来接的。你须要夫妻和气，别使那娇性儿。"香菱也叮嘱了一番，才上轿同着士规回家去了。

晚上小钰举着酒杯喝酒，还是气忿忿的，说："便宜了这原狗才，没有收拾他。"宫梅笑道："那原是龟，还算有涵养，被二爷这般糟蹋，并不做声。若是龟性儿躁些的，便回你说：'我要娶个囫囵的姑娘，怎么娶了个残破的？到底是那个混账行子闹得他这样稀糟夥烂的？'二爷便怎么个回答他呢？"小钰笑道："放屁，他敢这么放肆，把大个的嘴巴子敲他哩。"

正在说笑，只见玉卿走进房来，轻轻说道："二爷，你又闹出乱子来了。"小钰问："什么乱子？"玉卿道："佩荃妹妹有三个月身上不转，饭也吃少了，今儿叫肚疼得很。园里除了你，没有第二个男人，可不是二爷闹的？"小钰道："冤枉，冤枉。我实实不曾沾他的身，那会受胎？况且我自从学了房术，会敛气归元，轻易不得泄的。别人或者不知道，难道姐姐也不知道吗？"宫梅笑道："不泄是真的，但是书上说的'是以君子恶居下流，天下之恶皆归焉'不知谁人闯了祸，如今栽在二爷身上有口难分呢。"盈盈道："思防是阻经也未可定。他并不曾出园去，园里是断断没人敢进来的。除非是财神爷迷了，才是这么的。"小钰道："胡说，那是什么狐精迷了？快去传王太医的儿子来，诊诊脉，开个方儿，吃服药就会好的。"丫头答应了，出去吩咐传太医。

太医还不曾到，小钰就拉了玉卿的手，同过去瞧他。刚进得房，只见佩荃在椅上一交跌倒在地，口里鼻子里通淌的是血。小钰忙上前抱他起来，只见他已是发了晕去，脸色也变了，牙关紧闭，不知到底是什么病，性命如何？下回说来。

第四十五回　细雨孤灯回噩梦 清樽皎月感秋声

小钰抱住了佩荃坐上了炕,把帕儿替他嘴边抹净了血,连叫几声妹妹,总不答应。正在没法,听见丫头报:"太医来了。"

就叫把炕幔放下,王太医诊了脉点点头道:"经阻久了,恶血上行,一时发晕。别放他躺倒,扶着坐一会,自会醒过来的。只消吃一剂药,通通经就好了,不妨,不妨。并没什么病。"即时到外边开个方儿送进来。忙忙取药煎好,灌将下去。不多时,渐渐清醒了,还只嚷肚疼。又停一会,忽叫:"我要坐桶了。"小钰抱他到桶上,揭起裙子,那白绫单裤上,已是染得鲜红。忙替他解开了裤,正好细细瞧他那小缝子里不住的淌出血来。丫头们等他血住了些,就忙忙揩抹了,衬些纸,包扎起来。小钰笑嘻嘻贴了他的脸,说道:"我今儿才瞧见行经是这个样的。"依旧抱他坐在炕上,把脸儿紧紧偎着了。玉卿笑道:"二爷今儿个好造化,尽你瞧着开心呢。"佩荃害臊,叫他:"放了手,换丫头来抱罢。"小钰那里肯放,直等他换衬了多回的纸,瞧个饱畅,才交给丫头们抱了。自己同着玉卿回到怡红院来喝酒过宿,不提。

转眼又是端阳佳节,小钰叫宫女、丫头伺候洗澡,英英笑道:"如今五位王妃已经聘定,二爷尽管好去偷着瞧瞧。谅来不生气的。"小钰道:"如今反不爱瞧了,何必着忙呢。"倩桃说:"只当预支也可使得。”宫梅说：“独自洗澡没兴，我去请了玉姑娘来罢。”小钰摇头道：“很不必，数见不鲜。竟是你们通脱去裙子，光着脊梁替我周身擦罢。”丫头、宫女真个照他的话，嘻嘻哈哈的替他擦洗了一会，才起来。

从此又过一月，正交二伏。天气十分暑热，小钰就不叫他们陪睡，天天独宿。那日傍晚，忽然起了一阵西北风，下了一阵骤雨。小钰喝过晚酒，说：“今儿觉得枕簟生凉，早些安息，睡个畅觉罢。”

少停，蒙眬睡去。恍惚在瑞香房里，见罗帐是放下的。揭开一瞧，却好值他光着身子，沉沉熟睡，周身细皮白肉，宛似红粉装成的一般，底下胯间小窍含苞，鲜红柔润。轻轻摩沙了一会，情不自禁，就脱去衣裤，跨上炕去云云起来。香蕊初开，猩红点滴，瑞香梦中喊疼，喊将醒来，却不很推拒，由他做个点水蜻蜓，款款进退，渐觉乐极兴浓，真阳大泄。惊跳醒来，却是一梦。佳纹席上淌了一洼的白精。忙叫起丫头、宫女来换席，琼枝道：“二爷自从习了房术，凭着干到多久总不会泄，怎么今晚梦遗起来？”小钰道：“做了一个高唐好梦，梦中却不会敛气，因此遗了。”娟娟道：“这是满则溢的道理，蓄极自然要泄。倒可惜了，一位王世子白白丢了。”小钰笑说：“你快拿个小匙子，兜将起来，放进阴门里去就会受胎，做世子的母亲了。”怜怜笑道：“匙子是兜不起的。娟姐姐，你舍不得，快躺倒也跷起腿来，我替你用指头儿蘸进去罢。”娟娟把那红纱扇儿向怜怜乱打，骂道：“小油嘴，胡说！送给你受用罢。”

大家取笑了一会，听见前窗外荷花叶上，后窗芭蕉叶上，潇潇淅淅还是下的细雨。房里因嫌通宵蜡烛火气太热，只点一盏油灯。小钰便说：“听了这夜雨，又对着这闪闪孤灯，追想梦境，觉得有些感慨凄凉。快点上蜡，暖起酒来，喝了好睡一觉。”自己光着身子盘腿坐在炕上，叫丫头们通脱去裤，单系个红纱兜肚儿，齐齐坐在炕上猜拳喝酒。喝了一会，才各自上炕去睡。

明日小钰起身，梳洗完了，正在院子里瞧素心建兰。见瑞香笑

迷迷的走进来,叫道:“二爷,我来说个梦,烦你详解,详解,不知是凶是吉?”小钰道:“怪极,我昨晚也做了个奇梦。如今你先讲来我听。”瑞香道:“我梦见大观楼面前有一块石头,其大无比,竟似一座山的模样。山前舜华坐在中间,两旁是碧、蔼、缬、淑四个姐妹坐着,却不见二爷。我想也要上去坐坐,听见有人说:‘坐满了,别上去,到后山去罢。’我真个转过后山去,见个大山洞,中间玉卿、小翠、淡如和着死过的琼蕤通站在那里,还有香玉、盈盈众宫女、丫头们都站在里面说笑。我见人多得很,谅来站不下的,复身要回房去。恍惚像梦醒了,仰面躺在炕上,你却压在……”瑞香说到这句,就缩住口,不说了。小钰问:“我压什么?”瑞香摇摇头道:“下半个梦怪不好的,别说他罢。”小钰道:“我也得了个梦。”就扯他到假山背后石凳上坐下,细细说给他听。他点点头道:“我下半个梦就是这么的,一些不差。”小钰笑着布了他耳朵轻轻说:“今晚何不做个应梦大吉呢。”瑞香道:“使不得。承二爷美情替我对定了亲,你想谁肯像原是龟,带了绿头巾还要受你的糟蹋?若是别人相破机关,反目起来,岂不坑了我一世吗?”小钰说:“我也虑到这个,所以每每用着强制工夫,不敢干那实事。”瑞香道:“除了淡如、小翠、琼蕤三个,玉卿是不必说,众人通知道的了。余外还有那个和你做过实事?”小钰道:“通没有。”瑞香道:“妙姐姐和你睡了一夜,难道也没有吗?”小钰道:“他那时烫得屁股两腿稀糟了,如何还忍去闹他呢?”瑞香又道:“友红感激二爷得很,自然肯把身子来图报的,你别瞒我。”小钰说:“也是你这个话头,我就不便认真闹他,也只干黝罢了。”两个一面说,一面亲着嘴捏着腿,十分留恋。小钰说:“好了,散罢。别只管粘缠,就要应起梦来了。”瑞香也只得怔怔的,各自散去。

到了七月十五中元节,小钰到芬陀庵瞧盂兰盆会。傍晚回到怡红院来,对着月光,拿了个大犀角杯儿喝酒,忽然听见园中各处树上一片响声,似雨非雨,似风非风。小钰叹口气道:“这个便是秋声,欧阳子所以感怀成赋的。”倩桃说:“穷愁士子听了应该发感,现在二爷处着这样好境地,听了尽好助兴,怎也感叹起来?”小钰道:“我想当年和淡如、琼蕤、小翠朝欢暮乐,十分有趣。如今死的死了,嫁的嫁了,回家的就要回家去了。古人说的,追忆旧游,如梦如寐,焉得不感慨呢”馥馥道:“快了,明年完了姻,五位妃娘娘由你东住西宿,怕不朝欢暮乐吗?”小钰道:“家花不比野花香。做了夫妇,就要各自矜持庄重,不比私下偷情的,可以任着性儿狂荡得的。”琼枝说:“我们丫头、宫女还是家花呢,是野花?”小钰道:“你们只当是鸡冠、凤仙之类,本是野花,如今栽在院子里了,就算是家花了。所以俗语说:‘妻不如妾,妾不如婢,婢不如妓,妓不如偷,偷得着不如偷不着。’”金荃拍手道:“怪道二爷好从事,而极失时。闹得有些分儿,却又撩开手了。原来是有心要偷不着,才好开心。可怜把这些姑娘们引得怪痒痒的。”小钰说:“这却不是有心,实同他们通是生在名门,对给宦族,一有了破绽,怕害他一世。所以欲行又止,这也是无可奈何的苦衷。”香玉道:“甄家姑娘难道不算得大家么?”小钰道:“小翠着了妖迷,玉卿嫁过丈夫,都不是含羞鲜花,还可使得。”红藕说:“淡姑娘也算个旧家,难道二爷预知这原是龟缩着头不理论的吗?”小钰笑道:“这却是他自己愿意移岸泊船,不与我相干。其实我终究有些抱歉的。”说罢,就想起淡如来。

第二天禀知王夫人,要去接淡如回来。王夫人说:“我早要去接他,因为天气炎热,迟了多时。如今秋凉了,正该去接他呢。”当日就打发家丁、媳妇发轿去请。淡如也记念小钰,次日早早就回家来了,吩咐把铺盖箱笼发在怡红院里。小钰连忙叫抬到红豆庄去,交给香菱收着。盈盈笑道:“移岸泊船,正好作乐,怎么送上门的礼物又假意见却呢?”小钰摇摇头道:“这个人脸老得很,动辄在人前嚷着我忘恩负义、得新弃故,我反臊得个难受。如今还敢去惹他吗?”停一会子,淡如在上房喝得醉醺醺的,走将进来,道:“我在原家天天惦记二爷,如今回来,正好联床抵足叙叙阔衷,怎么推了我到红豆庄去？真是得新弃故，好硬心肠！”小钰道：“好姐姐，你已经出了嫁，自有匹偶，断断别再起这个念头了。我倒有句话问你，你成亲第一夜，原公可瞧出什么破绽没有？近来待你的情况何如？”淡如道：“他相貌虽丑，那家伙生得很长大。我家奶奶又天天把矾水叫我洗那下身，因此初次干将起来，艰涩得很。我假意哭了几声，悄悄把那鸡血染的鹅黄帕儿放在褥子底下。第二天早起，他瞧见了，乐得个手舞足蹈。近来待我比父母还要孝顺些，又且寸步不离，那些丫头众妾通不沾染了。”小钰道：“他既这样待你，姐姐更不该负他了。”忙叫宫梅提了灯，送淡姑娘到红豆庄去。淡如大失所望，啐了一声，使个气，就坐上椅轿去了。宫女、丫头们个个哧哧的笑个不住。少停宫梅回来，说：“淡姑娘回去好骂呢！”小钰说：“由他罢了。”

话未说完，只见莺儿打扮得红红绿绿，走进房来，向小钰磕了四个头，又打跧请了安。小钰问：“你这个时候来做什么？怎这样穿扮得新鲜华丽？”他说：“我今儿五更天要出嫁了，特来叩辞二爷。”小钰说：“我竟不知道。”就叫：“香玉、盈盈，捡几件金银首饰、簪镯，再取十疋绸缎赏他。”他又磕头谢了。小钰抱他坐在膝上，连哺了几个嘴，说道：“你今儿五更上轿，明晚胡子就有肉吃。很好，很好。我方才学了个新方法儿，传给你罢。你今儿赶紧回去，煎些矾汤把那话儿狠狠洗洗。”莺儿回说：“我家妈早早叫我洗了十多天了，还带了一块假帕儿去。二爷放心，不会露马脚的。”小钰笑道：“你们都有这些妙方儿，怪不得放着胆尽管闹哩。”宫梅也笑道：“怪道近来矾价很贵，原来有这些消处呢？”小钰就叫宫女暖了酒来，二人搂抱着同喝了一会，才差个老妈子掌灯送了他回去。袅袅道：“二爷，你知道他为什么挨到这时候才来？”小钰道：“想是收拾嫁衣忙得很哩。”袅袅道：“并不是忙，他怕二爷留他过夜，招架不住。”小钰道：“他这样没用，明儿怎样招架新郎呢？”素琴道：“新郎谅来不曾习过房术的，怕什么？”小钰道：“他有心避我，我等他满月回门，偏叫他来闹个整夜。”说笑一会，各自睡了。

次日听见丫头来说：“瑞姑娘又不好了。”小钰忙起身去瞧瞧他，见他躺在炕上，云鬓蓬松，蹙着眉叫心口疼。小钰说：“妹妹向来没有这个病的，怎么又害起心痛来？”瑞香道：“自从夏天感梦之后，心里郁郁闷闷，总不舒服。交了新秋，就觉得有些疼痛。如今身上也瘦得可怜，二爷不信，瞧瞧呢。”

小钰真个坐在炕上，揭开被来，见他并没穿衣裤的。就周身细细的抚摩、赏鉴了一番。赞他那两条粉腿，竟是一双玉藕。又把鼻子嗅那酥胸腻乳，叫道：“好香，好香。可惜消瘦的肋骨条条都露了，怎么滋补滋补才好。”瑞香道：“蒙二爷的疼爱，因此由你周身把玩。可见我并非吝惜，实为着有些关碍，不敢不谨守葳蕤的。”小钰就把那淡如、莺儿用矾洗的话告知他，他说刀疮药虽好，不割的更好。矫揉造作，究竟不是个正理。两人正在绸缪，听见外面报：“太医来了。”不知医生怎样说？下回细讲。

第四十六回　婢女戏编茜字谜　美人争谱竹枝词

且说小钰听得太医来,就叫丫头放下炕幔,自己坐在旁边。

王太医忙向小钰打个跧。请过安才诊脉,诊完了说道:“这位小姐向来吐红,却是肝肺两经的血。所以还好医治。如今心脉洪数带弦,谅来心口有些隐隐作痛。此时还不妨碍,恐防冬节前后见起红来,便是心血了。心不统血,极是危症,有些棘手呢。”说罢,走出房门,向朱太监说:“这位小姐莫想今年过除夕了,总在冬节后便要成仙的。如今且开个方儿,暂且解救眼前罢。”

小钰听了,十分焦闷,恰好外边婆子传说:“夏太监奉旨赏下十斤大人参来了!”小钰道:“这老太监还活着的吗?”婆子说:“老得弯腰曲背,不成相儿,礼数却周到得很,在东厅上碰了许多头,请王爷安。又请二位皇子妃娘娘的安。”小钰说:“圣上有过旨的,寻常赏赐不用亲身叩谢。你们收了进来就是。”当下分了五斤,送给瑞香。叫他每日煎服三两,吃过五天,果然人参的功效大,渐渐强健起来。服到半月后,竟是行坐饮食如常了。小钰心里宽舒,就请齐众人,陪着太太、奶奶在池心阁赏荷花。喝了一日的酒,十分尽兴。

到了中秋这日,小钰道:“年年在月廊赏月,未免陈腐了。今年换个地方,到白云楼去罢。”傍晚,便齐齐到楼上看月饮酒。王夫人道:“酒令也行厌了,我闻得宫女丫头中很有通文理的,各人编个新

谜儿叫各人猜，猜不着的喝酒，还要连累着主子同喝。”李纨、宝钗笑道：“我们的丫头通是蠢笨的，那里会猜？我两个的酒是喝定的了！”盈盈正要卖弄聪明，便抢着道：“‘东风着地吹’，隐着一个字。”蔚蓝说：“我猜着了，且不明说，只回你一个谜罢：‘雅州黄连。’”舜华笑道：“真个着了，免得累我喝了！”金荃道：“我也回你个‘夕阳照不到莓苔’。”有个倭宫女名叫钏儿，说道：“我也回个‘红袄红裙认做娘。’”缬玖笑道：“着倒着了，只是太显了，怕众人都懂了呢。”众人却呆呆的猜不着，云蓝道：“我也有了，‘岐山隰畔’。”春红说：“我却猜着了，但是回不出来，写在掌心里罢。”王夫人说：“很使得。写了捏着，一会子伸出来瞧。”英英说：“我也写在掌上罢。”祥风道：“我偏要回他一句，我名叫风，就说了个‘春风拂处’。”红雨道：“我说个‘秋雨飘来’。”彤霞道：“胡闹，要累我喝酒了。”长青道：“我也写了再开罢。”底下各处的丫头凡认得字的，都写在掌上，不会写字的，各自喝了一杯，才叫盈盈宣说。盈盈道：“是‘茜’字，他们回的都猜着，只红雨不着。”众人一一开掌，只有春红、英英、长青、绛雪是着的，余外通错了。

碌乱喝了一会，还带累主儿也同着喝了几杯。直闹到三更将近，忽瞧见月亮边晕上五色的圆圈儿，约有十多层，光彩耀眼。王夫人轻轻吩咐众人：“别开口，快跟着我跪下。”自己真个站起身跪在窗前，众人各各跪下，直待月华散后才起来。大家称贺道：“太太的洪福，瞧见月华是大吉大利的。”重又入席喝了一回，才各自散回。

过不多时，又是重阳节了。小钰说：“今年通要换个新地方，别再到茱萸阁登高，竟往听秋轩后厅去赏菊，待黄昏月上，移到前厅梧桐下玩月，岂不新样？”就叫宫女、丫头排开桌面，用过十道菜，王夫人道：“中秋行的令很有味儿，如今你们姑娘们各编一句，也要暗藏不说破的。不拘先后，有的就说。”

蔼如道：“四野鸣鸡觌面迟。”缬玖道：“我替姐姐宣宣明白罢，‘苏家兄弟对床时’。”文鸳说：“一篇窗下寒灯里。”舜华道：“好赋和甘宰相词。”宝钗赞了一声“好”。佩荃说：“该换韵了，我是‘清尘洒道效前途’。”妙香道：“破块鸣条事两无。”碧箫道：“半是催花半濡柳。”友红道：“轻如剪子润如酥。”李纨赞道：“用‘二月春风似剪刀’，很妥当。”瑞香道：“该换两个字了，我说：‘行行梦入阳台下’。”淡如赶着接道：“款款春生绣帐中。”宝钗摇头道：“首句已不很好，二句更觉荒唐。”小翠道：“我说‘看破世人翻覆手’。”小钰道：“翻手作云覆手雨，用得极妥，我说‘略施腾致补天工’。”李纨笑道：“到底是他两口子的语气阔大。”舜华听了涨得满脸通红。淑贞怕说到他，连忙说：“又该换字了，‘拂将杨柳映梧桐’。”玉卿说：“袅娜仙姿最不同。”王夫人说：“这两句像不是一个样的，有些错呢。”宝钗道：“一却一样的，但何苦说到人身上去？”王夫人才点点头笑道：“我明白了。”婉淑说：“我也讲个人身上的，‘光霁故应人共仰’。”王夫人说：“这才好呢。”彤霞说：“赋成赤壁忆髯翁。”小钰道：“江上清风，山间明月，却隐而不露。”李纨道：“诗以言志，却也是自然流露，不假思索的。如今十六个人通轮到了，请太太再发个令罢。”丫头们报道：“前厅新月上了，果碟儿、热炒盘儿已摆在梧桐树下，请那边坐罢。”

王夫人就领了众人到前厅来，对着月光喝酒，问：“你们众姐妹近来做什么诗没有？”舜华回道：“没什么好诗题，大家久不做了。”李纨道：“这大观园的景致人物通好做题目的。”宝钗道：“是哎，竟做几十首王园竹枝词罢。”众人应到：“是明儿就做了送进上房，请诲。”小钰因舜华等五个人，自从对了亲，绝影不到怡红院来，趁着太太、奶奶散后，便对众人道：“明儿齐集怡红后堂做诗，若有一人不到，决要罚的。”

果然次日饭后众人到齐，舜华发个议论道：“《竹枝词》是要切着民情风俗，俚中带雅才合体格。我瞧这园里的人情俗尚不很近古，做来未必可观，不如换个题罢。”淡如道：“我早已按着四季做了四首，誊也誊好了，况且奶奶出的题目，不必换了。”就在袖里摸出

一张笺纸来,上写:

大观园竹枝词春

双双解马走春场,多事生憎北靖王。

传得鼎湖仙术会,教人终夜捣元霜。

小钰笑道:“真个应了舜妹妹的话,不很雅观,如何好送到上房去?”又看第二首,是:

夏

炎天触暑远奔波,妖怪来寻可奈何?

窗里淫声窗外听,高抬双脚叫哥哥。

小翠见了,气得眼泪汪汪,不便作声。三首是:

秋

西风阵阵透窗纱,消瘦容光病日加。

犹记炎宵情梦好,粉胸雪腿向郎夸。

瑞香骂了一声:“混账东西!”第四首是:

冬

煤炕腾腾火气蒸,娇娃负创痛难胜。

檀郎情重跷双膝,高架红衾护玉臀。

妙香道:“无瑕者可以录入,淡丫头劣迹多端,偏会索人瑕垢,我也来做四首给你瞧。”便写道:

春

落梅风急月初升,铁锁方开火树凝。

粉腕暗将郎背倚,池心阁上看龙灯。

写完第一首,笑道:“尽管说他,也没味儿。只得借重别位姐妹了。”就续写道:

夏

罗襦裭尽露冰肌,一朵芙蓉水面攲。

薄薄窗纱遮不住,凭郎调笑任郎窥。

众人看了,都不做声。第三首是:

秋

读画怡红路不遥，芷香桥接藕香桥。
秋来辜负桥南月，夜半无人慰寂寥。

彤霞啐了一声，不说什么。第四首是：

冬

即近销寒雪满天，大观园里会同年。
淡如洒令蹊跷甚，醉倒何娘借榻眠。

友红道："何苦来？我不曾开罪妙妹妹，糟蹋我做什么？"

妙香说："这个并不算糟蹋。"瑞香说："姐姐的诗太蕴藉了，你瞧淡丫头狺狺狂吠，全无顾忌，可恶得很。我来做四首把他的丑处通搬出来。"便写道：

春

行雨行云暗暮朝，秽墟春暖贮娇娆。
一丸妙药传来秘，子母河边垒块消。

夏

鵾鸩啼残伯赵啼，枯杨枝上忽生梯。
参媒氏妁全无准，错把雏莺配老鸡。

秋

满树秋声候雁哀，金尊对月独悲哀。
淡如远嫁琼蕤死，那得巫云入梦来。

小钰道："琼蕤已死，早去转世投胎了，何苦又牵扯他。淡如也骂够了，别再说他，宁可来嘲笑我罢。"瑞香说："使得，便说你。"又写道：

冬

观德厅前霜木号，小王令箭晓传操。
薛娘枉伴先生睡，不及倭蛮武艺高。

小翠拍手道："依旧说的是他，妙极，妙极。"彤霞笑道："淡丫头自取其辱。姑念之不来侵犯着我，我也不必再打痛腿了。"便也写上四首道：

春

扶荔厅前柳始荑，衡芜院里夕阳低。
郎心一似多情水，流过藤溪又芍溪。

夏

九重诏旨怒千雷，泥首阶前苦情哀。
乐煞怡红老年伯，芰荷香里璧人来。

秋

佛会盂兰忆凤钗，芬陀庵里附清斋。
一声梵呗千行泪，偷捻红巾背面揩。

冬

一阕新词缔凤盟，日高犹自滞云情。
石榴枕上芙蓉面，不号文君号玉卿。

蔼如问："还有人做没有？"众人道："墙茨中毒，言之可丑，不必做了。"碧箫道："待我来做首总冒的起章罢。"

就写道：

红红翠翠集钗裙，儇薄何人最妒群？
一十六章新乐府，王园四季有奇闻。

舜华道："有起就有结，我来做首末章，把那些实迹都散作空际烟云，替众位洗洗秽罢。"便写个：

抵隙寻瑕总是私，无端编出子虚词。
我来不必多饶舌，袖手听他唱竹枝。

缬玖赞道："碧姐姐的第二句是春秋笔法，不明指其人，而其人之罪已无可逃。舜姐姐的第二句是诗人忠厚之道，化实为虚，所盖多矣。"小钰交给盈盈，道："你顺着年月先后，汇总誊将出来。"舜华道："污耳辱目，不如付之一炬罢"宫梅笑道："誊清了好和那怡红史记、秽墟赋集、四书文共传不朽哩。"众人正在说笑，只见香菱忙忙的走来，不知何事？

须看下回。

第四十七回　怜香成死别　惜玉感生离

那香菱向着淡如道："原家女婿前月已经铨选了地方，如今领了凭，捡定本月十八日就要启程，现差人备着轿马来接你回去呢。"淡如因小钰不肯招惹他，孤独了多时，风情难遏，正想要回去。听了这话，即时在怡红院和众人作了别，从上房一转，便上轿回家去了。

舜华扯着瑞香的手，说道："妹妹，你身子单弱，时时多病，别学那淡如轻薄，须要口头积德才好。"瑞香道："姐姐说的极是，但这淡丫头任意糟蹋人，实在可恶，不得不回他几句。"舜华见宫女们摆上杯箸，连忙托故辞去。缬玖、淑贞就跟着他也走了。碧箫、蔼如和小翠通不肯坐，各回院子去了。

彤霞道："避嫌疑的由他们去，我们来坐着吃罢。"小钰道："我今儿仿吃全羊的式，办的全蟹：蟹羹、炒蟹、煮蟹、蒸蟹、拌蟹，共有十二样。"众人赞那厨子办得很新样，吃喝了一会才散。

渐渐到了十月初十外，瑞香又有些病发作了。人参吃来也不见效。这晚睡梦中见李绮走来，告知道："我把茹家的亲事退了，依旧许配了小钰。但是瞒着众人的，你今儿就和他成了亲，不怕别人夺得去了。"话才讲完，果见小钰走进房来，李绮忙避了出去。小钰关上房门，抱住他，脱去衣裤，上炕干起事来。闹得情浓，不觉阴精大泄。惊醒来，被褥通已沾湿，连忙披衣起身，叫丫头换了被褥，又睡下去。谁知受了寒，两太阳十分疼痛，遍身发热，心头也切切的痛。

次日，请小钰来告知这梦。小钰道："妹妹，别胡思乱想。对定了亲，那有退的道理？如今有了外感，人参且慢着吃。"

立时传了王太医来，诊过脉，太医退到外间，叫个老婆子问道："小姐头疼发热是感冒了风寒，很容易治的。但脉上诊来竟是心肾不交，恐怕梦里有些遗泄，可是的吗？"老婆子点点头，应说："有的。"王太医说："这个病，我早知道不中用的。如今且开个方儿吃吃，延挨些日子罢。"瑞香吃了一服药，出了些汗，果然头不疼了，热也退了。谁知晚上又梦见小钰，又跑了马。第二天不但心口发疼，连周身骨节都是痛的。王太医道："昨儿用的药是发表风邪，不曾治得本病，谅来晚上又梦遗了。今儿才用降火涩精之剂，须连服十多帖才见些效。究竟也是水膏药儿，暂缓目前呢。"从此天天吃药，渐觉好些。小钰怕他痴情不断，忙去接了李绮来陪伴他。自己不过每日到他炕边问问病，随即退出，不敢和他粘缠，好待他清心调养。

这年是十一月初三冬至，初二晚间瑞香恰恰又吐起红来，脸色就很难瞧了。次早，小钰到朝里朝贺毕后，回到上房贺过节，来到赏心亭。正碰见王太医诊脉出来，小钰就问他病势怎样？太医摇摇头道："不中用了，大约不过五天内的事，不必开方，另请高明斟酌罢。"小钰进房一瞧，见炕前又是一洼鲜血，面色像白纸一般，眼珠都有些定了。止不住两眼挂下泪来，叫声，"妹妹！"他把头点了一点，挣着应了一声。小钰便对李绮说："我再差人各处去访求名医罢！"李绮道："他父亲访了个三清观的道士，已经差人请去了。"停不多时，朱太监就同一个道士进来，年纪不过二十四五岁。见了小钰跪下磕了四个头，起来诊过脉，出到外间房里，说："请位贴身伺候的阿姐出来，有话问他。"红梅听说，就出去问："有什么话？"道

士瞧见了这样俏丫头，两只眼光注在他脸上，笑嘻嘻问道："小姐恐怕阻了经了，吐的就是经水上行呢。"红梅回道："胡说，那是什么经水？"朱吉瞧得生气，便骂道："狗道士，脉理都不懂得，瞎猜混闹些什么？"他慌忙说："若真是吐红，我有个好方，只用把藕节熬了汤，喝一大碗就会好的。"旁边有个老婆子笑道："这样的妙方，我这园子里的猫狗也知道，何劳你来说？"小钰在里房嚷道："赏他几个嘴巴，撵他早早滚罢。"朱吉应声"是"，真个七八个大嘴巴打得他没命的往外逃了。

道士才去，又是茹家的两个丫头、婆子带了个女先生来。门上张妈领他进房，年纪不过三十上下，相貌却很俏丽，先向小钰、李绮磕头请安，才走近炕前瞧了瞧脸色，又诊诊脉，说道："阴阳两亏，心肾不交。医书上说的，心肾为水火之藏，心神伤则火动，火动则肾水受伤；火盛克金，而不能生土；水衰不能生木，以致五脏之火齐动。据脉看来，必是下部遗精，上边衄血。血竭精枯，生气已尽，这个症危得很呢。昨儿是冬至节，要捱得过七天，便好开方医治。这时候竟用不来药的。"李绮、小钰听了，通淌下泪来。女先生退出房去，向张妈悄悄道："禀知王爷，端整后事罢。"小钰只得吩咐管家们分头料理。只须备齐了存放在外面，且慢些送进府来。

吩咐完了，回身又进到他的房来，问："甄奶奶往那里去了？"丫头说："接着有一夜没睡觉，这会子去打盹儿去了。"瑞香翻身瞧见了小钰，把手招招，小钰忙走近去，问："妹妹有什么话？"瑞香扯了他手，布着他耳朵道："我好懊悔。"小钰问："悔什么？"瑞香道："若早知命不长久，就要死的，不如和你亲近几次，也遂了一生的愿。"小钰忙布他耳回说："妹妹宽心调养，好了，我和你就好了完夙意。这时候别挂在心上。"瑞香泪汪汪叹口气道："罢了，不想了。今生谅来不能，来世再瞧罢。"话未讲完，接连嗽了几声，又是两三口血，喷得被褥通红。登时面色像纸灰一般，眼光也散了，小钰慌忙叫宫女、丫头各处通报。

李绮睡梦中被叫醒来，三脚两步赶到炕跟前，哭叫了一声女儿，瑞香说："奶奶你白白生我一场，以后别惦记我了，请我家老爷来见一面罢。"小钰说："现在东厅。"就吩咐去请进来，甄宝玉哭着走进房来，瑞香也是这话，叫他别惦记，来世再报父母的恩罢。正在悲切，外面丫头报道："太太、奶奶和各位姑娘都来了。"甄宝玉只得往旁边小门避了出去。王夫人进来，挂着眼泪问："你有什么话？"瑞香说："我舍不得这花园，死后别抬出去，就在芬陀西庵旁边梅花树下埋了罢。"小钰忙应声道："这很容易。"瑞香各各谢别了一番，喉咙的痰声涌将上来，就咽气了。眼睛是开着的，李绮把手揚他不下，小钰过去，说声："妹妹，闭了眼罢。"轻轻一揚，就合上了。众人都放声哭了一场，亏了一切后事都已预备，拣定第二天戌时收殓。

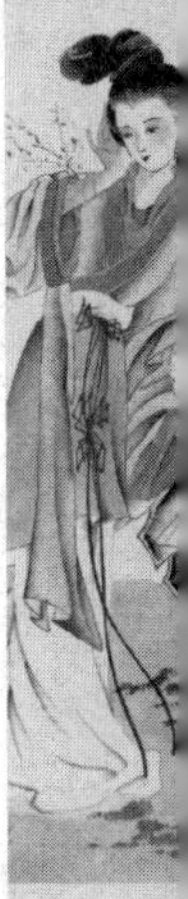

茹家闻讣，就备了衾褥并凤冠、朝衣、朝裙送到园来。茹经亲来送殓，哭得很哀戚，殓后就停棺在赏心亭正厅。众亲友不便到王园来上祭，甄家却另设了个牌位座儿，以便各亲友祭吊。那芬陀东西两庵，天天替他诵经拜忏。小钰也每日早晨到庵里，佛前拈香，拜祷他早早超生仙界。这日正是回煞的日子，小钰拜过佛回到怡红院来，快快不乐，就做了一首诗道：

无端噩梦醒来时，天上人间两莫知。

草号只今成独活，豆名从此罢相思。

韦郎再世应嗟老，崔护重来忍赋诗。

他日孤坟酹杯酒，梅花树下不胜悲。

时光易过，又是十二月初头了。小钰正在房里坐着想念瑞香。忽见玉卿同了小翠走将进来，小钰欢喜道："翠妹妹，你自从移到了扶荔厅，绝脚不曾到我这边来，今儿光降，定有缘故。"玉卿泪汪汪说道："太太、二奶奶今日叫了我和翠妹妹到上房说：'运河水势已平，回南一切通已备办，明日一早就好下船长行了。'因此特来辞谢二爷。"小钰听罢，吓了一跳，连话也说不出来，只是叹气。施婆说：

"少奶奶有话,再请坐坐。我们小姐还得回房去收拾行李,先告别了。"小翠向小钰福了四福,往外就走。小钰没法,只得送出院门,说声:"我明儿再到水次候送罢。"含着眼泪回进房来,见玉卿已是哭得头也抬不起来。

小钰双手抱住他正要细细话别,见盈盈进来向玉卿说:"太太吩咐大观楼下备了席饯行,叫少奶奶出来,同众姑娘奉陪。现在候着,请就过去。"小钰说:"我不去,姐姐去略坐坐就回来,我在房里候你。"玉卿只得揩揩泪过去领情,众姐妹多有些惜别之意,不很欢畅,闷闷的喝了几杯,就起身散席。

舜华道:"众姐妹热碌碌的,打伙多时。如今渐渐星离雨散,想起来实也难为情得很。"各人散后,玉卿回到怡红院坐在小钰膝上,又同喝了一会酒,才上炕去。说一会,哭一会,干一会,整整闹了一夜。

次日施妈早来催促,玉卿没奈何,只得梳了妆同小翠到上房来。众人已经齐集在那里候送,小钰却骑上马先到张家湾船里等着。玉、翠下了船,还想迟延一会,这天偏遇大顺风,船家屡次催要开船,施婆说:"俗语讲的,'送君千里终须一别',二爷请上马回府罢。"小钰只得含着泪说了几声一路保重,硬着心上了马,加鞭赶回府来。进了怡红院,十分烦闷,还亏了宫女、丫头们说说笑笑,解他的怀。

隔不几日,佩荃走进房来,挨着小钰身边坐下,叫声:"二爷,我有件私事要央烦你。"小钰问:"什么事?"他却低着头,红了脸,不答话。捱了一会,说道:"瑞姐姐死了,茹家谅来定要续婚了。"小钰听说,早已会意,故意答道:"续不续由他,管他做什么?你且说要央我什么事?"佩荃道:"哥哥,你猜一猜!"小钰笑道:"你心里的事,怎么猜得来?我且摸摸你的心,或者摸得着也论不定。"就伸手到他怀里,把那酥胸嫩乳摆弄了一会,说:"实在摸不着,想是你肚子里的事,只得到小肚子跟前去摸摸罢。"便一手揭开他裙子,一手在他裤裆里乱摸。佩荃把手一推，说："好哥哥，别装呆胡闹了，到底肯办不肯？正经复我一句话。"小钰笑道："乖妹妹，别推我。有些摸着了。"就布着他的嘴说："像是小肚子要想肉吃，央我替他找一条肉筋儿，可是么？"佩荃啐了一声，小钰说："究竟是不是？"佩荃只得点着头回了一声"是。"小钰道："这个很不难，现有个吏部尚书的儿子马癞痢和你同庚，我替你做媒罢。"佩荃摇手说："不要，不要。"小钰说："还有个兵部侍郎的孙儿羊麻子，又有个翰林儿子牛驼背，又有个掌科的儿子毛跷腿，凭你拣，要那一个罢？"佩荃生气道："呸，我真心实意的来央求你，你怎的只管打皮科儿，混闹？"小钰才笑着说："是了，想是要那小茹了。但是我们联了宗，那有舅子自去做媒的理？我就叫甄大叔去，包管一说便成。"佩荃才喜欢道："多谢哥哥费心。"小钰当日便去托甄宝玉做媒，果然一说就成。随即拣定吉日过礼聘定了。相订明春迎娶。

贾中虚对了个体面亲家，十分欢喜，不必絮讲。

这日小钰请了彤霞、妙香、友红、佩荃到怡红院来，说道："我们园子里的人，风流云散。如今只剩了四位姐姐妹妹，转眼明年又要分开了。趁这数九寒天，须得日日聚在一处才好。"众人都说："很是。"从此天天聚在怡红院，无非是喝酒行令，斗牌谈笑。忽一日，彤霞来报新闻道："淡如在路上和那个代相亲的小旦滕嫩官私下搭上了，被原是龟撞破，如今很不和睦呢。"小钰问："谁讲的？"彤霞道："原家有个家人回京，昨儿在前门外碰见我家老爷，告知这事。"妙香说："谅来是真的，他从原家回来，时时称赞这个小旦生得俊俏，细皮白肉，性情又乖巧，又风流，可爱得很。"小钰笑道："这个姑娘脸太老得很，自然可以无事不为。况且原公叫小旦代着相亲，明是开门揖盗，这顶绿头巾带得不委屈，却不与我相干呢。"众人笑了一会才散。如今且莫说淡如的话，请看下回贾府完姻的热闹罢。

第四十八回　圆大梦贾府成婚
阅新书或人问难

寒冬易过，到了除夕那夜，小钰等在上房分过了岁，四人依旧聚在怡红，坐谈守岁。忽见一枝大桦烛开着个大灯花，一茎五穗，光彩异常。彤霞说："这是五位新娘的佳兆呢！"小钰道："安知不是我们眼前五个人的吉光？大家来联句罢。"各人就写将出来，联成一律。

喜事真须烛下牵，钰灯花消息早先传。
三更艳吐华缸里，彤五朵争开绣榻前。
莲蕊有人你浪翦，友兰膏无烦莫频煎。
明年明日春光好，妙彻夜流连不忍眠。

次日是丁巳年元旦，小钰正交十六岁。随着祖父、哥哥五更上朝，倭王是上年腊月到京的，也随班入朝。朝贺已毕，皇上敕钦天监拣定正月十五元宵上上吉日，贾府五位新人同日完姻。申时发轿，酉时到园，戌初拜堂，戌正合卺。贾政回家说了，王夫人道："恰好是他夫妇两个的生日，巧得很。"

过了初三，林、梅、薛三家都来接女儿回来，倭王也来接缬玖到宾馆去。淑贞的赐第早已完工，那候府的官员家丁太监通来请示，那日进府？五姐妹就约定了初五日一同回家去。

那北靖王也拣了十五日来薛蝌家迎娶。何阁学因为亲家马龙蒙四女将保奏升授总兵，现叫他儿子马在垌进京就婚。他就选了十五日东厅中赘女婿，西厅娶媳妇，和儿子友白成婚。茹家听得高兴，也拣了十五元宵，来贾家迎娶，四人也约初五日回家去。小钰再三款留，说："太太叫我十三上灯日搬往新房，你们四位再在园里伴我几天。"四人就应许初十日一同回家。

到了初五，小钰送了五位新人上轿，回到园中，进怡红院，正和彤霞们四人闲话，只见一个老婆子笑嘻嘻进房来，说："大爷今儿个请了北靖王的世子，何家的少爷、姑爷，还有茹家的少爷，四个新郎在西厅喝春酒。问二爷要去见见他们不要。"小钰说："我不去见，只在后轩屏内和四位姑娘同去瞧瞧他们罢。"四人害臊，不肯去。小钰硬硬扯了他们到西厅后轩玻璃屏里瞧了一会。其中品貌第一算何友白，竟和友红不差什么；第二算北靖世子，小茹也还去得；独有马在垌虽是个文生员，却有些纠纠武气，眉眼也生得粗俗，举止也不很舒泰。友红暗暗的心中很不舒服，赶着就回园来。

小钰笑道："四位瞧得乐不乐？这会子别装腔害臊，快得很了，不过十天，就要钻进小肚子去了。"众人都乱啐，小钰又笑说道："北靖王世子先娶了个风瘫女人，弄得不爽快，如今见了这样千娇百媚鲜龙活跳的姑娘，只怕脱衣衫也等不及，先要扯下裤儿尝尝滋味哩！这马在垌是武将家风，一箭直透红心。何友白为着姐姐被人欺侮了，没处出气，正她把那新娘来摆弄个难，才好解解他胸中的忿。那小茹儿近觑了一双眼，把脑袋都粘到腿缝里去瞧那趣话儿呢。"四人听了各把手在小钰肩上乱打，彤霞说："你别笑话人，我想当年关夫子过五关何等容易？你的第一关就有些难过：腐诌诌的道学先生，怎样去招惹得他？"妙香说："不难，只须通句文，说道：'王妃请开尊腿，待本藩鞠躬而进之。'他回说：'侬非为好色而然也，为君家绵祖宗嗣续而然也。'这就好过关了。"佩荃说："二、三两关很好过，只消喝声：放马过来？便好交战了。倒是第四关恐怕有些倭不清。那第五关越发难缠，隔窗张了一张，就写着禀帖诉苦。

若是碰着了他的身子,必定长篇累牍的冤单诉呈,王府里外都要贴遍了。”小钰笑着也把他们乱打。闹不几天,已是初十日,各家通差轿马来接了,五人依依不舍,没奈何只得硬着心,洒泪分散。不提。

且说贾王府共是七进房屋:前三进是三重殿,四进到七进通是并排五个院落。每院是五开间的正房,余外零星耳房、小屋,不计其数。贾政夫妇在第七进做房,李纨、宝钗在第六进,兰哥夫妻就在李纨旁边的院子里祝小钰新房做在第五进,恰好五个院落做了五处新房。到了十五日申正,同时发了一式一样的五乘十六人抬的珠灯结彩花轿。扣准洋表,五轿同进门来。

正交酉正,通在第四进荣禧堂前停下,舜华轿居中,碧、缬在东,蔼、淑在西。待到戌初,小钰出来和舜华并排站在中间毯上,碧箫等四人略退下一步,分立两旁,隐分个嫡庶的意思。同拜过了天地神明,一个个牵丝入房,逐一饮了合卺杯。自然先和舜华好合,以下挨次同衾共乐,只消五夜工夫,把那嫩蕊含葩都开成了花朵,其中鸾颠凤倒,美满恩情,不须絮说。至于完姻那日,一切仪文礼数的繁华富贵,众亲友的相帮热闹,书上也讲不荆只用两句俗语说的,王府里做亲大来大往,也就好该括了,不必更琐碎了。

于是兰皋主人搁笔而笑,不复再续。客有款门而请者曰:“《红楼梦》续至此,遽可画然止乎?”主人曰:“是书之续,原为草石姻缘前生未遂,未免尚留余憾。今既遂愿矣,不止何待?”

客曰:“稗乘小说,强半子虚,然亦必有时代可稽,如《西游记》托之唐,《水浒》、《金瓶梅》假诸宋,此则竟无年代,何也?”曰:“此书凡例悉宗原书,原书既不叙及,安用添此蛇足?然其称金陵为南京,升罗定为州,而领以二县,当在明永乐以后,万历、天启之间耳。且其迭称武备废驰,文体不振,非明末之弊而何?”

客曰:“前明季世,倭寇方横,曾未一加惩创;而兹顾反言之,不太诬否?”主人曰:“正惟倭奴肆毒,中原受其凌藉,故书意若曰,安得有若而人者,出而痛加剿戮,使之躬率妻子顿颡阙廷,且留其女以为质。夫而后上申国宪,下快人心也。”

客曰:“是固然矣,第原书概用北语,而此则杂以南音,何欤?”曰:“贾园诸人虽流寓北都,实皆籍隶建康,庄狱置身不忘土音之操,理当然耳。”

客曰:“原书名《红楼梦》亦称《金陵十二钗》,此果符其数否?”答曰:“符。舜华、碧箫、蔼如、缬玖、淑贞、优昙、曼殊、文鸳、彤霞、妙香、小翠、友红合之适得十二。”

客曰:“玉卿、佩荃何以不与?”曰:“一生维扬,一长北直,非金陵产也。”

客又曰:“物之貌美才优,自应共寻佳梦,何以淡如淫,瑞香夭,玉卿寡而有玷,作者何所恶之而为此偏词哉?”曰:“非偏也。譬则梨园子弟,生、旦、净、丑缺一不可,是书之有淡如、瑞香、玉卿,犹金瓶梅之有潘金莲、李瓶儿、林太太也。”

客默然有间,则又发难曰:“十一、十二岁作帅克敌,尚曰默有神助,不专己力。至优昙姐妹以十一龄女孩居然应诏金门,首标蕊榜,绷谓姿禀朦人,究未免口寸而失实。”答曰:“人之赋质奚啻什百倍蓰?即如白香山,生甫七月,能识‘之无’二字;刘宋时谢庄年七岁、唐时刘晏八岁、李泌七岁,均以童卯召对御前,九重称赏。此皆载在典册,信乎,不信乎?”

曰:“然则何以不叙其入宫册立,而竟置之不论,何也?”曰:“是书以舜华、小钰为干,余皆枝也,蔓也。舜、钰既已完姻,尚且不止,而转以册立储妃作结,是则喧宾夺主。”

至客曰:“草石成婚,既属书中正旨,自宜尔见缕细叙。乃于其亲迎之礼则略之,转不如登坛授印之祥;于其新欢之夕亦略之,转不如玉卿等私合之详;而且既婚之后,有无生子,竟未尝赘及一语。毋乃详略失当欤?”答曰:“授印异数也,故详叙以彰其荣;迎娶常事也,不妨略。苟合私情也,故详述以扬其丑;燕尔公情也,胡勿略?忆余曾戏集《四书》语,作新婚联云:‘此一时赧赧然,强而后可;出

三日，洋洋乎欲罢不能。'谅彼五美情态，大略如是，详之无所用其详耳。至于娶妻生子，子复生孙，琐琐写来，虽数百回亦不能竟，不且空劳辞费哉?"客曰："然。虽然吾闻昔人有三梦刍狗，而占验各异者，梦兆于因也。是书以梦名篇，二干说梦，故其游青埂化草石，则小钰与舜华同梦；授飞刀读天书，则碧箫与小钰同梦；他若淡如之不得列于金钗也，则梦；小翠之心慑于野猪鬼也，则梦；小钰之生也，则宝钗梦；优昙之生也，则婉淑梦。独瑞香以感梦而死，临终嗟悔，执手拳拳，梅下孤坟令人有美人黄土之叹。恐世有好事者，又将续此《红楼续梦》矣。"主人莞然笑曰："玉环再世，中郎后身，十地茫茫，轮回无已，天下有情眷属，安知非前世姻缘？顾其续也，听之；其不续也，亦听之。余实不能再耗笔墨，为若辈痴情儿女，一一了此未完私愿也。"客无以难，则唯而退。

主人曰："噫，书虽已止，韵尚有余。爰取园中诸美，缀成长律一首：

梦入红楼梦转赊，续将前梦等抟沙。
石经冶炼蜚蛙采——小钰。
草沐涵滋茁露芽——舜华。
脱手神刀光闪闪——碧箫。
联飞金弹影斜斜——蔼如。
苍茫云海辞宗国——缬玖。
潦倒烽烟失故家——淑贞。
绮阁艳才魁蕊榜——优昙。
旃林嘉种厌茗华——曼殊。
纹舒锦翼天然丽——文鸳。
佩结奇馨分外加——佩荃。
佳气氤氲燔笃耨——妙香。
芳名璀璨蔚朝霞——彤霞。
魔生翠幌珠含显——小翠。

尘染蓝田玉点瑕——玉卿。
三益故应盟绛萼——友红。
一抔何处吊梅花——瑞香。
脂销北里悲遗挂——琼蕤。
蜂绕东篱看闹衙——淡如。
情思绵延真复幻。
功名鼎盛大非夸。
三千粉黛都无匹，
十二钗琐不厌奢。
蕉底鹿埋殊惝怳，
槐边蚁聚镇纷拿。
孟坚座上饶佳客，
戏学痴人一笑哗。

《绮楼重梦》点校说明

《绮楼重梦》又名《红楼续梦》，一名《蜃楼情梦》、《新红楼梦》，作者署名兰皋居士，即杭州人王兰沚。王兰沚乾嘉时人，乾隆福建寿宁知县，后转福州、台湾等处为官，乾隆五十六年辞官归里，有《无稽谰语》行世。《绮楼重梦》当写于乾隆末年或嘉庆初年，有嘉庆四年(1799)年蔸园漫士叙本，未见。又有洛阳晁氏白河书斋藏嘉庆十年乙丑(1805)瑞凝堂重编本，为本书校对底本。本书并以首都图书馆藏嘉庆十年坊刊本及天津图书馆藏光绪聚珍堂藏本参校。

这部续书，作者自言乃“由衰而盛，梦之祥者”，描写贾宝玉转世，成为自己的遗腹子小钰，文武双全，出将入相，最后与转世为湘云之女的黛玉联姻。小珏锐意仕宦，全不似宝玉当年的厌恶官场，于是宝玉在这部续书中俨然变成了自己的不肖子。最出奇之处在于对小珏情爱经历的描写。

作者流露出一种奇特的恋物癖，这种恋物癖并不以三寸金莲或者身体某一部位为迷恋对象，更不同于原著中宝玉“爱红的毛病儿”，而是特别针对处于特殊状态的女性身体——无论是呕吐，行经，大小便，或是烫伤。小钰的怜香惜玉表现为不顾腌臜，对这些因为处于特殊生理情况而软弱无助的女性身体予以照管和爱抚。这样的癖好，在古典小说里还是仅此一见。

敖　堃

2015 年 12 月于南开大学

繪圖綺樓
重夢
李紈
寶釵